# Plaisirs interdits

*Du même auteur*
*aux Éditions J'ai lu*

**LES SŒURS ESSEX**

1 – Le destin des quatre sœurs
*N° 8315*

2 – Embrasse-moi, Annabelle
*N° 8452*

3 – Le duc apprivoisé
*N° 8675*

4 – Le plaisir apprivoisé
*N° 8786*

**LES PLAISIRS**

1 – Passion d'une nuit d'été
*N° 6211*

2 – Le frisson de minuit
*N° 6452*

ELOISA
JAMES

# Plaisirs interdits

*Traduit de l'anglais (États-Unis)*
*par Catherine Plasait*

J'AI LU

AVENTURES
& PASSIONS

Vous souhaitez être informé en avant-première
de nos programmes, nos coups de cœur ou encore
de l'actualité de notre site *J'ai lu pour elle* ?

Abonnez-vous à notre *Newsletter* en vous connectant
sur **www.jailu.com**

Retrouvez-nous également sur Facebook pour avoir
des informations exclusives :
**www.facebook/pages/aventures-et-passions**
et sur le profil *J'ai lu pour elle*.

*Titre original*
ENCHANTING PLEASURES

*Éditeur original*
Delacorte Press, a division of Random House, Inc., New York

*La plupart des lecteurs imaginent que l'écriture est un plaisir solitaire, alors que le plus grand bonheur réside dans les interminables conversations avec l'éditrice, que l'on ennuie à mourir à force de détails tatillons.*

*Pour la jolie Jackie,*
*grâce à qui écrire devient le plus délicieux des plaisirs.*

# 1

*St. James Square, Londres, 1806*

Le sort venait de porter au vicomte Dewland un coup qui aurait abattu un individu moins solide – ou plus sensible – que lui. Bouche bée, il fixait son fils aîné en ignorant le babillage de son épouse. Puis une brusque idée le requinqua. Cette même épouse l'avait pourvu de *deux* rejetons mâles.

Sans autre forme de procès, il pivota sur ses talons et aboya, en direction de son cadet :

— Puisque ton frère ne peut sacrifier au devoir conjugal, c'est toi qui t'en chargeras. Pour une fois dans ta vie, tu te conduiras en homme.

Peter Dewland fut pris au dépourvu par cette attaque. Il venait de se lever afin de vérifier le nœud de sa cravate dans le grand miroir du salon, évitant ainsi de croiser le regard de son frère. Au nom du Ciel, que pouvait-on bien répondre à ce genre de révélation ?

Il alla s'asseoir sur le sofa.

— Vous suggérez que j'épouse la fille de Jerningham, je présume ?

— Évidemment ! cria le vicomte. Il faut que quelqu'un se marie avec elle, or ton frère vient de se déclarer inapte.

— Je vous prie de m'excuser, rétorqua Peter d'un air franchement dégoûté, mais je n'ai pas l'intention de me marier uniquement pour vous faire plaisir.

— Bon Dieu, qu'est-ce que cela signifie ? Tu épouseras cette fille si je te l'ordonne !

— Je n'envisage pas de me marier, père. Que ce soit sur vos instructions ou sur celles de quelqu'un d'autre.

— Foutaises ! Tout le monde se marie.

— C'est faux, soupira Peter.

— Tu as été le chevalier servant de beaucoup de jeunes filles convenables, depuis six ans. Si tu avais développé un véritable attachement, je m'inclinerais. Mais comme cela ne semble pas être le cas, tu épouseras la fille de Jerningham. Tu le feras, mon garçon, puisque ton frère en est incapable ! J'ai été patient avec toi. Tu pourrais te trouver au septième régiment d'infanterie, à l'heure qu'il est. Tu y as pensé ?

— Je préférerais cela plutôt que de prendre femme, décréta Peter.

— Hors de question ! gronda le vicomte, faisant volte-face. Ton frère, lui, est resté entre la vie et la mort pendant des années.

Il y eut un lourd silence. Peter fit la grimace en direction de son aîné.

Quentin Dewland, qui fixait depuis un moment le bout de ses bottes, leva les yeux vers son père.

— Si Peter a décidé de ne pas se marier, je le ferai, dit-il de sa voix grave.

— À quoi bon ? Tu ne pourrais pas honorer tes obligations, or cette petite a droit à un mari… digne de ce nom, sapristi !

Quentin, que ses amis appelaient Quill, ouvrit la bouche pour répondre, puis il y renonça. Il avait les moyens de consommer le mariage, mais ce ne serait certes pas une expérience agréable. Une femme, quelle qu'elle soit, méritait mieux que ce qu'il aurait à lui offrir. Bien que ses blessures aient cessé de le faire souffrir, les migraines de trois jours qui suivaient le moindre effort répété n'étaient certainement pas le gage d'une union harmonieuse.

— Tu ne trouves rien à répondre ? triompha le vicomte. Je ne suis pas un charlatan, qui essaierait de te faire passer pour un étalon alors que tu ne l'es pas. Remarque, ce serait possible, car la fille n'en saurait rien avant qu'il ne soit trop tard. Et son père est devenu tellement pingre qu'il ne l'accompagne même pas en Angleterre... Quoi qu'il en soit, poursuivit-il en revenant à son fils cadet, elle vient pour se marier. Et si ce n'est pas avec Quill, ce sera avec toi. Je lui enverrai ton portrait par le prochain bateau.

— Je ne veux pas me marier, père, insista Peter, les dents serrées, en détachant chaque syllabe.

Le vicomte devint rouge comme une tomate.

— Il est temps que tu cesses de t'amuser. Bon Dieu, tu vas m'obéir !

Peter chassait ostensiblement une peluche de son col de velours.

— Vous m'avez mal compris, reprit-il. Je *refuse* d'épouser la fille de Jerningham.

Seul l'infime tremblement de sa voix trahissait sa nervosité.

La vicomtesse intervint, avant que son mari n'eût le temps de hurler de nouveau.

— Vous êtes tout congestionné, Thurlow. Ne pourrions-nous remettre cette conversation à plus tard ? Vous savez ce qu'a dit le médecin : vous ne devez pas vous énerver.

— Balivernes ! répliqua le vicomte qui se laissa néanmoins conduire à un fauteuil. Par saint Georges, *monsieur* Peter Dewland, vous avez intérêt à m'obéir, sous peine de vous retrouver à la porte !

Les veines de ses tempes prenaient un volume inquiétant, et la vicomtesse lança un regard suppliant à son cadet.

Mais avant que Peter pût parler, le vicomte avait bondi de son siège.

— Et que suis-je censé raconter à cette jeune fille, quand elle aura fait tout le trajet depuis les Indes ? Que tu n'as pas envie de l'épouser? Tu envisages de dire à mon vieil ami Jerningham que tu ne veux pas de sa fille?

— C'est exactement ça.

— Et l'argent qu'il m'a prêté durant toutes ces années, hein? Sans le moindre intérêt, il me l'envoyait comme ça, afin que j'en fasse ce qui me plairait! Si ton frère n'avait pas amassé une fortune en spéculant sur la Compagnie des Indes, Jerningham me prêterait peut-être encore de l'argent. En l'occurrence, nous avons décidé de considérer cela comme une dot. Tu épouseras cette petite ou je... je...

Il était à présent violet, et il crispait inconsciemment les mains sur sa poitrine.

— Quill pourrait le rembourser, objecta Peter.

— Bon sang! J'ai déjà autorisé ton frère à se transformer en marchand et à jouer à la Bourse. Que je sois damné si je lui permets d'acquitter mes dettes!

— Je ne vois pas ce que cela changerait, puisqu'il paye déjà toutes nos dépenses.

— Assez! La seule raison pour laquelle ton frère... pour laquelle j'ai autorisé ton frère à se mêler de la Bourse, c'est... Eh bien, c'est parce qu'il est infirme. Mais au moins, il se comporte en homme raisonnable, alors que tu n'es qu'un godelureau frivole, tout occupé de la mode!

Comme le vicomte reprenait sa respiration, Quill croisa le regard de son frère. Peter lut dans le sien une sorte d'excuse, et il vit se refermer sur lui les menottes du mariage. Il se tourna vers sa mère, mais comprit qu'il n'avait rien à espérer de ce côté-là.

Il se sentait faiblir, le cœur à l'envers. Il ouvrit la bouche pour protester, cependant que dire? Finalement, la longue habitude de la soumission l'emporta.

— Très bien... marmonna-t-il d'une voix caverneuse.

Kitty Dewland se leva pour venir poser sur sa joue un baiser.

— Peter, dit-elle, tu as toujours été ma consolation, mon enfant chéri. Et à la vérité, tu as fréquenté tant de femmes sans jamais te déclarer ! Je suis certaine que la fille de Jerningham te conviendra parfaitement. Sa mère était française, tu le sais.

Le regard de son fils trahissait un désespoir résigné qui lui fit mal.

— Y a-t-il une autre femme, mon chéri ? Quelqu'un que tu désirerais épouser ?

Peter secoua la tête.

— Eh bien, reprit gaiement la vicomtesse, nous serons fin prêts pour accueillir cette jeune fille... Comment s'appelle-t-elle déjà, Thurlow ? Thurlow !

Le vicomte, très pâle, était appuyé au dossier de son fauteuil.

— Ma poitrine me joue des tours, Kitty... marmonna-t-il.

La vicomtesse sortit aussitôt du salon, trop bouleversée pour s'apercevoir que son majordome adoré, Codswallop, se tenait juste derrière la porte.

— Allez chercher le Dr Priscian ! cria-t-elle d'une voix suraiguë, puis elle revint dans la pièce.

Le rigide Codswallop avait entendu la conversation de ses maîtres. Il jeta un coup d'œil à l'aîné des Dewland avant de sonner un valet de pied. C'était incroyable ! Quentin avait un corps parfait, visible sous les tenues ajustées, le genre de silhouette qui faisait pouffer les femmes de chambre quand elles l'évoquaient. Il devait s'agir d'une infirmité... intime, se dit-il en frissonnant.

À cet instant, Quill se tourna vers lui. Il avait des yeux d'un étrange gris-vert, et son visage, très hâlé, portait quelques rides de douleur. Il adressa au majordome un regard qui le glaça jusqu'aux os.

Celui-ci se replia bien vite dans le hall et appela des domestiques, qui portèrent le vicomte dans sa chambre. Peter sortit en trombe, l'air furibond, suivi plus lentement par Quill, et Codswallop ferma la double porte du salon derrière eux.

Quelque trois mois plus tard, l'affaire était bouclée. Miss Jerningham devait arriver dans la semaine sur le *Plassey*, une frégate en provenance de Calcutta.

Le vicomte explosa de rage quand Peter annonça, la veille du jour prévu pour l'arrivée de la jeune fille, qu'il partait pour un séjour à la campagne. Mais le soir de ce 5 septembre, c'est en boudant qu'il se rendit à son club plutôt que dans le Hertfordshire, et le vicomte put pérorer, au-dessus du pigeon rôti du dîner, sur les bienfaits du futur mariage. Sans se l'être formulé, Thurlow et son épouse étaient persuadés que, si on le laissait faire, Peter ne se marierait jamais.

— Il se calmera dès que la petite sera là, déclara Thurlow.

— Et ils auront de beaux enfants, renchérit la vicomtesse.

Seul Quentin paraissait sceptique. Lorsque ses parents eurent quitté le salon, il se rendit à la fenêtre et s'appuya contre la vitre, le regard perdu sur les jardins. Comme sa jambe droite protestait, il changea légèrement de position. Il était habitué aux colères de son père, qu'il avait subies en silence pendant des années, pour ensuite n'en faire qu'à sa guise. Peter, lui, avait toujours obéi : aussi n'était-il pas surprenant qu'il ait fini par céder aux ordres du vicomte. Il n'avait d'ailleurs probablement pas envisagé de s'y soustraire, à partir du moment où il avait compris que son propre fils hériterait un jour du titre.

Pourtant, Quentin avait le cœur serré. À quoi ressemblerait la vie de Gabrielle Jerningham, une fois qu'elle aurait épousé Peter ? Ce serait une existence policée, sophistiquée, comme il était fréquent dans la haute société. Une union amicale et distante…

Il s'étira longuement, sa silhouette puissante se découpant à contre-jour. Il avait un corps aiguisé par la douleur, par la volonté, par les exercices. Un corps dont il connaissait toutes les faiblesses et toutes les forces. Pas celui d'un banal gentilhomme londonien.

D'un mouvement de tête, Quill rejeta ses cheveux en arrière. Ils devenaient trop longs pour la mode... Un instant, il se figea, frappé par le souvenir du vent qui jouait dans sa chevelure quand il chevauchait son étalon lancé au galop, autrefois.

Mais les chevaux, comme les femmes, étaient un plaisir interdit. L'effort régulier se payait immanquablement par trois jours d'affreuses migraines qu'il passait dans sa chambre, couvert de sueur, pris de violentes nausées. Et les médecins avaient seulement dit que sa blessure à la tête, six ans auparavant, lui interdisait les mouvements répétitifs. *Tous* les mouvements répétitifs.

Quill serra les dents. Pour lui, rien n'était pire que de s'attendrir sur son sort. Chevaux et femmes faisaient désormais partie du passé.

Il sourit soudain. Les sports qui lui manquaient – une bonne chevauchée et une nuit avec une dame –, Peter ne s'y intéressait absolument pas. Dieu, comme les deux frères étaient différents !

Finalement, Quentin s'inquiétait sans doute pour rien, au sujet de Peter et Gabrielle. Si son cadet n'aimait pas l'idée du mariage, il appréciait la compagnie des femmes. Une jeune Française décorative, avec laquelle il pourrait papoter, commenter les dernières modes, se pavaner dans les bals, pourrait devenir sa meilleure amie. Et Gabrielle était un joli prénom, qui évoquait l'élégance et le raffinement. Peter nourrissait une véritable passion pour la beauté. Une ravissante jeune femme parviendrait sûrement à lui faire accepter le mariage.

Quill aurait été moins optimiste, s'il avait pu voir la délicieuse personne en question.

La fiancée de Peter, agenouillée sur le plancher de sa cabine, regardait la petite fille assise sur un pouf qui l'écoutait attentivement. Les cheveux de Gabrielle s'échappaient de son chignon, et sa robe démodée était toute chiffonnée. Elle ne ressemblait certes pas à une gravure de mode !

— Le tigre se déplaçait sans bruit dans la jungle touffue, disait-elle d'une voix basse et mystérieuse. Il posait une patte devant l'autre, sans déranger les pies qui jacassaient dans les branches. Il se léchait les babines à l'idée du festin qui trottait gentiment devant lui...

Phoebe Pensington, une orpheline de cinq ans que l'on envoyait à Londres chez sa tante, frissonna tandis que Gabby, dont le regard brun avait pris la couleur mordorée de celui du tigre, poursuivait :

— Mais quand le tigre atteignit l'orée de la forêt, il s'arrêta net. La chèvre blanche marchait le long du rivage, juste au bord des vagues bleu marine de l'océan Indien. Or le tigre avait peur de l'eau. Son estomac le poussait à avancer, mais son cœur tambourinait de terreur. Il s'immobilisa à l'ombre d'un arbre...

— Mais, miss Gabby... l'interrompit Phoebe, anxieuse. S'il ne mange pas la chèvre, qu'aura-t-il pour dîner ? Il ne va pas mourir de faim ?

Une étincelle amusée passa dans le regard de Gabby.

— Peut-être est-il tellement mortifié par son manque de courage, qu'il va se réfugier tout en haut d'une montagne pour ne plus se nourrir que de fruits et de feuilles.

Phoebe avait le sens pratique.

— Je ne crois pas. Moi, je pense que le tigre a sauté sur la chèvre et qu'il l'a dévorée.

— Les tigres, comme les chats, ont une horreur naturelle de l'eau, dit Gabby. Ils ne voient pas la beauté des vagues qui lèchent le sable. Pour celui-ci, c'était comme des pinces de crabes venues lui chatouiller les os.

Phoebe poussa un petit cri alors que la porte de la cabine s'ouvrait, brisant la magie du récit.

Eudora Sibbald, toute vêtue de noir, observa la scène avec sévérité. Miss Gabrielle Jerningham était dans une position tout à fait inconvenante, échevelée comme d'habitude, la robe toute chiffonnée. Elle avait l'air d'un garçon manqué dont la coiffure révélait le tempérament désordonné.

— Phoebe, grinça la gouvernante de l'enfant.

La petite fille bondit sur ses pieds et fit la révérence.

— Miss Jerningham, reprit sèchement Eudora, du ton qu'elle aurait utilisé pour réprimander une souillon.

Gabby, qui s'était levée, accueillit la personne revêche d'un charmant sourire.

— Pardonnez-nous... commença-t-elle.

— Je n'ai peut-être pas bien entendu, miss Jerningham, coupa la gouvernante. Vous n'avez pas parlé de « chatouiller les os », je suis sûre ?

Eudora n'aurait pas pu arriver à un pire moment, se dit Gabby.

— Oh, non ! répondit-elle, conciliante. Je racontais à Phoebe un épisode de la Bible.

Mme Sibbald pinça les narines. Elle avait entendu ce qu'elle avait entendu, et cela ne ressemblait guère à un passage de la Bible !

— C'était l'histoire de Jonas et la baleine, ajouta vivement Gabby. Voyez-vous, madame Sibbald, comme mon père était missionnaire, j'ai tendance à parler sans cesse de la Bible.

La gouvernante se détendit quelque peu.

— Dans ce cas, miss Jerningham... Toutefois, je vous prierai de ne pas surexciter cette enfant. C'est mauvais pour la digestion. Et où est Kasi Rao Holkar ?

— Je pense qu'il fait la sieste. Il a dit qu'il était un peu fatigué.

— Pardonnez-moi, miss Jerningham, mais je trouve que vous gâtez trop cet enfant. Prince ou non, il aurait bien besoin des leçons édifiantes de la Bible. Après tout, c'est un indigène. Dieu sait quelles influences il a subies dans sa prime jeunesse.

— Kasi a été élevé dans ma demeure, protesta Gabby, et je vous assure qu'il est aussi chrétien que Phoebe.

— Balivernes! décréta Mme Sibbald. Aucun Indien ne peut être aussi chrétien qu'une Anglaise! Mais c'est l'heure du thé. Votre chignon est encore défait, je vous conseille d'y remédier immédiatement.

Sur ce, la gouvernante quitta la cabine.

Gabby, en soupirant, s'assit dans un fauteuil. En effet, de nombreuses mèches avaient échappé aux épingles.

Une petite main tira sur sa jupe.

— Elle m'a oubliée, miss Gabby. Il faudrait que je la rappelle, à votre avis?

Deux grands yeux bleus la contemplaient avec adoration. Gabby prit la petite fille sur ses genoux.

— Je jurerais que tu as grandi d'une demi-tête, pendant ce voyage, dit-elle.

— Je sais, répliqua Phoebe avec un coup d'œil désapprobateur à sa robe. Ma jupe est trop courte: on commence à voir mes pantalons!

Cette idée l'horrifiait.

— Je suis sûre que tu auras de nouvelles toilettes, en Angleterre, la rassura Gabby.

— Vous croyez qu'elle m'aimera? murmura la petite fille contre son épaule.

— Qui?

— Ma nouvelle maman.

— Comment pourrait-elle ne pas t'aimer? Tu es la petite fille la plus adorable de tout ce bateau. À vrai dire, tu es certainement la plus délicieuse petite fille qui soit jamais venue des Indes.

Phoebe se serra davantage contre elle.

— Parce que, quand j'ai dit au revoir à Ayah…

Ayah était l'Indien qui avait recueilli l'enfant. Cette séparation semblait l'avoir davantage traumatisée que la mort précoce de parents qu'elle avait à peine connus.

— Ayah a dit qu'il fallait que je sois très, très sage, sinon ma nouvelle maman ne m'aimerait pas, puisque je n'ai pas d'argent à lui apporter.

Gabby maudit en silence Ayah.

— L'argent n'a rien à voir avec l'amour qu'une mère porte à ses enfants, déclara-t-elle aussi fermement que possible. Ta nouvelle maman t'aimerait même si tu arrivais en chemise de nuit !

Elle espérait de tout son cœur que ce fût vrai. D'après le capitaine du navire, il n'y avait eu aucune réponse à la lettre envoyée à la seule parente de Phoebe, sa tante.

— Miss Gabby, reprit la petite fille d'un ton mal assuré, pourquoi avez-vous dit à Mme Sibbald que vous me racontiez l'histoire de Jonas et de la baleine ? Ayah dit qu'il est vilain de mentir, surtout à des employés. Mme Sibbald est bien une employée, n'est-ce pas ? On l'a engagée pour m'accompagner en Angleterre.

Gabby frotta sa joue sur ses cheveux soyeux.

— Ayah avait globalement raison. Mais parfois, on peut déguiser un peu la vérité pour rendre les gens plus heureux. Mme Sibbald aime bien que tu apprennes la Bible, et tu as vu, elle était contente quand j'en ai parlé.

— Je ne crois pas qu'elle puisse être jamais contente, dit Phoebe après un temps de réflexion.

— Peut-être. Mais alors, il est encore plus important de ne pas la contrarier.

— Vous croyez que si je disais à ma nouvelle maman que j'ai de l'argent, elle serait contente ? Ça l'obligerait à m'aimer ?

Gabby ravala la boule dans sa gorge.

— Oh, ma chérie, je parlais de tout petits mensonges. Il ne faut pas que tu racontes ça à ta nouvelle maman, car ce serait un *gros* mensonge ! Et il faut toujours dire la vérité aux gens importants, comme ta nouvelle maman.

L'enfant marqua un silence sceptique.

Gabby se creusait la tête. Malgré son désir d'avoir des enfants, elle se rendait compte que l'éducation était plus difficile qu'elle ne l'avait imaginé.

— Vous apportez de l'argent à votre mari ? demanda Phoebe, le visage contre l'épaule de Gabby.

— Oui, avoua la jeune fille à contrecœur, mais ce n'est pas pour ça que Peter m'aimera.

Phoebe se redressa comme un petit oiseau curieux.

— Ah bon ?

— Peter m'aimera pour moi-même, déclara calmement Gabby. Et ta mère t'aimera pour toi.

La fillette sauta à terre.

— Pourquoi avez-vous dit à Mme Sibbald que Kasi faisait la sieste dans sa cabine ? Ce n'est pas vrai, et ça ne l'a pas rendue heureuse.

— C'est une autre règle. Mon gentil Kasi est terrorisé par Mme Sibbald.

— Quelle règle ?

— Il faut protéger les faibles contre les forts, répondit Gabby, qui se reprit aussitôt. Ce n'est pas tout à fait ça, Phoebe. Tu connais Kasi. Le remettre entre les mains de Mme Sibbald, ç'aurait été comme de donner la chèvre au tigre...

Il y eut un bruit derrière le paravent qui dissimulait le tub, et la petite fille alla voir.

— Il faut que tu sortes, Kasi Rao, décréta-t-elle, les poings sur les hanches. Que dirait Mme Sibbald, si elle te voyait dans la baignoire tout habillé ?

— Laisse-le, s'il préfère, indiqua Gabby à l'autre bout de la cabine.

Mais Phoebe secoua la tête avec une détermination que sa gouvernante n'aurait pas désavouée.

— C'est l'heure du thé, Kasi, insista-t-elle. Ne t'inquiète pas, Gabby ne racontera plus l'histoire du tigre.

Un petit visage aux yeux immenses pointa derrière le paravent. Le garçon n'avait guère envie de sortir de sa cachette, mais Phoebe le tira par la main.

— Il n'y a que nous, Kasi...

Les yeux bruns inspectaient la cabine, et Phoebe le secoua, impatientée.

— Mme Sibbald croit que tu fais la sieste, alors tu ne crains rien.

— Nous allons prendre le thé ici, le rassura Gabby.

L'enfant trouva enfin le courage de sortir de son refuge et se précipita sur les genoux de la jeune fille, où il se lova comme un oisillon dans son nid.

— Tu as faim, petit frère ?

— Il n'est pas votre frère, rectifia Phoebe. C'est un prince !

— C'est vrai, mais sa maman était parente avec la première femme de mon père. Et il a grandi près de moi, alors j'ai l'impression que c'est mon frère.

Kasi jouait avec le médaillon qu'elle portait au cou, et il chantonnait tout en essayant de l'ouvrir.

Phoebe, de l'autre côté du fauteuil, vint s'appuyer contre la jambe de Gabby.

— Je peux revoir le portrait de votre mari ?

— Bien sûr !

Avant leur départ pour l'Angleterre, elle avait reçu une miniature de son futur époux. Elle ouvrit le médaillon.

— Il vous attend à Londres, miss Gabby ?

— Oui. Nous serons tous attendus sur le quai, Phoebe. Toi par ta nouvelle maman, et Kasi par Mme Malabright. N'est-ce pas, chéri ?

Elle eut la satisfaction de voir le petit prince hocher la tête. Elle lui rappelait chaque jour que Mme Malabright viendrait le chercher, une fois en Angleterre.

— Et ensuite, que se passera-t-il, Kasi ? insista-t-elle.

— Je vivrai avec Mme Malabright, dit-il. J'aime bien Mme Malabright. Je n'aime pas Mme Sibbald.

— Mme Malabright t'emmènera dans sa maison, et tu ne verras plus jamais Mme Sibbald, promit Phoebe. Moi, je viendrai te voir. Je me cacherai, et je ne dirai à personne où tu es.

— Oui ! dit le petit garçon, satisfait, en se remettant à jouer avec le médaillon.

— Vous aimez votre nouveau mari, miss Gabby ? demanda Phoebe.

Rien que de regarder le portrait de Peter, avec ses doux yeux bruns et ses cheveux ondulés, Gabby sentait son cœur battre plus fort.

— Oui, répondit-elle.

Phoebe, déjà romantique malgré son jeune âge, poussa un soupir langoureux.

— Je suis sûre qu'il vous aime aussi. Lui avez-vous envoyé un portrait de vous ?

— Je n'en ai pas eu le temps.

Même si elle l'avait eu, elle n'aurait rien envoyé. Sur le seul portrait que son père avait fait faire, elle paraissait horriblement joufflue.

Elle rangea le médaillon dans son corsage.

Tandis que tous trois grignotaient des toasts rassis – il n'y en avait plus de frais depuis longtemps –, elle ne put s'empêcher de rêver aux beaux yeux de son fiancé. Grâce à Dieu, on lui offrait un homme qui était tout ce qu'elle avait espéré d'un époux. Il paraissait calme, avenant – le contraire de son père.

Gabby en avait chaud au cœur. Peter serait un père aimant et dévoué. Elle imaginait déjà quatre ou cinq bambins qui auraient le regard de leur papa.

Jour après jour, le navire l'emportait loin des Indes, loin des reproches acerbes de son père :

— Gabrielle, tu ne peux pas te taire un peu ?... Gabrielle, tu m'as encore mis mal à l'aise, avec ton comportement déplacé.

Et, pire que tout :

— Mon Dieu, pourquoi m'avez-vous affligé d'une fille aussi disgracieuse, aussi bavarde ?

Le bonheur de Gabby augmentait avec chaque mille qui passait.

Et sa confiance augmentait en même temps. Peter l'aimerait, ce dont son père avait été incapable. Elle avait l'impression que ses yeux la regardaient au fond de l'âme, qu'ils discernaient la Gabby qui était digne d'être aimée, non pas la Gabby impétueuse et maladroite...

Oui, si Quentin avait pu voir Gabrielle et lire dans ses pensées, il aurait été glacé jusqu'aux os.

Mais comme il n'était guère porté sur l'imagination et qu'il n'avait pas de talent divinatoire, il se convainquit que miss Gabrielle Jerningham serait une parfaite épouse pour son frère. Il le dit d'ailleurs à Peter, plus tard dans la soirée, quand il le retrouva au club.

De fort méchante humeur, celui-ci était en train de noyer ses soucis dans l'alcool.

— Je ne suis pas bien ton raisonnement, marmonna-t-il.

— L'argent, répondit Quill.

— L'argent ? Quel argent ?

— Le sien.

Quentin eut un fugitif sentiment de culpabilité. Il la traitait comme si elle était une marchandise. Et d'ailleurs, c'était un peu le cas.

— Avec l'argent de Jerningham, reprit-il, tu pourras t'acheter les vêtements que tu aimes tant.

— Je porte déjà ce qui se fait de mieux, lança Peter avec hauteur, conscient d'être à la pointe de la mode.

— Tu portes ce que je paye pour toi, rétorqua son frère.

Peter se mordilla la lèvre. Il aurait été grossier – et contre sa nature foncièrement gentille – de faire remarquer à Quentin qu'un jour sa fortune lui reviendrait, puisqu'il n'aurait pas d'autre héritier. Sauf si, par miracle, on arrivait à le guérir de ses migraines.

Oui, ce serait tout de même agréable de disposer de son propre argent...

Quentin vit le regard de son frère s'éclairer, et il éclata de rire, le cœur plus léger. Il donna une tape amicale dans le dos de Peter, avant de quitter le club.

# 2

Le vicomte Dewland avait envoyé George, un jeune valet, aux docks de la Compagnie des Indes le jour où le *Plassey* était censé arriver. Mais, au bout de deux semaines, comme le navire avait du retard, le vicomte et la vicomtesse décidèrent de partir pour Bath, songeant qu'une cure améliorerait la santé de Thurlow. Kitty pria Codswallop de les avertir dès qu'il aurait des nouvelles du bateau. Et chaque soir, pendant encore trois semaines, le jeune George rentra à la maison dans une tenue pour le moins négligée, après avoir passé la journée dans les pubs qui bordaient le port...

Il fallut attendre le 2 novembre pour que le *Plassey* accoste. George se hâta de retourner à St. James Square.

Mais il pénétra dans une demeure silencieuse. On ne voyait guère le fiancé, ces derniers temps. Son valet de chambre disait qu'il boudait, ce qui amusait grandement la domesticité. Il boudait parce qu'on l'obligeait à épouser une riche héritière !

En fait, le seul membre de la famille présent ce jour-là était Quentin, qui compulsait des dossiers préparés par son secrétaire. Depuis son accident, il était privé des distractions habituelles des gentilshommes, aussi avait-il mis sa formidable intelligence au service des affaires. Aucun de ses professeurs d'Eton – qui le considéraient comme l'un des plus brillants éléments que l'université eût connus – n'aurait été étonné d'apprendre que ses investissements avaient largement porté leurs fruits. Quill, qui avait commencé à amasser une fortune grâce à la Compagnie des Indes, possédait à présent une fabrique de laine dans le Yorkshire et une laiterie dans le Lancashire.

Toutefois, il préférait la spéculation aux propriétés. Il employait une quinzaine d'hommes qui parcouraient les îles Britanniques en se renseignant sur les mines de cuivre et de charbon. Récemment, il avait décidé de leur recommander le secret, car si l'on apprenait que Quentin Dewland s'intéressait à une société, les actions monteraient en flèche à la Bourse.

Pour l'instant, son esprit s'égarait, oubliant le dossier Maugnall & Bulton, fabricants de tissu, pour regarder les feuilles mortes qui jonchaient l'allée. Durant sa convalescence, il avait passé des heures à réorganiser le parc du haut de sa fenêtre. Les pruniers avaient bien donné, cette année.

Pourtant, il se sentait nerveux. Il avait du mal à se concentrer sur les nombreux rapports en souffrance...

Le jeune George se tint poliment devant lui jusqu'à ce qu'il lève les yeux.

— Le *Plassey* est arrivé, monsieur, et M. Codswallop ne sait pas où se trouve M. Peter...

Quill se leva.

— Dites à Codswallop que je vais moi-même chercher miss Jerningham.

C'était exactement ce dont il avait besoin : un petit tour sur les docks, bruissant d'activités, même si c'était simplement pour rencontrer la future épouse de son frère.

Une demi-heure plus tard, son élégant cabriolet s'arrêtait, et il en descendit afin de continuer sa route à pied parmi la foule.

— Hé ! Dewland ! Salut ! Vous êtes venu surveiller un débarquement de marchandises ?

Timothy Waddell ne cachait pas sa curiosité. Tout le monde savait que ce que touchait Dewland se transformait en or, et il aurait aimé avoir son opinion au sujet d'une fabrique de coton qu'il venait d'acheter.

— Pas aujourd'hui, répondit Quentin.

Il était si fermé que Waddell recula, sans oser lui poser la question.

Quill s'éloigna. Il repéra une femme sur le quai, certainement une passagère du *Plassey*. Comme il s'approchait, il s'aperçut qu'elle tenait une petite fille par la main. Selon toute vraisemblance, la fiancée de Peter, en jeune personne bien éduquée, avait attendu que l'on vînt la chercher pour quitter le navire.

Il avisa un marin.

— Où puis-je trouver miss Jerningham ?

L'homme sourit.

— Juste derrière vous.

Quentin se retourna lentement. La femme le regardait d'un air interrogateur. Bon sang ! songea-t-il. Miss Jerningham était belle, sans aucun doute. Elle avait la bouche la plus pulpeuse qu'il ait jamais vue, et ses yeux… ses yeux avaient une couleur chaude, assez semblable à celle du cognac. Mais ce fut surtout ses cheveux qui retinrent l'attention de Quill. Châtain doré, comme du cuivre brun, ils dégringolaient en boucles hors des épingles. On aurait dit qu'elle sortait du lit. Un lit qui devait être agréable… En fait, elle était le contraire d'une élégante et sage Française. Sapristi !

Il s'aperçut soudain qu'il la regardait fixement, sans même songer à se présenter.

— Je vous demande pardon, dit-il en s'inclinant. Je suis Quentin Dewland, et j'aurai bientôt le plaisir de devenir votre beau-frère.

— Oh…

Un instant, elle avait cru qu'il s'agissait de Peter, son fiancé. Mais si Quentin ressemblait vaguement à son frère, il n'avait rien de commun avec le portrait. Non. Il était trop impressionnant, trop viril. Et ses yeux étaient si… autoritaires.

Elle fit la révérence, et sentit qu'on tirait le bas de sa manche.

— C'est votre mari, miss Gabby ? demanda Phoebe, les yeux brillants d'excitation.

Gabby rougit légèrement en s'adressant à Quentin.

— Puis-je vous présenter miss Phoebe Pensington ? Phoebe et moi avons passé beaucoup de temps ensemble, pendant la traversée. Phoebe, voici M. Quentin Dewland, le frère de Peter.

M. Dewland l'observait avec tant d'insistance qu'elle en eut le souffle coupé. Il semblait excessivement conventionnel. Peut-être détestait-il entendre appeler son frère par son prénom ?

Elle fut étonnée de le voir saluer courtoisement la petite fille.

— Miss Phoebe...

Quand il souriait, son visage s'illuminait. Peut-être n'était-il pas si terrifiant, après tout... De toute façon, ils seraient bientôt de la même famille : elle se devait de l'apprécier.

— Savez-vous où est ma nouvelle maman ? s'enquit Phoebe.

Quentin secoua la tête.

— Je crains que non, répondit-il en jetant un coup d'œil interrogateur à Gabby.

— Je pensais qu'il pleuvrait, continua l'enfant. Ayah m'a dit que le ciel anglais était tout le temps noir, comme le chaudron du diable ! Pourquoi est-ce qu'il ne pleut pas ? Vous croyez qu'il pleuvra plus tard dans l'après-midi ?

— Une nouvelle maman ? répéta Quentin en croisant le regard de Gabby.

— Phoebe fait allusion à Mme Emily Ewing, expliqua la jeune fille. C'est la sœur de sa défunte mère. Voyez-vous, les parents de cette petite ont été tués dans un regrettable accident à Madras, alors il a fallu l'envoyer en Angleterre. Cependant, le capitaine m'a dit que la lettre avertissant Mme Ewing avait dû se perdre, car il n'avait reçu aucune réponse quand le *Plassey* a pris la mer.

— Pourquoi diable l'ont-ils quand même fait monter à bord ?

L'enfant écoutait attentivement, Gabby en était consciente.

— Je suis certaine que la lettre est enfin arrivée, après notre départ, déclara-t-elle joyeusement.

— Ce n'est pas évident, sinon cette femme serait là.

Gabby lui adressa un regard sévère.

— Il est fort possible qu'elle ne soit pas au courant de notre arrivée. Le *Plassey* a malheureusement été détourné de sa route, il y a un mois, par une tempête au large des Canaries. La mer était démontée.

— Miss Phoebe n'a pas de chaperon ?

— Pas pour l'instant. Le gouverneur avait engagé une personne pour l'accompagner, Mme Sibbald, mais celle-ci a considéré que sa mission était terminée dès que nous avons accosté. Elle est partie.

— Où est le capitaine ? Miss Phoebe est sous sa responsabilité. Nous devrions lui remettre l'enfant, et je vous conduirai à Dewland House, miss Jerningham.

— Je n'aime pas le capitaine Rumbold, intervint la fillette. Je ne veux pas aller avec lui. Je ne veux plus jamais le voir.

— Je crains que ce ne soit pas possible, renchérit Gabby. Vous comprenez, le capitaine Rumbold est vraiment très content d'avoir atteint le port. À mon avis, à un moment du voyage, il a craint de perdre son navire. Or il a fait faire en Inde des chapeaux qu'il a embarqués sur le bateau. Ils sont affreusement laids, mais il les appelle « chapeaux nivernais » et a l'intention d'essayer de les faire passer pour des chapeaux français...

Gabby vit Quentin Dewland pincer les lèvres et se hâta de conclure :

— Le capitaine a déjà pris congé de nous. Il est parti superviser le déchargement de ses marchandises. En outre, ajouta-t-elle, il n'aime pas les enfants.

Quill respira un bon coup. Il se targuait de toujours garder son calme, même face à la douleur la plus intense, mais cette jeune femme menaçait de le rendre fou, bien plus qu'une blessure à la jambe ! Il la contempla en silence. Elle levait vers lui un petit visage interrogateur. Hélas, il n'avait pas écouté ce qu'elle disait ! Curieusement, il ne pensait qu'à une chose : la faire taire d'un baiser. Miss Jerningham avait les plus belles lèvres du monde. Il comprit qu'elle attendait une réponse.

— Pardonnez-moi, je crains de ne pas avoir saisi votre question.

— Je... je vous demandais de m'appeler Gabby, balbutia-t-elle.

Son expression semblait dire qu'il la prenait pour un moulin à paroles. Il faudrait qu'elle tienne sa langue, chaque fois qu'elle se trouverait en sa compagnie. Dieu merci, c'était Peter qu'elle allait épouser ! Cette idée lui remonta le moral.

— Gabby, répéta Quill. Ça vous va bien.

Il eut un brusque sourire, tout à fait inattendu, et elle le lui rendit timidement.

— J'essaie de ne pas trop parler...

— J'aime bien écouter miss Gabby parler, décréta Phoebe de sa voix flûtée.

Les deux adultes, surpris, la regardèrent.

Gabby l'avait complètement oubliée, et elle se tourna de nouveau vers son futur beau-frère :

— Puis-je emmener Phoebe avec moi ? Nous laisserons un message pour Mme Ewing à l'équipage.

— Il semble que nous n'ayons pas le choix, approuva Quentin.

Malgré tous ses efforts, Gabby ne parvenait pas à déchiffrer son expression. Il avait le visage le plus impassible qui fût, et son regard ne s'animait que lorsqu'il souriait. Des yeux verts. D'un gris-vert profond, comme l'océan par temps calme.

Déjà, il était parti s'enquérir de leurs bagages.

Gabby s'accroupit près de l'enfant.

— Tu veux bien venir avec moi chez Peter, Phoebe ? Apparemment, ta nouvelle maman n'a pas été avertie de ton arrivée, et je serais très heureuse que tu m'accompagnes.

La petite fille acquiesça, mais Gabby la sentait au bord des larmes. Elle la serra dans ses bras.

— Tu resteras avec moi jusqu'à ce que nous ayons trouvé ta maman, ma puce. Je ne t'abandonnerai pas.

Phoebe se laissa aller un instant contre son épaule, puis elle se redressa.

— Ayah dit que les dames anglaises ne doivent jamais montrer leurs émotions, déclara-t-elle d'une voix étranglée.

— Vois-tu, j'ai un peu peur de rencontrer Peter, et Kasi Rao me manque déjà terriblement. Alors je me sentirais mieux si j'avais une amie près de moi.

Phoebe carra les épaules et reprit sa main.

— Ne craignez rien, dit-elle. Je ne vous laisserai pas seule. Mais vous devriez fixer votre chignon. Il s'écroule encore.

— Bon sang !

Gabby porta la main à ses cheveux. Elle s'était efforcée de ne pas y toucher depuis le matin, afin d'être bien coiffée pour rencontrer Peter. Elle ôta son bonnet et le tendit à Phoebe.

Elle savait d'expérience que le meilleur moyen de remédier au problème était de tout reprendre au début.

Quill, en conversation avec un marin, se tourna vers elle… et se pétrifia. Gabrielle Jerningham dénouait son chignon, et de somptueuses boucles d'or sombre cascadaient jusqu'à ses reins. Il déglutit. Il n'avait jamais vu une chevelure de femme ainsi exposée en public ; or miss Jerningham secouait la tête, comme si les marins et les dockers qui l'entouraient n'existaient pas !

Les hommes contemplaient, bouche bée, la ravissante jeune personne qui se comportait comme si elle se trouvait dans son cabinet de toilette.

Quill fut sur elle en une seconde, furibond.

— Où diable est votre camériste ?

Gabby cligna des yeux.

— Je n'en ai pas. Mon père n'aime pas ça. Il dit qu'une dame digne de ce nom doit pouvoir se vêtir seule.

— Une *dame* ne se recoiffe pas devant tout le monde !

Gabby regarda autour d'elle, et vit tous les marins qui se détournaient à la hâte.

— J'ai l'habitude d'être regardée, répliqua-t-elle vivement. Au village, mon père et moi étions les seuls Européens, et mes cheveux étaient censés porter bonheur...

Elle s'interrompit quand il la prit par le bras.

— Venez, grommela-t-il, avant de s'adresser à Phoebe, qui avait toujours le bonnet à la main. Donnez-moi ça.

Il le posa n'importe comment sur le crâne de Gabby. C'était ridicule !

— Miss Jerningham, dit-il sur le ton du commandement.

Gabby prit la main de Phoebe. Tant pis, elle s'occuperait de sa coiffure dans la voiture.

Elle grimpa dans le cabriolet, Phoebe contre elle, et noua rapidement ses cheveux en chignon sur la nuque.

— C'est mieux, approuva la petite fille tandis qu'elle plantait ses épingles au petit bonheur la chance.

Quill ne savait que dire. Elle aurait eu besoin d'une domestique ! Déjà, on devinait que sa crinière ne tarderait pas à s'effondrer.

En l'observant plus attentivement, il s'aperçut que l'impression générale d'inélégance que dégageait Gabby était également due à sa mise. Elle n'était pas très grande, et elle était... potelée.

Contrarié, il conduisit en silence, mais la jeune femme ne semblait pas se formaliser de son humeur morose. Elle babilla avec Phoebe le long du chemin, commentant tout ce qu'elles voyaient. La voix de Gabby était en harmonie avec son visage. C'était une belle voix grave, très légèrement voilée, une voix qui évoquait pour Quentin des plaisirs sensuels.

Mais que dirait Peter ? Inutile de se leurrer, Peter était fiancé à une fille un peu ronde, assez négligée, dénuée de grâce féminine, alors que les femmes qu'il appréciait étaient toujours longues et fines comme des sylphides. Elles étaient froides, sophistiquées, et appréciaient son raffinement. Elles n'avaient pas de bouche pulpeuse, ni de voix qui parlait de bonheurs intimes, quel que soit le sujet abordé.

Il lui lança un rapide coup d'œil. Peut-être, en engageant une camériste... Oui, il le fallait ! Mais il était difficile d'imaginer Gabby en lady posée et distinguée. Déjà, son chignon penchait dangereusement vers la droite.

Dès qu'ils seraient arrivés, il lui indiquerait sa chambre et enverrait la camériste de sa mère s'occuper d'elle. Il fallait absolument remédier à son apparence avant le retour de Peter.

Comme ils montaient les marches du porche, il aurait été impossible de dire laquelle, de Phoebe ou de Gabby, s'accrochait le plus fort à la main de l'autre. Quill avait presque arraché la jeune fille à la voiture, et à présent, il la poussait pratiquement vers la vaste porte.

Celle-ci s'ouvrit sur un petit homme rondouillard, qui murmura quelques mots de bienvenue. Il s'inclina si bas que Gabby craignit que sa perruque poudrée ne se retrouve à terre. Il était très élégant, à tel point qu'elle le prit un instant pour le vicomte, mais il lui dit bonjour sans croiser son regard. Quentin ne se donna pas la peine de faire les présentations : il ordonna seulement qu'on allât chercher les bagages au port.

Comme l'homme prenait son manteau, Gabby posa la main sur son bras.

— Merci, dit-elle en souriant. Ai-je bien entendu M. Dewland vous appeler Codswallop ?

Le majordome ouvrit de grands yeux.

— En effet, madame, enfin... miss Jerningham. Mon nom est Codswallop.

Dieu merci, Codswallop n'était pas aussi guindé qu'il le paraissait, dans sa livrée impeccable. Elle sourit de nouveau.

— Je suis ravie de faire votre connaissance, monsieur Codswallop. Puis-je vous présenter miss Phoebe Pensington ? Elle restera quelque temps avec nous.

Codswallop s'inclina comme devant une reine.

— Miss Phoebe... Nous sommes très heureux de vous voir arrivée en Angleterre, miss Jerningham. En général, on m'appelle simplement Codswallop, ajouta-t-il sans pouvoir retenir un sourire.

— Pardonnez-moi. Je crains d'avoir beaucoup à apprendre sur les coutumes britanniques. J'ai déjà mis M. Dewland mal à l'aise, en me recoiffant sur le port.

Quill l'interrompit avant qu'elle ne se lance dans l'énumération des gaffes qu'elle avait commises ou risquait de commettre :

— Miss Jerningham souhaite certainement se rafraîchir, Codswallop. Veuillez la conduire dans sa chambre et demander à Stimple de l'assister.

— Je regrette, mais Stimple a accompagné lady Dewland à Bath, monsieur.

Quill fronça les sourcils. Évidemment, Kitty avait emmené sa femme de chambre ! Que faire alors ?

Codswallop ouvrit les portes du salon indien.

— Je vais sonner pour le thé, annonça-t-il, et j'informerai Mme Farsalter que miss Jerningham n'a pas de camériste. Elle ne tardera pas à régler le problème.

— Oh, merci, Codswallop ! s'écria Gabby. Je ne savais pas que les femmes de chambre étaient si importantes, chez vous. Mme Farsalter est-elle la gouvernante ?

Une petite voix intervint :

— Moi non plus, je n'ai pas de camériste.

Gabby sourit à Phoebe.

— Je pense que Mme Farsalter souhaitera engager une nurse pour Phoebe, si sa visite se prolonge.

— Après vous, miss Jerningham, dit Quentin avec une irritation qu'il avait du mal à dominer.

Codswallop disparut vers les quartiers des domestiques avec les manteaux.

— Mon Dieu, murmura Gabby en pénétrant dans la pièce. Quel endroit… charmant !

— Une idée de ma mère, rétorqua brièvement Quill.

Elle se dirigea vers une table particulièrement monstrueuse, dont le pied central était formé par un tigre assis.

Phoebe caressa la tête de l'animal.

— D'où ce meuble vient-il ? s'enquit Gabby, intriguée.

— Ma mère appelle cette pièce le salon indien, miss Jerningham. Elle espérait en lancer la mode à Londres. Son décorateur lui a assuré que le mobilier indien allait faire fureur dans la capitale. Malheureusement, cela n'a pas été le cas, ajouta Quill avec un haussement d'épaules. Mais après avoir dépensé autant d'argent, mon père n'est guère enclin à refaire un simple salon anglais.

Gabby lui lança un regard acéré. Il était impassible, pourtant elle devinait un soupçon d'humour dans son intonation.

— Il est curieux, fit-elle remarquer avec malice, que nous n'ayons jamais eu une telle table dans notre demeure, étant donné que j'ai vécu toute ma vie aux Indes. En fait, je ne me rappelle pas avoir jamais vu ce genre de meubles…

Seuls les yeux de Quentin riaient.

— Je vous supplie de ne pas révéler cette triste vérité à ma mère, dit-il en s'accoudant au manteau de la cheminée. Voyez-vous, après avoir dépensé quelque vingt mille livres pour réaliser cette extravagance, elle serait effondrée d'apprendre que ses trésors exotiques viennent de chez un ébéniste de Southampton, nommé Fred Pinkle.

— Fred Pinkle ? Vous avez enquêté sur ces meubles ! lui reprocha Gabby.

— On ne peut guère parler d'enquête, répliqua-t-il en allant s'appuyer au dossier d'un fauteuil. Je possédais des actions dans la Compagnie des Indes, aussi connais-je assez bien les produits que l'on peut acheter dans cette partie du monde.

Elle pinça les lèvres.

— Vous possédiez une partie de la Compagnie des Indes ?

Quill leva les yeux, étonné. C'était la première fois qu'elle s'exprimait sèchement.

— Cela vous contrarie, miss Jerningham ?

Elle croisa son regard.

— Non. Bien sûr que non. Cela ne me regarde pas... Mais accepteriez-vous de m'appeler Gabby ? Après tout, nous serons bientôt parents.

Quill se redressa. Sa jambe lui rappelait cruellement le long trajet en voiture.

— Alors, appelez-moi Quill.

— Quill ? Quel nom charmant !

— Vraiment charmant, ou bien aussi charmant que cette pièce *charmante* ?

Elle eut un petit rire.

— Vous m'avez eue, monsieur... Quill. Puis-je vous poser une question ?

— Je vous en prie.

— Souffrez-vous de votre jambe ?

Elle avait légèrement hésité, ne sachant si sa réflexion serait ou non considérée comme une impertinence. Quill aurait pu lui dire qu'aucune jeune femme bien élevée ne posait de question aussi personnelle à un homme, surtout si elle le connaissait à peine. Mais un sourire lui échappa : Gabby allait réveiller leur sérieuse maisonnée !

— J'ai eu un accident de cheval il y a six ans et, bien que j'aie eu la chance de pouvoir marcher de nouveau, la position debout m'est pénible.

Les yeux de Gabby exprimaient toute sa compassion.

— Alors, pourquoi ne vous êtes-vous pas assis, mon pauvre ami ?

— Miss Gabby !

Phoebe, qui avait inspecté les nombreux fauves ornant le mobilier de la vicomtesse, était revenue à son côté.

— M. Dewland ne peut pas s'asseoir avant vous, ajouta-t-elle. Ayah m'a dit que les gentilshommes ne s'asseyent jamais en présence d'une dame. Je veux dire, si la dame est debout…

La jeune fille s'empourpra.

— Je suis désolée, s'excusa-t-elle en se posant aussitôt sur un sofa. Je suis sûre que je vais commettre beaucoup d'impairs de ce genre. Mon père n'appréciait guère ce qu'il appelait les simagrées aristocratiques, alors je ne connais presque rien aux usages britanniques.

— N'y pensez plus, dit Quill en se laissant tomber dans un fauteuil avec un petit soupir de soulagement.

L'enfant s'installa sur un tabouret aux pieds de Gabby. Quill, amusé, se dit qu'elles étaient à l'opposé, toutes les deux. Phoebe, avec ses anglaises impeccables, sa robe délicatement étalée autour d'elle, avait les mains sur les genoux, les chevilles croisées.

Quant à Gabby… Elle ne se tenait pas mal, à proprement parler, mais il n'y avait rien de sophistiqué dans son attitude. D'abord, son chignon s'était écroulé de nouveau quand elle avait tendu son bonnet à Codswallop. Et sa robe avait une curieuse ligne. De toute évidence, elle avait été coupée à taille haute, selon la mode, cependant elle était faite d'un tissu raide qui gonflait autour des hanches, comme si la jeune fille portait des dessous amidonnés.

Le majordome apparut.

— Le thé va être servi tout de suite, annonça-t-il, avant de se tourner vers Quill avec un plateau d'argent sur lequel trônait une carte de visite. M. Lucien Blanc est là, monsieur. Voulez-vous le recevoir ?

— Non.

Gabby sourit à Quill.

— Je vous en prie, ne renvoyez pas votre ami à cause de moi. M. Blanc peut certainement se joindre à nous pour le thé...

Quentin fronça les sourcils.

— Je pense qu'il vaut mieux ne pas avoir d'invités, pour le moment.

Il se trouva lui-même plutôt pompeux, mais comment évoquer poliment l'état de la coiffure de la jeune femme ?

Elle esquissa une grimace.

— Je ne connais pas les coutumes anglaises, mais je sais combien il est désolant de se rendre chez un ami pour trouver porte close !

Finalement, Quill hocha la tête en direction de Codswallop, tandis que Gabby continuait, radieuse :

— Nous n'avons pas besoin de cérémonie, entre gens de la même famille. Je serai enchantée de rencontrer l'un de vos amis. Peter viendra-t-il pour le thé ? demanda-t-elle après une brève hésitation.

Il se crispa légèrement.

— J'en doute. Il ne rentre en général que tard le soir.

— Oh... Est-il à Londres, en ce moment ? Sait-il que je suis arrivée ?

Question épineuse ! Peter avait certainement été informé de l'arrivée du *Plassey* par un valet de pied, mais cela le pousserait plutôt à s'attarder dehors toute la nuit !

— Non ! répliqua-t-il un peu sèchement. S'il avait été au courant, il serait venu vous accueillir lui-même. Quand le message m'a été transmis, j'étais seul à la maison. D'ailleurs, j'aurais dû vous informer que mes parents sont désolés de ne pas être là. Ils sont en cure à Bath.

Gabby s'épanouit.

— Bien sûr, il l'ignorait ! Croyez-vous qu'un valet pourrait lui porter un message ?

Elle était adorable, un peu confuse.

— Impossible ! Je ne sais pas où il est.

La conversation l'exaspérait au plus haut point. Cette fille se comportait comme si elle était amoureuse de Peter, alors qu'il s'agissait d'un mariage de convenance, un mariage entre inconnus.

Codswallop rouvrit la porte pour annoncer :

— M. Lucien Blanc.

Un homme élégant, vêtu de noir, pénétra dans la pièce.

Quill se sentit infiniment soulagé. La discussion serait plus facile avec Lucien. Il avait tant de charme, le bougre !

— Lucien, puis-je vous présenter ma future belle-sœur, miss Jerningham, la fille de lord Richard Jerningham ? Et voici miss Phoebe, qui va séjourner quelque temps avec nous.

Lucien s'approcha et se préparait à saluer gracieusement, quand miss Jerningham bondit hors du sofa. Il trébucha et fit un pas en arrière. Du coup, son salut fut beaucoup moins élégant !

Gabby fit la révérence.

— Ravi de vous connaître, miss Jerningham, dit-il. Et vous aussi, miss Phoebe...

La petite fille exécuta une révérence parfaite.

— Ma parole ! s'écria Lucien. Il est rare de rencontrer une jeune personne aussi accomplie !

Phoebe sourit, mais il devina que quelque chose n'allait pas. Épuisée, l'enfant semblait au bord des larmes. Quelle étrange situation ! Cette femme maladroite allait devenir l'épouse de l'impeccable Peter ? Et que faisait la petite Phoebe au milieu de tout cela ?

Il s'assit, et il y eut un silence gêné, jusqu'à ce que Gabby comprenne que Quill n'avait pas l'intention d'alimenter la discussion.

— Vous êtes français, monsieur Blanc ? demanda-t-elle aimablement.

Lucien acquiesça.

— J'ai vécu en France la plus grande partie de ma vie, bien que je réside en Angleterre depuis douze ans.

— Auriez-vous pu connaître ma mère, en France ? Son nom de jeune fille était Marie du Lac.

— Je crains que non. Ma femme et moi menions une vie plutôt recluse, et nous nous rendions rarement à Paris. Votre mère était-elle attachée à la Cour ?

Gabby rougit.

— Je n'en sais rien. Mon père refusait de parler d'elle.

Lucien eut un regard compatissant.

— C'est parfois le cas, après le décès d'un être cher…

Codswallop revenait, suivi par trois valets chargés d'une grosse théière et de divers plateaux. Ils posèrent leurs fardeaux sur une table, et Gabby s'aperçut que la théière était devant elle.

— Dois-je… ? demanda-t-elle à Quill.

— Je vous en prie.

— Je n'ai jamais bu de vrai thé de Chine, confia-t-elle à Lucien. En Inde, on dit que c'est un nectar !

— En Angleterre, on parle d'or liquide. Seuls les gens comme Quill, qui connaissent bien les spadassins de la Compagnie des Indes, peuvent s'en offrir à toute heure du jour.

Elle s'appliquait à servir le thé dans de délicates tasses de porcelaine.

— Qu'est-ce que des « spadassins » ?

— Ce sont les individus qui dirigent la Compagnie et contrôlent l'importation du thé chinois.

Gabby se tourna vers Quill.

— Vous êtes un spadassin ?

Il sentait dans son intonation une ombre de désapprobation.

— Pas du tout ! Lucien plaisante, je...

— Gabby ! Gabby ! se mit à crier Phoebe.

Horrifiée, la jeune fille s'aperçut qu'en regardant Quill, elle avait oublié de relever le bec de la théière. Le thé débordait, se répandant sur la table et dégoulinant sur le tapis persan.

Rouge comme un coquelicot, elle fit un geste brusque, et une giclée de thé vint tacher sa robe blanche. Elle en oublia les quelques règles de bienséance qu'elle connaissait.

— Sacrebleu ! s'écria-t-elle.

Instinctivement, elle tenta d'empêcher le thé de couler sur le tapis, mais ne réussit qu'à salir ses gants et détourner le filet sur la robe de Phoebe.

Celle-ci éclata en sanglots.

— Oh, Phoebe, je suis désolée ! s'exclama Gabby en bondissant vers elle.

Sa chaise ornée de tigres se renversa. Elle essaya de la rattraper, mais son pied se prit dans l'ourlet de sa jupe. Il y eut un terrible bruit de déchirure, tandis qu'elle se retrouvait le nez sur les genoux de Quill...

Au même instant, Codswallop plongea sur la chaise, en saisit le dossier, et tomba. Majordome et chaise se retrouvèrent à terre, dans un amas de bois brisé.

Lucien, qui retenait un fou rire, vint prendre la petite Phoebe dans ses bras, comme s'il la connaissait depuis toujours.

— C'est fini, ma douce, murmura-t-il. Dis-moi pourquoi tu pleures, à cause d'une simple tache sur ta robe...

Il l'emporta un peu à l'écart en caressant ses cheveux, pendant qu'elle récitait d'une voix entrecoupée la liste de ses déboires, mêlant la disparition de sa maman avec la longueur de sa jupe, et puis le thé renversé, et Ayah, ce qu'il pensait des petites filles négligées…

Gabby, qui avait été propulsée sur les jambes de Quill, tentait désespérément de se redresser, les larmes aux yeux. Elle allait mourir d'humiliation !

D'un geste souple, il la prit aux épaules, la remit sur ses pieds et se leva dans le même mouvement.

La jeune fille n'osait le regarder. Elle avait renversé le thé, et ses gants étaient horriblement tachés, ainsi que le corsage de sa robe dont le bas était déchiré. La bande ajoutée, décorée de grecques, traînait carrément sur le plancher. Il devait la trouver affreusement lourdaude !

— Si nous renoncions ? Notre présence à table n'est plus indispensable à présent, dit-il, une étincelle amusée dans les yeux.

En effet, la table avait été débarrassée, et les valets tentaient de redresser le pauvre Codswallop. Elle pâlit.

— Codswallop est blessé…

— Je crois qu'il est seulement essoufflé par sa course à travers le salon, répondit Quill qui, devant sa mine défaite, ajouta : Ne trouvez-vous pas qu'ils ressemblent à des arracheurs de dents massés autour d'un patient récalcitrant ?

Elle plissa le nez.

— Vous vous moquez de moi, monsieur.

— Pas un instant ! protesta-t-il d'un air presque convaincant. Des incidents de ce genre arrivent aux plus raffinés. La dignité de Codswallop est peut-être blessée, mais pas sa personne.

— Bien. Je suppose que je n'arriverai pas à vous persuader que je fais partie des plus raffinés, marmonna-t-elle.

Elle croisa son regard, et l'humour qu'elle y lut était si contagieux qu'elle pouffa.

Quill, encore ému par la boule de chair douce qui avait atterri sur ses genoux, émit un petit rire. Gabby finit par éclater carrément de rire.

Ce fut la scène que Peter découvrit, quand il poussa la porte du salon.

# 3

Gabby se retourna d'un bond. Un instant, elle ne comprit pas qui se tenait à quelques mètres d'elle, car le regard rieur de Quill lui donnait des frissons.

Mais elle retrouva bien vite son sérieux.

C'était Peter, son futur mari. Elle fit un pas vers lui, s'arrêta... Peter. Oui, c'était forcément lui, avec son doux regard brun.

Mais impossible de dire si ses cheveux étaient châtains, tant ils étaient poudrés !

Il portait une longue veste noire brodée. Son gilet, de soie coquelicot, était rebrodé de fleurs sauvages. Une cravate de dentelle argent gansée d'or était nouée à son cou, ses bas de soie étaient d'un blanc éclatant, et ses souliers s'ornaient de larges boucles.

Gabby en resta bouche bée.

Son cœur battait à tout rompre. L'homme – son fiancé – ne disait pas un mot. Il se contentait de la fixer en silence, son chapeau noir à la main.

Elle se mordit la lèvre, puis s'efforça de sourire. Elle s'apprêtait à parler, quand elle entendit la voix profonde de Quill derrière elle :

— Je suppose que tu étais à la Cour, Peter.

— Nous sommes le 2 novembre, Quill, répondit Peter comme si c'était une explication suffisante.

Le chapeau sous son bras, il esquissa un salut en direction de Gabby.

— Votre serviteur.

Puis il salua Lucien, qui tenait toujours Phoebe dans ses bras.

La jeune fille s'éclaircit la gorge.

— Le 2 novembre ?

Peter revint à elle et la détailla du bout de ses souliers tachés jusqu'à son chignon croulant. Elle ne put ignorer sa désapprobation.

— Le 2 novembre est le jour anniversaire du duc de Kent, rétorqua-t-il.

Gabby avait l'estomac affreusement noué.

Il avança de quelques pas dans la pièce.

— J'espère que Codswallop n'a pas eu une attaque ?

Quill secoua la tête.

— Il ne semble pas blessé.

En effet, le majordome, de nouveau sur pied, rajustait sa tenue.

— Il a trébuché contre la chaise, souffla Gabby, et il a renversé le thé. Maintenant, ma robe est toute tachée.

Elle évitait soigneusement le regard de Quill.

Les yeux de Peter s'adoucirent.

— Vous êtes sûrement miss Jerningham ? J'attendais que mon frère procède aux présentations, mais comme il manque à tous ses devoirs... Je suis M. Peter Dew...

Gabby se précipita vers lui, trébuchant dans l'ourlet de sa robe, et elle prit la main droite de Peter.

— Je vous en prie, appelez-moi Gabby, puisque je suis... nous sommes...

Peter faillit s'étrangler, et il retira vivement sa main, résistant à l'envie de vérifier si ses gants avaient été maculés par ceux de la jeune femme.

— Je suppose que miss Jerningham souhaite se retirer dans ses appartements, dit-il à Quill en évitant délibérément le regard de Gabby, maintenant que notre domestique a gâché ses atours...

Pouvait-on vraiment qualifier d'atours cette robe informe ?

Il s'effaça pour laisser Codswallop sortir du salon.

— Je me demande où tu as la tête, Quill, dit-il, se déchargeant de la contrariété causée par cette absurde situation. Bon sang, tu aurais dû te trouver à la Cour, ce matin. Tout le monde y était ! Crois-moi, Prinny n'est pas toujours au mieux avec son frère, mais il n'aime pas qu'on offense le prince Edward. Maintenant que tu peux marcher, il n'y a plus aucune excuse à ta désinvolture.

— J'avais oublié, dit Quill qui vint se poster juste derrière Gabby.

— Oublié ! répéta Peter d'une voix aiguë. Aucun gentilhomme n'a le droit d'oublier l'occasion d'honorer l'un de nos princes. De même qu'aucun gentilhomme n'obligerait une dame à se montrer en public dans un tel état ! Je ne comprends pas ce qui est arrivé à Codswallop, ajouta-t-il en croisant enfin le regard de Gabby. Il n'est pas si maladroit, d'habitude...

Il s'adoucit en songeant au calvaire que devait endurer la jeune fille, qui était fort pâle.

— L'une des chaises de mère est bonne pour le feu, poursuivit-il. Encore que ce ne soit rien, comparé à l'affront qu'a subi miss Jerningham.

Quill regardait Gabby, qui se déroba. Elle ne pouvait admettre que c'était elle la maladroite, pas devant son élégant fiancé. Même si le diabolique sourire de Quill laissait entendre qu'elle se comportait comme une vilaine petite fille...

Peter sonna.

— Je vais demander à votre camériste de vous conduire à votre chambre. Au cas où vous seriez trop bouleversée pour nous rejoindre au dîner, sachez que ma sympathie vous accompagne. S'il m'était arrivé un accident de ce genre à mon arrivée à Londres – ou à n'importe quel moment, d'ailleurs –, il me faudrait bien une journée entière pour m'en remettre !

Il s'inclina de nouveau avec grâce.

Gabby fit la révérence. Elle était incapable de répondre. Ce ne pouvait pas être Peter... Mais si, c'était lui. Le premier choc passé, elle reconnaissait ses traits. Mais ce... perroquet raffiné, élégant, piaillant! Il se parfumait, elle s'en était rendu compte quand elle lui avait pris la main.

Elle ravala les larmes qui lui montaient à la gorge. Jamais elle ne s'était sentie aussi gauche de toute sa vie, qui pourtant avait été jalonnée d'incidents de ce genre...

Soudain, on lui toucha le bras, et elle leva les yeux. Peter lui souriait gentiment.

— Je suis désolé que votre venue chez nous ait été gâchée par la sottise de Codswallop, miss Jerningham.

Elle sourit un peu timidement.

— Voudriez-vous m'appeler Gabby, s'il vous plaît? Comme nous devons nous marier...

Il se raidit, mais acquiesça.

Pour la première fois, elle envisagea qu'il pût ne pas être enchanté à l'idée de ce mariage. Elle-même avait été tellement heureuse d'échapper à son père, tellement séduite par le portrait de Peter, qu'elle ne s'était pas interrogée une seconde sur les sentiments de son fiancé.

— Veux-tu que j'emmène Gabby à ses appartements? proposa Quill. Je crois que mère a fait préparer la chambre bleue.

Il y avait une telle détresse dans les yeux de sa future belle-sœur qu'il aurait volontiers giflé son frère.

— Certainement pas! répliqua sèchement Peter. Puis-je te rappeler que miss Jerningham est une jeune personne de bonne éducation? Il n'est pas question que tu l'accompagnes à l'étage. Nous allons convoquer une femme de chambre... Je dois dire que je trouve invraisemblable que votre père vous ait permis de voyager sans chaperon, miss Jerningham.

— Mon père ne prise guère les caméristes, ni les chaperons. Il dit que...

Quill interrompit ce qui menaçait d'être un long discours sur les habitudes du très peu conventionnel père de Gabby. Peter en avait assez entendu pour la journée !

— Nous ferons bientôt partie de la même famille, Peter. Il n'y a rien d'inconvenant à ce que j'accompagne ma belle-sœur à sa chambre.

— Elle n'est pas ta belle-sœur !

Gabby en eut le cœur à l'envers. Peter ne voulait pas se marier avec elle, c'était clair ! Elle dégagea la main que Quill avait passée sous son coude.

— Vous n'avez pas envie de m'épouser, monsieur ? demanda-t-elle franchement.

Peter eut un haut-le-corps.

— Parce que nous pourrions trouver une sorte… d'arrangement, poursuivit-elle, désespérée. Je ne voudrais pas vous forcer à agir contre votre gré.

Quill fut horrifié par sa perspicacité.

— Bien sûr que si, il veut vous épouser ! déclara-t-il un peu rudement, en lui reprenant le bras. Mais il a raison, vous devriez aller vous changer…

La jeune fille, l'ignorant, regardait son fiancé.

— Pourquoi n'avez-vous pas dit à mon père que cette union ne vous convenait pas, avant que j'entreprenne ce long voyage ? La lettre du vicomte disait que vous étiez… que vous étiez…

Quill adressa à son frère un regard courroucé.

Peter prit la main de Gabby.

— Vous vous trompez, miss Jerningham… Gabby. J'ai vraiment envie de vous épouser…

En croisant le regard noyé de larmes de la jeune femme, il le pensait presque. Elle était tellement pitoyable, plantée là dans ses vêtements souillés ! Après tout, son manque d'élégance était sans doute dû à l'absence de couturiers dignes de ce nom aux Indes, plus qu'à un manque de goût personnel.

— Si j'ai parlé sèchement, c'est parce que j'étais… je suis mortifié par l'attitude inexcusable de notre majordome. Je devine quelle torture vous devez vivre ! En fait, je vais demander à mon père de chasser Codswallop. Nous ne pouvons tolérer parmi notre personnel un serviteur à la conduite si déplorable... Je vous en prie, ne doutez pas de mes sentiments à votre égard. J'ai hâte que nous soyons mariés, ajouta-t-il avec un peu moins de conviction.

Gabby prit une longue inspiration. Elle était fascinée par la main blanche de son fiancé, ornée d'une élégante chevalière.

La main disparut quand Peter se rendit compte que sa fiancée devait être choquée qu'il se fût attardé au-delà des six secondes autorisées...

— Je vous escorte à votre chambre ! décida-t-il en lui prenant le bras pour l'emmener vers la porte.

Elle lança un regard affolé à Quill, qui afficha un sourire rassurant.

— Je vais veiller à ce que Phoebe soit installée près de vous, dit-il.

Gabby hocha la tête. Elle ne pouvait tout de même pas insister pour que Quill les accompagne. Une ou deux heures auparavant, elle le trouvait terrifiant. À présent, l'intonation sophistiquée et maussade de Peter la terrifiait d'une autre manière...

Impuissante, elle laissa son fiancé la mener jusqu'à une vaste chambre au papier bleu clair, sans bien écouter ce qu'il disait.

— Phoebe sera-t-elle dans la pièce voisine ? s'enquit-elle alors qu'il allait sortir.

— Phoebe ?

— La petite fille qui est avec M. Blanc, expliqua Gabby en s'apercevant qu'elle n'avait pas fait les présentations. Voyez-vous, Phoebe voyageait aussi sur le *Plassey*, et quand sa tante ne s'est pas présentée à l'arrivée, votre frère a gentiment proposé de l'amener ici.

Peter pinça les lèvres.

— C'est plutôt étrange, dit-il. Je ne comprends pas pourquoi vous ne l'avez pas laissée avec le capitaine. Ses parents seront inquiets, s'ils ne savent pas où elle est.

— Vous avez raison, mais nous n'étions pas absolument certains que la seule parente de Phoebe – une certaine Mme Ewing – ait reçu la lettre où on lui annonçait le décès de sa sœur et de son beau-frère. Comme elle n'était pas au port, j'ai pensé qu'il valait mieux garder Phoebe avec moi. L'équipage du *Plassey* a débarqué immédiatement. Nous avons été retardés par le mauvais temps, et tout le monde avait hâte de regagner son foyer, ce qui est bien naturel. Je ne savais pas qui pourrait se charger de Phoebe.

Elle s'interrompit un bref instant, avant d'ajouter :

— Je suis bavarde. Excusez-moi, je vous prie...

Peter baissa les yeux sur la main au gant sale posée sur son bras, et se libéra d'une secousse.

— Vous n'aviez pas le choix, j'en suis conscient. Je vais faire rechercher cette Mme Ewing.

Sur ces mots, il s'inclina et sortit.

Gabby se laissa tomber sur le lit, les larmes aux yeux. Peter n'était peut-être pas opposé à leur mariage, comme elle l'avait supposé un moment, mais il était si froid, si réservé ! De toute évidence, il était à cheval sur l'étiquette... Les larmes débordèrent. Elle avait tout pour lui déplaire ! Il appelait le futur roi d'Angleterre par son surnom – Prinny – et elle n'était qu'une empotée, comme d'habitude.

Pourquoi, mais pourquoi avait-elle menti au sujet de Codswallop ? Peter avait eu l'air si horrifié que le mensonge était venu tout seul. Que devait penser Quill ? Elle aurait dû dire la vérité. Seulement, si Peter apprenait que c'était elle la responsable... Jamais il n'accepterait de l'épouser, s'il devinait la catastrophe qu'elle pouvait faire d'une tâche aussi simple que de servir le thé ! Et elle ne pouvait pas retourner auprès de son père, ce père qui ne cessait de l'accabler de reproches.

Elle tenta de se raisonner. Elle s'efforcerait d'être plus gracieuse, voilà tout. Plus semblable à ce que Peter attendait d'une future épouse.

On frappa à la porte. Gabby se hâta de s'essuyer les joues.

— Entrez.

— Je vous amène Phoebe, annonça Quill de sa voix grave. Elle semble avoir cru que vous étiez retournée aux Indes en l'oubliant ici.

Gabby s'accroupit et tendit les bras à la petite fille.

— Jamais je ne t'aurais laissée, ma douce...

La fillette se jeta contre elle. Gabby la berça en murmurant des mots tendres dans ses cheveux.

Heureuse enfant! se dit Quentin qui se dirigea vers la fenêtre.

— Peter ne voulait pas se montrer critique, dit-il brusquement. Il a une haute opinion de son importance, mais à part ça, il a bon caractère.

— Y a-t-il une chance pour que votre père renvoie Codswallop? s'inquiéta Gabby.

Elle câlinait toujours Phoebe, et Quill se sentit tout drôle.

— Vous avez des remords? rétorqua-t-il avec un sourire.

Elle avait trop honte pour plaisanter.

— Je ne comprends pas pourquoi j'ai menti, Quill! Mais Peter avait l'air tellement scandalisé...

— Je pense que c'était un pieux mensonge, dans ces circonstances, la rassura-t-il.

— Il a raison, miss Gabby, intervint Phoebe. Vous m'avez dit un jour qu'un mensonge était possible, si cela rendait quelqu'un heureux. Vous vous souvenez? Et M. Dewland allait beaucoup mieux, quand il a cru que c'était le majordome qui avait sali votre robe.

— La vérité sort de la bouche des enfants, conclut Quill.

Gabby lui lança un coup d'œil acéré.

— Il est facile pour vous de faire de l'humour. J'ai accusé le pauvre Codswallop à tort, et c'est lui qui a été blessé.

Elle paraissait tellement désespérée qu'il eut pitié.

— Ne vous inquiétez pas à son sujet. Mon père se couperait la main droite, plutôt que de se priver de ses services. Il est dans la maison depuis des années. Voulez-vous que j'aille lui présenter vos plus plates excuses ?

— Je m'en chargerai moi-même, décida Gabby.

— Certainement pas ! Les dames ne se rendent pas dans les quartiers des domestiques.

— Quand il s'agit de réparer une erreur, il n'est plus question de convenances. Je suis sûre que papa serait de mon avis.

— Votre père me semble être un homme tout à fait spécial, fit remarquer Quill. En tout cas, Phoebe a raison : Peter s'est senti beaucoup mieux après votre mensonge. Donc, ne commettez pas un autre impair avant même qu'il se soit remis d'avoir aperçu vos chevilles.

La jeune fille rougit. En effet, la partie décousue de sa robe laissait voir ses chevilles au-dessus des bottines. Elle croisa le regard de Quill et, troublée, baissa de nouveau les yeux. Ses jambes étaient sagement gainées de coton blanc, et elle n'imaginait pas un instant qu'elles aient pu émouvoir Peter.

Quill, de son côté, se disait que son pointilleux frère avait peut-être eu raison en l'empêchant d'accompagner Gabby à sa chambre. Était-ce la proximité du lit qui lui échauffait le sang ? Les fines chevilles de Gabby évoquaient pour lui de longues jambes, sous la vilaine robe déchirée.

— Je vous interdis de vous rendre aux communs, dit-il un peu sèchement. Inutile d'ajouter à la nervosité de mon frère, il en verra bien assez comme cela.

Elle plissa les yeux.

— Qu'entendez-vous par « bien assez comme cela » ? Vous sous-entendez que mon époux souffrira par ma faute ? Qu'il souffrira parce que... je suis un mauvais numéro ?

— Il ne souffrira pas plus qu'un autre. Perte de la liberté, ainsi de suite... On appelle ça se passer la corde au cou.

Gabby n'en avait pas terminé.

— Vous *m'interdisez*? De quel droit m'interdisez-vous quoi que ce soit?

Il esquissa un sourire.

— En l'absence de mon père, je suis le maître de maison, figurez-vous.

Elle fronça les sourcils. Maintenant qu'elle y songeait, Quill devait être nettement plus âgé que Peter.

— Mais je croyais...

Elle s'interrompit. Elle aurait bien le temps de demander pourquoi son père avait cru qu'elle allait épouser l'héritier, alors qu'il s'agissait en réalité du fils cadet... Elle préféra changer de sujet.

— Il faut coucher Phoebe, dit-elle.

Succombant aux émotions de la journée, la petite fille s'était endormie dans ses bras.

— Mme Farsalter a engagé une nurse pour s'occuper d'elle, annonça Quentin, qui ne put s'empêcher de regarder la façon dont l'enfant se lovait contre la poitrine de Gabby. Voulez-vous que je la porte dans sa chambre?

— Votre jambe n'en souffrira pas? Nous pourrions la porter à deux: je prendrai les pieds, et vous la tête.

— Je travaille quotidiennement avec des haltères, miss Jerningham. J'ai certainement la force de porter cette petite fille.

— Des haltères? Qu'est-ce que c'est?

— Des petites barres alourdies de poids. Après mon accident, j'avais des difficultés pour bouger. Nous avons découvert un médecin allemand, Trankelstein, qui estime que l'on doit forcer sur les membres faibles. C'est la raison pour laquelle il a inventé ces haltères.

Le regard compatissant de Gabby se posa un instant sur lui comme une caresse, et il frémit. Pourquoi ne se formalisait-il pas quand elle parlait de sa jambe, alors qu'il entrait dans une colère noire lorsque quelqu'un d'autre s'y risquait ?

Il prit la petite dans ses bras et la porta dans la chambre voisine.

Tandis que Gabby se présentait à la nourrice et lui demandait de déshabiller Phoebe, Quill ne put s'empêcher de s'attarder sur le seuil.

C'était pourtant une jeune personne ennuyeuse, maladroite, peu soignée…

Une petite effrontée, dont les cils sombres et la somptueuse chevelure appelaient les baisers.

Une drôlesse, qui s'était sortie d'un mauvais pas grâce à un mensonge éhonté.

Et c'était la première femme, depuis des années, qui lui parlait de sa jambe infirme comme s'il s'agissait d'un incident négligeable.

Il devait l'éviter autant que possible !

Il quitta la pièce sans prévenir. Ce qui était fort peu civil, se dit-il en descendant l'escalier.

Mais c'était une façon de se protéger.

Il se dirigea vers son bureau avec détermination, et se plongea dans les colonnes de chiffres qui indiquaient pourquoi il souhaitait acheter des parts de la société Mortlake & Murtland…

Toutefois, quand un valet de pied vint lui annoncer qu'il avait un visiteur, il n'hésita pas. Il ne parvenait pas à se concentrer, et une amère solitude le taraudait. Il en était presque à s'apitoyer sur son sort. Or il avait appris, des années auparavant, qu'il n'y avait rien de pire que cela.

Il fut surpris en lisant le nom de son visiteur inattendu sur la carte que le valet lui tendait. Lord Breksby était le ministre des Affaires étrangères, et on le disait proche de la retraite. Ils ne se fréquentaient guère.

Breksby entra dans la pièce, l'air affairé, en se frottant les mains. Il n'avait rien d'un homme qui songe à se retirer !

— Bonjour, monsieur ! J'espère que ma visite impromptue ne vous dérange pas trop ?

Quill lui offrit un fauteuil, se demandant ce qui avait bien pu le faire sortir de son élégant bureau de Downing Street.

— J'étais venu parler à votre père, mais j'ignorais qu'il n'était pas en ville.

— Je me ferai un plaisir de lui communiquer votre message. Ou bien, si votre entretien doit rester confidentiel, de vous indiquer où le trouver à Bath.

— Il n'y a rien de secret là-dedans, déclara jovialement Breksby. En fait, j'étais venu féliciter le vicomte pour les fiançailles de votre frère. J'ai entendu dire que vous alliez bientôt accueillir la fille de lord Jerningham à Londres. Je parle du plus jeune Jerningham, le frère du défunt duc, naturellement.

Le duc, aîné des Jerningham, était mort récemment, laissant pour héritier un fils de quatorze ans.

— Miss Jerningham est arrivée aujourd'hui, répondit prudemment Quill.

Il se méfiait. Le ministre n'était certainement pas venu parler de la pluie et du beau temps.

— Inutile de tergiverser, reprit Breksby. Nous avons besoin de l'aide de votre père, Dewland. Ou plutôt, de l'aide de miss Jerningham.

Quentin fronça les sourcils.

— Je vous comprends, poursuivit son interlocuteur. Que pourrait bien vouloir le gouvernement anglais d'une jeune femme de bonne famille ? Mais la vérité est que le père de Gabrielle Jerningham est dans une situation épineuse. Et l'on vient seulement de se rendre compte de la gravité de la chose.

— Qu'a-t-il fait ?

— C'est moins ce qu'il a fait que ce qu'il soutient. Il s'est mis à dos la Compagnie des Indes au sujet de politique internationale et de l'un des gouvernants indiens.

Quill réfléchit. Il avait été actionnaire de la Compagnie pendant des années : il savait comment elle fonctionnait. L'année précédente, l'armée avait attaqué la forteresse de Bharatpur, laissant derrière elle quelque trois mille personnes tuées ou blessées.

— Le problème est-il en rapport avec la région de la dynastie Holkar ?

Breksby ne fut pas surpris par les connaissances de son interlocuteur.

— Précisément. La dynastie Holkar occupe le Maharashtra, au centre de l'Inde.

— Le Maharashtra n'est ni possédé ni gouverné par la Compagnie, observa Quill.

— C'est exact. Voilà pourquoi je m'adresse à vous, plutôt qu'à un représentant du gouverneur général. Certains d'entre nous, au gouvernement, estiment que le comité de contrôle ne calme pas suffisamment les... pulsions guerrières de la Compagnie. Nous nous sommes efforcés de faire connaître notre opinion par la manière douce.

Quill ne trahit pas d'un battement de cils ce qu'il pensait de cette « manière douce ».

Breksby soupira.

— Je sais, je sais... Nos efforts sont sans doute insuffisants. Mais il semblerait que lord Richard Jerningham ait décidé de prendre le problème en main, d'une façon qui met en péril toute la région.

— Qu'a-t-il fait ?

— Avez-vous entendu dire que l'actuel chef Holkar a l'esprit qui bat la campagne ?

— Tukoji Holkar ? C'est ce qu'on raconte.

En effet, le bruit courait que Holkar abusait du cognac que lui fournissaient largement les hommes de la Compagnie.

— Il est complètement toqué ! confirma Breksby. Il passe ses journées à boire jusqu'à tomber ivre mort. Il semblerait que ses parents l'aient ligoté et ne le nourrissent que de lait. Je suppose qu'il y a quelques héritiers illégitimes qui attendent dans l'ombre, comme des vautours. Mais Tukoji a un descendant légitime. Or Jerningham cache cet héritier quelque part.

Quill ouvrit de grands yeux.

— Pourquoi, au nom du Ciel ?

— Supposez que cet héritier soit un peu fou, lui aussi... Jerningham pense que si nous mettons un simple d'esprit sur le trône des Holkar, cela ouvrira la route du Maharashtra à la Compagnie. Il veut qu'un bâtard monte sur le trône, et que la Compagnie renonce à conquérir la région.

— Et vous pensez que miss Jerningham sait quelque chose ?

— C'est fort possible. Une drôle de maisonnée, que celle de Jerningham... Savez-vous qu'il est parti aux Indes en tant que missionnaire ?

— J'ai entendu dire qu'il y était allé dans cet état d'esprit, mais qu'il avait vite renoncé.

— En effet. Il s'est installé comme un nabab, au plus profond du Maharashtra, car c'était là qu'il s'était mis en tête de sauver les âmes. Au lieu de cela, il a amassé une énorme fortune en exportant des marchandises vers la Chine. Certains prétendent qu'il est à l'origine du trafic d'opium vers l'Extrême-Orient. Une version à laquelle je n'accorde aucun crédit.

— Qu'a-t-il à voir dans la politique des Holkar ?

— L'héritier de Tukoji Rao est son neveu, du côté de sa première femme. Le garçon a été élevé chez Jerningham, auprès de sa fille.

— Cela n'explique pas pourquoi Jerningham le cache, alors qu'il pourrait monter sur le trône.

— On dit que Jerningham en veut tellement à la Compagnie des Indes qu'il ferait n'importe quoi pour lui mettre des bâtons dans les roues.

Breksby jeta un coup d'œil à sa montre de gousset.

— J'ai hâte de discuter de la situation avec votre père, reprit-il. Et, comme je vous l'ai dit, je souhaite aussi le féliciter pour le prochain mariage de votre frère…

Après le départ du ministre, Quill fixa un long moment la porte close. Puis il émit un petit rire. Il ne connaissait pas Gabby depuis longtemps, mais il était certain qu'elle serait loyale envers son père… et qu'elle pouvait mentir sans broncher pour se sortir d'une situation délicate. Peut-être que Breksby, ce vieux renard, avait trouvé un adversaire à sa mesure !

# 4

Le lendemain matin, Gabby s'étira voluptueusement. Pour la première fois depuis des mois, elle ne se réveillait pas complètement courbatue, dans une cabine qui tanguait. Elle avait laissé les rideaux ouverts, et un pâle soleil pénétrait dans la chambre, tandis qu'elle entendait les alouettes chanter dans le jardin. Du moins supposait-elle qu'il s'agissait d'alouettes. Les livres de poésie de son père parlaient souvent du chant des alouettes dans les jardins anglais...

Angoissée la veille en se mettant au lit, elle était, à la lumière du jour, beaucoup plus optimiste. Certes, le dîner avait été plutôt guindé, et elle avait dû écouter Peter discourir sur la famille royale. Il avait raison de faire remarquer que son éducation avait été lamentablement négligée sur ce point. De toute évidence, Prinny – ainsi Peter appelait-il le prince de Galles – avait une grande importance pour son futur époux, aussi se promit-elle de s'intéresser de près aux agissements de la Cour. Et si elle trouvait les exploits de ce Prinny un peu... lassants, cela ne comptait guère.

Ce qui comptait, c'était la beauté de Peter, qu'elle avait observé subrepticement pendant qu'il commentait les liens de la famille royale avec l'aristocratie allemande. Elle avait été fascinée. Elle n'avait jamais vu un teint aussi pâle, car même les Anglais que fréquentait son père étaient hâlés par le soleil indien. Les cheveux de Peter, châtain clair, tombaient sur son front en boucles impeccables.

Gabby quitta son lit pour se rendre à la fenêtre. Elle s'attendait à découvrir un jardin tout gris et fané – car on lui avait parlé des hivers anglais, avec le vent qui sifflait sur les landes, la pluie glacée qui cinglait le visage : des gens s'endormaient sous des tas de neige et ne se réveillaient jamais, des grêlons gros comme des mangues perçaient les toits en quelques minutes ! Les serviteurs indiens adoraient parler des hivers anglais, ainsi que des Britanniques, qu'ils décrivaient comme des êtres assoiffés de sang, rapaces et rigides. C'était à cause du climat, prétendaient-ils.

Mais là... le jardin était ravissant, avec les feuilles dorées, rouges, fauves... Il ne semblait pas faire froid, se dit Gabby en appuyant son front contre la vitre. Le jour se levait à peine, et la maison était parfaitement silencieuse. Elle prêta l'oreille. Aucun bruit.

Elle pourrait bien sortir un moment, personne ne s'en apercevrait...

Vivement, elle enfila son peignoir et attacha ses cheveux d'un ruban.

Elle s'aspergea le visage d'eau, se brossa les dents. Enfin elle chaussa ses bottines, qui lui parurent encore plus fatiguées sous la chemise de nuit blanche. Puis elle sortit sur la pointe des pieds, descendit l'escalier. Comment trouver le jardin ? La porte principale donnait sur la rue, or il n'y avait sûrement pas d'accès au jardin par la rue.

Au bout du hall se trouvait la porte par laquelle Codswallop avait disparu avec son manteau, la veille. Sans doute menait-elle aux quartiers des domestiques. Et elle savait que le salon aux tigres n'avait pas d'ouverture sur l'extérieur. Elle tourna sans bruit la poignée de la dernière porte et, un moment plus tard, elle se retrouva dehors, un peu frissonnante sous la bouffée d'air frais qui lui sauta au visage.

Le ciel était d'un bleu très pâle, presque blanc, aussi différent que possible du ciel indien, et l'atmosphère avait une autre odeur. Elle sentait l'herbe, la pluie. Gabby se déplaçait comme un fantôme dans les allées, regardant le bout de ses bottines humides de rosée.

Elle se dirigea vers un chemin bordé de fleurs qui arboraient leurs derniers pétales, des roses écarlates, de délicates roses blanches. L'air avait un parfum épicé, un peu semblable à celui de la compote de pommes qu'elle avait goûtée pour la première fois la veille. Elle voulut cueillir un bouton, mais y renonça. Il était si joli... et tellement mouillé !

Au loin, Londres s'éveillait. Le grondement des charrettes se mêlait au pépiement des oiseaux. Elle avança encore, se rappelant les teintes vives des orchidées qui poussaient autour de la demeure de son père, et les cris perçants des oiseaux exotiques. Ici, il s'agissait de petits sons, comme des chansons enfantines.

Ses bottines chuchotaient sur l'allée de pierre. Elle suivit une courbe et... s'arrêta net.

Son futur beau-frère était assis sur un banc de pierre, les jambes étendues devant lui, la tête en arrière, les yeux clos. Dormait-il ? Gabby hésitait à le réveiller. Il devait passer beaucoup de temps dans le jardin, se dit-elle, car le soleil avait donné à son visage la couleur du miel. Elle avait tout de suite été frappée par la pâleur du teint britannique. Son père lui avait toujours interdit de sortir sans chapeau. Il ne parviendrait jamais à la marier, affirmait-il, si sa peau brunissait.

Peter était encore plus blanc qu'elle. Il était parfait, songea-t-elle avec un délicieux frisson, de sa carnation laiteuse à ses boucles si savamment coiffées.

Quill était plus sombre. Même dans la lueur de l'aube, ses cheveux avaient des reflets acajou en harmonie avec son teint de bronze. Il avait besoin de se faire couper les cheveux. Elle sourit. Il avait surtout besoin de quelqu'un qui prenne soin de lui ! Elle tâcherait de lui

tomber à ses genoux, d'enfouir son visage contre cette chair si douce...

Il poussa un juron entre ses dents et s'engagea dans l'allée, Gabby derrière lui.

— Voici un arbre qu'on appelle cassier, dit-il en désignant un arbuste. Et ici, des pommiers...

— Oh, attendez, Quill ! Je veux voir le cassier, celui avec les fleurs !

Quill arracha une branche fleurie, la secoua, déclenchant une pluie de pétales dorés.

— Normalement, la floraison est terminée, mais nous avons un automne particulièrement clément.

Il tendit la branche à Gabby, qui y plongea le visage. Lorsqu'elle se redressa, elle avait le nez tout jaune.

Quill l'épousseta du bout des doigts. Elle avait un petit nez adorable.

— Comment vos parents se sont-ils rencontrés ? demanda-t-il.

Il ne savait pas grand-chose au sujet de Richard Jerningham, mais il était de plus en plus curieux de la vie de cet homme.

— Ma mère était une émigrée française, répondit la jeune fille sans se formaliser de sa question. Mon père la connaissait depuis deux semaines quand il l'a épousée. Mais ils ont été mariés moins d'un an, car elle est morte en me mettant au monde.

Quill sentait à présent le soleil lui chauffer le dos. Gabby ne pouvait pas se douter de ce qui se passerait, si on les trouvait ainsi dans le jardin. Il fit brusquement demi-tour et se dirigea vers la maison. Puis il s'arrêta.

— Il faut que vous rentriez seule, dit-il.

— Nous parlions d'un sujet important, protesta-t-elle, ennuyée. Il est très impoli de m'ignorer. Je vous ai dit que ma mère était morte à ma naissance, et vous ne m'avez même pas offert votre compassion.

Quill luttait contre l'envie de la faire taire d'un baiser.

— Je serais ravi de vous entendre parler de vos parents, mais je crains que les domestiques ne nous surprennent. Ils doivent être levés, à cette heure-ci.

— Et alors ? Serait-ce une telle tragédie ? Vous êtes mon beau-frère.

Elle souriait, image même de l'innocence.

— Vous n'êtes pas encore mariée à Peter, fit-il remarquer. Si on nous trouvait ensemble dans le jardin, les gens penseraient le pire, et votre réputation serait ruinée.

Gabby fronça les sourcils.

— Au fait, pourquoi est-ce Peter que j'épouse ? Non que cela me déplaise, ajouta-t-elle vivement.

En effet, à en croire son radieux sourire...

— À mon avis, poursuivit-elle de façon un peu confuse, papa croit que c'est avec vous que je me marie. Ou plutôt, il pense que Peter, c'est vous. Il imagine que je vais un jour devenir vicomtesse. Mais ce ne sera pas le cas, n'est-ce pas ? C'est votre femme qui sera vicomtesse.

— Vous ne serez peut-être jamais vicomtesse, cependant votre fils sera vicomte, répliqua-t-il. Je ne me marierai pas.

— Mais...

— Gabby, coupa-t-il, il faut que vous retourniez dans votre chambre. Allez !

Il la poussa vers la porte.

Gabby n'avait pas le choix. Elle courut se glisser sans bruit dans la maison, en songeant aux paroles de Quill. Bien sûr que si, il se marierait ! Elle se moquait bien de devenir vicomtesse. Mais Quill était seul, elle le lisait dans son regard. Il fallait que quelqu'un l'oblige à parler, le fasse rire.

De retour dans sa chambre, elle posa soigneusement ses bottines sous son lit afin d'en masquer le bout mouillé, puis elle se remit au lit et sonna.

Elle avait oublié la branche fleurie rapportée du jardin, jusqu'à ce que la femme de chambre, après l'avoir saluée, s'écriât :

— Oh, quelles jolies fleurs !

— Oui, n'est-ce pas ? Vous vous appelez Margaret ? C'est un nom bien anglais. Et ces fleurs viennent du cassier.

Ravie de voir sa nouvelle maîtresse si amicale, Margaret s'affaira à ranger la chambre et allumer un feu. Elle ne remarqua pas que les bottines de Gabby étaient trempées. Et elle ne posa pas de question au sujet des fleurs qu'elle avait mises dans un vase sur la table de nuit. Jamais elle n'avait rencontré une dame aussi aimable. Elle la traitait presque en amie !

Lorsque Gabby fit son entrée dans la salle à manger en compagnie de Phoebe, Margaret était parvenue à discipliner ses boucles et lui avait dégagé le visage grâce à un bandeau.

Quill vit les traits de la jeune femme s'illuminer quand elle découvrit Peter à table.

— Bonjour, Peter ! lança-t-elle joyeusement. Bonjour, Quill !

— Bonjour, miss Jerningham. Miss Phoebe, répondit Peter un peu fraîchement.

Il attendit qu'un valet eût servi Gabby et Phoebe pour reprendre :

— Une fois que vous aurez déjeuné, je vous emmènerai chez M. Carême.

— Merveilleux ! s'écria Gabby en se servant copieusement de confiture. Savez-vous que c'est le meilleur toast que j'aie jamais mangé ? De quelle sorte de confiture s'agit-il, Phillip ?

Horrifié, Peter se rendit compte qu'elle s'adressait au valet, et que ce dernier lui répondait comme s'ils étaient sur un pied d'égalité !

— De la gelée de mûre, madame.

Sentant le regard furieux que Peter posait sur lui, Phillip retourna à sa place contre le mur.

— Mmm, j'adore la gelée de mûre ! s'extasia Gabby. Qu'en penses-tu, Phoebe ?

La petite fille considérait la confiture avec méfiance.

— Ayah ne me permet jamais de mettre quelque chose de sucré sur mes tartines, parce que je grossirais. Et après, je ne pourrais plus me marier.

— Ton Ayah était un tyran ! Goûte donc ça, ma chérie.

Peter fronça les sourcils. C'était sa fiancée qui aurait dû éviter les sucreries ! Peut-être était-ce dû à sa robe, mais elle lui semblait un peu plus rondelette que la mode ne l'exigeait. Il faudrait qu'il lui en parle.

Elle se tournait vers lui en se léchant la lèvre, et il se rembrunit davantage.

Quill, après un regard à Gabby, se leva et quitta la pièce sans un mot. Même son frère était choqué par les mauvaises manières de la jeune fille, se dit Peter. Il fallait absolument y remédier.

— M. Carême est-il l'un de vos amis ?

— Pardon ?

Peter n'y était plus du tout.

— M. Carême. Vous avez dit que nous lui rendrions visite, après le petit-déjeuner.

— Non. C'est un couturier. Le meilleur de Londres. Il vous faut une nouvelle garde-robe au plus vite, et j'ai pris rendez-vous pour un essayage.

— Oh, ce n'est pas la peine, assura Gabby. J'ai fait faire une vingtaine de ces robes blanches, aux Indes. Elles sont copiées sur les images du dernier *Beau Monde*. Un magazine de mode, expliqua-t-elle.

— Je connais, grommela Peter, qui le feuilletait souvent lui-même. Mais ce modèle n'est pas fait pour vous.

— Vraiment ?

Gabby sentit qu'on tirait sur sa manche, et elle se tourna vers le regard implorant de Phoebe. Elle se rappela soudain le chagrin de la petite fille au sujet de la longueur de sa robe.

— D'accord, dit-elle. Phoebe peut-elle nous accompagner ? Nous commanderons toutes les deux de nouvelles toilettes.

Peter accepta. Il trouvait Phoebe plutôt agréable. Bien qu'elle eût été plus à sa place dans une salle de classe, elle se tenait parfaitement en compagnie d'adultes. Il remarqua avec satisfaction qu'après quelques bouchées, elle avait sagement reposé son toast sur l'assiette. Même une petite fille devait veiller à sa ligne. Quant à Gabby, elle attaquait sa quatrième ou cinquième tartine !

Il ne put se contenir davantage.

— Croyez-vous raisonnable de manger autant de confiture ?

Lui-même se contentait, en guise de petit-déjeuner, d'une tasse de thé et de quelques tranches de pomme. Quill, pour sa part, se nourrissait comme un paysan... Peter ajouta délicatement dans sa tasse un demi-sucre, qu'il prit soin de tourner en évitant de heurter la porcelaine.

Gabby considéra avec étonnement le toast qu'elle avait à la main, puis le posa sur sa soucoupe.

— Merci du conseil, dit-elle dans un sourire.

Au moins, elle était docile, songea-t-il. Peut-être pourrait-il la modeler. Comme une œuvre d'art.

— J'aurais dû deviner que cela rend malade si on en mange trop, continua-t-elle. Cela donne-t-il mal au ventre, ou... d'autres problèmes ?

Peter s'étrangla avec son thé. Il jeta un rapide coup d'œil à Phillip, mais celui-ci demeurait imperturbable. Il préféra ne pas répondre.

— Si vous avez terminé, je fais préparer la voiture, dit-il en évitant délibérément son regard.

Chez le couturier, un majordome guindé les introduisit dans le salon où M. Carême en personne accueillit Peter avec effusion. Ils semblaient fort bons amis, et Peter le félicita chaleureusement pour le ravissant ensemble que portait une certaine lady Holland à l'anniversaire du prince, la veille. M. Carême adressa un vague signe de tête à Gabby, et il ne sembla même pas remarquer la présence de Phoebe.

La jeune fille, en soupirant, regarda autour d'elle. Un mur de la pièce était couvert de miroirs, près desquels Phoebe était sagement assise avec sa gouvernante. Gabby se dirigea vers elle et s'aperçut, amusée, qu'il s'agissait de miroirs à trois faces, dans lesquels on pouvait s'admirer sous toutes les coutures.

Comme elle s'y mirait, elle vit Peter et M. Carême arriver derrière elle. Le couturier arborait cette fois un sourire avenant, et il lui tendit la main.

— Excusez-moi, dit-il, j'ignorais que vous étiez la fiancée de M. Dewland.

Gabby sourit. Il était agréable de voir à quel point Peter était bien considéré.

— Votre futur époux possède un goût exceptionnel, continuait M. Carême. Il est toujours si parfait, avec ce grain de fantaisie qui rend toute création plus brillante encore.

Gabby jeta un coup d'œil à son fiancé. Il était vêtu de noir, ce qu'elle préférait infiniment à la tenue sophistiquée de la veille. M. Carême attendait visiblement un commentaire, aussi répondit-elle d'une voix un peu gênée :

— En effet, il est très élégant.

— Élégant ! s'indigna M. Carême dont l'accent français se faisait plus prononcé. Vous n'êtes pas experte, miss Jerningham ! M. Dewland m'a dit que vous veniez d'arriver en Angleterre, mais vous allez épouser l'homme qui *fait* la mode masculine à Londres. S'il choisit de porter ce soir un gilet blanc, vous pouvez être sûre que la plupart des gentilshommes porteront le même demain !

— Vous exagérez, mon cher, protesta Peter. C'est trop d'honneur !

— Je suis français, répliqua M. Carême. Je n'ai pas besoin d'exagérer : je dis toujours la vérité. Il fut un temps, quand vous étiez jeune, où nous ne savions pas qui mènerait la danse chez les messieurs. Mais maintenant... je mets quiconque au défi d'aller contre vos goûts.

Gabby écarquillait les yeux.

— M. Carême grossit ma modeste influence sur la bonne société, dit Peter. Mais je vous en remercie et vous confie ma future épouse, à vous, monsieur Carême, et à personne d'autre.

Carême examinait Gabby de la tête aux pieds, et il avait l'air beaucoup moins ravi qu'un instant auparavant.

— Ce sera un défi, insista Peter. Un défi que seul le meilleur créateur du pays est capable de relever...

— C'est vrai.

M. Carême tournait autour de Gabby comme un tigre autour de sa proie.

— Surtout pas de blanc, précisa Peter.

— Il va falloir que je réfléchisse, déclara Carême. J'aurai besoin d'un mois, peut-être davantage...

— Je le conçois. Puis-je toutefois vous demander une faveur, cher monsieur ? Auriez-vous une toilette que l'on pourrait rapidement ajuster aux mesures de miss Jerningham ? ajouta Peter en baissant le ton. Je ne peux même pas envisager de l'emmener en promenade au parc. En fait, j'ai pris une voiture fermée pour venir vous voir. Je suis sûr que vous comprenez.

— Absolument. Je ne pense pas pouvoir vous dépanner avec plus d'une ou deux robes de jour, cher monsieur. Je crains que miss Jerningham ne soit un peu... un peu trop...

Pour le plus grand soulagement de Gabby, M. Carême fut interrompu avant d'avoir pu énoncer le problème qu'elle représentait. La porte s'ouvrit sur une jeune femme, accompagnée de sa camériste.

— La duchesse de Gisle, annonça le majordome d'un ton solennel.

M. Carême se retourna d'un bond.

— Votre Grâce ! J'ignorais que vous étiez de retour !

Peter, tout joyeux, se précipita vers la nouvelle venue.

Gabby la regardait avec envie. De toute évidence, la duchesse ne créait aucune difficulté au couturier ! Sa robe semblait faite de la soie la plus fine, et sa silhouette était aussi parfaite que le reste de sa personne.

Son fiancé bavardait, le visage animé, et Gabby en eut la gorge serrée. Peut-être cette belle duchesse était-elle la cause du manque d'enthousiasme de Peter face à leur mariage ? Ils étaient tellement bien assortis ! La duchesse était aussi élégante et sophistiquée que lui. Ils auraient eu de beaux enfants ensemble...

Ils avaient dû être amoureux l'un de l'autre, avant que la duchesse ne soit forcée d'épouser un autre homme. Gabby eut soudain les larmes aux yeux. Comme il avait dû souffrir, en voyant sa bien-aimée se marier avec un autre, sans doute un vieux duc ventripotent !

La duchesse s'approcha. Dans son romantisme, Gabby l'avait imaginée torturée de douleur, or la femme qui se tenait devant elle rayonnait de bonheur.

— Ravie de vous rencontrer, dit-elle en tendant une main gantée.

Gabby la prit en se demandant si elle était censée la lui serrer ou la baiser. Elle ne savait absolument pas comment on se comportait avec une duchesse ! Devait-elle faire la révérence ? Elle lui pressa simplement la main.

— Voici ma fiancée, déclara Peter. Miss Jerningham est arrivée des Indes hier.

— Moi aussi, je débarque du bateau ! Mon époux et moi rentrons de Turquie. Nous nous sommes absentés presque un an, et je n'ai plus rien à me mettre ! C'est pourquoi, cher monsieur, dit-elle avec un sourire au couturier, je suis venue vous voir sans prendre rendez-vous. J'étais au désespoir !

Elle revint à Gabby :

— Excusez-moi d'avoir interrompu votre entretien, miss Jerningham... Dites-moi, aimez-vous Londres ?

Gabby était séduite par le regard chaleureux de la duchesse.

— Beaucoup, bien que je n'aie pas eu l'occasion de visiter la ville, pour l'instant.

— Pourquoi ne ferions-nous pas un petit tour sur Bond Street, quand vous en aurez terminé ici ? Enfin, si vous n'avez pas d'autre projet...

Peter fut angoissé par cette proposition. Il ne voulait pas qu'on la vît avant qu'elle ne possède une nouvelle garde-robe.

— Hum... Ce ne sera pas possible, je le crains.

La duchesse semblait avoir tout compris.

— Alors une petite promenade dans le parc ? J'ai toujours eu une envie folle de me rendre à Calcutta, et j'adorerais que vous m'en parliez.

Quelques secondes plus tard, on emmena Gabby dans les salons d'essayage, où on la débarrassa de ses vêtements. Les employées de M. Carême furent étonnées de constater qu'elle ne portait pas de corset.

— Mon père n'aime pas ça, expliqua Gabby. Il pense qu'une femme doit être capable de s'habiller seule.

Carême frémit d'horreur à cette idée.

— Nous essaierons les baleines, déclara-t-il. Je ferai de mon mieux.

— Je suis certaine que vous ferez des merveilles, assura Gabby.

M. Carême semblait soudain plus optimiste.

— Bien sûr !

Il claqua dans ses doigts et, une minute plus tard, une jeune employée revint avec une robe arachnéenne de couleur orange.

— Je l'avais confectionnée pour la comtesse de Redingale, confia-t-il à Gabby, mais cette sotte a un mois de retard pour venir la chercher. Elle a dû dépenser toute sa pension d'un seul coup, comme d'habitude ! Je vous donne cette robe : cela lui apprendra qu'on ne badine pas avec le meilleur couturier de Londres.

L'une des assistantes de M. Carême laça le corset de la jeune fille. Ses seins remontaient, sa taille paraissait excessivement fine, et elle eut un soupçon d'espoir. Peut-être allait-elle enfin avoir l'air d'une beauté sophistiquée ?

On lui passa par-dessus la tête la robe, qui glissa dans un chuchotement de mousseline.

— Pas terrible, dit le couturier.

Contrairement à la toilette blanche et raide de Gabby, celle-ci bougeait au moindre souffle d'air, et seule une bordure de fourrure à l'ourlet l'empêchait de se relever plus haut qu'il n'était correct.

Pour Gabby, c'était le comble de la sophistication.

— Je...

Elle avait du mal à respirer.

— J'ai toujours aimé la couleur orange, monsieur.

— Orange ! s'écria Carême, choqué. C'est fleur d'oranger ! Jamais je n'utilise d'orange ! Et la fourrure est du chinchilla.

Heureusement, Gabby commençait à s'habituer au franc-parler du couturier.

— Ma seule réticence est que l'on me voit un peu trop, dans cette ravissante toilette.

Elle avait l'impression que ses seins remontaient jusqu'aux clavicules !

— Ça ne va pas, ça ne va pas, marmonnait le couturier. Il faudra que je réfléchisse davantage... Par exemple, la teinte ne met pas vos cheveux en valeur.

Gabby se regarda dans le miroir, tandis que l'une des petites mains redressait son chignon.

— Et la jupe est trop étroite pour vous, poursuivait M. Carême. Mais ça ira pour le moment.

Gabby ne voyait rien à redire à la robe, hormis le fait qu'elle parvenait à peine à respirer.

— Nous allons lancer une nouvelle mode, décréta le couturier. Les formes françaises ne sont pas ce qui vous va le mieux. Or, pour faire honneur à M. Dewland, il faut que vous soyez à la pointe de la mode.

Il semblait si désolé que Gabby s'efforça de le consoler.

— Les grandes réussites ne viennent pas toutes seules, monsieur. Songez à celui qui a inventé cet infernal corset. Cela n'a pas pu se passer en une nuit, avec le tissage, les baleines...

Pour la première fois depuis qu'elle était entrée dans l'établissement, Gabby sentit que M. Carême la regardait, elle, et non seulement ses vêtements. Il se pétrifia un instant.

Elle lui adressa un clin d'œil.

— Je vois, reprit-elle. Vous allez transformer la souris que je suis en reine, et quand j'entrerai dans une salle de bal au bras de Peter, les gens s'écarteront sur notre passage. Ils se poseront une question, une seule : qui a fabriqué la robe de miss Jerningham ?

M. Carême esquissa un sourire.

— Vous vous moquez pas mal des vêtements, n'est-ce pas, miss Jerningham ?

— En effet, avoua Gabby. Mais j'essaierai de m'y intéresser, puisque c'est important pour Peter.

— Il y a une vérité essentielle, dans la mode. Si une femme n'a pas de classe, elle n'en aura jamais, quoi qu'elle porte. J'ai créé une tenue ravissante pour une débutante, tout en sachant que pas un homme ne la remarquerait ce soir-là. Mais vous... les hommes vous regardent, j'en suis sûr.

— Je n'en ai pas la moindre idée. Mon père ne me laissait guère rencontrer de représentants du sexe masculin. Et ce n'est pas grave, puisque je vais épouser Peter.

— Oui, répondit M. Carême, un peu gêné. Allons, je vais créer une nouvelle mode pour vous. Et je vous assure, miss Jerningham, que les Londoniens se battront pour baiser le bout de vos souliers.

— Quelle agréable perspective !

M. Carême eut l'un de ses rares éclats de rire.

— Vous êtes une originale, miss Jerningham. J'ai totalement changé d'avis sur la tâche qui m'est confiée !

— Merci, dit simplement Gabby.

Quand Peter vit sa fiancée sortir de chez le couturier, bras dessus, bras dessous avec la duchesse de Gisle, il tressaillit d'effroi.

Gabby avait l'air d'une pomme... une pomme bien ronde. Son corsage semblait proche de la déchirure. Comment pouvait-on avoir autant de poitrine ? Il frémit en imaginant de quoi elle aurait l'air en robe du soir, avec toute cette chair révélée. Comme elle marchait devant lui, il remarqua que le tissu de la robe collait à ses hanches, et que la bordure de fourrure se balançait exagérément. Elle faisait de trop grands pas, elle n'avait pas la démarche d'une dame !

En outre, au lieu de poser des questions polies en montrant qu'elle était consciente de s'adresser à l'une des figures les plus en vue de la haute société, elle bavardait comme une pie sur les Indes. Les Indes ! Peter en avait la chair de poule. Il n'y avait rien de plus ennuyeux que les gens qui parlaient des colonies.

De toute évidence, sa future épouse n'avait aucun sens des nuances. Elle ne comprenait rien à la hiérarchie, et il songea aux ricanements de ses amis lorsqu'ils feraient sa connaissance.

Gabby ne cessait de parler. Dieu, elle semblait même donner des leçons de grammaire hindi à la duchesse ! Peter grinça des dents.

*Il ne pouvait pas.*

Il ne pouvait pas épouser cette pie, cette femme mal fagotée, rondelette, qui n'avait ni grâce ni délicatesse. Peu importait sa fortune, il ne ferait pas une dame de la fille d'un marchand !

Cette maladroite allait démolir la fragile structure sociale dont dépendait son bonheur, et sans même s'en rendre compte. C'était injuste, trop injuste !

Il avait passé six ans à se ménager une place dans la haute société, à être aimable avec tout le monde. Peter n'appréciait pas ceux qui atteignaient les sommets en écrasant les faibles ou en disant du mal des autres. Il était toujours affable et acceptait les défaites avec le sourire. Par exemple, il y avait eu une réception intime que Bladdington avait donnée pour le quarante-troisième anniversaire de Prinny, à laquelle il n'avait pas été invité. Bien qu'il en fût mortellement vexé, il s'était montré parfaitement courtois lorsqu'il avait à nouveau rencontré Bladdington. En effet, tout le monde lui avait raconté que Prinny avait demandé où il était et avait affirmé que la soirée ne pouvait être réussie sans lui.

La bile lui monta à la gorge. Son père n'avait pas le droit d'exiger de lui un tel sacrifice !

Ses parents devaient arriver de Bath dans l'après-midi, afin de saluer leur future belle-fille. Il avait toujours eu du mal à s'opposer à son père, mais cette fois, ce serait indispensable.

Il ne pouvait aller au bout de ce projet de mariage.

# 5

Gabby, Peter et Phoebe trouvèrent à leur retour, devant Dewland House, un élégant carrosse de voyage.

— C'est ma nouvelle maman qui est venue me chercher ! s'écria Phoebe.

Peter lui jeta un regard navré. Il fallait qu'il s'occupe de faire rechercher cette femme… Mme Ewing, c'était bien cela ?

— Je crains que non, Phoebe, répondit-il. C'est la voiture de mes parents, qui sont rentrés de Bath pour accueillir miss Jerningham.

Gabby attira la petite fille contre elle.

— Nous trouverons ta maman, Phoebe. En attendant, pense à toutes les belles robes que M. Carême fait pour toi !

Phoebe aurait, elle aussi, toute une garde-robe. Ses yeux brillaient de plaisir.

— Il a dit que j'en aurai une avec des nervures et des manches ballon.

— C'est exact ! Heureusement que Peter n'a pas encore retrouvé ta maman, parce que je suis ravie de t'avoir avec moi, et tes vêtements ne seront pas prêts avant quelques semaines.

— Je porterai la robe aux manches ballon. Comme ça, ma maman m'aimera plus encore.

Le valet de pied ouvrit la portière. Gabby était un peu intimidée à l'idée de rencontrer le vicomte et la vicomtesse. Et s'ils étaient déçus, comme c'était le cas de Peter ?

Mais un drame avait eu lieu. Elle comprit bien vite qu'elle ne pourrait jamais parler avec le vicomte.

— Il a dormi, dormi, expliqua la vicomtesse en pleurant et en se tordant les mains. Quand je suis enfin parvenue à le réveiller, il m'a regardée, mais il ne savait plus qui j'étais.

Quill, debout au milieu de la pièce, ne disait rien. Quant à Peter, il se laissa tomber dans un fauteuil.

— Hier soir, il m'a reconnue, continua leur mère, mais le médecin prétend qu'il ne retrouvera jamais l'usage de ses membres. Pire encore, il ne peut plus parler ! Toutefois, ce matin, quand je lui ai dit qu'il fallait que je rentre à Londres afin de vous raconter ce qui s'est passé, je suis sûre qu'il m'a entendue. Je lui avais demandé de cligner des paupières s'il comprenait, et il l'a fait.

Ses sanglots redoublèrent, et Quill vint la serrer contre lui. Comme elle tendait son bras libre et que Peter se dirigeait vers elle, Gabby s'éclipsa, les larmes aux yeux. Toute sa vie, la jeune fille avait essayé de plaire à son père, mais jamais il n'aurait pensé à la prendre dans ses bras – ni, bien sûr, à lui adresser le moindre compliment.

Elle se réfugia dans sa chambre. Si son père avait subi une attaque qui le prive de la parole, elle en aurait certainement été soulagée… Quelle horrible pensée ! Elle se serait occupée de lui, se dit-elle afin de se rasséréner. Mais cela aurait été une autre tentative pour gagner son amour. Et cela aurait échoué. S'il y avait une leçon qu'elle avait retenue de son enfance, c'était que l'on n'oblige pas les gens à vous aimer.

Elle sonna, et Margaret ne tarda pas à apparaître.

— Je vais être votre camériste, annonça-t-elle gaiement. Mme Farsalter me l'a confirmé.

— J'en suis enchantée. Alors, aidez-moi à me débarrasser de cet atroce corset.

Margaret commença à défaire les petits boutons au dos du corsage. Mais quand elle délaça le corset, et que Gabby prit une longue inspiration, le tissu se tendit davantage sur le devant.

— Mme Farsalter est une bonne couturière, dit Margaret. Peut-être pourrions-nous envisager de refaire les coutures.

— M. Carême l'a déjà fait. Je porterai un châle, Margaret, ainsi personne ne verra que la robe est un peu serrée sur la poitrine.

— Vous êtes sûre, miss ? Nous pourrions juste serrer un peu plus le corset...

— Surtout pas ! Je suis certaine que nous déjeunerons à la maison.

La servante acquiesça.

— Étant donné la maladie du maître, je suppose que vous allez vous marier très vite. Peut-être M. Peter obtiendra-t-il une licence spéciale.

Gabby lui lança un coup d'œil interrogateur, et la domestique expliqua :

— M. Codswallop a eu un oncle victime d'une attaque semblable, et il n'a pas vécu longtemps. Ensuite, la famille sera dans le deuil...

— Bien sûr, murmura Gabby.

Margaret voulait sans doute dire que l'on ne se mariait pas en période de deuil, dans ce pays. Encore une règle dont elle devrait se souvenir. Curieusement, l'idée d'un mariage hâtif, qui l'aurait ravie la semaine précédente, ne la tentait plus autant...

Le déjeuner se déroula dans une atmosphère tendue.

— Je dois retourner à Bath, expliqua Kitty à la jeune fille, mais j'ai envoyé un message à ma très chère cousine, lady Sylvia, pour lui demander de venir vous servir de chaperon en mon absence.

Quill maugréa quelques mots entre ses dents, et Kitty s'anima.

— Lady Sylvia est tout à fait digne de respect ! déclara-t-elle d'un ton sans réplique. En outre, il est fort difficile de trouver un chaperon, à cette époque de l'année.

Elle éclata de nouveau en sanglots.

— Mon Dieu... Si Thurlow n'est pas en état de siéger au Parlement, cela va lui briser le cœur!

Gabby fut heureuse de constater que Peter était charmant avec sa mère, lui caressant la main, lui parlant à l'oreille. Quill demeurait immobile face à eux et, à la troisième ou quatrième crise de larmes, Gabby le sentit franchement irrité. Pauvre lady Dewland! Jamais elle n'avait imaginé qu'il pût survenir un drame de ce genre.

Au milieu du repas, Kitty serra le poignet de Peter.

— Je ne puis rester une minute de plus, dit-elle d'une voix éteinte. Je vois sans cesse le visage de Thurlow, qui attend mon retour...

Elle se leva.

— Je suis ravie de vous avoir rencontrée, Gabrielle. Nous bavarderons quand mon cher Thurlow sera de nouveau sur pied. Je ne m'absente que quelques jours.

Gabby acquiesça. Pourtant, elle doutait fort que le vicomte puisse reparler ou marcher.

— Vous ne pouvez retourner à Bath toute seule, maman, déclara Peter.

Les deux hommes s'étaient levés en même temps que leur mère.

— Je vous accompagne, reprit-il, et je resterai près de vous le temps qu'il faudra.

— Oh, non! protesta Kitty, au désespoir. Ce serait affreusement ennuyeux pour notre chère Gabrielle!

— Peter doit vous accompagner, approuva la jeune fille.

Il était clair que la mère et le fils partageaient des liens privilégiés.

— Je ne supporterais pas de vous abandonner dans cette terrible épreuve, dit Peter.

— Mais... tes amis, objecta faiblement Kitty. Ils trouveront étrange que tu laisses ta fiancée à Londres!

— Certainement pas, rétorqua Peter avec assurance. Ma place est à vos côtés.

Quill fronçait les sourcils.

— Je suis persuadé que Peter devrait rester ici avec Gabby. Ils vont se marier, et elle vient juste d'arriver des Indes. D'autre part, père ne semble pas être en danger immédiat, et je peux fort bien vous accompagner moi-même à Bath.

Gabby lui fit les gros yeux.

— Lady Dewland, dit-elle avec chaleur, il faut que Peter aille avec vous et reste tant que vous aurez besoin de lui. J'insiste.

De toute évidence, Peter serait d'un plus grand réconfort pour Kitty que Quill.

— De toute façon, renchérit Peter, Gabby n'est pas prête à faire son entrée dans le monde. Nous lui avons commandé une nouvelle garde-robe ce matin, et M. Carême a parlé d'un mois de délai. Grâce à la présence de lady Sylvia, personne ne trouvera inconvenant que Gabby reste à Londres.

— Dans ce cas, j'accepte, dit Kitty, visiblement soulagée. Êtes-vous sûre que cela ne vous ennuie pas, ma chère Gabrielle ? Je suis certaine que Thurlow ira mieux d'ici une semaine, et je ne voudrais pas que nos relations en souffrent. Je suis tellement heureuse à l'idée de vous avoir pour belle-fille !

Gabby se pencha pour déposer un baiser sur sa joue.

— Peter est à vous aussi longtemps que vous le souhaiterez, lady Dewland.

Kitty lui caressa les cheveux.

— Nous avons de la chance de vous avoir, ma chère enfant.

Gabby regarda lady Dewland et Peter monter dans le carrosse de voyage – après qu'on eut attaché soigneusement la douzaine de sacs de Peter sur le toit – avec une pointe d'envie. Elle n'en voulait pas à cette femme de se réjouir de la présence de son fils, mais plutôt à Peter d'apprécier autant la compagnie de sa mère. Jamais, en deux jours, il ne lui avait accordé autant d'affection.

Parce qu'elle ne le méritait pas, se dit-elle.

Quill se tenait près d'elle, et il devina son désarroi.

— Qu'avez-vous envie de faire, cet après-midi? demanda-t-il.

La question le surprit lui-même, car il ne sortait jamais à cette heure de la journée. Il avait beaucoup de travail, mais il détestait voir Gabby attristée. Au moins ne pleurait-elle pas! Il ne supportait pas les femmes qui sanglotaient pour un oui ou pour un non.

— J'aimerais faire une promenade dans Londres, répondit-elle. Mais vous n'êtes pas obligé de m'accompagner, Quill. Je peux prendre un fiacre.

— Il n'en est pas question. Je vous emmènerai où il vous plaira.

— En fait, je préférerais être seule…

Il soupira.

— Une dame, Gabby, ne se promène jamais seule. Quand vous connaîtrez mieux la ville, vous pourrez éventuellement prendre la voiture pour aller faire une course, ou vous rendre en visite. Mais c'est toute la liberté accordée à une lady anglaise.

— Dieu merci, je ne suis pas tout à fait anglaise, répliqua Gabby. Sans doute est-ce mon côté français, mais je suis persuadée que je peux passer l'après-midi seule sans risquer le moindre danger. Je ne voudrais pas vous arracher à vos tâches.

— Je n'avais pas l'intention de travailler cet après-midi, mentit-il. Je viens avec vous.

La jeune fille se dit qu'il n'avait peut-être pas envie de rester à la maison, après la triste nouvelle qu'il venait d'apprendre. Quel dommage que Kitty ait une préférence tellement marquée pour le frère cadet! Quill devait se sentir abandonné.

Elle rentra à l'intérieur et remit son châle à Codswallop.

Quill avala sa salive. Quel genre de robe Gabby avait-elle achetée ? Il n'avait jamais vu une tenue plus osée ! On aurait dit celle d'une courtisane. De dos, elle épousait étroitement la forme de ses hanches.

Et devant, c'était encore pire ! La soie semblait avoir été moulée sur elle.

— J'ai trouvé l'adresse de Mme Emily Ewing, déclara-t-il, abrupt.

— Merveilleux ! Vit-elle à Londres ?

— Oui.

— Elle n'a pas dû recevoir la lettre en provenance des Indes au sujet de Phoebe. Je lui enverrai un mot. Nous ne pouvons nous présenter chez elle avec la mauvaise nouvelle de la mort de sa sœur.

Quill acquiesça.

— J'aimerais savoir où vous avez envie d'aller, cet après-midi.

Elle garda un silence têtu et il s'approcha, lui releva le menton. Il respirait son parfum de jasmin.

— Gabby...

Il n'était pas nécessaire de lui demander si elle pouvait lui faire confiance, songea-t-elle. Bien sûr que oui ! Son impressionnant futur beau-frère était l'image même de l'honnêteté.

— Je voulais juste faire un tour, au hasard.

— Gabby !

— Très bien. J'aimerais aller à la banque Hoare. Mon père m'a donné une lettre...

— Les dames n'entrent pas dans les banques, expliqua Quill. Nous porterons la lettre, et un représentant de la banque viendra vous voir à la maison.

— Mon père m'a appris à me méfier des employés subalternes, insista Gabby. Je souhaite parler à sir Richard Hoare en personne. Or je peux difficilement exiger du directeur qu'il vienne jusqu'à la maison.

— Dans ce cas, je vous accompagnerai, décida Quill. Vous devez comprendre que la réputation d'une dame est son atout le plus important...

Il s'interrompit, car elle ne l'écoutait manifestement plus.

— Gabby, vous m'entendez ?

Pendant qu'il lui infligeait son petit sermon, elle rêvait qu'il la prenait dans ses bras. Était-elle devenue folle ? Son bon sens vint à la rescousse. C'était seulement parce qu'il était infiniment séduisant, se dit-elle. Sous son regard, elle avait les jambes en coton, et une intense chaleur l'envahissait.

Le problème, c'était que son père ne l'avait jamais autorisée à fréquenter des hommes, aussi était-elle fortement impressionnée par la gent masculine. Et, pour la première fois, elle regretta que Peter fût parti à Bath...

Il attendait une réponse.

Elle se mordilla nerveusement la lèvre. L'expression de Quill était étrange.

— Gabby, dit-il.

Elle vacilla un peu, et il la retint aux épaules. Elle était presque dans ses bras.

— Je... je...

Elle se tut. Elle voulait un baiser. Elle ne supporterait pas une seconde de plus de n'avoir jamais été embrassée !

— Ma mère est morte le jour de ma naissance, et mon père n'a jamais été démonstratif, souffla-t-elle en fixant ses lèvres.

— Alors ?

Du pouce, il massait légèrement la base de son cou.

Elle oscilla vers lui et, sans plus réfléchir, Quill posa la bouche sur la sienne, en un baiser aussi léger qu'une aile de papillon.

Elle ferma les yeux, immobile, les bras tout raides à ses côtés.

Il l'attira davantage à lui, ses mains glissèrent vers sa magnifique chute de reins.

— Mettez vos bras autour de mon cou, Gabby, murmura-t-il.

— D'accord, dit-elle, un peu surprise. C'est... très agréable.

— Chut...

Comme elle s'ouvrait pour lui, le chaste baiser se transforma en farouche exigence, en passion à peine maîtrisée.

Gabby n'avait plus envie de parler. Elle laissait son corps prendre le dessus sur son esprit, et s'abandonna tout entière aux sensations brûlantes qui la traversaient. Elle se fondait contre lui, se moulait à lui sans la moindre retenue.

La bouche de Quill était gourmande, ses mains insatiables, et elle en avait le souffle coupé.

— Gabby, si nous...

Le son rauque de sa propre voix extirpa Quill de son état second, comme s'il sortait d'un profond sommeil.

— Seigneur!

Il fit un bond en arrière, se détourna, prit une longue inspiration.

— Je fais venir la voiture.

Gabby perdit un peu l'équilibre quand les grandes mains la lâchèrent. Elle était en feu.

— Faut-il que nous partions... tout de suite?

Son intonation était voilée, plus sensuelle que jamais, et Quill n'osait la regarder.

— Je devrais me tirer une balle dans la tête, marmonna-t-il.

— Pourquoi? Cela... ne vous a pas plu?

Il la regarda enfin. Gabby était la seule femme qu'il connût dont les yeux trahissaient la moindre émotion. Elle le désirait.

Elle vint à lui, passa les bras autour de son cou et posa ses lèvres sur les siennes. Il sentit son souffle se mêler au sien, et ne put faire autrement que de la serrer contre lui, de prendre sa bouche. Ce fut un peu différent, cette fois, car Gabby savait désormais à quoi ressemblait un baiser. Avec un petit soupir étranglé, elle accepta l'intrusion de sa langue.

Et l'ardente danse dura jusqu'à ce que Quill se rende compte que toutes les épingles de la jeune fille étaient tombées, et qu'il enfouissait ses mains dans la soie de sa chevelure. Ses baisers étaient devenus une fougueuse possession, ses hanches ondulaient fiévreusement contre lui.

Pire encore : il s'aperçut que le bouton de la porte bougeait contre son dos.

Il dénoua les bras de Gabby et aboya en direction de la porte :

— Laissez-nous !

Elle leva vers lui un regard émerveillé, lumineux.

— Merci.

— De quoi ?

— Jamais je n'aurais imaginé que les baisers étaient aussi... plaisants.

Elle s'approchait à nouveau de lui, mais il l'arrêta d'un geste. Elle sourit.

— Je comprends à présent pourquoi mon père m'empêchait de voir les hommes.

Ses paroles planèrent un instant dans le silence.

Il secoua la tête. Comment avait-elle pu arriver à son âge en connaissant si peu de chose sur les relations entre un homme et une femme ?

— Vous ne devez en aucun cas demander des baisers à d'autres hommes que votre... fiancé, Gabby.

Il ne parvenait pas à prononcer le nom de Peter.

Les yeux de la jeune fille pétillaient.

— Jamais, au grand jamais, je n'aurais pu me douter, Quill... Au sujet des baisers, je veux dire.

— Ah...

Il avait désespérément besoin d'un cognac, bien que l'on fût en début d'après-midi !

— Vous feriez mieux de monter vous recoiffer dans votre chambre, dit-il en ouvrant la porte. Je vous accompagnerai à la banque un peu plus tard.

Gabby, avec une pointe de déception, le regarda s'éloigner comme s'il avait le diable à ses trousses. Visiblement, il regrettait de l'avoir embrassée.

Elle monta l'escalier, rêveuse. Peut-être qu'au retour de Peter, elle aurait sa nouvelle garde-robe : alors, son fiancé la contemplerait avec la même expression que Quill... Puis elle se rappela tous les sermons qu'on lui avait infligés sur les péchés de la chair.

Mais on ne lui avait jamais laissé deviner combien les baisers étaient... merveilleux ! Curieusement, elle avait du mal à imaginer Peter se jeter dans ses bras pour la dévorer de baisers comme son frère l'avait fait. Ce serait sans doute beaucoup plus doux et tempéré.

Une fois dans sa chambre, elle prit la miniature représentant Peter, et fut rassérénée par son paisible regard et ses boucles.

Elle sourit. Le mariage promettait d'être fort agréable, vu sous cet angle... Elle avait hâte que son fiancé revienne !

Lady Sylvia arriva environ une heure plus tard. Auparavant, Gabby eut un entretien avec Codswallop. Ne le trouvant pas dans le grand hall, elle se rendit dans les quartiers des domestiques afin de s'assurer qu'il ne souffrait pas de sa chute. Elle ravala son orgueil et s'excusa d'avoir menti.

— Quill m'a affirmé que le vicomte ne vous congédierait pas, dit-elle vivement.

Codswallop esquissa un sourire compréhensif. Tous les domestiques de la maison connaissaient le caractère pointilleux de Peter, et il ne pouvait en vouloir à la jeune femme d'avoir été déconcertée.

— Allons, miss Jerningham, n'en parlons plus. Pour moi, un ange m'a fait un croche-pied, et j'ai donc renversé la théière.

— Non, protesta Gabby. C'est moi qui suis horriblement maladroite.

— Alors c'est à vous que l'ange a fait le croche-pied. Ma mère disait cela, quand nous rentrions chez nous les genoux couronnés.

Gabby sourit.

— Elle devait être très gentille !

Lorsque le majordome la raccompagna dans le hall, ils étaient les meilleurs amis du monde.

Gabby vit aussitôt que son chaperon était arrivé. Et quel chaperon ! Elle en resta bouche bée, le dos appuyé à la porte.

La cousine de Kitty était aussi différente que possible de la mère de Quill. Elle portait une robe rose vif, au décolleté profond, et elle était entourée de trois chiots bruyants, affublés sur le crâne de nœuds de la même couleur.

Pourtant, malgré la féminité de son accoutrement, elle ressemblait plus à un homme qu'à une femme, et elle fumait un petit cigare !

Quill aperçut la jeune fille et annonça :

— Voici justement miss Jerningham. Lady Sylvia, puis-je vous présenter la fiancée de mon frère ? Miss Jerningham, voici lady Sylvia Breaknettle.

Celle-ci jeta un coup d'œil sévère à Gabby.

— Et que faisait cette jeune personne chez les domestiques, Quentin ? Il n'est guère convenable de se mêler au petit personnel…

Elle avait une voix forte, nasillarde.

— Alors, petite, vous avez perdu votre langue ?

Gabby se ressaisit, et fit la révérence.

— Je m'entretenais des menus avec Mme Farsalter, madame.

— Elle a l'air d'une servante, déclara lady Sylvia.

Gabby sentait la moutarde lui monter au nez.

— Vous ne pouvez exécuter de meilleure révérence, petite ? reprit la terrible dame.

— Je m'appelle Gabrielle Jerningham, rétorqua la jeune fille. J'ai également appris la révérence en arrière, ajouta-t-elle en joignant le geste à la parole, mais elle est réservée aux personnes de la famille royale.

Lady Sylvia grimaça un sourire.

— Au moins, vous avez du tempérament, petite...

Gabby renonça à se faire appeler par son nom. De toute évidence, elle était la « petite » et le resterait.

— Voici mes trois Grâces, poursuivit lady Sylvia en montrant ses toutous, environnée d'un petit nuage de fumée bleue. Espoir, Vérité, et...

Elle regarda autour d'elle.

— Oh oui, voilà Beauté.

Tout le monde se tourna vers ladite Beauté, qui s'était accroupie sous un fauteuil. Un petit filet jaune faisait son chemin sur le sol de marbre.

— Elle est trop intelligente pour m'écouter, décréta lady Sylvia. Elles sont toutes les trois françaises, donc elles sont décoratives mais fantasques.

Le majordome toussota discrètement.

— Dormiront-elles dans votre chambre, madame ?

— Bien sûr, Codswallop ! Et inutile de retirer les tapis. Beauté nous fait seulement savoir qu'elle n'a pas apprécié le voyage en voiture. Elle s'habituera à la maison.

Codswallop fit signe à un valet qui tenta de s'emparer de Beauté, et fut aussitôt mordu à la main.

— Saperlipopette ! s'écria lady Sylvia. On ne vous a jamais dit que les chiens ne se laissaient pas toucher par un étranger ? Ils sont trop intelligents pour ça !

Vu l'expression du valet, celui-ci aurait volontiers chassé le chien intelligent à coups de pied ! Mais déjà, lady Sylvia criait à travers la porte d'entrée :

— Dessie ? Dessie, venez immédiatement, ma fille ! C'est ma camériste, expliqua-t-elle à Gabby. Desdémone. Elle se chargera de mes petites chéries.

Une femme joviale se présenta.

— J'ai fait porter vos malles par l'arrière, madame. Je ne pense pas qu'elles seraient passées par cette porte.

— Regardez, Dessie. Notre coquine Beauté a marqué son territoire !

Dessie ramassa le petit chien et lui donna une tape sur l'arrière-train.

Beauté baissa le nez.

— Mes chiennes ne m'obéissent absolument pas, reprit lady Sylvia, mais elles adorent Dessie. Tant mieux, parce que je me moque bien qu'elles salissent le sol de Dewland House, mais je les hacherais menu si elles en faisaient autant chez moi !

Gabby ravala le rire qui lui montait aux lèvres. Dessie avait pris les trois chiens dans ses bras et montait l'escalier derrière Codswallop, dont la mâchoire crispée exprimait clairement sa désapprobation.

Quill s'éclaircit la gorge.

— Puis-je vous montrer vos appartements, lady Sylvia ? proposa-t-il en lui offrant son bras.

— Évidemment ! Dites-vous bien que je ne serai jamais assez âgée pour refuser qu'un bel homme m'escorte jusqu'à ma chambre !

Elle cherchait un endroit où poser son mégot et, n'en trouvant pas, elle le lança par la porte.

Gabby vit le cigarillo atterrir sur les marches de marbre blanc. Cette fois, elle ne put se retenir : un petit rire lui échappa.

Lady Sylvia lui jeta un coup d'œil acéré.

— Pas aussi mièvre que vous en avez l'air, petite, hein ? Tant mieux. J'ai horreur des donzelles insipides. Je n'ai jamais eu l'occasion de jouer les chaperons, puisque Lionel et moi n'avons pas eu d'enfant, mais j'ai promis à Kitty, alors…

Elle commençait à grimper l'escalier, quand elle se retourna.

— Vous, petite !

— Oui, lady Sylvia ? dit Gabby.

— Je vais me reposer dans ma chambre, mais je vous rejoindrai pour le dîner, et je ne veux pas vous voir à table avec cette robe invraisemblable. Il est évident qu'elle est trop juste pour vous. Si vous souhaitez vous habiller en femme légère, je ne vous en empêche pas : j'estime qu'une femme a le droit de montrer ses atouts...

Elle baissa les yeux avec fierté sur son opulente poitrine.

— Cependant, poursuivit-elle, tâchez de trouver des vêtements à votre taille. Choisir votre garde-robe ne fait pas partie de mes attributions de chaperon.

Gabby, rougissante, s'aperçut qu'elle avait oublié son châle.

— Quill a dû se régaler du spectacle, petite, et il n'y a pas de mal à ça. Mais j'aurais horreur de voir ce corsage craquer après le premier plat. Cela me couperait l'appétit. Ce n'est pas votre avis, je suppose ! ajouta-t-elle avec un coup de coude dans les côtes de Quill.

Celui-ci leva les yeux au ciel. Lady Sylvia avait toujours été une plaie.

Gabby fit de nouveau la révérence, et il accompagna sa cousine à l'étage.

— Heureuse de vous trouver sur vos jambes, Quentin, dit lady Sylvia tandis qu'ils s'engageaient dans le couloir. C'est vraiment affreux, ce qui vous est arrivé avec ce cheval. Remarquez, ça aurait pu être pire. Il faudra tout de même que vous me racontiez pourquoi c'est Peter qui épouse la jeune héritière. Vous êtes l'aîné. Je vous avoue que cela fait jaser. Les gens se demandent si vous êtes sorti indemne de l'accident...

Quill frémit intérieurement. Il n'avait aucune envie de parler de son handicap.

— Je présume que votre silence leur donne raison, dit-elle au bout d'un moment.

— Non, rectifia-t-il. Je suis capable de consommer un mariage, mais je ne suis pas certain qu'il y aurait des enfants...

— Ah, cela m'ennuie, Quentin ! J'ai toujours considéré que vous étiez le meilleur des deux. Notez bien que Lionel et moi n'avons jamais regretté de nous être mariés, même quand il a été clair que nous n'aurions pas d'héritiers. Mais peut-être ne l'aurions-nous pas fait, si nous avions su. Rassurez-vous, je n'en parlerai à personne, conclut-elle en lui tapotant affectueusement le bras.

Il ouvrit la porte d'une chambre pour y trouver les trois chiots, sagement alignés, qui regardaient une femme de chambre défaire une malle sous la direction de Dessie. Il salua, murmura qu'il verrait lady Sylvia au souper, et celle-ci lui sourit, sans se rendre compte qu'il brûlait de colère.

Il alla s'enfermer dans son bureau et s'aperçut, à retardement, qu'il était en train de former des projets de mariage, rien que pour faire taire les ragots. Mais à quoi bon ? Il lui faudrait beaucoup de chance pour engendrer un enfant. Les mauvaises langues en rajouteraient sur son incapacité virile, rendant sa femme plus malheureuse encore. Déjà, elle aurait épousé un infirme, dans l'impossibilité de danser, de monter à cheval… de faire l'amour régulièrement.

Ravalant un juron, il se dirigea vers le jardin. Souvent, il marchait jusqu'à l'épuisement, jusqu'à ce que la douleur soit plus forte que son amertume…

De la fenêtre de sa chambre, Gabby aperçut son futur beau-frère dans une allée, et elle faillit le rejoindre, mais quelque chose de sauvage dans ses foulées l'en dissuada.

Elle s'attendait à le voir au repas, cependant Codswallop vint les avertir que M. Dewland n'y paraîtrait pas, car sa jambe le tracassait.

6

Au matin, Quill trouva Gabby et Phoebe seules dans la salle du petit-déjeuner.

— Lady Sylvia n'est pas encore levée, répondit Gabby à sa question informulée. Ça y est, voilà que je recommence !

Il fronça les sourcils.

— Vous recommencez quoi ?

— À vous laisser à votre silence. Je l'ai bien remarqué, tout le monde respecte vos silences, mais sachez-le, je n'ai pas l'intention de montrer la même indulgence que votre famille.

Quill, avec un haussement d'épaules, désigna l'enfant.

— J'ai d'excellentes nouvelles...

— Et voilà ! s'exclama la jeune fille. Pas de : « Comment allez-vous, Gabby ? » Ni de : « As-tu bien dormi, Phoebe ? »

Quill respira un bon coup.

— Comment allez-vous, Gabby ? Et qu'est-ce qui vous rend aussi grognon, Gabby ?

— Il n'y a rien de grognon à souhaiter un minimum de courtoisie.

Il sourit malgré lui. Elle était si vive ! Ses joues s'étaient empourprées, et son chignon glissait déjà des épingles que Margaret avait pourtant soigneusement arrimées.

— Mme Ewing a envoyé un mot, et elle devrait être là d'ici une heure.

Il fut étonné de voir Phoebe plus surprise qu'heureuse.

— Oh, non ! Mes nouvelles affaires ne sont pas encore prêtes !

— Tes affaires ? répéta Quill.

De grosses larmes roulaient sur les joues de l'enfant.

— Ma nouvelle maman va me trouver affreuse !

— J'en doute, objecta-t-il. Elle va trouver que tu es un adorable bébé.

Phoebe se réfugia dans les bras de Gabby.

— Je ne suis pas un bébé, et je ne veux pas que ma maman me considère comme un bébé. Je veux mettre ma robe avec les man... manches ballon !

Lady Sylvia faisait son entrée dans la pièce, suivie de ses trois petits chiens.

— Voyons, que se passe-t-il ici ?

La rigide éducation que lui avait inculquée Ayah l'emporta chez Phoebe : elle se leva et exécuta la plus élégante des révérences, entrecoupée de quelques hoquets.

— Puis-je vous présenter miss Phoebe Pensington, lady Sylvia ? dit Quill. Miss Phoebe a quelques ennuis avec ses toilettes.

— Je n'y connais rien, aboya lady Sylvia. Comme je vous l'ai dit hier, je ne m'occupe pas des vêtements des autres. J'ai assez de mal avec ma propre garde-robe !

Gabby réprima un sourire. Sylvia portait une magnifique tenue de matinée, ornée de dentelle. Ses gants, ses chaussures et les rubans de ses chiens étaient assortis. Elle s'assit dans un fauteuil et agita son mouchoir vert en direction de Codswallop.

— Je ne prendrai qu'une tasse de chocolat, et peut-être quelques toasts. J'ai décidé de me mettre au régime.

Phoebe, appuyée contre l'épaule de la jeune fille, pleurait toujours sur la robe à manches ballon.

— Vous êtes une charmante petite fille, dit lady Sylvia. Pourquoi pleurnichez-vous ?

L'enfant rougit.

— C'est très inconvenant de ma part, admit-elle. Je vous prie de m'excuser...

— Balivernes ! Il n'y a rien de plus féminin que les larmes. Et si vous ne me croyez pas, demandez à la mère de Quentin ! ajouta la vieille dame dans un hennissement de rire.

— Phoebe, intervint fermement Gabby, ta nouvelle maman se moquera bien de la longueur de ta robe. Une toilette ne change rien à l'amour que l'on se porte.

— Ma foi, je n'en suis pas certaine, lança Sylvia avec un sourire. Cependant, c'est vrai en ce qui concerne les parents. Elle a raison, petite Phoebe : votre mère ne regardera même pas comment vous êtes habillée.

Dix minutes plus tard, Codswallop annonçait que Mme Ewing était arrivée. Phoebe, de plus en plus pâle, s'accrocha à la main de Gabby.

— Où l'avez-vous conduite, Codswallop ? demanda Quill.

— Dans le salon indien, monsieur.

Lady Sylvia, qui en était à son cinquième toast et avait accepté une bonne assiette d'œufs brouillés, décréta :

— Je vous rejoindrai. Je vous autorise à escorter Gabrielle, Quentin, mais tâchez de vous contrôler.

Gabby lui adressa un coup d'œil intrigué.

— Si on a inventé les chaperons, expliqua Sylvia, la bouche pleine, c'est que les hommes risquent sans cesse de perdre la tête sous l'effet de leur sensualité. Voler un baiser, par exemple, ou autre chose d'aussi osé... Mais je ne vous suivrai pas jusqu'aux toilettes, petite.

Quill, Gabby et Phoebe surent tout de suite que lady Sylvia avait eu raison en affirmant que Mme Ewing ne se soucierait pas de la tenue de sa nièce. Pourtant, elle-même semblait sortie d'un magazine de mode, avec la plus ravissante robe de jour que Gabby eût vue, ornée de dentelle le long des manches, et un petit chapeau retenu par un ruban de la couleur exacte de ses souliers.

Toutefois, malgré son élégance, elle ne remarqua pas la façon dont la petite était habillée. Elle se précipita pour tomber à genoux devant la fillette. Elle prit son visage entre ses mains.

— Oh, mon Dieu ! murmura-t-elle. Tu es le portrait de Carolyn...

Phoebe la regardait.

— Vous êtes ma nouvelle maman ?

Le cœur serré, Gabby vit les yeux de Mme Ewing s'emplir de larmes.

— Je le crois. Je... je serais très fière d'être ta nouvelle maman.

Elle prit l'enfant dans ses bras, avant de se relever en la serrant fort contre elle.

— Je suis tellement désolée de ne pas avoir été au courant ! Je ne t'aurais pas laissée seule, je serais allée te chercher aux Indes. Mais je ne savais pas que Carolyn et son mari avaient eu cet affreux accident !

— Ne voulez-vous pas vous asseoir, madame Ewing ? proposa Gabby, émue.

— Avec plaisir, répondit la jeune femme en se dirigeant vers un sofa, sans lâcher Phoebe. Mon Dieu, ma chérie, tu dois avoir au moins quatre ans !

Phoebe releva la tête.

— Je n'ai pas quatre ans, j'en ai cinq !

— Cinq ! répéta Mme Ewing. Carolyn aurait dû me dire la date de ton anniversaire...

Phoebe, perchée sur les genoux de sa nouvelle maman, avait sagement croisé les mains sur sa jupe.

— C'est au mois de mai. J'aurai six ans.

— Oh...

Gabby observait leur visiteuse. Malgré son extrême minceur et son air las, elle était fort belle.

— Vous êtes la sœur de la mère de Phoebe, c'est cela ?

— En effet, répondit Mme Ewing dont les beaux yeux gris-bleu étaient cernés de fatigue. Je suis l'une des tantes de Phoebe, et apparemment Carolyn, sa mère, m'a choisie comme tutrice, mais elle a oublié de m'en avertir.

Phoebe secoua la tête.

— Papa et maman n'ont averti personne, déclara-t-elle. M. Stokes, le consul d'Angleterre, a regardé dans leurs papiers et il a dit que vous étiez ma tutrice, et sans doute ma seule parente vivante.

Elle ne quittait pas la jeune femme des yeux.

— Je ne suis pas la seule, répliqua Mme Ewing en caressant ses cheveux. Ta tante Louise est à la maison, et elle a hâte de faire ta connaissance. Et... tu as encore de la famille.

Il y avait une certaine réticence dans cette déclaration, songea Gabby.

— Je suis désolée, je ne me suis pas présentée, dit-elle avec un regard noir en direction de Quill qui, appuyé au mur, manquait à tous ses devoirs. Je suis miss Gabrielle Jerningham. Et voici M. Quentin Dewland.

Quill se redressa et salua enfin.

— Ravi de vous rencontrer.

Gabby fut quelque peu agacée par le regard dont il couvait Mme Ewing. Il n'avait pas le droit de convoiter aussi ouvertement une femme mariée !

— Nous ne sommes pas suffisamment restés en contact avec Carolyn, reprit celle-ci. Je ne veux même pas imaginer ce qui serait arrivé à Phoebe, si vous ne l'aviez pas prise en charge, miss Jerningham. C'est une chance que vous vous soyez trouvée sur ce navire !

— Une chance pour nous deux, renchérit Gabby. Phoebe a été une charmante compagne de voyage.

La façon dont Quill buvait les paroles de Mme Ewing était tout à fait exaspérante !

— Nous avions peu de nouvelles de ma sœur. Carolyn avait une âme d'exploratrice, et son mari était tout aussi intrépide. Je n'ai reçu qu'une lettre en sept ans.

— Parfois, papa et maman partaient plusieurs mois, intervint Phoebe. Ils avaient beaucoup de travail.

Mme Ewing effleura ses boucles d'un baiser.

— Ils ne t'emmenaient jamais, mon ange ?

— Non. C'était important, ce qu'ils avaient à faire. Maman aurait bien aimé que j'aille avec eux, mais c'était trop dangereux, alors je restais avec Ayah, et ils venaient me voir quand ils pouvaient.

— Ton père était Roderick Pensington ?

La question de Quill fit sursauter Phoebe, qui hocha la tête.

— C'était un célèbre explorateur, déclara-t-elle fièrement.

— Certainement ! dit Quill. Le premier Occidental à remonter le Gange jusqu'à sa source.

Mme Ewing se leva.

— Il est temps de prendre congé. Ta tante Louise doit être sur des charbons ardents, Phoebe, et je suis sûre que miss Jerningham et M. Dewland ont des projets pour la journée.

— Oh, non ! s'écria Gabby. Ne partez pas déjà, madame Ewing. Je me suis prise d'affection pour Phoebe, et j'ai du chagrin de la voir partir. J'espérais que vous resteriez déjeuner avec nous...

— Phoebe vous rendra visite un autre jour. Je vous remercie de votre invitation, mais j'ai un rendez-vous que je ne puis repousser.

Gabby vint s'accroupir devant la petite fille qui serrait la main de sa tante.

— Ça va aller, ma chérie ?

Phoebe acquiesça gravement.

Le cœur serré, Gabby l'embrassa avec tendresse.

— Tu viendras me voir ?

— Oui. Et vous viendrez, vous aussi ? demanda l'enfant avec une pointe de désespoir dans la voix. Codswallop dit que vous aurez bientôt des cartes de visite, alors vous pourrez venir, et vous ferez la connaissance de tante Louise.

— J'en serai ravie, assura Gabby en se relevant pour se tourner vers Mme Ewing. Je ne voudrais pas m'imposer, mais pourrais-je rendre visite à Phoebe dès demain ? Nous avons vécu ensemble pendant des mois, et c'est un vrai chagrin de me séparer d'elle.

Mme Ewing se mordit la lèvre.

— Elle pourrait venir vous voir demain matin, répondit-elle après une légère hésitation.

Gabby sauta sur l'occasion avant qu'elle ait le temps de changer d'avis.

— J'enverrai la voiture la chercher.

— C'est très aimable, dit Mme Ewing avec un petit signe de tête. Ma sœur et moi n'avons pas d'attelage.

Gabby attendit qu'elle eût quitté la pièce avec l'enfant pour s'écrier :

— Il y a quelque chose de bizarre chez cette jeune femme, Quill, j'en suis persuadée ! Je n'aurais peut-être pas dû laisser Phoebe partir avec elle. Vous avez remarqué qu'elle ne tient pas à ce que je lui rende visite ?

— Sans doute considère-t-elle que sa demeure est trop modeste. Je ne pense pas que les tantes de Phoebe roulent sur l'or.

— Mais Mme Ewing est d'une élégance irréprochable, et je me moque du genre de maison qu'elle habite. À moins que... J'espère que c'est une personne convenable !

Quill sourit.

— Vous n'avez pas une grande expérience des courtisanes, Gabby. Mme Ewing est parfaitement respectable. Les Thorpe, la famille maternelle de Phoebe, sont tenus en grande estime par la bonne société. Je crois que les biens héréditaires se trouvent dans le Hertfordshire. Mais, peut-être à la suite de son mariage, Mme Ewing est-elle descendue dans l'échelle sociale...

— C'est ridicule ! répliqua vivement Gabby. Si elle était pauvre, elle ne serait pas habillée de façon si raffinée.

— Sa robe était bien coupée, mais dans un tissu assez banal, fit-il remarquer. Ses chaussures ont été teintes plusieurs fois, et elle semblait épuisée. Vraisemblablement, elle est obligée de travailler, et cela doit faire du tort aux Thorpe. Sans doute sont-ils brouillés.

— Mon Dieu !

Quill lui caressa doucement la joue.

— Vous n'y pouvez rien, Gabby, dit-il gentiment en effleurant sa bouche du bout des doigts.

Elle leva les yeux, parfaitement immobile.

Incapable de résister à son regard innocent, à son doux parfum de jasmin, il posa les lèvres sur les siennes. Elles avaient le goût de la gelée de mûre, et la fièvre s'empara de lui quand leurs langues se rencontrèrent.

Il la prit aux reins et la serra contre lui, délicieusement persuasif.

— Eh bien... eh bien ! cria une voix stridente. Ne dites pas que je ne vous avais pas prévenue, Gabrielle ! Les hommes se laissent toujours entraîner par leurs penchants lubriques !

Gabby recula si vivement qu'elle faillit perdre l'équilibre.

— Pardonnez-moi, lady Sylvia... parvint-elle à articuler.

— De quoi ? rétorqua Sylvia qui pénétrait dans la pièce, accompagnée de jappements aigus. Ce n'est pas moi qu'on a embrassée. Les Dewland ont toujours été de chauds lapins. Si je repense à la première saison mondaine de Kitty...

Quill n'avait aucune envie d'entendre raconter les écarts de jeunesse de ses parents !

— Je vous assure, lady Sylvia, que mon comportement déplacé ne se reproduira pas, déclara-t-il.

Elle eut un geste impatienté.

— Si vous nous laissiez, Quentin ? Pour une fois, faites quelque chose d'intelligent. Il faut que je sermonne la petite, et je n'ai pas besoin de vous.

Il se rembrunit.

— Filez ! gronda lady Sylvia.

Il obtempéra et quitta le salon après un raide salut.

— Il est un peu ombrageux, ce garçon... dit Sylvia avant de considérer la table au tigre. Quelle horreur ! Je vois que le goût de Kitty ne s'est pas amélioré... Cela ne me regarde pas, bien sûr, reprit-elle, mais il me semble que vous vous trompiez de frère...

Écarlate, Gabby baissa les yeux.

— C'est Quentin que vous voulez épouser ? s'enquit lady Sylvia. Remarquez, c'est un meilleur choix, en tout cas vu de l'extérieur.

— Oh, non ! s'écria la jeune fille. Je suis très heureuse de me marier avec Peter.

— Prenez garde, petite. N'embrassez pas un homme que vous n'avez pas l'intention d'épouser. Voilà, c'est tout pour mon sermon ! ajouta-t-elle avec son rire chevalin. Codswallop m'a dit qu'il avait conduit lady Sophie, la duchesse de Gisle, dans le salon jaune.

Il y avait une question dans son intonation.

— J'ai rencontré la duchesse hier, chez M. Carême, expliqua Gabby en pressant les mains sur ses joues brûlantes.

— Alors, quittez cet air de femme de chambre prise la main dans le sac, et allons la retrouver. Je ne la connais pas personnellement, mais j'ai toujours admiré sa classe. En voilà une qui n'a jamais reculé devant quelques baisers !

Quill se retira dans sa chambre, fort ennuyé. Qu'avait donc cette Gabrielle pour lui faire perdre tout sens commun ? Embrasser la fiancée de son frère ! Pour un peu, on aurait pu penser qu'il était jaloux !

Il se dévêtit et, en caleçon, se dirigea vers son antichambre. Il avait transformé la pièce en salle de rééducation, avec le matériel du Dr Trankelstein. Irrité, il s'empara des haltères et les souleva fougueusement. Au bout de quelques minutes, il ralentit et adopta un rythme plus raisonnable.

Une heure plus tard, luisant de transpiration, la jambe douloureuse, il jeta un coup d'œil contrarié à une machine, dans un coin. Celle-ci avait la forme d'un dos de cheval, et c'était également une invention du médecin. Mais alors que Quill aimait les haltères, il détestait ce cheval de chambre. L'idée que les oscillations le réhabitueraient au galop d'un cheval ne portait guère ses fruits. Néanmoins, consciencieux, il ne se dérobait pas à la corvée.

En soupirant, il grimpa sur l'animal, avec l'impression de retomber en enfance. Les muscles bandés, il lança l'objet dans un mouvement de bascule, qui lui faisait mal à la hanche et déclenchait une sorte de nausée.

Il savait d'expérience qu'il ne pouvait chevaucher plus de cinq minutes sans souffrir d'une violente migraine.

Aussi endura-t-il ces cinq minutes, les dents serrées, pour s'arrêter dès que des éclairs passèrent devant ses yeux.

# 7

Le matin suivant, Phoebe arriva exactement en même temps que Lucien Blanc. Gabby se précipita au salon, où elle les trouva en train de converser, sous l'œil indifférent de lady Sylvia.

— Ma nouvelle maman est quelqu'un de très important, disait la petite fille. C'est elle qui décide de ce que tout le monde porte, à Londres.

Lucien se leva à l'entrée de Gabby.

— J'espère que vous allez bien, miss Jerningham. Comme vous le voyez, j'ai eu le plaisir de renouer connaissance avec miss Phoebe.

Gabby salua aimablement le jeune Français.

— Je suis ravie de vous revoir, monsieur, dit-elle avant de se tourner vers Phoebe. Comment te portes-tu, ma chérie ?

— Très bien, je vous remercie, répondit l'enfant avec une courtoisie au-dessus de son âge, avant d'oublier les formalités. Ma nouvelle maman est très, très importante, répéta-t-elle. Et tante Louise a une théière qui contient un génie, et elle jure… tout le temps ! Elle a dit « crotte ! », et ma maman lui a dit qu'il fallait qu'elle fasse attention à ce qu'elle disait, alors tante Louise a dit « Crotte pour ça ! », alors maman était mécontente.

Gabby éclata de rire.

— Tu as de la chance !

Phoebe acquiesça. Elle semblait se débarrasser un peu de l'instruction rigide d'Ayah.

— Maman a rallongé ma robe, vous avez vu?

Elle pointa un petit pied chaussé d'une bottine.

— Elle l'a fait elle-même?

— Oh, oui! Sa maison n'est pas pleine de serviteurs comme la vôtre, miss Gabby. Il y a juste la cuisinière, et Sally qui fait le ménage, et Sherman. Sherman est très vieux, il dort souvent pendant la journée. Maman dit qu'on est mieux sans étrangers dans la maison, mais il faut se partager les tâches, et ce matin, j'ai porté moi-même ma tasse dans la cuisine après le petit-déjeuner.

Elle s'interrompit, le temps de reprendre son souffle.

— Mme Ewing semble être une femme bien intrépide, commenta Lucien, amusé, en adressant un clin d'œil complice à Gabby. Je me demande seulement comment elle est devenue très, très importante, et comment elle détermine ce que porteront les gens à Londres...

— Elle l'écrit, répliqua Phoebe. Elle écrit, et les gens lisent ce qu'elle a écrit, et ils portent seulement ce que maman a dit qu'ils pouvaient porter. Elle connaît tout, dans les habits. Je lui ai parlé de la robe à manches ballon, et elle a dit qu'elle devait être très jolie.

Gabby avait du mal à suivre.

— Peut-être Mme Ewing écrit-elle pour un magazine de mode, intervint lady Sylvia. Il en existe plusieurs, voyez-vous. Le plus connu est *La Belle Assemblée.*

— Tout le monde lit ce que maman écrit, continuait la petite fille. Elle dit comment il faut se tenir, en plus de ce qu'il faut porter.

— Cela ressemble bien à *La Belle Assemblée*, confirma Sylvia. Votre maman se rend-elle souvent à des soirées?

— Je ne crois pas.

Codswallop venait d'ouvrir les portes du salon.

— Vous avez une autre visite, miss Jerningham. Le colonel Warren Hastings, correspondant anglais du gouverneur général des Indes. Je lui ai demandé d'attendre dans la bibliothèque.

Gabby surprit Lucien en maugréant:

— La barbe! M. Dewland est-il là, Codswallop?

— Non, miss Jerningham, je regrette.

— Vous n'êtes pas obligée de recevoir ce militaire en l'absence du maître de maison, déclara lady Sylvia.

Quill ne s'était pas présenté à la salle du petit-déjeuner. Gabby soupira.

— Excusez-moi, monsieur Blanc, mais je suppose qu'il vaut mieux ne pas faire attendre le colonel Hastings.

Lucien était déjà debout.

— Ne vous inquiétez pas, miss Jerningham. J'ai plusieurs visites à faire ce matin. J'aimerais cependant avoir le plaisir de raccompagner miss Phoebe chez elle, si cela ne vous ennuie pas.

— Ce serait merveilleux, approuva Gabby.

Lucien eut un sourire malicieux.

— J'avoue que cette *importante* Mme Ewing m'intrigue, et je serai heureux de faire sa connaissance.

Lady Sylvia regarda la petite fille, qui était allée dire au revoir au tigre de la table.

— Il n'y a aucun mystère là-dedans, murmura-t-elle. La nouvelle maman de Phoebe est Emily Thorpe, des Thorpe du Hertfordshire. Il y a eu une dispute, et Thorpe a jeté ses filles dehors. À la réflexion, ce n'était pas à cause de l'aînée, mais de la cadette, Louise. Je ne les ai jamais vues, pourtant je sais que l'aînée est devenue une Mme Ewing, il y a cinq ou six ans de cela. J'ignorais toutefois qu'elle écrivait pour des revues de mode.

L'expression « devenir une Mme Ewing » parut un peu étrange à Gabby, mais elle n'avait pas le temps de poser des questions. D'ailleurs ce n'était pas une conversation convenable, en présence de Phoebe.

Ce devait être l'avis de Lucien, car il s'inclina avec grâce devant lady Sylvia sans émettre de commentaire.

Tandis qu'elle disait au revoir à Gabby, Phoebe chuchota à son oreille :

— Vous n'avez pas oublié la visite secrète que nous devons faire, miss Gabby ?

Celle-ci lui prit les mains.

— Il est mal élevé de faire des messes basses, ma chérie, mais je n'ai pas oublié, bien sûr. J'écrirai à Mme Ewing, pour qu'elle te confie à moi un après-midi de la semaine prochaine, d'accord ?

Quand elles furent seules, Gabby se tourna vers la vieille dame.

— Voulez-vous m'accompagner à la bibliothèque, lady Sylvia ?

— Si vous me disiez d'abord de quoi il s'agit ?

— Je pense que le colonel Hastings est venu me présenter ses respects. Mon père est un personnage influent.

— Balivernes ! Aucun de ces Indiens ne se donnerait la peine de présenter ses respects à une simple femme, surtout ici, en Angleterre. Que peut-il bien vous vouloir ?

Gabby haussa les épaules.

— Je suppose qu'il va me demander où se trouve l'héritier de Tukoji Holkar. Holkar est l'un des chefs de la région du Maharashtra.

— Maharashtra ? Dieu du ciel, qu'est-ce que ce nom ? Elle n'attendit pas la réponse.

— Vous voulez dire qu'une espèce de prince païen a disparu ? Un prince indien ?

Gabby acquiesça.

— Il s'appelle Kasi Rao.

— Et pourquoi diable Hastings imaginerait-il que vous savez où il est ?

— Kasi et moi avons été élevés comme frère et sœur, expliqua Gabby. C'est le neveu de la première femme de mon père, et il a grandi chez nous. Comme il a presque onze ans et que son père est malade, il devrait monter sur le trône des Holkar, sauf que...

— Sauf qu'il a disparu, termina Sylvia, et que votre père a sûrement quelque chose à voir dans cette affaire. Si je me souviens bien, votre père est assez excentrique pour kidnapper des petits princes !

— Je ne suis au courant de rien, déclara Gabby en prenant un ton aussi neutre que possible.

Lady Sylvia renifla, sceptique.

— Gardez vos protestations pour le colonel.

Comme Gabby allait répondre, elle l'en empêcha d'un geste autoritaire de la main.

— Une minute, petite. C'est de la folie, d'aller parler toutes les deux avec ce colonel. Mieux vaut attendre le retour de Dewland et le laisser s'occuper de lui.

— Mais si je lui dis simplement que je ne sais rien, il s'en ira.

— Ridicule ! Nous ne pouvons pas le rencontrer seules. Il va tenter de vous intimider.

Gabby garda le silence.

— Nous allons jouer les écervelées, décréta lady Sylvia. Je vais faire venir les chiens, ils nous seront utiles.

Elle pivota sur ses talons et hurla :

— Codswallop !

Le majordome apparut aussitôt.

— Oui, madame ?

— Amenez-moi mes chiens, puis vous nous accompagnerez à la bibliothèque.

Codswallop, sur le point d'émettre une objection, se ravisa.

— Tout de suite, madame.

— Cet homme a un aspect un peu sournois, déclara lady Sylvia quand il fut sorti. Il ne semblait pas ravi à l'idée d'aller chercher mes chéries. Sans doute craint-il pour le tapis ! Bien, petite, vous croyez-vous capable de jouer les parfaites idiotes ? Les hommes, et surtout les militaires, prennent couramment les femmes pour des faibles d'esprit. Cela devrait se passer au mieux.

— Le colonel Hastings ne fait pas vraiment partie de l'armée, fit remarquer Gabby. La Compagnie des Indes a son propre service d'ordre.

Sylvia haussa les épaules.

— Il a quand même un grade. Cela leur donne la grosse tête, vous savez.

Les petites chiennes arrivaient en jappant, contentes d'échapper à la sévère tutelle de Dessie. Lady Sylvia en prit deux dans ses bras, et Gabby tenta de s'emparer de la troisième, mais elle aboya si fort qu'elle lâcha prise.

— Laissez-la, elle nous suivra. Maintenant allons-y, Codswallop !

Le colonel ne portait pas d'uniforme. C'était un homme trapu à la calvitie naissante. Pour Gabby, son visage ressemblait à une esquisse à laquelle il manquait les détails. Son nez bulbeux était mal défini, son triple menton se perdait dans son col haut, ses cheveux étaient plantés bien en arrière du front.

Comme il se hâtait vers ces dames, il fut évident qu'il avait l'impression d'avoir à traiter avec des enfants. Lady Sylvia jeta à sa compagne un bref regard de triomphe.

— Quel plaisir de vous rencontrer, miss Jerningham ! s'écria-t-il en s'inclinant.

Lady Sylvia s'approcha.

— Monsieur, j'ai le regret de vous le dire, mais en l'absence d'un membre masculin de la famille, jamais je ne pourrais permettre à la charmante miss Jerningham de rencontrer un homme sans chaperon, fût-il un vaillant militaire comme vous...

Elle plongea dans une révérence si profonde que Gabby se demanda si elle parviendrait à se relever.

Hastings salua avec superbe.

— Je suis enchanté – enchanté ! – de faire votre connaissance, madame... madame...

Sylvia agitait son éventail avec tant de fougue qu'une mini-tempête dérangea les rares cheveux du colonel.

— Je suis lady Sylvia Breaknettle. Pardonnez-moi, colonel, mais je suis infiniment troublée de me trouver devant l'un des plus grands héros d'Angleterre ! En vous regardant, je vois nos braves pénétrant dans les continents sauvages, vivant l'existence des autochtones, sans le confort de la civilisation !

— C'est vrai, grommela le colonel. Vous n'imaginez pas la difficulté que l'on a à obtenir une tasse de thé, dans ces lointaines contrées. Ils cultivent les herbes mais ne savent pas s'en servir. Vous devez être heureuse, miss Jerningham, d'avoir regagné un pays civilisé. Les Indes ne sont pas dignes d'une jeune femme de bonne éducation.

Lady Sylvia vit Gabby toute crispée, et se lança de nouveau à l'assaut du militaire.

— Elle me l'a dit mille fois ! L'Inde est un pays de sauvages. Mais asseyons-nous, cher monsieur. Je vais prier notre bon Codswallop de nous préparer une tasse de thé.

Gabby se sentit obligée de participer.

— Je suis certaine que notre thé vous conviendra, monsieur. Rien ne saurait être trop bon pour un intrépide soldat !

Le colonel s'empourpra sous le regard d'adoration de Gabby et accepta.

Lorsqu'ils furent assis, il se pencha vers la jeune femme.

— Je sais que je vais sans doute me casser le nez, miss Jerningham, mais je suis là au nom d'un maître tout-puissant...

Elle réprima un sourire. Hastings lui rappelait son père, quand il se lançait dans ce qu'elle appelait sa rhétorique. Afin d'obtenir un marché particulièrement difficile, il invoquait toujours un « maître tout-puissant ».

— Il s'agit du gouverneur général des Indes en personne, Richard Colley Wellesley, le comte de Mornington.

— Mon Dieu ! s'écria Gabby, feignant l'admiration. Je n'ai jamais eu le plaisir de rencontrer le gouverneur général, mais... mais...

Elle s'étrangla. Son père aurait refusé de laisser pénétrer Wellesley chez lui.

— Ma jeune compagne est si impressionnée à l'idée de ce grand homme qu'elle ne trouve plus ses mots, intervint lady Sylvia fort à propos.

— Wellesley est un homme brillant, confirma Hastings. Infiniment brillant ! Toutefois, je suis certain qu'il s'est trompé en m'envoyant dans votre demeure, mesdames.

Gabby l'encouragea à continuer d'un sourire.

— Il est absurde d'imaginer qu'une charmante jeune femme comme vous pourrait être mêlée à la politique indienne, poursuivit-il.

Gabby fut sauvée par l'arrivée de Quill, qui s'arrêta sur le seuil.

Lady Sylvia eut un rire cristallin.

— N'est-ce pas merveilleux, colonel ? Voici mon très cher cousin, M. Dewland, qui va pouvoir répondre à toutes les questions auxquelles nous, pauvres femmes, ne comprenons rien !

Le colonel se leva, visiblement ravi d'avoir un homme pour l'aider à interroger ces personnes écervelées et agitées.

Jusque-là, Gabby ne s'était guère amusée à jouer la comédie, mais la présence de Quill l'inspira. Elle battit des cils.

— Par le Ciel, monsieur Dewland, comme je suis heureuse de vous voir ! Imaginez : le gouverneur général des Indes a envoyé le colonel Hastings rien que pour m'interroger sur la politique indienne ! Or vous savez combien je suis ignorante en ce qui concerne les dates et les faits. Ma foi, je me rappelle à peine le nom de ma camériste d'un jour sur l'autre !

Elle adressa à Quill un sourire délicieusement superficiel.

Il s'inclina devant leur visiteur, qui se lança aussitôt dans un discours :

— Mes questions ne sont pas aussi absurdes que le pense notre charmante miss Jerningham, monsieur

Dewland. Encore que, comme je le disais à ces dames à l'instant, je sois à peu près sûr de me casser le nez. Mais je suis au service d'un maître très puissant, monsieur. Un maître que l'on ne peut refuser de servir. Le gouverneur général des Indes m'a lui-même envoyé enquêter.

Quill alla s'asseoir.

— Seigneur, dit-il, je me demande bien ce que Wellesley espère obtenir de miss Jerningham, qui ne connaît rien à la politique !

Gabby le réprimanda gentiment.

— Allons allons, monsieur Dewland, ne sous-estimez jamais l'intelligence d'une femme. Je suis certaine que je peux répondre à beaucoup des questions du colonel.

Elle pencha joliment la tête.

— Voyons, reprit-elle. Les hommes de la Compagnie des Indes dirigent pratiquement le pays, je le sais…

— Eh bien, justement, intervint le colonel comme s'il s'adressait à une enfant de cinq ans. La Compagnie ne dirige pas la vaste région des Indes appelée le Maharashtra, là où vous avez grandi.

Gabby eut un rire roucoulant.

— Je le sais ! Mon père tenait à ce que je connaisse la géographie de ce continent. J'ai été élevée à Indore, qui fait partie du Maharashtra, une grande région des Indes centrales, débita-t-elle comme si elle récitait sa table de multiplication. Mais je suis certaine, colonel Hastings, que vous en connaissez plus que moi sur les Indes.

Il rougit sous le regard chaleureux et admiratif de Gabby.

— Avez-vous entendu parler de la dynastie Holkar, miss Jerningham ?

Elle sembla réfléchir un instant, avant de s'écrier en battant des mains :

— Indore est gouvernée par les Holkar. Est-ce que je m'en sors bien, colonel ?

— Merveilleusement. Nous aimerions savoir où se trouve un garçon qui a grandi dans la maison de votre père, miss Jerningham. On nous a dit qu'il était comme votre frère. Il s'appelle Kasi Rao Holkar, et c'est l'héritier du trône.

Quill observait Gabby, les yeux plissés. Où diable voulait-elle en venir ? Si elle souriait encore une fois au colonel de cette façon, le pauvre homme allait avoir une attaque !

— Bien sûr, je connais Kasi Rao, dit-elle avec un rire léger. Mais, par le Ciel, jamais mon père n'aurait autorisé un indigène à être « comme un frère » pour moi ! Je suis une dame anglaise, monsieur, et mon père est le fils d'un duc !

— Certes. Mais avez-vous une idée de l'endroit où est Kasi Rao en ce moment ?

— Absolument pas !

Lady Sylvia, rapide comme l'éclair, prit la relève.

— Vous ne suggérez tout de même pas que cette jeune fille ait pu rester en contact avec un Indien, un *sauvage*, colonel ! Ma chère Gabrielle a quitté les Indes il y a de nombreuses semaines pour venir en Angleterre, et elle n'a aucune intention de retourner un jour dans ce pays oublié de Dieu ! Elle est fiancée à mon cousin, un gentilhomme britannique qui n'a jamais seulement mis les pieds sur le Continent !

— Je savais que je venais pour rien, marmonna le colonel avec lassitude.

Gabby se leva, gracieuse, pour venir s'asseoir près de lui.

— J'aimerais pouvoir vous aider, cher monsieur. J'en serais tellement fière ! Mais je crains que lady Sylvia n'ait raison. Je n'ai pas vu Kasi Rao depuis des années. On ne m'autorisait pas à fréquenter les indigènes, voyez-vous. Nous avons sans doute joué ensemble lorsque nous étions enfants, mais c'était il y a bien longtemps.

Elle tapota la main du colonel.

— Tenez-moi au courant si vous le trouvez, conclut-elle. Je serai ravie de le revoir, bien sûr.

Quill se rappela le souhait de Gabby d'emprunter la voiture pour un après-midi, et il soupira. Kasi Rao était sans doute à Londres. Bon sang, il avait même dû voyager sur le même bateau qu'elle !

— Depuis combien de temps l'héritier des Holkar a-t-il disparu ? demanda-t-il.

— Nous n'en savons rien, répondit Hastings, agacé. Il est pratiquement impossible d'obtenir des réponses franches, là-bas. Et sauf votre respect, miss Jerningham, votre père est terriblement têtu. Il refuse de nous conduire à l'enfant. Si on ne le trouve pas rapidement, l'un de ses deux demi-frères prendra sa place.

— Et cela ne plaît pas à la Compagnie des Indes ? intervint Quill.

— C'est une question de moralité, répliqua le colonel, mal à l'aise. Kasi Rao Holkar est le fils unique de l'*épouse* du chef.

Aux yeux de Quill, le fait que Kasi Rao fût le seul héritier légitime n'expliquait pas pourquoi la Compagnie voulait le voir sur le trône, plutôt que l'un de ses frères. Il avait vendu ses parts de la Compagnie quelques années auparavant, parce qu'il avait découvert que les colons oubliaient délibérément les consignes du gouvernement, qui étaient de ne pas investir davantage de territoires. En fait, le père de Gabby n'avait sans doute pas tort : le petit prince était plus en sécurité caché en Angleterre.

Le colonel Hastings était en train de baiser solennellement la main de lady Sylvia. Le pauvre homme aurait été horrifié de l'entendre, quelques minutes plus tard, après qu'il eut pris congé.

— Ma foi, petite, déclara-t-elle de sa voix tonitruante, si Hastings n'était pas le plus grand imbécile que la Terre eût porté, il vous aurait extorqué la vérité en une minute. Vous êtes très mauvaise comédienne.

— Je me le demande, murmura Quill, pensif. Gabby s'en est fort bien sortie, compte tenu du fait qu'elle sait où se trouve le prince.

Gabby rougit, mais lady Sylvia lui épargna la peine de répondre.

— Bien sûr qu'elle le sait ! Votre père l'a mis à l'abri quelque part, n'est-ce pas ? L'Inde est vaste, ils ne le trouveront jamais ! Je n'aime guère ces hommes de la Compagnie. Remarquez, Richard Jerningham a toujours été un peu excentrique, avec son idée de devenir missionnaire – lui, un fils de duc ! Mais je suppose que s'il a enlevé l'enfant, il avait de bonnes raisons. Qui ne m'intéressent pas, d'ailleurs... Venez ici, mes chéries !

Elle prit deux chiens dans ses bras, mais le troisième avait disparu.

Gabby regardait sous les fauteuils, lorsque Sylvia poussa un juron.

— Quelle chipie, cette Beauté ! Je vais envoyer Dessie à sa recherche...

Majestueuse, elle poussa Gabby hors de la pièce.

Quill n'eut pas l'occasion de s'entretenir avec la jeune fille avant la fin du dîner, quand il rejoignit les dames au salon. Elle portait la robe orange qui lui donnait des idées libertines, les idées d'une canaille qui voulait séduire la fiancée de son frère ! Malheureusement, il avait beau s'accabler de reproches, cela ne changeait rien.

— Quel âge a Kasi Rao ? demanda-t-il.

— Il aura onze ans le 5 janvier. Hélas, il est plutôt en retard. Il vient tout juste d'apprendre à lire...

Gabby continua à parler, mais Quill pensait à autre chose. Que diable devait-il faire ? Partir en voyage ? Aller s'occuper d'une société située à l'autre bout du monde, à la Jamaïque, en Perse ? Quelle était la décision à prendre lorsque l'on se consumait pour sa future belle-sœur ? Se tenir à l'écart, lui dictait sa conscience.

Mais il ne pouvait pas partir, étant donné l'état de son père. Ce serait également très discourtois envers Gabby. Tant qu'il ne l'embrassait pas, se dit-il, il pouvait rester. Après tout, il était un homme civilisé.

Gabby parlait toujours.

— Compte tenu des difficultés que Kasi Rao a à retenir les choses les plus simples, vous seriez étonné de voir comme il réussit bien! J'espère que Mme Malabright continue à le faire travailler.

— Qui est Mme Malabright? questionna-t-il.

— D'abord, père a pensé placer Kasi dans une pension. Mais c'était difficile à organiser depuis les Indes, et il était presque sûr que la Compagnie serait aussitôt au courant. Aussi a-t-il confié Kasi à Mme Malabright, ici à Londres. C'est une Anglaise qui a vécu aux Indes pendant vingt ans, et Kasi la connaît bien: le choc aura été moins rude.

— Kasi a toujours vécu chez vous?

— Oui. Il est venu à la maison alors qu'il n'avait que quelques mois.

— Ne pourrait-il siéger sur le trône des Holkar?

— Certainement pas, répondit Gabby sans l'ombre d'une hésitation. Mon père estime que la Compagnie ferait de lui un homme de paille et s'emparerait de la région. Kasi, le pauvre chéri, n'est pas en pleine possession de ses moyens. D'après mon père, sa mère buvait beaucoup trop de cherry, quand elle était enceinte.

— Et que pensait son mari de ce goût excessif pour l'alcool? demanda Quill.

Gabby leva vers lui son regard limpide.

— Ils aimaient tous les deux le cherry. La dernière fois que je leur ai rendu visite au palais, Holkar en était à sa troisième bouteille, et sa femme était tout aussi ivre. Le royaume est régenté par la concubine favorite de Holkar, Tulasi Bai.

Quill fit les gros yeux.

— Par le Ciel, vous n'auriez jamais dû vous rendre dans un palais habité par des pochards!

Gabby lui adressa un clin d'œil.

— Ne vous inquiétez pas, je ne suis pas moi-même portée sur le cherry. Et je pense que le fils de Tulasi sera un jour un excellent chef.

— Je suppose que vous souhaitiez rendre visite à Kasi, quand vous m'avez demandé la voiture.

— Oui. Père m'a défendu de parler de sa présence à Londres, même à vous ou à votre père… Mais maintenant que vous êtes au courant, accepterez-vous de m'accompagner chez Mme Malabright, Quill ? Cela me ferait plaisir. Je n'ai pas vu Kasi depuis plusieurs jours, et il me manque affreusement. Père a dit que je devais m'assurer qu'il allait bien, et dans le cas contraire, trouver un autre arrangement.

— J'irai volontiers. Est-ce que demain matin vous conviendrait, lady Sylvia ?

— Je crois que je vais vous laisser y aller tous les deux, répliqua la vieille dame. Vous partez faire œuvre de charité, en quelque sorte, or je ne suis pas très douée pour ça.

— Je vous remercie pour votre attitude devant le colonel, dit Gabby. Il aurait été catastrophique que la Compagnie apprenne où vit Kasi.

— Ça m'a amusée, grommela Sylvia, bourrue. Vous êtes une bonne petite, Gabrielle. J'aime bien la façon dont vous veillez sur ce garçon.

Gabby lui sourit.

— Je ne crois pas que je m'en serais sortie toute seule, avec le colonel Hastings.

— Bon ! Il est temps d'aller au lit !

Sylvia poussa les chiens et la jeune fille vers la porte.

Mais celle-ci n'avait aucune envie de dormir. La visite du colonel l'avait sérieusement alertée.

Il fallait qu'elle protège Kasi Rao. De toute évidence, il intéressait la Compagnie bien plus que ne le pensait son père, et il y avait toutes les chances pour que le plan de Richard Jerningham échoue. Soit la Compagnie des Indes chercherait Kasi jusqu'à ce qu'elle le trouve, soit elle mettrait sur le trône un autre garçon en prétendant avoir retrouvé le prince.

Quelques mois auparavant, alors qu'elle était encore aux Indes, elle avait élaboré un projet pour s'opposer à la Compagnie. Son père, avec une moue méprisante, l'avait rejeté en prétendant que c'était encore une de ses idées absurdes.

Gabby avait le cœur serré en songeant au regard si confiant de Kasi. Il ne fallait pas qu'on l'enlève à Mme Malabright...

Elle ne risquait rien d'essayer. Une meute était lâchée aux trousses du garçon, et son père n'était pas là pour l'empêcher d'agir.

Déterminée, elle se dirigea vers le secrétaire, prit une plume, une feuille de papier et se mit à écrire. Elle allait rédiger quatre lettres, qui devraient atteindre les Indes le plus vite possible.

L'adresse qu'elle donna le lendemain matin au cocher des Dewland était sur Sackville Street. Ils atteignirent rapidement un quartier de petites maisons, bien entretenues mais fort modestes.

— Mon Dieu ! s'écria Gabby. C'est très différent de ce à quoi Kasi était habitué !

— Vous viviez dans une vaste demeure ? demanda Quill.

— Un palais, répondit-elle sans la moindre affectation. Père adore le luxe, voyez-vous. C'est ce qui lui rendait si difficile la tâche de missionnaire.

— Je m'en doute, ironisa-t-il.

Mme Malabright se révéla une charmante dame, replète et vive.

Quill comprit tout de suite pourquoi Gabby et son père voulaient empêcher que l'on mît l'enfant sur le trône des Holkar. C'était un tout petit garçon aux grands yeux doux, qui paraissait sept ans plutôt que dix. Il pénétra dans la pièce de biais, comme un faon apeuré, et regarda autour de lui d'un air méfiant.

Jusqu'à ce qu'il aperçoive la jeune fille. Il se précipita vers elle et s'accrocha à sa robe.

— Raconte-moi une histoire, Gabby ! dit-il comme s'il l'avait vue la veille.

Elle prit le petit visage entre ses mains.

— Bien sûr, mon chéri. Mais d'abord, sois bien poli.

Il eut un sourire bouleversant.

— *Namaste*, Gabby, dit-il en joignant les mains avant de s'incliner.

— Non, non ! protesta Mme Malabright. Nous sommes en Angleterre.

— Comment allez-vous, Gabby ? recommença l'enfant, docile. Je suis heureux de vous rencontrer.

— Cela, c'est pour les étrangers, mon chéri, rectifia Mme Malabright. Or tu connais miss Jerningham.

Kasi sembla un peu désorienté. Il recula et salua de nouveau.

— Comment allez-vous, miss ? Je suis... je suis... je suis...

Gabby hocha la tête et fit la révérence.

— Merci infiniment, monsieur Kasi Rao. Je suis ravie de vous revoir.

L'enfant s'épanouit. On en avait terminé avec les formalités.

— Maintenant, raconte-moi une histoire, Gabby. S'il te plaît, s'il te plaît...

Elle jeta un coup d'œil à Quill et à Mme Malabright.

— Cela ne vous ennuie pas ?

La brave femme eut un large sourire.

— Il m'a raconté toutes vos histoires, miss Jerningham. Il les adore positivement !

Gabby et Kasi se lovèrent sur le sofa, et la jeune fille commença :

— Il était une fois une toute petite souris. Elle s'appelait Joosi et vivait à l'époque des anciens empereurs de Chine, il y a si longtemps que ni toi, ni ton grand-père, ni ton arrière-arrière-grand-père n'auriez pu partager un morceau de fromage avec elle...

Quill sourit et se détendit. Mais Mme Malabright n'allait tout de même pas laisser son visiteur écouter un conte pour enfants !

— Kasi a une passion pour la compote de prunes, déclara-t-elle. Je lui en donne toute la journée. Et il aime aussi les pommes de mon jardin.

— L'avez-vous emmené visiter Londres ? s'enquit distraitement Quill.

En vérité, il tendait l'oreille pour essayer de saisir la suite de l'histoire de Joosi la souris, qui s'aventurait en terrain dangereux et grimpait sur le pied du trône de l'empereur.

— Mon Dieu, non ! répondit Mme Malabright. Kasi n'aime pas se trouver au milieu d'inconnus. Je suis obligée de le forcer à sortir dans la cour une fois par jour, et bien qu'il y ait de hauts murs, cela le rend nerveux.

— Peut-être aimerait-il aller voir une pantomime ?

— Certainement pas ! décréta Mme Malabright, qui ressemblait à une maman ours protégeant son petit. Il est heureux, à la maison, et je ne vois pas de raison de le terroriser en l'emmenant dehors. Il n'est pas fait pour ça.

Pendant ce temps, Joosi la souris prenait des risques insensés en se balançant sur les plumes qui ornaient le couvre-chef de l'empereur.

— Apprend-il à écrire ?

— Oui, il fait des progrès. Bien qu'il ait quelques difficultés avec le J.

Elle alla chercher le cahier d'exercices de Kasi, tandis que l'histoire de Joosi arrivait à une heureuse conclusion.

— À partir de ce jour, disait Gabby, Joosi la souris devint la meilleure amie de l'empereur. Il lui fit fabriquer un lit à sa taille, tout en or incrusté de perles. Joosi passait son temps perchée sur l'épaule de l'empereur, prête à le conseiller si l'un de ses stupides ministres le poussait à lancer la Chine dans une guerre. On se rappela longtemps que le règne de cet empereur fut une période de paix et de bonheur inégalée.

Kasi poussa un petit soupir de bien-être.

— J'aimerais que Joosi soit mon amie, Gabby.

Il fit du regard le tour de la pièce.

— Tu sais où est mon amie ? Elle ne vit pas ici.

— Tu penses à Phoebe ?

— Oui, Phoebe, approuva le garçon, tout content.

— Elle a demandé de tes nouvelles, elle aussi. Je te l'amènerai un jour prochain, si Mme Malabright n'y voit pas d'inconvénient.

— Phoebe pourra amener Joosi avec elle ?

De toute évidence, Gabby était habituée au manque de logique du garçon.

— Peut-être Mme Malabright te permettra-t-elle d'avoir une souris blanche ?

La brave femme revenait avec le cahier d'exercices. Ils restèrent encore une demi-heure et mangèrent une tranche de pain d'épice, avant de prendre congé.

Quill avait passé un certain temps à se demander pourquoi lady Sylvia n'avait pas accompagné Gabby dans cette visite. Si c'était pour qu'il l'embrasse de nouveau, il n'avait pas l'intention de lui donner satisfaction ! Gabby était la fiancée de Peter. Point final.

D'ailleurs, elle ne manifestait aucune envie d'être embrassée. Durant le chemin du retour, elle ne cessa de parler de Kasi et de Mme Malabright, sans se douter que Quill ne songeait qu'à sa douceur, à ses frémissements, à la manière dont ses lèvres s'ouvraient... À ce quelque chose qu'elle éveillait en lui et qui le rendait fou.

# 8

Il avait fallu à Lucien Blanc deux semaines d'efforts soutenus pour arriver à son but : déjeuner avec Phoebe Pensington, Mme Ewing et la tante Louise. Il était assis à la petite table, Phoebe à sa droite, Emily à sa gauche, parfaitement conscient que ces dames n'avaient aucune envie de le recevoir. Pourtant, malgré sa bonne éducation, il avait résolument ignoré leurs réticences.

D'abord, il avait accompagné Phoebe par pure curiosité au sujet de cette « très, très importante » nouvelle maman. Mais dès qu'il s'était trouvé face à la mince et lasse Mme Ewing, tout avait changé.

Il lui avait baisé galamment la main, puis s'était lui-même étonné en mentionnant le fait qu'il avait été marquis avant de quitter la France. Il détestait les émigrés qui se vantaient en Angleterre de leurs titres.

Ce n'était pas tant parce qu'elle était belle. Certes, elle l'était. Et puis elle était délicieusement habillée, elle portait le plus joli bonnet que Lucien ait vu de sa vie. Mais il y avait surtout quelque chose, dans ses yeux bleu-gris, qui l'avait poussé à revenir le lendemain, puis le jour suivant. Enfin, quand il s'était présenté à sa porte à une heure tout à fait inconvenante pour une visite, Mme Ewing l'avait, à contrecœur, convié à partager leur déjeuner. Elle était fatiguée, la ravissante Emily, et elle ne l'aimait pas beaucoup, se disait-il. Ses doigts étaient sans cesse tachés d'encre, elle était trop mince... Néanmoins, elle le fascinait.

Donc il se trouvait là, en train de manger une tourte aux légumes, cuisinée par une domestique fort peu compétente.

— Phoebe m'a dit que vous écriviez, madame Ewing, dit Lucien.

Elle s'était lavé les mains avant de passer à table – des mains très belles, fines, élégantes.

Emily leva les yeux, embarrassée. Que faisait-il là, pour l'amour du Ciel ? Il était beaucoup trop beau pour être célibataire. Et d'ailleurs, pourquoi un célibataire aurait-il rendu visite aux scandaleuses sœurs Thorpe ? Elle se secoua mentalement.

— J'écris en effet pour un magazine de mode, répondit-elle.

— *La Belle Assemblée ?*

C'était donc la raison de la présence de Lucien Blanc, songea-t-elle. Il devait posséder une revue concurrente. Elle avait entendu parler d'un nouveau magazine, et un Allemand avait déjà essayé de la débaucher, l'année précédente. Cela expliquait qu'un aristocrate français fût assis à sa table. Elle eut un petit pincement au cœur. Elle aurait aimé que le regard admiratif de M. Blanc lui fût adressé à elle, non à son écriture.

— J'écris en effet pour *La Belle Assemblée*, répliqua-t-elle d'un ton brusque, et je n'envisage pas de changer à l'avenir.

— Oh... bien sûr, murmura Lucien.

Elle l'aurait presque cru sincère. Sauf que...

Sauf que Lucien, ne sachant plus que dire, s'enferra dans ses questions.

— Et qu'est-ce qui vous ferait écrire pour quelqu'un d'autre, madame ? Je veux dire, pour un autre magazine ?

— Absolument rien !

Il cherchait désespérément un autre sujet de conversation.

— Et vous, miss Thorpe, écrivez-vous aussi pour *La Belle Assemblée ?*

— Non, répliqua la tante de Phoebe en mordant à belles dents dans une pomme. Je suis la brebis galeuse de la famille, j'écris pour *Etherege's Portents*, le magazine des hommes, pour ainsi dire. Si je puis me permettre, monsieur Blanc, j'ai un faible pour les vestes vert olive. Or vous en portez un superbe modèle.

Déconcerté, il baissa les yeux sur sa veste.

— Je vous remercie. Vous écrivez pour *Etherege's Portents* ?

Louise eut un petit rire.

— Vous ne lisez pas ma rubrique ? Elle s'intitule « Réflexions générales sur la mode ». Je signe Edward Etherege, précisa-t-elle.

— Je crains de ne pas avoir eu ce plaisir...

Louise haussa les épaules.

— Vous surestimez ma prose en parlant de « plaisir ». Emily a un véritable don pour la mode, mais je me contente d'écrire quelques sornettes et de les publier pour ceux qui auront la bêtise de les lire.

— Tu exagères ! protesta Emily en émiettant nerveusement son petit pain. Louise a une plume extrêmement humoristique, ajouta-t-elle à l'intention de Lucien.

— Mais tout le monde croit que je suis sérieuse ! rétorqua Louise.

— Je suis certain que votre prose est... parfaite, dit faiblement Lucien.

Il n'osait plus regarder Emily qui, chaque fois qu'il levait les yeux vers elle, affichait un air méfiant, comme si elle craignait qu'il ne lui vole son argenterie. Ou sa vertu. Il s'agita, mal à l'aise. Il y avait des années qu'il ne s'était pas senti ainsi attiré par une femme. Depuis la mort de son épouse, en fait. À quoi cela tenait-il ? La mince et réticente Emily n'avait rien de commun avec sa femme.

Louise avait sorti une liasse de feuilles d'un placard, et elle leur lut son nouvel article.

— « La mode, preuve de goût mais fantasque, impitoyable mais idolâtrée, trône comme une girouette sur le dôme des Plaisirs. Elle dicte ses jugements sans appel aux adorateurs de l'enchanteresse, de la déesse qui régente nos vies et nos gilets, la divinité qui règle le drapé de nos cravates, l'idole qui... »

— Pour l'amour du Ciel, Louise !

— Ne m'interromps pas maintenant, Emily, supplia Louise. Je viens juste de commencer. J'ai encore quelques bons mots sur la façon dont l'esprit de la mode fait la distinction entre un nœud de cravate et un autre. Attends...

Elle feuilletait ses papiers, et Emily soupira.

— Vous allez devoir m'excuser, monsieur Dewland. J'ai beaucoup de travail cet après-midi.

— Oh, maman, vous ne goûterez pas la crème renversée ? demanda Phoebe. J'ai battu les œufs moi-même. Cinq !

— Je n'ai pas très faim, mon enfant, dit Emily en posant un baiser sur son front. Tu me réciteras tes leçons plus tard, n'est-ce pas ?

Sur un bref signe de tête, elle se retira.

Lucien se morigéna de nouveau en silence. Il n'allait tout de même pas céder à son envie de courir derrière elle et l'embrasser, jusqu'à ce que la lassitude s'évanouisse dans ses beaux yeux gris !

La servante apporta une crème tremblotante.

— Bon sang ! pesta Louise. Emily n'a une fois de plus rien avalé, et la crème n'est pas assez cuite.

Phoebe se régalait déjà.

— Je la trouve très bonne !

— Certes, les œufs sont parfaitement battus, rectifia Louise en lui caressant les cheveux. Cela se voit au premier coup d'œil.

— Je ne voudrais pas être indiscret, intervint Lucien, mais votre sœur est-elle toujours aussi pressée ?

— Nous sommes bientôt à la fin du mois, et il faut qu'elle donne ses textes au journal. Elle est très demandée, vous savez. C'est elle qui écrit presque tous les articles de *La Belle Assemblée*, et ce n'est pas facile, car elle ne sort pas elle-même. Il lui faut lire les longs rapports sur ce que portait telle ou telle personne à telle soirée. Nous sommes abonnées à une quinzaine de journaux, et chaque fois qu'un événement crucial se prépare, elle est encore plus nerveuse. Là, il s'agit du bal de lady Fester, je crois. Il est important, et lady Fester est très sélective dans ses invitations.

— Je ne comprends pas... Pourquoi Mme Ewing est-elle nerveuse à ce sujet ?

— Elle doit, à chaque soirée, décider quelle était la femme la plus élégante, expliqua Louise, mais il n'est pas évident d'obtenir des informations sûres. Elle craint toujours que l'un de ses collaborateurs ne soit pas invité dans les grandes occasions.

— Elle a des espions ?

— Ce ne sont pas des espions ! protesta Louise, indignée. Ce sont des personnes qui apprécient la mode et sont ravies de recevoir une petite rétribution pour leur aide. Elles décrivent à ma sœur ce que portaient les convives, et Emily rédige ensuite ses articles. C'est du genre : « Une très noble dame portait une jupe à draperies festonnées », etc. Tout le monde comprend évidemment de quelle dame il s'agit.

— Pourquoi Mme Ewing ne se rend-elle pas tout simplement à ces bals ?

Louise lui jeta un regard aussi méfiant que celui de sa sœur.

— Comment le pourrait-elle ? Nous ne sommes pas invitées.

Il fronça les sourcils.

— Pourquoi, miss Thorpe ? Pardonnez mon impertinence, mais il est clair que vous venez d'une excellente famille.

— Mon père est un homme irascible. Il m'a jetée dehors quand j'avais quinze ans, et Emily, Dieu la protège, m'a défendue, alors il l'a chassée également.

Il acquiesça.

— J'ai une invitation pour le bal de lady Fester. Croyez-vous que votre sœur me ferait l'honneur de m'y accompagner ?

Louise avait les yeux du même bleu-gris que ceux d'Emily, mais ils ne troublaient pas Lucien.

— Je n'en sais rien, murmura-t-elle.

— Je crois qu'elle devrait aller avec vous, monsieur Blanc, intervint Phoebe de façon inattendue. Ce serait plus agréable pour elle que d'écouter M. Hislop.

Louise sursauta.

— Que connais-tu de M. Hislop ?

— J'ai entendu maman demander à Sally de rester à portée de voix, au cas où M. Hislop essaierait de l'embrasser, répondit l'enfant. Sally a dit qu'il était détestable, et maman était d'accord, mais elle a ajouté qu'elle ne voulait pas l'insulter.

Une sourde colère envahit Lucien.

— Vous m'avez laissé entendre que ses espions étaient des femmes !

Louise rougit.

— Pour la plupart, oui. Mais M. Hislop est invité absolument partout. Et nous n'avons pas à le payer pour les rapports qu'il nous donne. Il est juste... juste...

— Un goujat ! compléta-t-il d'un ton glacial qui le surprit lui-même. Emily le verra-t-elle, cet après-midi ?

Louise l'observait attentivement, mais elle semblait un peu radoucie.

— M. Hislop vient en général le mardi vers onze heures, n'est-ce pas Phoebe ?

Elle se leva.

— Je suis certaine que vous trouverez un moment pour faire votre proposition à ma sœur, monsieur Blanc.

Lucien se leva à son tour.

— Je crois que je suis libre mardi matin.

Ils échangèrent un regard complice.

— Alors, je vous souhaite du succès dans vos entreprises...

Louise fit une gracieuse révérence, la révérence d'une femme qui a été élevée pour vivre dans la haute société, non dans la triste petite pièce où ils se trouvaient.

Quelques minutes plus tard, dans sa voiture, Lucien réfléchissait. Quelles curieuses jeunes personnes, ces sœurs Thorpe ! Intelligentes, vives, belles... Et où était M. Ewing, si toutefois il existait ? Il était fort possible qu'il ne fût qu'un fantôme. Il y avait chez Emily un air d'innocence qui ne pouvait guère appartenir à une veuve.

Il en savait quelque chose, lui qui était veuf depuis si longtemps. Soudain, il se sentit trop vieux pour envisager de passer une soirée avec la ravissante Mme Ewing. Il avait presque quarante ans, il était las, le passé le tourmentait...

Lucien jura entre ses dents, puis tapa au plafond de sa voiture afin de faire changer de direction à son cocher. Il allait se rendre à son club.

Non, il n'inviterait pas Emily au bal de lady Fester. D'abord, elle semblait rejetée par la bonne société, donc elle ne s'y sentirait pas à l'aise. D'autre part, elle méritait quelqu'un de son âge, et non un homme accablé de souvenirs douloureux et de regrets incessants.

Lorsque M. Carême vint en personne apporter la nouvelle garde-robe de Gabby, celle-ci était sur le point de mourir d'ennui. Certes, elle prenait la voiture chaque matin pour rendre visite à Kasi, néanmoins ce mois avait été affreusement vide. Lady Sylvia passait ses après-midi avec des amis, et quand la jeune fille avait proposé de l'accompagner, elle avait frémi.

— Pas dans ces vêtements, petite ! avait-elle répondu.

Quill brillait par son absence. Il était allé deux fois à Bath, où il n'avait passé qu'une nuit, cependant on le voyait peu à la maison, et il se gardait bien d'offrir à Gabby de visiter Londres. Il avait certainement, lui aussi, pris en horreur ses robes blanches. Sans doute ne voulait-il pas qu'on la vît avec lui, fût-ce à la Tour de Londres.

Gabby lisait le *Morning Post* chaque jour, et elle savait que l'on donnait de petites réceptions, bien que la saison à proprement parler ne fût pas commencée. Mais jamais Quill ne lui demandait de l'accompagner à une matinée musicale ou un autre divertissement.

Il donnait des nouvelles de son père, il soupait parfois avec elle et lady Sylvia, demandant alors poliment comment se portait Kasi. Leurs relations en restaient là.

Aussi l'arrivée de M. Carême et de ses sémillantes employées fut-elle un grand soulagement pour la jeune fille. Mais pas les robes du couturier !

— Je ne peux pas porter cela ! s'écria-t-elle, effondrée. C'est impossible !

— C'est la mode, répliqua M. Carême sans se démonter.

Il en avait choqué d'autres, dans sa carrière !

— Vous allez épouser M. Dewland. Il faut absolument que vous montriez un style personnel, car vous serez jugée en fonction du goût sans faille de votre mari. Comme vous n'avez aucun sens de ce qui se fait, M. Dewland a été bien inspiré de vous confier à moi.

Gabby ne se vexa pas.

— Mais c'est tout de même moi que l'on verra dans ces toilettes, insista-t-elle.

— Vous ne serez pas vue : vous serez adulée ! rétorqua Carême. Les hommes se traîneront à vos pieds.

L'idée n'était pas désagréable... Mais si son père la voyait dans ces robes ! Gabby en frémit de la tête aux pieds.

— J'ai composé votre garde-robe dans des tissus un peu plus lourds que ceux dont je me sers actuellement, poursuivait le couturier, afin de masquer la rondeur de vos hanches.

Gabby cligna des yeux. Elle aimait assez la courbe de ses hanches, justement ! Et Quill avait semblé l'apprécier aussi...

— Vos seins sont votre meilleur atout, alors nous les montrons. Vos fesses aussi, continuait M. Carême avec son franc-parler. Chacune de vos robes a une petite traîne, afin d'accentuer le mouvement de balancement.

Les seins étaient mis en valeur, c'était le moins qu'on puisse dire ! Ils débordaient littéralement de la robe du soir que Gabby était en train d'essayer.

— Maintenant, vous pouvez sortir en public ! M. Dewland sera enchanté.

— Mais que se passera-t-il si le corsage... si le corsage glisse ?

— S'il *glisse* ? C'est impossible ! Toutes mes clientes portent de profonds décolletés, le soir, même celles qui n'ont rien à montrer. Vous devriez être fière de votre poitrine, miss Jerningham. Des sous-vêtements gâcheraient la ligne de mon drapé. Ne gigotez jamais des épaules. Mes clientes ne gigotent jamais !

Sans doute pas, se dit Gabby. Car elles sont terrorisées !

Mais elle en avait assez de rester enfermée. Si elle priait M. Carême de modifier ses toilettes, elle ne pourrait pas demander à Quill de l'emmener se promener.

Aussi ne protesta-t-elle pas davantage.

Un peu plus tard, Margaret l'aida à revêtir une robe de jour, ornée d'un bouquet de renoncules, sur laquelle elle enfila une mante rose pâle à large capuche, doublée de soie rose. La servante en était béate d'admiration.

— Quelle merveille ! s'écria-t-elle. Comment M. Carême appelle-t-il cette teinte ?

— Fleur de pêcher. Mais c'est une jolie manière de dire rose, Margaret, rien de plus.

— Oh non, miss. Il faut que j'utilise le nom approprié, pour le raconter aux autres.

Elle tendit à sa maîtresse un mouchoir gansé du même ton.

Gabby eut la première preuve du talent de M. Carême quand elle pénétra dans le salon de Mme Ewing. Elle venait une ou deux fois par semaine chercher Phoebe, pour l'emmener voir Kasi, et elle s'était prise d'affection pour la mère adoptive de la petite fille.

Or ce matin-là, Emily fut clouée sur place en la voyant. Gabby sourit. Mme Ewing était toujours si bien habillée qu'elle se sentait toujours affreuse, en sa présence.

— Vous êtes fort élégante, miss Jerningham. Votre robe est ravissante.

Gabby sourit.

— J'ai la chance d'avoir toute une garde-robe créée par M. Carême.

— Il a fait une petite traîne. Comme c'est intéressant ! Et votre mante est en mérinos, n'est-ce pas ?

— Je l'ignore ! répondit joyeusement Gabby. Je sais seulement que M. Carême a choisi une couleur fleur de pêcher plutôt que simplement rose. Bien sûr, ajouta-t-elle sur le ton de la confidence, j'ai été ravie de l'apprendre, car je détesterais porter une teinte réservée au petit peuple !

Emily éclata de rire, ce qui ne lui était jamais arrivé en présence de Gabby.

— M. Carême est affreusement snob, non ? Il m'a terrifiée, la première fois que je l'ai rencontré.

Phoebe entrait dans la pièce, vêtue de son manteau, un panier à la main.

— Je suis désolée de vous avoir fait attendre, miss Gabby, dit-elle en faisant la révérence, mais j'aidais à la cuisine.

— Viens vite, ma chérie !

Phoebe se précipita dans ses bras.

— J'ai fait une tarte pour Kasi Rao, annonça-t-elle en soulevant le torchon qui couvrait le panier. Toute seule... enfin presque. Vous croyez qu'il aimera ?

— Il va adorer ! affirma Gabby. Si nous y allions, maintenant ? Je ramènerai Phoebe dans quelques heures, si cela ne vous ennuie pas, conclut-elle à l'intention de Mme Ewing.

— Merci de votre gentillesse, répondit celle-ci en embrassant la petite fille.

Une fois à Sackville Street, elles constatèrent que Kasi Rao vivait une journée particulièrement difficile. Il fallut une demi-heure à Phoebe pour le décider à sortir du placard à balais où il se terrait.

— C'est la garde, miss Jerningham, expliqua Mme Malabright, ennuyée. Ils venaient quêter pour leurs œuvres et, avant que j'aie eu le temps de les en empêcher, ils ont pénétré dans le salon. Je croyais que Kasi était en haut, mais ce n'était pas le cas. Le pauvre petit s'est retrouvé entouré de quatre hommes. L'un d'entre eux lui a adressé la parole – gentiment, d'ailleurs. Mais c'en était trop pour notre bonhomme, qui depuis n'a pas voulu quitter son placard.

— Je comprends tout à fait, madame Malabright. J'ai passé des heures à essayer de le faire sortir d'un coin sombre. Il est comme ça ! Dieu sait que mon père a tenté maintes fois de le guérir de cette manie !

Angoissée, Mme Malabright se tordait les mains sur son tablier.

— C'est ce que votre père m'avait dit de faire, miss Jerningham. Alors une fois, je l'ai sorti du placard, mais il est devenu tellement agité, il... Enfin, il...

— Je sais, la rassura Gabby. Et je suis de votre avis, il est inutile de le tourmenter. Mais regardez-le, maintenant !

Kasi, assis sur le sofa, se régalait de tarte en écoutant Phoebe bavarder.

— Cela ne dure pas, reprit-elle. Si on lui permet de sortir de son coin quand il le désire, Kasi est parfaitement heureux.

— Oh oui, approuva Mme Malabright, c'est un petit garçon tout à fait joyeux, quand on ne l'oblige pas à rencontrer des inconnus. De toute façon, j'aime bien rester à la maison, moi aussi.

Ce soir-là, Gabby porta l'une des robes de soirée de M. Carême. La traîne accentuait le balancement de sa démarche, mais elle se rappela que, s'il était souhaitable d'onduler en dessous de la taille, il ne fallait surtout pas gigoter du haut !

En vérité, ce n'était pas désagréable, d'onduler ainsi… Aussi ondula-t-elle jusqu'au bureau de Quill, où elle frappa doucement à la porte.

Il leva les yeux lorsqu'elle entra. Dans la lumière du crépuscule, il avait un visage sombre. Comme il était différent de Peter, si mince, si parfait, alors que Quill était robuste, musclé, malgré sa jambe malade.

— Il faut allumer, dit-elle.

Un instant, elle marcha normalement, puis elle se rappela qu'elle devait *onduler*.

Elle se pavana un moment, allumant les mèches des chandeliers. Revenant vers le jeune homme, elle eut la satisfaction de constater que son regard brillait.

— J'aimerais sortir ce soir, Quill.

— Sortir ?

Il demeura bouche bée. Il n'était pas encore à ses pieds, mais il n'en était pas loin.

— Sortir, répéta-t-elle calmement. J'aimerais aller au théâtre, ou à une réception. Une certaine lady Stokes a envoyé une invitation pour un dîner dansant.

Elle montra l'une des cartes gravées qui arrivaient chaque jour pour Peter, que Codswallop posait consciencieusement sur une cheminée.

— Une soirée, murmura Quill. Impossible. Je ne vais jamais à ce genre de réception.

— Pourquoi, grands dieux ?

Il ne se donna pas la peine de répondre. Si Gabby ne pouvait deviner toute seule qu'il évitait de danser et de rester trop longtemps debout, il ne voyait aucune raison de le lui expliquer.

— Je suppose que nous pourrions aller au théâtre, dit-il à contrecœur.

Elle lui offrit son plus beau sourire, et vint se percher sur le coin de son bureau afin de vérifier l'effet de son corsage.

Elle ne fut pas déçue. Les yeux de Quill étincelèrent d'une lueur dangereuse, et elle le sentit en son pouvoir. Sensation grisante ! Elle se pencha légèrement en avant.

— J'aimerais aller au Dorset Gardens. On y joue une de mes pièces favorites, *La Mégère apprivoisée*, de Shakespeare.

Il déglutit nerveusement. Peter allait épouser une femme dont la seule voix était chargée de promesses...

Peter. Son frère ! se rappela Quill en tentant de reprendre le contrôle de ses sens.

— Je regrette, j'ai oublié un important rendez-vous, ce soir, déclara-t-il en reculant son fauteuil du bureau. Je vous prie de bien vouloir m'excuser.

Gabby changea aussitôt d'expression, et c'en était presque comique. La sirène enchanteresse devint en une seconde une petite fille déçue.

— J'en ai assez de passer mes journées à la maison, Quill !

— Peter ne tardera pas à rentrer.

— Il n'y fait pas allusion dans les messages qu'il envoie chaque jour, fit-elle remarquer. Je sais qu'il est d'un grand réconfort pour votre mère...

— Elle n'a pas besoin de réconfort, lança sèchement Quill. Père se rétablit aussi bien que possible. Je vais écrire à Peter pour lui ordonner de rentrer sur-le-champ.

En vérité, le vicomte se reposait dans le meilleur hôtel de Bath. Sans doute ne remarcherait-il jamais, et les médecins n'étaient pas certains qu'il parlerait de nouveau, mais il était redevenu lui-même et envoyait d'irascibles notes à droite et à gauche.

— D'après ce que dit Peter, reprit-il, père peut encore vivre de cette manière pendant des années.

— Je vous en prie, ne lui demandez pas de revenir. Je n'aimerais pas savoir qu'il quitte votre mère quand elle a besoin de lui.

Quill ne semblait pas convaincu.

— Voyez-vous, Peter et moi habiterons ensemble, insista-t-elle en posant une main sur son genou. Ce serait épouvantable, si je m'interposais entre sa mère et lui. J'ai vu ce genre de situation, en Inde, et cela fait du tort aux couples.

Quill avait la gorge serrée. Il lui était de plus en plus difficile de se trouver proche de Gabby.

Il repoussa son siège davantage encore.

— J'informerai mon frère que vous désirez aller au théâtre. Lorsqu'il se rendra compte que vous êtes vêtue ainsi, il se précipitera à Londres afin de vous exhiber devant ses amis.

Gabby ne saisit pas le sarcasme dans sa voix. Il était devenu de glace. Qu'avait-elle dit pour le contrarier ? Il avait vraiment un tempérament ombrageux !

— Vous croyez, Quill ? Les toilettes de M. Carême sont ravissantes, ne trouvez-vous pas ?

Elle allait carrément à la pêche aux compliments !

Quill ne put se résoudre à la remettre à sa place. Elle savait parfaitement que sa robe du soir était une provocation ouverte ! M. Carême, fin et rusé, avait compris que jamais Gabby ne pourrait jouer les fragiles jeunes filles. Dans cette création, elle représentait un danger pour toute la gent masculine !

— Je vais écrire à Peter dès ce soir, et je lui enverrai la lettre par messager.

Il fut choqué par sa voix rauque. Il ferait mieux d'aller travailler en Jamaïque. Ou à Zanzibar. La Jamaïque était trop proche, il pourrait encore imaginer Gabby dansant à l'un de ces bals où elle mourait d'envie d'aller.

Il l'imaginerait se coulant dans les bras d'un homme. Au bal et... après le bal.

Il se leva si brusquement que son fauteuil faillit se renverser.

— Si vous voulez bien m'excuser, Gabby, je suis déjà en retard pour mon rendez-vous.

— Je ne peux pas vous accompagner ?

— Certainement pas. Les dames n'accompagnent jamais les hommes à leurs rendez-vous.

— Pourquoi ?

— Une dame ne questionne jamais un homme sur ses rendez-vous.

La jeune fille s'épanouit soudain.

— Oh ! Je suppose que vous allez rendre visite à votre bonne amie ? Je suis ravie que vous en ayez une. Est-ce qu'elle me plairait ?

— Bon sang ! marmonna Quill.

Gabby était tout sauf conventionnelle. Elle ne commettait pas de faute de goût, elle était simplement naturelle. Il devait bien exister des activités possibles au fin fond de l'Antarctique ! Un commerce de peaux d'ours polaires, par exemple ?

— Je n'ai pas de « bonne amie », lança-t-il sèchement. Et il est tout à fait inconvenant d'aborder un tel sujet avec moi.

— Très bien, dit gentiment Gabby, qui ajouta ce précepte à la longue liste des maladresses qu'elle ne devait plus commettre. Mais pourquoi, Quill ?

Il avait perdu le fil de la conversation.

— Pourquoi, quoi ?

— Pourquoi n'avez-vous pas d'amie ? En Inde, tous les Anglais avaient des amies – en tout cas, c'est ce qu'on disait. Je ne critique pas, remarquez, je pose seulement la question. Comme nous sommes presque parents, cela n'a pas d'importance.

Incroyable le nombre de choses qui n'ont pas d'importance, pour elle, sous prétexte que nous serons bientôt de la même famille ! se dit Quill avec une pointe d'amertume.

— Je ne veux pas en parler avec vous, Gabby.

Il était tellement fermé qu'elle n'osa pas insister.

— C'était une question amicale, protesta-t-elle néanmoins.

Il eut un rire dur.

— Je ne vous conseille pas de poser ce genre de question en présence de Peter.

Elle se mordit la lèvre.

— Je vous considère comme un ami, Quill. Mon seul ami en Angleterre... Si vous ne me dites pas comment je dois me comporter, qui le fera ?

— Peter ! déclara-t-il d'un ton sans réplique. Il y excelle.

Gabby s'était levée et elle se promenait dans la pièce. Aussi Quill prit-il une feuille de papier pour écrire à Peter.

*Ta future épouse est désormais parfaitement habillée par Carême. Elle a envie de sortir dans le monde. Reviens d'urgence, ou je serai obligé de l'escorter moi-même.*

La note eut l'effet souhaité. La perspective de laisser à un autre la tâche d'introduire Gabby dans la bonne société donnait des sueurs froides à Peter. Et que ce fût son frère – si insouciant des bonnes manières, si indélicat – qui s'en chargeât, lui faisait dresser les cheveux sur la tête.

La vicomtesse partageait son opinion.

— Il faut que tu rentres à Londres, mon chéri, le pressa-t-elle. Quill est le meilleur des fils, mais il manque de finesse. D'autre part, ton père va mieux.

Peter acquiesça.

Une semaine plus tard, il était en route pour Londres. Et c'était aussi bien, se dit-il, installé dans le carrosse, car sa botte gauche avait un accroc. Il lui en fallait absolument de nouvelles, or Hoby était le seul bottier qui eût un vrai sens de la mode. À Bath, il n'avait pas trouvé une seule paire de souliers convenables !

# 9

Si Lucien hésitait à enquêter sur les charmantes sœurs Thorpe, il n'eut pas autant de scrupules vis-à-vis de leur espion, M. Hislop. Et ce qu'il découvrit confirma ses pires craintes : M. Hislop était un débauché, fort porté sur le jupon.

Aussi, presque malgré lui, Lucien se présenta-t-il à la porte de Mme Ewing, le mardi matin à onze heures précises. Il avait l'intention de s'occuper de ce petit jeune homme, tout en faisant bien comprendre que son intérêt pour Mme Ewing était seulement paternel. Il avait passé des heures à imaginer qu'il devenait un père protecteur pour Emily et Phoebe. C'était tout ce dont il était capable, avec son cœur de veuf et son corps qu'il trouvait usé.

Sally vint répondre et déclara que Mme Ewing ne recevait pas, mais elle ne put résister à une pièce d'un shilling.

Elle désigna la porte du bureau.

— Mme Ewing ne reçoit pas, parce qu'elle attend une visite, chuchota-t-elle avant de disparaître, la pièce bien serrée dans sa main.

Elle se consola de sa trahison en se disant que ce monsieur était fort séduisant. Si Mme Ewing pouvait l'épouser, bien qu'il fût français ! Sally n'aimait guère les étrangers, pourtant celui-là était si beau que c'en était presque un péché...

Quand la porte de son bureau s'ouvrit, Emily leva un regard ennuyé. Elle préférait que l'on fît entrer Hislop avec autant de cérémonial que possible. Il ne devait surtout pas avoir l'impression d'être un intime !

Mais c'était Lucien Blanc qui se tenait sur le seuil, et elle eut soudain le cœur battant. Elle avait beaucoup trop pensé à lui, ces derniers jours !

— Que puis-je pour vous, monsieur Blanc ? Excusez-moi, mais je travaillais. Je ne suis pas très présentable.

Elle se leva gracieusement et dénoua le tablier qui protégeait sa robe de mousseline des taches d'encre.

— Je crains de ne pouvoir bavarder longtemps, car j'attends quelqu'un, précisa-t-elle.

Lucien ne savait plus que faire. Il s'était préparé à pourfendre un dragon, or le dragon n'était pas encore là.

— Je suis venu vous proposer de m'accompagner au bal de lady Fester, dit-il.

Emily se sentit soulagée. Apparemment, il n'avait pas l'intention de la débaucher pour un autre magazine de mode.

— Je ne sors pas, répondit-elle cependant.

Lucien haussa les sourcils.

— Je vous en offre l'opportunité, justement.

— Je suis désolée, je dois refuser votre aimable invitation.

— Puis-je vous demander pourquoi ?

C'était impardonnable ! Jamais un gentilhomme ne questionnait une dame sur la raison d'un refus. Mais il fallait qu'il poursuive la conversation, car il tenait à se trouver là quand Hislop arriverait.

— Je n'ai jamais fait officiellement mon entrée dans le monde, expliqua Emily. J'ai assisté à quelques bals, quand j'habitais encore chez mes parents, mais je ne me sentirais pas à l'aise dans une grande réception. Toutefois, je vous suis très reconnaissante d'avoir pensé à moi, monsieur.

— J'avais cru comprendre, d'après votre sœur, que ce serait une excellente occasion pour vous d'observer directement les toilettes des élégantes, insista-t-il. Je vous assure qu'il y aura toute la bonne société, à ce bal.

Emily hésitait. Peut-être Lucien n'était-il pas comme M. Hislop ? Celui-ci l'avait invitée à plusieurs reprises, mais seulement – elle en était certaine – pour tenter des approches importunes dans sa voiture. Dernièrement, il avait même laissé entendre qu'il ne lui fournirait plus d'informations, si elle refusait de sortir avec lui.

Lucien s'approcha pour s'incliner devant elle.

— Je serais très honoré si vous acceptiez, dit-il doucement.

Emily avait le souffle court. Les hommes ne devraient pas avoir des cils si longs, des yeux si tendres, l'air si… attirant !

— C'est très aimable de votre part, murmura-t-elle enfin.

— Je vous serais infiniment reconnaissant si vous vouliez bien venir, et je serais heureux que votre sœur nous accompagne, afin de vous servir de chaperon.

— Ma sœur, comme chaperon ?

Cela prouvait que Lucien ne s'était pas renseigné sur elles. Il ne pouvait savoir que Louise avait la réputation d'être une femme légère.

— Ma sœur ne se montre pas en public, protesta-t-elle, raide.

— Dans ce cas, je demanderai à l'une de mes connaissances de nous escorter. Je ne voudrais pas que vous vous sentiez mal à l'aise…

Emily croisa son regard, et elle eut honte d'avoir pu un instant penser qu'il ressemblait à M. Hislop.

— Je serai ravie de me rendre avec vous à ce bal, dit-elle. J'ai changé d'avis.

— C'est là le privilège des femmes, répondit-il, un sourire au fond des yeux. Je suis très honoré.

— Et il est inutile de nous faire escorter, ajouta vivement Emily. Je suis veuve : les veuves n'ont pas besoin de chaperon.

— Oui, bien sûr...

Y avait-il une pointe de sarcasme dans sa voix ?

Lucien n'avait plus de raison de s'attarder, et il allait prendre congé quand Sally ouvrit la porte du bureau, pour annoncer froidement :

— M. Hislop est là, madame.

Elle était de mauvaise humeur, car il l'avait pincée deux ou trois fois dans le couloir, aussi lui lança-t-elle un regard noir avant de s'éloigner.

Bartholomew Bayley Hislop n'était pas bel homme, et Emily se dit qu'il était positivement cruel pour lui de se trouver dans la même pièce que Lucien Blanc. Ce dernier, mince, tout de noir vêtu, affichait la classe de son état de marquis. D'ancien marquis, se rappela-t-elle.

Hislop était vêtu d'une veste verte ornée d'énormes boutons de métal, qu'il croyait être le fin du fin. Son gilet était rayé de violet et de jaune, son visage s'ornait de trop longs favoris, et il avait les genoux cagneux. En ajoutant à cela une lueur lascive dans le regard, on avait le portrait de Bartholomew Hislop, fils unique et héritier d'un boucher qui avait gagné une fortune en fabriquant de la glu avec des os de bœuf. Suffisamment pour permettre à son fils d'étudier à Cambridge et de vivre luxueusement en ville.

Emily l'accueillit avec un peu plus de cordialité que de coutume.

— Quel plaisir de vous revoir, monsieur Hislop ! Puis-je vous présenter M. Lucien Blanc ?

Bartholomew ne reconnut pas M. Blanc, mais c'était peu important, car il avait reconnu son tailleur.

— Je suis ravi de faire votre connaissance, monsieur ! Enchanté ! J'ai décidé de renoncer à la veste droite, il y a environ treize semaines. Cela me faisait paraître un peu maigrelet. Ce qui n'est pas votre cas, cher monsieur, se hâta-t-il d'ajouter. Cette redingote vient de chez Guthrie, n'est-ce pas ?

— C'est exact, monsieur, vous avez découvert qui est mon tailleur.

— Je ne l'ai jamais fait travailler, précisa Hislop, car je demande plus... disons, plus d'originalité. Mais je crois que M. Guthrie a sa boutique sur Leadenhall Street. C'est bien ça ?

— Absolument.

— Je me trompe rarement sur ces sujets, cher monsieur. Mais je devine que vous êtes étranger, et sans doute n'avez-vous jamais entendu parler de moi. Je suis en train de me construire une solide réputation en ce qui concerne la mode masculine, parmi les cercles les plus fermés. Je me flatte d'avoir de l'intuition, du flair. Eh oui... Et, ajouta-t-il avec un regard de concupiscence à Emily, l'une de mes plus grandes joies est de partager mes observations avec Mme Ewing. Il me plaît énormément d'apporter ma modeste contribution à *La Belle Assemblée.*

Lucien se tourna vers Emily. Elle lut l'aversion dans son regard et fronça les sourcils.

— Je suis navrée, je vais vous prier de nous excuser, monsieur, dit-elle. M. Hislop a eu la gentillesse de promettre de me raconter la réception qui a été donnée en l'honneur du duc et de la duchesse de Gisle, et tous ces détails sur la mode vous ennuieraient à mourir.

— Le duc et la duchesse viennent de rentrer de Turquie, intervint Hislop d'un air important. Et la duchesse était habillée par Carême, naturellement.

Emily raccompagna Lucien à la porte d'entrée, et il salua en lui adressant un petit sourire.

— J'étais venu pourfendre un dragon, murmura-t-il. Phoebe m'avait laissé entendre que M. Hislop était tout à fait désagréable...

Elle sourit en retour.

— Je suis toujours heureuse de la présence d'un pourfendeur de dragons, dit-elle de sa voix musicale. Il y en a tellement peu, à Londres ! Mais ne vous inquiétez pas pour M. Hislop. Je le tiens en respect.

Lucien se rembrunit en descendant les marches du porche. Il n'aimait pas voir Emily dépendre de cet individu. Hislop ne venait pas chaque semaine dans l'unique but de participer à *La Belle Assemblée*. C'était plutôt la belle Mme Ewing qui l'attirait.

Globalement, Peter fut satisfait de la transformation de Gabby. Ils se retrouvèrent au dîner le soir de son retour, car il lui avait envoyé un mot pour la prier de l'accompagner au bal de lady Fester.

Gabby portait l'une des créations de M. Carême, et elle rayonnait de bonheur. Margaret avait dû utiliser une telle quantité d'épingles à tête de perle, que de loin la chevelure châtaine prenait des reflets irisés. Mais au moins, le chignon était fermement arrimé. Quant à sa toilette, couleur bronze, au décolleté osé et à la surrobe terminée en traîne, elle était certainement à la mode, se dit Peter. Dieu merci, la généreuse poitrine de la jeune fille s'harmonisait au mieux avec la ligne de la tenue.

— Le drapé est-il fait de mousseline ? demanda-t-il en se penchant vers Gabby qui picorait dans son assiette.

Elle leva vivement les yeux et fut heureuse de constater que son fiancé affichait une expression amicale.

— Je ne sais pas, avoua-t-elle.

— Puis-je... ?

Comme elle acquiesçait, il tâta le tissu une seconde.

— De la gaze, avec des broderies d'or, annonça-t-il. Très seyant !

Quill observait l'heureux couple entre ses paupières mi-closes. Peut-être allait-il se saouler, ce soir. Une chose qu'il s'autorisait rarement, mais en cet instant, l'oubli offert par l'alcool lui semblait une bonne solution.

— Tu viens aussi, Quill ?

Il secoua la tête, irrité de la gentillesse naturelle de son frère. Il ne devait pas être facile pour une coqueluche de la bonne société d'avoir un frère à la fois handicapé et asocial. Pourtant, Peter ne manquait jamais de vouloir l'associer à ses sorties.

— Je passerai peut-être plus tard dans la soirée, se surprit-il à répondre.

Gabby lui adressa son radieux sourire.

— Ce serait merveilleux, Quill ! Je vous guetterai.

Peter fit monter sa fiancée en voiture, non sans admirer la cape de velours qui complétait sa toilette.

— Vous êtes très en valeur, ce soir, dit-il dans la pénombre du carrosse.

— C'est une véritable beauté ! renchérit lady Sylvia. Vous avez de la chance, Peter. On prend un risque, en épousant une jeune femme venue de l'étranger. L'un de mes cousins s'est fiancé à une Écossaise, qui s'est révélée avoir un horrible teint terreux. Il s'est enfui en Amérique avant le mariage !

Gabby eut un soupir de soulagement. Elle y était parvenue : Peter était content d'elle...

Il sembla soudain inquiet.

— Savez-vous danser ?

— Oui, mais je n'ai jamais dansé avec un homme. Mon père avait engagé une Anglaise pour me donner des leçons.

Peter aimait bien cette idée. Si sa fiancée faisait un faux pas, il pourrait toujours laisser entendre qu'elle n'avait jamais été tenue par un cavalier. Peu d'hommes à Londres auraient pu en dire autant !

— Ne vous inquiétez pas, la rassura-t-il. J'expliquerai tout.

Gabby était aux anges. Peter se comportait exactement comme le gentil jeune homme de ses rêves : protecteur, attentif, admiratif.

— Oh, Peter ! s'écria-t-elle. Je suis tellement heureuse que nous soyons bientôt mariés !

Il fut pris de court. Que répondre ? Et comment osait-elle dire quelque chose d'aussi intime devant lady Sylvia ?

— J'en suis ravi, articula-t-il enfin.

Gabby ne fut que moyennement déçue. Il était trop tôt pour qu'il réagisse avec autant d'enthousiasme qu'elle. Mais peut-être ce soir l'embrasserait-il, comme Quill l'avait fait ? Elle avait lu le désir dans le regard de Quill, et elle espérait voir la même émotion dans celui de Peter avant la fin de la soirée.

Lady Isabel Fester était très fière, car son bal était toujours le premier événement mondain après l'ouverture du Parlement. En 1804, quand le Parlement avait reculé la date de sa reprise, à cause de la mauvaise santé du roi, lady Fester avait purement et simplement annulé sa réception. Elle avait l'impression, à juste titre, que son bal avait acquis une grande notoriété.

Aussi son sourire poli se chargea-t-il d'un vrai plaisir lorsqu'elle vit l'un des hommes les plus élégants de Londres arriver derrière le majordome : Lucien Blanc.

— Cher marquis ! roucoula-t-elle.

Elle savait que Lucien avait renoncé à son titre, mais elle préférait ne pas tenir compte de ce qu'elle considérait comme un excès de modestie.

Il s'inclina pour lui baiser la main.

— Très chère lady Fester, puis-je vous présenter Mme Ewing ?

Les yeux de lady Fester se plissèrent légèrement. Emily Thorpe – ou quel que soit le nom qu'elle avait choisi de porter – n'était pas le genre de femme qu'on aimait recevoir à un bal… Puis elle avisa la toilette de la jeune femme. Elle était de mousseline ambre, sur une sous-robe légèrement plus soutenue. Des perles ornaient le corsage et les manches. Bref, c'était la création la plus originale que lady Fester ait vue de la soirée. Elle serait sûrement décrite dans *La Belle Assemblée* – un honneur dont lady Fester rêvait pour elle-même. Elle en eut un pincement de jalousie d'une violence inouïe.

— Ravie de vous rencontrer, madame Ewing, dit-elle aimablement.

La robe avait gagné.

— Eh bien, chuchota Lucien à l'oreille d'Emily alors qu'ils se dirigeaient vers la salle de bal, au cas où vous ne l'auriez pas remarqué, un dragon gardait l'entrée, et vous l'avez franchie sans encombre.

Elle leva vers lui un regard pétillant.

— Comment aurait-il pu en être autrement, puisque j'ai près de moi un pourfendeur de dragons ?

Il rit.

— Je ne puis me targuer de cette victoire... Voulez-vous danser ?

Emily s'arrêta pour parcourir la salle du regard. Les robes étaient toutes de style néoclassique, ornées de roses de satin, de cols de dentelle, aux décolletés si profonds qu'on les confondait avec la ligne de la taille.

— Mon Dieu, souffla-t-elle. C'est merveilleux ! Connaissez-vous la jeune femme qui se tient près de la fenêtre, monsieur ?

Lucien se tourna dans la direction indiquée.

— Vous voulez dire la personne qui a tant d'objets dans les cheveux ?

— C'est une coiffure infiniment à la mode, répliqua Emily. Elle a mis de la dentelle dans sa chevelure, et je distingue même une plume d'autruche.

— Sans oublier tous les glands de rideaux, se moqua Lucien, qui n'appréciait guère. En effet, je connais Cécilia Morgan, et je serai heureux de vous la présenter.

Un instant plus tard, Emily et Cécilia – qui insista pour qu'Emily l'appelle Sissy – étaient en grande conversation sur les mérites des glands de soie par rapport aux plumes d'autruche, tandis que Lucien et le mari de Sissy étaient relégués à l'arrière-plan.

À mesure que la soirée avançait, Lucien s'aperçut, avec étonnement, qu'il ne se formalisait pas du fait qu'Emily ne pût rester longtemps près de lui. Il se contentait de la regarder charmer les femmes de cette société qui l'avait rejetée autrefois, ignorant leur accueil glacial et gagnant leur sympathie en parlant mode. Elle était rayonnante. Elle appartenait à ce monde. Enfin, il l'arracha à un discours sur les chapeaux de crêpe – qui étaient absolument démodés – et l'entraîna sur la piste de danse.

Elle semblait flotter entre ses bras, et il sut avec certitude qu'ils étaient les plus gracieux de tous les invités. Il en fut légèrement grisé, mais beaucoup moins que par le contact du corps d'Emily contre le sien...

Un si ravissant sourire se dessinait sur les lèvres de Gabby, quand ils pénétrèrent chez lady Fester, que Peter en fut surpris. Elle paraissait aussi ravie de ce bal que lui, encore qu'il fût un peu plus nerveux que de coutume. Normalement, il sentait une poussée d'adrénaline en se rendant à une soirée. Chaque réception renforçait sa position dans la bonne société, il en était certain. Il s'arrangeait toujours pour se présenter sous son meilleur jour.

Au début, tout se déroula à merveille. Peter présenta ses amis à miss Jerningham. Soit ils restaient bouche bée devant sa poitrine, soit ils lui demandaient si elle était habillée par M. Carême. Et tous les hommes présents semblaient n'avoir d'yeux que pour Gabby.

Elle se comportait bien, intimidée par l'extravagance clinquante de ce bal londonien, et elle dansait correctement, détail d'importance. Peter considérait que c'était une activité indispensable, et il ratait fort peu de danses, même lorsqu'il s'agissait des rythmes effrénés d'une danse campagnarde. Il laissait les autres formes d'exercice à son frère, qui passait des heures à transpirer avec ses haltères.

La danse favorite de Peter était la polonaise, et il constata avec plaisir que Gabby la connaissait. C'était une danse lente, qui paraissait simple au spectateur, mais n'était pas si facile. Il n'y avait rien de plus détestable que les mouvements brusques ou les danseurs qui ne suivaient pas la mesure.

Bref, Peter était satisfait de sa fiancée. Ses camarades se massaient autour de lui pour le féliciter sur le goût parfait de sa future épouse en matière de mode, sa classe, son élégance sur la piste de danse. La comtesse Maria Sefton, après s'être attendrie sur l'état de santé du vicomte, avait promis d'envoyer des invitations pour Almack ; il n'avait même pas eu à le demander. Le prince de Galles, porté sur les plaisirs de la chair, lui avait donné un coup de coude en murmurant que sa fiancée était une véritable beauté, et qu'elle possédait une voix de sirène. Peter ne l'avait pas remarqué, mais il ne discuta pas. C'était un grand compliment, dans la bouche de Prinny.

Aussi, quand Gabby revint épuisée d'une danse particulièrement animée, accepta-t-il de se rendre un moment sur le balcon.

— Vous avez besoin d'un peu d'air frais, dit-il, ignorant le désir de la jeune fille de rentrer à la maison.

Il était seulement deux heures du matin, et personne ne songeait à prendre congé. Les dames n'avaient en aucun cas le droit de sembler lasses, ni de laisser leur toilette ou leur coiffure se dégrader. Par deux fois, Peter avait envoyé Gabby se faire repeigner.

— Lady Sylvia est fatiguée, dit-elle, en désespoir de cause.

En effet, son chaperon somnolait dans un fauteuil depuis une bonne demi-heure.

Peter haussa les épaules.

— Elle est toujours ainsi. Elle se réveillera pour le souper, et personne ne pensera pour autant du mal de vous.

Ce n'était pas ce qui tracassait Gabby. Si les sièges avaient été moins inconfortables, elle-même aurait fort bien pu s'y assoupir.

— Allons faire un tour sur la terrasse, insista-t-il.

Elle frissonna. Un certain M. Barlow l'y avait emmenée, plus tôt dans la soirée, et elle avait été frigorifiée. On était presque en décembre !

Mais déjà Peter la menait vers l'une des trois portes qui donnaient sur de petits balcons surplombant les jardins. Gabby soupira. Pour elle, la soirée avait été affreusement ennuyeuse. Elle ne comptait plus le nombre de messieurs qui avaient « accidentellement » effleuré sa poitrine ou lui avaient caressé le dos. Elle avait l'impression d'être un poulet tâté par une fermière pour décider s'il est bon à manger !

Le balcon était en effet glacial. Peter laissa la porte-fenêtre ouverte.

— Nous sommes fiancés, expliqua-t-il, mais je ne voudrais pas que l'on mette votre réputation en cause.

Gabby faillit faire remarquer que M. Barlow avait fermé, mais s'en abstint. Finalement, elle avait beaucoup de mal à se confier à son fiancé. C'était plus facile avec Quill. Sans doute parce qu'elle était amoureuse de Peter, se rassura-t-elle.

Elle était absolument gelée, mais peut-être... peut-être était-ce le bon moment pour leur premier baiser ?

Elle se rapprocha de lui.

— Il fait vraiment froid, Peter, très froid...

Il n'était pas question qu'elle réclame un baiser : il fallait que cela vienne de lui.

— Voulez-vous que nous rentrions ? Êtes-vous tout à fait éveillée ? Il ne faut pas avoir l'air endormi à un bal, Gabby. Une dame doit toujours paraître fraîche et dispose, même si elle n'en peut plus.

Gabby se tenait à présent tout près de lui, et elle savait, compte tenu de la température polaire, que ses seins pointaient sous la robe. Or elle se rappelait clairement le grognement de Quill, quand il avait découvert ce genre de réaction.

Mais Peter ne faisait pas mine de regarder sa poitrine... ni de l'embrasser. Il paraissait mal à l'aise.

— Peter, dit-elle de son ton le plus docile, étant donné que nous allons nous marier, je pense qu'il serait convenable que vous m'embrassiez.

Il fit un bond en arrière.

— Certainement pas ! Ce serait un acte impardonnable lors d'un bal, quelles que soient les circonstances !

Il y eut un silence gêné.

La jeune fille avala sa salive.

— Cela signifie-t-il que vous n'avez pas envie de m'embrasser, Peter ?

Il se passa la main dans les cheveux.

— Bien sûr que si, j'ai envie de vous embrasser, Gabby...

Elle levait vers lui des yeux implorants.

— Oh, pour l'amour du Ciel ! s'écria Peter.

Il lui releva le menton et posa ses lèvres sur les siennes.

Immobile, elle ferma les yeux. Elle ne voulait pas se montrer trop entreprenante.

Mais Peter ne manifestait guère d'ardeur. Il releva la tête au bout de trois secondes. Quand elle ouvrit les yeux, il souriait.

— Voilà ! déclara-t-il, jovial. Je suppose que c'était votre premier baiser, Gabby ?

Elle hésita un instant, puis se jeta contre lui et plaqua sa bouche sur la sienne. Heureusement, il était moins grand que Quill.

Mais au lieu de la prendre dans ses bras, il la saisit aux épaules et la repoussa brutalement.

— Seigneur, vous êtes folle !

Il en avait la nausée.

Les cheveux de Gabby s'écroulaient de nouveau, ses seins... Bon Dieu, songea-t-il, c'était ce que Prinny avait voulu dire : elle était une allumeuse ! Prinny l'avait mis en garde. Il était son ami, et ce n'était pas un compliment qu'il avait prononcé, mais une *mise en garde* !

— Vous êtes... vous êtes une gourgandine ! dit-il d'une voix étranglée.

Gabby serra les bras autour d'elle. Peter était la personne la plus formaliste qu'elle eût connue. Après tout, M. Barlow avait eu envie de l'embrasser, sur le balcon, et elle ne s'en était sortie qu'en passant sous son bras pour rentrer dans la salle de bal. Il n'était pas tourmenté par les convenances, lui !

— Et vos cheveux ! C'est une honte !

— Peter, objecta-t-elle de sa voix la plus raisonnable, nous sommes fiancés. Je suis persuadée que personne ne crierait au scandale, si nous étions surpris en train de nous embrasser.

Il eut un regard inquiet en direction de la porte.

— N'importe qui aurait pu nous voir ! Et vous seriez devenue une paria de la société !

Elle se mordit la lèvre.

— Je pense que vous exagérez. Toutefois, je vais aller me recoiffer.

Elle franchit le seuil, puis se retourna.

— M'auriez-vous embrassée dans la voiture, en rentrant ?

Peter sentit de nouveau son estomac lui jouer des tours.

— Absolument pas ! Lady Sylvia l'aurait vu !

— Mais si lady Sylvia n'avait pas été là ?

— Lady Sylvia ou ma mère seront sans cesse avec nous jusqu'au mariage. Il serait fort inconvenant que nous sortions sans chaperon.

Gabby disparut.

Peter, après avoir respiré un bon coup, porta la main à sa cravate qui, Dieu merci, n'avait pas trop souffert de l'agression.

Une voix joyeuse le tira de ses pensées.

— Je me doutais que c'était toi, vieux !

L'un de ses camarades, lord Simon Putney, vint le rejoindre en allumant un cigare.

— J'ai vu ta fiancée quitter le balcon. Jamais je n'aurais cru que tu te débrouillerais si bien. Elle est magnifique. Et ses seins ! ajouta-t-il en embrassant le bout de ses doigts. J'avais imaginé que tu épouserais un glaçon, si jamais tu te décidais un jour à te passer la corde au cou. Mais tu as trouvé le plus beau parti de la saison!

Simon baissa la voix:

— Elle est du genre à animer une chambre à coucher, si tu vois ce que je veux dire...

Peter «voyait». Il voyait même tellement bien qu'il demeura une bonne demi-heure sur le balcon à fumer l'un des cigares de Simon. Une chose qu'il n'aurait jamais faite en temps normal. Il était tellement difficile, ensuite, de se débarrasser de l'odeur de tabac froid!

Le problème, c'était que Simon ne tarissait pas d'éloges sur le principal atout de Gabby, sa poitrine. Peter s'abstint de rétorquer sèchement que s'il avait eu envie d'acheter une vache laitière, il serait allé en chercher une à la campagne. Mais cela aurait été de la méchanceté pure. Gabby n'était pas responsable du volume de ses seins...

Pendant ce temps-là, la jeune fille se trouvait dans le salon réservé aux dames, et on rectifiait sa coiffure quand Sophie Foakes, la duchesse de Gisle, pénétra dans la pièce.

— Miss Jerningham! s'écria-t-elle, enchantée.

— Pardonnez-moi de rester assise, Votre Grâce, répondit Gabby dans un sourire.

Une caméριste avait quelque vingt épingles à lui mettre dans les cheveux, et si elle bougeait, il faudrait tout reprendre à zéro.

— Pas de formalités entre nous! déclara Sophie en s'asseyant près d'elle. Alors, appréciez-vous Londres, miss Jerningham?

— Auriez-vous la gentillesse de m'appeler Gabby?

— J'en serai ravie, à condition que vous m'appeliez Sophie. Mais cela va scandaliser les vieilles grincheuses.

— Pourquoi cela causerait-il un scandale? s'étonna Gabby, qui craignait de déplaire à Peter.

— Oh, j'exagère en parlant de scandale, mais les dames de la génération de ma mère, qui se connaissent depuis le berceau, s'appellent encore lady Telle ou Telle... Dites-moi, pourquoi n'êtes-vous pas venue à Hyde Park, ni à la réception que j'ai donnée ? Je vous avais pourtant envoyé un carton.

Gabby regarda autour d'elle, mais elles étaient les seules dames dans la pièce.

— J'ai dû attendre que M. Carême livre ma nouvelle garde-robe. Peter tenait absolument à ce que je reste à la maison, tant que je n'avais pas de tenue convenable.

Sophie fronça les sourcils.

— Cela ne ressemble guère au gentil Peter.

Elle réfléchit un instant, avant de reprendre :

— Évidemment, votre apparence doit être très importante pour lui. Au fait, vous êtes superbe ! Je m'habille moi-même chez M. Carême. Dès demain, j'ai l'intention d'exiger une petite traîne sur la robe que je lui ai commandée. Je suis sûre que vous avez déclenché une nouvelle mode !

— Peut-être, admit Gabby, qui poursuivit en riant : Je risque plutôt de déclencher un scandale. Je ne suis pas sûre que mon corsage reste en place jusqu'à la fin de la soirée.

— Ne vous inquiétez pas. Nous avons le même genre de silhouette, et je n'ai jamais eu de problème de cette sorte. M. Carême a des mains magiques... Dieu, que je suis fatiguée ! Je trouve toujours ce moment des soirées insupportable.

— Pourquoi ne pas rentrer chez vous, alors ?

— Oh, cela s'améliore ensuite. On va bientôt nous appeler pour le souper. Après s'être restaurés, les gens retrouvent un second souffle. Et les messieurs qui ont joué aux cartes sont passablement éméchés, ce qui crée une nouvelle source d'intérêt, conclut Sophie avec un clin d'œil.

— Comment des hommes ivres pourraient-ils être intéressants ?

— Ils puisent dans l'alcool un regain de courage.

Gabby ouvrait de grands yeux, et Sophie expliqua :

— Ils s'occupent de femmes qui ne sont pas les leurs, ou bien ils se lancent dans des discussions qui tournent parfois mal.

— Cela me semble davantage intéressant, en effet.

— Les femmes, elles aussi, jettent toute prudence au vent, et elles vont se promener sans chaperon dans les jardins. Ce qui réveille ma mère et les autres douairières. Je trouvais autrefois qu'une soirée était un échec, si je n'avais pas donné au moins une bonne raison à ma mère de m'ordonner de rentrer à la maison.

Gabby eut un sourire incertain, puis elle s'enquit dans un souffle :

— Avez-vous déjà été embrassée sur un balcon ? Je veux dire, avant le mariage ?

Sophie sourit.

— Bien sûr, et plusieurs fois.

— Cela a-t-il provoqué des scandales ?

— Oh, oui ! Jusqu'à ce que j'épouse Patrick, j'étais la jeune fille la plus effrontée de la bonne société. Ma mère avait l'habitude de me faire la leçon dans la voiture à l'aller, et de me tancer sur le chemin du retour. J'ai quelques délicieux souvenirs !

— Mais Peter dit...

Gabby s'interrompit. Elle répugnait à avouer qu'elle soupçonnait son fiancé de ne pas avoir envie de l'embrasser du tout, ni sur un balcon, ni dans une voiture, ni ailleurs !

— Qui a essayé de vous embrasser ? Cet affreux M. Barlow ? Je vous ai vue danser avec lui.

— Oui. Il m'a demandé si j'avais envie de prendre l'air, et puis...

— Le mufle ! Comment avez-vous réagi ?

— Je lui ai filé entre les doigts.

— Bravo ! Peter doit être content. Il était sûrement jaloux. Patrick adore que je me comporte de façon scandaleuse, et Peter est certainement pareil. Toutefois, vous ne pouviez pas savoir que Barlow est un tel lourdaud.

Elle se leva.

— Il faut retourner dans la salle de bal, sinon mon époux va me chercher partout. Il est encore ridiculement amoureux !

Comme Gabby haussait les sourcils, Sophie ajouta :

— Nous ne sommes pas mariés depuis longtemps, mais nous ne tarderons pas à nous lasser l'un de l'autre.

— J'en doute ! Votre mari a bien de la chance, Votre Grâce.

— Sophie, rectifia la duchesse en prenant sa main. Patrick serait fou de rage, si je quittais une pièce au bras de Barlow. C'est un grossier personnage. Je vais vous trouver un chevalier servant dont Peter ne pourra pas prendre ombrage.

Les deux jeunes femmes furent accueillies au bas de l'escalier par Peter et Lucien Blanc, accompagné de la tutrice de Phoebe, Mme Ewing.

— Quelle joie de vous voir ! s'écria chaleureusement Gabby.

— Vous avez failli rater le souper, duchesse ! dit une voix grave derrière eux.

Gabby se retourna, pour voir Sophie taper de son éventail le bras d'un homme magnifique. Elle se dit que ce devait être le duc, et en eut la confirmation quand il prit son épouse par la taille et déposa un baiser sur son front.

Cinq minutes plus tard, les trois hommes installèrent leurs cavalières à table, puis se dirigèrent vers le buffet.

— Merveilleux ! déclara Sophie. Il va leur falloir au moins une demi-heure pour trouver ne serait-ce qu'une aile de poulet, ce qui nous permettra de faire plus ample connaissance. Je dois vous dire, madame Ewing, que, même si j'ai envié la tenue de Gabby toute la soirée, je suis en admiration devant la vôtre. Il est très vexant d'être à ce point jalouse !

Emily sourit, un peu sceptique.

— Je vous remercie, Votre Grâce...

Lucien venait de reparaître, et il touchait l'épaule d'Emily. Celle-ci se tourna vers lui, et son visage plutôt grave s'illumina d'un sourire.

— Monsieur Blanc ?

— Je... je me demandais si vous préfériez de la volaille ou du poisson, madame Ewing.

— Plutôt de la volaille, s'il vous plaît.

Lucien s'aperçut que Gabby et Sophie l'observaient avec intérêt, et il disparut de nouveau dans la foule.

— Seigneur, dit la duchesse, un léger rire dans la voix, je connais Lucien depuis des années, et jamais je ne l'ai vu aussi emprunté que ce soir !

Emily rougit légèrement.

— C'est uniquement par charité que M. Blanc m'a proposé de l'accompagner à ce bal. Il est très gentil.

Sophie lança un clin d'œil à Gabby.

— Qu'en pensez-vous ? La simple gentillesse expliquerait-elle que l'homme le plus galant de Londres se mette à bégayer en présence de Mme Ewing ?

— Je ne connais guère M. Blanc, répliqua Gabby, espiègle. Mais je l'ai trouvé jusqu'à présent tout à fait maître de lui. Je me demande ce qui pourrait lui faire perdre contenance, hormis votre sourire, madame Ewing...

— M. Blanc est simplement un bon ami, se défendit Emily. C'est pure bonté de sa part de m'escorter.

Gabby eut pitié de son malaise.

— Comment allait Phoebe, aujourd'hui ? La nièce de Mme Ewing et moi sommes venues sur le même bateau, expliqua-t-elle à Sophie.

— Phoebe est adorable, répondit Emily, soulagée du changement de conversation. Elle s'est prise de passion pour la cuisine...

Elle s'interrompit, se rappelant qu'une enfant bien élevée n'avait rien à faire dans une cuisine.

Mais Sophie s'intéressait au sujet.

— Quel âge a-t-elle ? Lorsque j'étais petite, j'adorais la cuisine. J'étais persuadée que la cuisinière raterait ses confitures, si je n'y goûtais pas.

Gabby éclata de rire.

— Je vois tout à fait ce que vous voulez dire. Notre cuisinier me laissait croire que j'étais la spécialiste des tartelettes à la framboise.

Emily était stupéfaite. On lui avait toujours interdit de franchir le seuil des cuisines. Louise et elle, à l'époque, ne quittaient presque jamais la nursery.

— Je me suis dit qu'il valait peut-être mieux que Phoebe renonce à cette passion, avoua-t-elle. Cuisiner n'est pas une occupation pour une jeune fille bien élevée.

— Je suppose que c'est différent quand on a des enfants soi-même, reprit Sophie, mais je me suis souvent promis que je n'assommerais pas mes filles de ces activités que l'on considère comme convenables, mais qui en réalité ne servent à rien.

— J'ai eu une quantité de gouvernantes, renchérit Gabby, et certaines avaient des idées fort mystérieuses sur ce qu'une dame devait faire de son temps !

Lady Sylvia approchait, aussi peu discrète que de coutume.

— Ces messieurs vous ont abandonnées ? J'ai pensé qu'il valait mieux que je m'installe avec les vieilles dames. Après tout, vous êtes accompagnée de deux femmes mariées, Gabrielle... Réveillez-vous, petite ! Vous n'aimeriez pas que l'on pense que vous faites la sieste !

— Non, non, bien sûr, lady Sylvia, murmura Gabby.

Comme Sylvia s'éloignait, Sophie lança un coup d'œil complice à la jeune fille.

— Elle peut parler ! Elle vient de s'assoupir longuement dans son fauteuil, non ?

Les hommes revenaient avec des assiettes pleines, et cinq minutes plus tard, Gabby eut le plaisir de voir

Quill arriver. De toute évidence, c'était un excellent ami de l'époux de Sophie.

La salle à manger était emplie d'invités élégants, qui bavardaient sans montrer le moindre signe de fatigue. Peter s'embarqua dans un discours sur la danse en général, et la polonaise en particulier. Gabby avait du mal à garder les yeux ouverts, bien qu'elle se répétât les consignes de son fiancé.

Quill fit signe à un serveur et, peu après, on plaça devant elle une tasse de thé fumant.

— Oh, merci !

Peter afficha un air désapprobateur. Le thé n'était pas la boisson appropriée, à cette heure de la nuit. Mais la duchesse réclamait gaiement la même chose, aussi Gabby but-elle sereinement.

Juste derrière Sophie, se préparait l'un de ces événements intéressants dont elle avait parlé à Gabby. Celle-ci se demanda pourquoi la dame au double menton, dont les plumes oscillaient sur les cheveux, semblait si furieuse. Elle devait être apparentée au monsieur à la veste bleue, assis à côté d'elle. Ce dernier jetait des regards concupiscents à une jeune femme, en face de lui, dont le décolleté était aussi profond que celui de Gabby. Mais la dame au double menton devait préférer que son frère épouse une personne plus convenable. Par exemple, la sinistre jeune fille en robe verdâtre installée à côté d'elle...

— À quoi pensez-vous, Gabby ? demanda Sophie en se penchant vers elle. Vous avez l'air de vous amuser plus que nous !

— Je me racontais des histoires. Comme je ne connais presque personne à Londres, j'invente des anecdotes sur de parfaits étrangers.

Sophie rit.

— Merveilleux ! Racontez-nous votre histoire, s'il vous plaît, et nous la comparerons avec la vérité. Quel jeu distrayant !

Gabby hésita, mais Peter et Lucien souriaient. Aussi se lança-t-elle dans le récit de ce qu'elle venait d'inventer au sujet de la table voisine.

Le rire frais de Sophie s'éleva, et la plupart des invités tournèrent la tête vers eux. La duchesse de Gisle semblait prendre grand plaisir à la compagnie de la future épouse de Peter Dewland... Hélas, le monsieur en bleu dressa aussi l'oreille.

Sophie tournait le dos à cette table, alors elle continua allègrement :

— Vous n'êtes pas loin de la vérité, Gabby. Mais le monsieur et la dame sont mariés. Donc la tension...

Le duc lui mit la main sur la bouche.

— Vous êtes un drôle de numéro, ma chérie ! murmura-t-il à son oreille.

Sophie sourit.

— Vous voyez, chère Gabby, les hommes sont toujours là pour nous empêcher de faire des bêtises.

Gabby éclata de rire.

Mais M. Carême avait oublié de mettre le rire sur la liste des « gigotements ». Peut-être estimait-il qu'il y avait peu de chances que l'on éclate de rire dans une réception de la bonne société.

Les assistants, fascinés, virent le corsage de Gabby perdre le peu d'utilité qu'il avait, et glisser sur la poitrine qu'il était censé masquer. La jeune fille poussa un petit cri horrifié en tirant en vain sur la soie.

Peter ferma les yeux, Emily se pétrifia, et Sophie se pencha instinctivement pour la protéger. Patrick et Quill, comme un seul homme, se débarrassèrent de leurs vestes. Quill atteignit Gabby le premier, et elle éprouva un grand réconfort à sentir le tissu léger couvrir la robe.

Elle croisa le regard épouvanté de Peter, et ses yeux s'emplirent de larmes.

— Miss Jerningham est épuisée, décréta brusquement Quill.

Sans préavis, il la souleva de sa chaise et sortit de la pièce, Gabby dans ses bras.

Ce fut au tour de Patrick, le mari de Sophie, d'éclater de rire.

— On dirait que la jambe de Quill va mieux. Je n'ai rien vu d'aussi romantique depuis des années !

— Il n'y a là rien de romantique ! protesta sèchement Peter.

Il devrait remercier son frère. La seule chose à faire était de ramener Gabby immédiatement, et de laisser les ragots s'éteindre d'eux-mêmes. Ce qui serait difficile !

En fait, c'était une soirée que peu de gens oublieraient...

Un instant plus tard, Sophie Foakes, duchesse de Gisle, se leva. Mais son pied dut se prendre dans l'ourlet de sa robe, à moins qu'elle n'eût mal placé sa main sur la table.

Toujours est-il que les invités de lady Fester eurent le plaisir sans précédent de voir le corsage d'une autre dame glisser... à peine cinq minutes après la première !

Le mari de Sophie ayant déjà ôté sa veste, il put la lui poser aussitôt sur les épaules. Toutefois, certains de ceux qui entendirent la remontrance amusée du duc – « Pour l'amour du Ciel, Sophie, il y a des limites à la solidarité féminine ! » – ne comprirent pas ce qu'il voulait dire.

Dans les salons, le lendemain, on tomba d'accord : la mode française avait été adoptée trop vite par les jeunes femmes de la bonne société. M. Carême eut sa part de reproches.

Et dans les clubs, on déclara unanimement que Peter Dewland était l'un des hommes les plus chanceux de Londres !

# 10

Quill fixait l'âtre, un goût amer dans la bouche. Il avait dépassé les bornes de la bienséance, il avait perdu le droit d'être appelé un gentilhomme. Non seulement il avait enlevé la fiancée de son frère dans ses bras, l'avait emportée sous les regards de la moitié de Londres, mais ensuite…

Il soupira en étirant sa jambe malade. Miraculeusement, il n'avait pas particulièrement souffert, quand il avait porté Gabby jusqu'à la voiture. Il avait déposé la jeune femme sur la banquette, avec l'intention de la ramener à la maison. Et elle s'était mise à pleurer.

D'abord, il n'avait rien compris à ce qu'elle disait. Puis les mots étaient sortis, maladroits, confirmant ce que, hélas, il pensait également.

— Il ne m'aimera jamais ! gémissait-elle, secouée de sanglots. Peter me regarde avec le dégoût que mon père… que mon père…

Quill s'était senti impuissant devant un tel désespoir. Il avait posé la tête de Gabby contre son épaule, lui avait tapoté le dos.

Puis elle s'était redressée pour le regarder droit dans les yeux.

— Il ne m'aimera jamais de la façon dont je l'aime, n'est-ce pas ?

Quill avait le cœur serré.

— Cela dépend de la façon dont vous l'aimez, avait-il répondu d'un ton un peu pédant, qui ne correspondait en rien à la situation.

— Je l'aime, dit Gabby dont les larmes redoublaient. J'ai tout de suite aimé son portrait, et jamais je n'ai imaginé qu'il pourrait me regarder avec cet air de reproche. Et il ne m'embrassait pas, alors que j'en avais tellement envie ! Je pensais qu'il serait... qu'il serait...

Elle se laissa de nouveau aller contre la poitrine de Quill.

— Je suis sûr qu'il en avait envie aussi, mentit-il.

— Non ! Nous sommes allés sur le balcon, et quand je l'ai embrassé, il m'a repoussée. Très violemment !

— Peter tient beaucoup à la bienséance. Jamais il n'embrasserait une femme au cours d'un bal.

— Pourquoi ? Cet individu horrible, M. Barlow, a bien essayé, lui !

— Les convenances ont beaucoup d'importance pour Peter.

Il regrettait vivement que personne ne se trouvât avec eux dans le carrosse. Où était passée lady Sylvia ?

— Je ne crois pas, murmura Gabby qui essayait de se calmer, malgré les petits hoquets qui lui échappaient.

Quill lui essuya le visage de son mouchoir.

— Je ne crois pas que Peter ait envie de m'embrasser, de toute façon, dit-elle avec un désespoir qui lui alla droit au cœur. Je vais épouser un homme qui n'aime pas m'embrasser...

— Vous vous faites des idées. Ce n'est pas parce que Peter s'attache à l'étiquette que...

— Il n'a pas pris plaisir à ce baiser, je vous assure ! Pensez-vous qu'il soit amoureux de quelqu'un d'autre ?

Elle semblait s'être ressaisie.

— J'en doute, répondit Quill. Peter a été le chevalier servant de plusieurs jeunes femmes, sans jamais sembler épris. En fait, il sortait parfois avec votre amie la duchesse de Gisle, quand elle était encore Sophie York.

— Peut-être l'aimait-il, dit Gabby tristement. Et à présent, il est obligé de se marier avec moi.

— Je n'ai jamais eu l'impression qu'il était amoureux de Sophie.

— Qu'il soit ou non épris d'une autre, il n'a pas envie de m'embrasser... Mon Dieu ! Je risque bien de mourir sans avoir été embrassée par l'amour de ma vie !

Quill eut un rire bref.

— Vous ne vous trouvez pas un peu mélodramatique, Gabby ?

— J'ai le droit d'être mélodramatique si je veux ! Je viens d'être repoussée par mon futur époux. Il y a des dames qui se jettent du haut d'un pont pour moins que ça !

— De quoi parlez-vous ?

— Une troupe théâtrale itinérante est venue dans notre village. L'héroïne de la pièce se jetait d'un pont, ou peut-être d'un balcon, parce que son fiancé était amoureux d'une autre. C'était bouleversant.

— Quelle niaiserie !

— C'était bouleversant ! répéta Gabby, outrée. J'ai tellement pleuré, à la fin, que mon père a eu honte et qu'il a refusé de m'emmener revoir le spectacle le lendemain.

— J'aurais réagi de la même façon. Visiblement, cette soirée ne vous avait pas plu.

— Mais si ! s'écria Gabby. C'était merveilleux ! La pièce traitait du chagrin d'amour avec beaucoup de finesse. C'est bien connu, vous savez, les cœurs des femmes sont plus fragiles que ceux des hommes... Et Ophélie ? insista-t-elle. Elle devient folle d'amour et se noie, non ? Vous vous souvenez, quand Hamlet lui conseille d'entrer au couvent ? C'est exactement comme cela que Peter me regardait, ce soir.

De toute évidence, Gabby se voyait dans la peau de l'héroïne de Shakespeare. Quill sourit.

— Voyons un peu. Comme Peter, tout à fait normalement, a refusé de vous embrasser devant la bonne société de Londres, vous envisagez d'aller prendre un bain dans le fleuve ? Je peux demander au cocher de prendre cette direction, si vous voulez. Évidemment, le vent est un peu frais ce soir, mais je pense que cela ne vous arrêtera pas, dans l'état de désespoir où vous êtes...

— Vous trouvez que j'en fais tout un drame, dit Gabby en étouffant un petit rire. C'est l'un de mes défauts, avoua-t-elle, candide.

— Voilà une habitude fâcheuse.

Elle le regarda de nouveau, suppliante.

— Croyez-vous sincèrement que Peter ait envie de m'embrasser, Quill ? Comme vous, je veux dire...

Il se recula légèrement.

— Comment diable pourriez-vous savoir de quoi j'ai envie ?

Elle haussa les épaules.

— Vous ne parlez pas beaucoup, mais vous me regardez.

— Tous les hommes de moins de quatre-vingt-dix ans vous regardaient, ce soir ! grommela-t-il. Votre robe est destinée à ça.

— Quand vous me regardez, je me sens... bizarre.

— Cela ne semble pas très agréable, commenta Quill, le cœur serré.

— Ça ne l'est pas. J'ai l'impression que des fourmis dansent la sarabande sur ma peau.

— Vraiment déplaisant, marmonna-t-il. Pardonnez-moi, je m'efforcerai de ne plus vous causer de désagrément.

Elle fronça son petit nez.

— Je ne me suis pas bien exprimée. Vos regards sont comme vos baisers, chuchota-t-elle, un peu honteuse de parler de ces choses. Ils me font frémir... là, précisa-t-elle en posant la main sur son ventre.

Il y eut un bref silence, puis elle sentit qu'on lui touchait l'oreille et se retourna. Quill venait d'y déposer un rapide baiser.

— Ça y est, vous frémissez ?

— Non ! s'indigna-t-elle. Cessez de vous moquer de moi, Quill ! Je n'aurais jamais dû vous le dire.

— C'est vrai.

— Peter ne me regarde pas de cette manière.

— Je suis sûr qu'il a envie de vous embrasser, Gabby. Il veille seulement sur votre réputation.

Il espérait ne pas se tromper. Et il espérait en même temps qu'il se trompait !

Et puis... Gabby leva vers lui ses grands yeux magnifiques qui disaient : « Embrassez-moi. »

Il sourit.

— Serez-vous toujours la première à demander des baisers ? dit-il sur le ton de la conversation en se penchant vers elle.

Il prit sa bouche, enfouit les mains dans ses cheveux. Il avait une folle envie de la débarrasser de sa veste. Toutefois, il se l'interdit.

Dans quel état était le corsage de Gabby, à présent ? S'il était tombé à sa taille, il lui suffirait d'enlever la veste pour découvrir sa peau de soie... Il frissonna, son baiser s'intensifia dangereusement.

Un petit gémissement échappa à la jeune fille, qui passa les bras autour de son cou. La veste glissa de ses douces épaules sur la banquette...

Une heure plus tard, tandis qu'il regardait sans les voir les braises rougeoyantes, Quill ne pensait qu'à la folie qui s'était emparée de lui. Il pouvait trouver une excuse en prétextant une brusque atteinte de démence. Il imaginait l'expression horrifiée de Peter, si celui-ci l'apprenait. Mais il était trop tard pour prendre un billet en direction de la Perse ou du pôle Nord, de toute façon.

On ne pouvait flirter avec sa future belle-sœur et espérer s'en tirer impunément ! Quill souhaitait seulement parler avec son frère, sans entrer dans les détails. Le souvenir de ces moments de folie fouettait son désir.

La porte de la bibliothèque s'ouvrit doucement.

— Codswallop a dit que tu voulais me voir.

Peter était là.

Avant que Quill pût ouvrir la bouche, il déclara :

— C'est terminé.

Le ton était agressif, les yeux bruns brûlaient de colère.

Quill éprouva une bouffée de culpabilité. Il avait trahi son frère, son seul frère.

— J'avoue...

— Je ne peux pas ! coupa Peter avec une violence qui ne lui ressemblait guère. Je ne le ferai pas !

Quill fronça les sourcils.

— Qu'est-ce que tu ne feras pas ?

— Je n'épouserai pas cette... Je n'épouserai pas Gabrielle Jerningham. J'ai cru que ce serait possible, mais elle est...

Il s'interrompit. Quill n'en croyait pas ses oreilles. Déjà Peter reprenait, acide :

— Elle est maladroite, elle est grosse, elle...

— Gabby n'est ni grosse ni maladroite !

— Elle est... elle est...

Peter se mit à arpenter nerveusement la pièce.

— C'est un épouvantail, Quill, un véritable épouvantail. Elle n'a aucune intuition, aucune délicatesse. Je ne supporte pas l'idée d'être uni à elle pour le restant de mes jours. Tu n'as sans doute pas passé beaucoup de temps avec elle, alors que je l'ai escortée toute la soirée... Dieu, qu'elle est bavarde ! Une vraie pie ! Jamais je n'ai entendu quelqu'un parler autant. Je te jure, mes amis Tiddlebend et Folger en sont restés cois. Folger a fait une petite plaisanterie, après son départ. Il m'a dit qu'elle avait des manières totalement *naturelles*.

— Quel mal y a-t-il à cela ?

— Il voulait de toute évidence me faire remarquer que c'était un moulin à paroles. Dieu merci, il n'était pas dans la pièce quand son corsage a glissé !

Il alla donner un coup de pied dans une bûche, puis fit un bond en arrière en poussant un juron.

— Je ne veux pas me marier avec cette femme. Je ne l'épouserai pas, et père ne peut pas m'y obliger.

Quill soupira.

— Certes non, vu son état de santé.

Peter sembla soulagé.

— J'avais oublié.

Il retourna néanmoins donner un coup de pied dans la bûche, sans se soucier de salir sa botte.

— J'y pense depuis le jour où tu l'as amenée à la maison, dit-il enfin. Je sais qu'il n'est pas correct de rompre des fiançailles, mais je suis persuadé que personne ne me le reprochera, compte tenu des circonstances. Je ne peux pas dire que je ne l'aime pas. Elle est plutôt agréable. Normalement, elle devrait même me plaire, je devrais prendre plaisir à l'initier à la mode...

Quill attendait la suite.

Peter avait tout à coup l'air d'un petit garçon.

— Mais je ne supporte pas l'idée de l'épouser. Vivre avec cette femme jusqu'à la fin de ma vie est au-dessus de mes forces ! Je ne l'épouserai pas ! répéta-t-il d'une voix qui montait vers l'aigu. Et père...

Il s'interrompit, sans doute en se rappelant l'état de santé du vicomte.

— Quand grandiras-tu enfin, Peter ? demanda Quill avec une pointe de mépris. On dirait que l'on t'envoie dans les mines de sel !

— Tu peux trouver cela drôle, mais pour moi c'est l'enfer. De toute façon, je ne voulais pas me marier. Alors avec cette plantureuse...

— Pourquoi ne voudrais-tu pas te marier, Peter ? questionna Quill. Tu devras bien t'y résoudre un jour ou l'autre.

Peter s'appuyait au manteau de la cheminée, la tête sur ses bras croisés. Il semblait examiner ses bottes, couvertes de cendres.

— J'avais cru que je pourrais faire plaisir à père, épouser une riche héritière, mais je me suis aperçu que je me moquais de l'argent. Je préfère mourir de faim ! Ou alors je me lancerai dans le commerce, comme toi.

Quill fit la grimace en imaginant son frère dans le monde des affaires.

— Oh, ça suffit ! cria Peter. Je suis capable aussi bien que toi de juger de la qualité d'une marchandise. Je me suis consacré à d'autres pôles d'intérêt, mais je réussis tout ce que j'entreprends !

— Père serait mortifié, si tu devenais négociant. Il m'y autorise uniquement parce que je suis infirme. Et s'il me demande mon avis sur les propriétés, c'est pour que je ne me sente pas un fardeau.

— Il te parle des moindres détails concernant le domaine, jamais à moi.

— Père ne néglige pas ton opinion, protesta Quill sans grande conviction.

Dieu, quelle soirée !

— Arrête de tarabuster cette bûche, Peter. Rinsible aura une attaque, en voyant l'état de tes bottes.

— Qu'il aille se faire pendre ! gronda Peter, bien qu'il s'agît de son bien-aimé valet de chambre.

Quill avait encore une question à lui poser.

— Je ne comprends pas, Peter. Pourquoi ne veux-tu pas te marier... avec une autre femme, si ce n'est pas Gabby ?

Un instant, il crut que son frère ne l'avait pas entendu. Cependant, Peter finit par tourner vers lui son visage pâle, couronné de boucles folles.

Néanmoins, il ne répondit pas.

— Je vais partir en Amérique, dit-il.

— Je l'épouserai, déclara calmement Quill.

Peter était trop absorbé par son propre malheur pour écouter.

— J'ai cru que, peut-être... Mais je ne peux pas, Quill. Je préférerais me tuer. Je ne vivrai jamais avec une femme.

— Je vais épouser Gabby, répéta Quill.

Peter abandonna l'examen de ses bottes, qui étaient définitivement maculées, et se retourna d'un bond, manquant perdre l'équilibre.

— Toi ? C'est impossible !

— C'est tout à fait possible, au contraire.

— Père dit... Tu as dit que tu ne pouvais pas te marier, balbutia Peter. Que tu serais incapable de remplir le devoir conjugal.

Quill sentit soudain une joie étrange lui emplir le cœur. Il avait envie d'éclater de rire, tandis que Peter restait bouche bée.

— Je peux consommer un mariage, expliqua-t-il, et je le ferai avec plaisir.

— Vraiment ?

— J'apprécie Gabby.

Quill ne pouvait s'empêcher de sourire.

— Je l'aime bien. Évidemment, fit-il remarquer, si elle a un enfant, tu ne deviendras jamais vicomte...

Peter se fit de marbre.

— C'est la chose la plus désagréable que tu m'aies jamais dite.

Quill redevint sérieux.

— Je suis désolé. Tu sais, Peter, que je ne suis pas obsédé par les titres.

Peter ne se déridait pas.

— Tu m'as dit d'épouser Gabby afin de pouvoir m'acheter des vêtements. J'étais ivre, à ce moment-là, mais je me le suis rappelé le lendemain. Père et toi, vous pensez que je ne suis qu'un frivole.

— Cela signifierait que nous avons oublié ton prix d'excellence en lettres classiques à Cambridge. Et ce n'est pas le cas. Écoute, j'essayais simplement de te faire entrer dans les plans de père, afin de ne pas avoir moi-même à me marier. Pardonne-moi.

— Pourquoi nous as-tu dit que tu étais inapte au mariage ? demanda Peter. Tu sais ce qu'en a déduit père. Tu mentais ?

— Pas exactement. Mes expériences sexuelles, ces dernières années, ont été tout à fait agréables, mais suivies de trois jours d'atroces migraines.

— Oh...

Le visage de Peter exprimait la plus vive compassion.

— Tes maux de tête étaient dus à *ça* ? Les médecins ne peuvent-ils rien pour toi ?

Quill haussa les épaules.

— Ils disent que ce sont les séquelles de la blessure à la tête. Cela pourrait disparaître tout seul, mais ils n'y croient guère.

— C'est l'enfer ! Mais si tu épouses Gabby... D'abord, comment pourrais-tu l'épouser ? Je me trompe peut-être, mais il me semble qu'elle a un faible pour moi.

— En effet, elle s'imagine être amoureuse de toi ! répliqua joyeusement Quill.

— Alors, comment espères-tu la faire changer d'avis ? Nous ne pouvons tout de même pas lui dire que je refuse de l'épouser.

— Elle est romantique. Elle adore se raconter des histoires. La moitié du temps, elle s'invente des rêves peu réalisables.

— Vous n'avez pas grand-chose en commun, objecta Peter.

— J'affirmerai que je suis tombé amoureux d'elle au premier regard. Quand je l'ai vue sur le port. Et que ma passion est trop forte pour que je puisse l'oublier.

— Elle te croira ? s'enquit Peter, visiblement sceptique.

Quill était persuadé, après l'épisode de la voiture, que Gabby avait fort bien compris l'attirance qu'il éprouvait pour elle.

— Elle est romantique, répéta-t-il.

— Je ne me sens pas très à l'aise, à l'idée de te la repasser ainsi...

— C'est parce que tu ne l'aimes pas. Moi, je suis tout à fait prêt à l'épouser. Et il est clair qu'une union entre vous serait une catastrophe.

— Qu'allons-nous dire à père et mère ?

— La même chose qu'à Gabby. Que je suis tombé amoureux fou d'elle, et que je ne peux...

— Personne ne croira ces sornettes ! coupa Peter. Gabby peut-être, parce qu'elle ne te connaît pas bien, mais les autres, sûrement pas !

— Je ne vois pas pourquoi.

Peter eut une grimace enfantine.

— Laisse tomber, Quill. Personne ne t'imaginerait amoureux transi. Tu ne te mets jamais en colère ! Les hommes amoureux sont complètement irrationnels. Tu te souviens du comportement de Patrick Foakes, quand il est tombé sous le charme de lady Sophie York ? C'était l'image même du benêt éperdu d'amour.

— Il me paraissait en parfaite possession de ses moyens...

Peter eut un petit reniflement désapprobateur.

— Tu te rappelles quand même qu'il a volé la fiancée de son meilleur ami, non ? On raconte qu'il voulait se marier une semaine après que lady Sophie a rompu ses fiançailles. Les parents ont refusé, évidemment. Mais crois-moi, durant les quinze jours qui ont précédé la cérémonie, si tu croisais leur route, tu pouvais être sûr de trouver Foakes en train de voler des baisers à sa future épouse. Il se comportait comme un homme dérangé, incapable de se dominer. Et c'était choquant pour tout le monde !

Quill appréciait plutôt l'idée de voler quelques baisers à Gabby.

— Je suis parfaitement capable d'embrasser Gabby en public, si c'est nécessaire pour prouver que l'on est amoureux.

Peter frissonna, dégoûté.

— Moi, je ne pourrais jamais. Justement, ce soir, elle...

Quill l'interrompit.

— Elle m'a raconté. Elle a voulu t'embrasser, tu as refusé.

— Pour l'amour du Ciel ! se défendit Peter avec fougue. La porte du balcon était ouverte, et elle s'est jetée à mon cou ! Tiddlebend nous regardait. J'ai cru mourir de honte !

Il recommença à bousculer les bûches.

— Tu es sûr de ta décision, Quill ? Parce qu'il faudra que tu ailles au bout de la comédie, tu sais. Tu devras jouer les amoureux transis pendant au moins trois mois, car la réputation de Gabby serait détruite, si tu l'épousais trop vite.

Quill se dirigea vers la porte.

— Je suis absolument certain. J'informerai miss Jerningham de mon... adoration éperdue au cours du petit-déjeuner.

Son frère tressaillit.

— Au petit-déjeuner ? Il n'en est pas question ! Tu n'as aucun sens du romantisme, décidément. Elle se doutera tout de suite que c'est faux.

Quill se retourna.

— Pourquoi ?

— Personne – pas même Patrick Foakes – n'oserait avouer ses sentiments au petit-déjeuner ! Il faut que tu attendes le soir, après le dîner. Nous boirons du champagne, beaucoup de champagne. Attends qu'elle ait l'esprit un peu embrouillé : ainsi elle ne pourra pas analyser froidement tes paroles.

— Je préférerais qu'elle soit sobre quand je lui demanderai de m'épouser, rétorqua Quill.

— Non ! Si elle n'est pas un peu gaie, elle ne croira jamais que tu es amoureux d'elle, insista Peter avec conviction. Alors que si elle est entre deux vins, elle gobera peut-être ton histoire.

— Hum...

Quill ouvrit la porte.

— Quill ! le rappela Peter. C'est d'accord ?

— Je réfléchirai à ta suggestion, répondit Quill gravement.

Il n'avait aucune intention d'enivrer Gabby avant de lui demander sa main ! La jeune fille était une romantique. Elle s'était mis dans la tête qu'elle aimait Peter, elle pourrait tout aussi bien se persuader d'être amoureuse de lui. Quoi qu'il en soit, il était déjà assez vil de lui mentir en prétendant être fou d'elle : pas question de faire rouler sa future épouse sous la table !

La soirée avait été longue, et il boitait en montant l'escalier.

Pourtant, lorsqu'il passa devant la chambre bleue, il eut du mal à résister à l'envie de pousser la porte. La chambre de Gabby, celle dont il serait le maître dans quelques mois...

Il s'ébroua. Il attendrait.

À six heures du matin, il n'était plus du tout certain de pouvoir attendre aussi longtemps.

Il revivait sans cesse le moment où la veste avait glissé des épaules de Gabby, où ses mains avaient caressé cette peau merveilleuse, tout en jouant une valse lente vers ses seins. Alors seulement, il avait quitté ses lèvres et baissé les yeux sur le trésor qu'il tenait entre ses bras.

Le désir le tenaillait, l'empêchait de dormir, le persuadait qu'il ne pourrait – pas plus que Patrick Foakes – attendre trois mois pour se marier. Pas même une semaine ! Tant il avait envie de toucher cette peau satinée, la caresser, la goûter...

Quill finit par se lever, désespérant de trouver le sommeil. Il en profiterait pour effectuer quelques recherches. Gabby était romantique, et elle aimait le théâtre. Il allait utiliser certaines phrases sorties de pièces classiques pour la convaincre de son amour. Il se rendait compte que la jeune fille n'avalerait jamais son histoire. Bon sang ! Il n'avait jamais été amoureux, Peter avait raison. Ce n'était pas son genre, et il n'avait pas la moindre idée de la façon dont se comportait un homme éperdu d'amour.

Il sonna, demanda au valet ensommeillé qu'on lui prépare un bain, puis se rendit à la bibliothèque où, Dieu merci, il trouva des quantités de poèmes d'amour. Il s'était déjà rendu compte, dans les affaires, que quelques études préliminaires le mettaient en état de supériorité par rapport à ses adversaires.

Et cette recherche-là fut tout à fait satisfaisante. Une heure plus tard, il était assis devant le feu, entouré de volumes aux pages marquées. Heureusement, il avait une excellente mémoire. Une question le tracassait cependant : devait-il s'inspirer de Shakespeare – au risque que Gabby reconnaisse les termes – ou d'un auteur obscur ?

*Je brûle, je me consume, je dépéris...*

Ce n'était pas mal. Évidemment, il s'agissait de sornettes – à part sans doute « je brûle », car il brûlait de désir, en effet. Combien devrait-il ainsi en débiter pour parvenir à ses fins ?

Dans la même pièce, il trouva : *De son souffle elle parfumait l'air. Doux et sacré fut tout ce que je vis en elle.*

Il essaya à voix basse :

— De votre souffle, vous... Non.

Il fit une seconde tentative.

— Quand je l'ai vue sur le port, elle... Non, vous... votre souffle parfumait l'air. Et tout ce que je vis était sacré et doux. Hum...

Enfin, il dénicha les vers appropriés.

*Les étoiles scintillent-elles dans le ciel*

*Avec une beauté comparable à celle de vos yeux dans ce visage céleste ?*

Quill se les répéta plusieurs fois en silence. Il ne parvenait pas à les prononcer tout haut. Et si son valet entrait dans la pièce ? Ridicule ! Pourquoi l'auteur avait-il écrit de telles banalités ?

Les yeux de Gabby ne ressemblaient pas à des étoiles. Ils étaient couleur d'ambre, cerclés d'une fine ligne noire. Ils ne brillaient pas, ne scintillaient pas : ils... parlaient. Croiser le regard de Gabby, c'était pénétrer dans son univers chaotique de rire et de mots, d'émotion et de désir. Car il était certain d'avoir vu ses yeux s'embuer de désir. Ils prenaient la couleur du cognac, lorsqu'il l'embrassait.

Il se leva. Il était temps d'entrer en scène, et il répéta en silence ses petits compliments.

Sept heures du matin.

Le moment parfait pour une représentation théâtrale...

# 11

Quand Margaret fit irruption dans sa chambre, le lendemain matin, pour annoncer que M. Quentin souhaitait la voir sur-le-champ, Gabby répondit d'un grognement. Elle avait fort mal dormi, partagée entre le souvenir humiliant de l'incident avec sa robe, et celui des instants passés dans la voiture...

Elle n'était qu'une gourgandine, voilà tout! Le vicomte l'aurait chassée de chez lui, s'il avait été au courant. Peut-être Quill la convoquait-il pour cette raison... Elle contempla son image dans le miroir, tandis que Margaret la coiffait. Elle s'était jetée à sa tête! Que lui était-il arrivé ?

Margaret interrompit un instant le mouvement de la brosse.

— N'en faites pas un drame, miss, dit-elle.

Gabby croisa son regard, choquée. Comment la servante pouvait-elle être au courant? Le cocher avait-il deviné ? Ou le valet de pied qui se tenait à l'arrière du carrosse avait-il vu quelque chose ?

— Le pire qui puisse se produire, continuait la caméristе, c'est que les rubriques mondaines s'en emparent.

Quelle horreur! Peut-être valait-il encore mieux retourner en Inde!

— J'enverrai quelqu'un chercher les journaux. Ma mère dit toujours qu'il vaut mieux affronter la réalité en face. Après tout, cela a dû arriver à d'autres dames avant vous. Tout le monde sait que les corsages à la française sont destinés à glisser. Il est possible que les gazettes n'en parlent pas du tout. Le sujet est délicat à aborder...

— Mmm.

Si Gabby était soulagée qu'il fût question de l'incident du bal, elle doutait que les chroniqueurs mondains se laissent rebuter par la délicatesse du sujet! Le *Morning Post* ne montrait pas ce genre de scrupule. Peut-être Quill avait-il déjà lu une rubrique de ragots, et c'était la raison pour laquelle il voulait lui parler?

Elle descendit l'escalier comme si elle se rendait à l'échafaud. Sans même s'en rendre compte, elle se mit à inventer dans son esprit une scène, où une marquise française marchait vers la guillotine la tête haute, les yeux secs.

— Mon Dieu! murmura-t-elle.

Elle devait à tout prix perdre cette manie d'inventer des contes. C'était ce qui avait causé sa perte, la veille.

Quill avait dû l'entendre arriver car, avant même de la voir, il dit:

— Entrez, Gabby.

Sa voix profonde éveilla en elle une série de fourmillements. Pourquoi son beau-frère – son futur beau-frère – provoquait-il ce genre de réaction en elle?

Elle pénétra dans la pièce, un peu agressive. Ce n'était pas sa faute si les corsages de M. Carême étaient mal conçus. Toutes ses robes, d'ailleurs. C'était la responsabilité de Peter, puisqu'il avait choisi ce couturier.

Quill se tenait devant la cheminée, les mains derrière le dos, impénétrable comme un bloc de granit.

Non, finalement, ce n'était pas la faute de Peter, mais celle de son frère. Sans le saluer, elle lui adressa son regard le plus sévère...

Quill ouvrit la bouche, puis s'aperçut que Gabby n'avait pas fermé la porte derrière elle. Du diable s'il allait débiter ses fadaises en craignant qu'un domestique l'entendît! Il passa devant la jeune fille, ferma le battant et, après une seconde d'hésitation, tourna la clé dans la serrure.

Puis il pivota vers elle.

— J'ai à vous parler, Gabby... commença-t-il.

Généralement, cette entrée en matière faisait merveille dans les entretiens professionnels, et ses assistants attendaient la suite en retenant leur souffle.

Cette fois, le succès n'était pas assuré.

— Moi aussi, répliqua Gabby, sans se départir de son air rébarbatif.

Il serra les dents. Mieux valait se débarrasser tout de suite du plus difficile.

— Je brûle de vous épouser... dit-il.

Elle sursauta violemment.

— Je brûle, je me consume, reprit-il. Je brûle, je me consume et je dépéris, insista-t-il, se rappelant toute la citation.

— Vous... dépérissez ?

— Exactement.

Il y eut un silence, durant lequel il se remémora la phrase suivante. Ce n'était pas si compliqué, après tout !

— Quand je vous ai vue sur le port, votre souffle parfumait l'air.

Gabby semblait de plus en plus désorientée.

— Euh... je veux dire : votre souffle embaumait l'atmosphère. Puis j'ai découvert que vos yeux scintillaient comme des étoiles.

Il prenait quelques libertés avec le texte, certes, mais il préférait sa version.

Gabby n'avait toujours pas prononcé un mot, et il s'approcha d'elle.

— Tout ce que je vois en vous est sacré et doux.

Il releva le menton de la jeune fille, et s'aperçut que son plan allait à vau-l'eau. Gabby tremblait de tous ses membres, et il ne fallait pas être grand clerc pour comprendre qu'elle retenait un fou rire.

— Pardonnez-moi, dit-elle d'une voix étranglée. Je… je…

Elle renonça et partit d'un formidable éclat de rire.

Quill sentit une vague de colère le submerger. C'était à cause d'elle qu'il s'était conduit comme un imbécile ! Il recula, glacial. Jamais Quentin Dewland n'avait de sa vie comparé les yeux d'une femme à des étoiles !

Mais il se souvint qu'il avait promis à Peter de l'épouser, alors il ne pouvait faire machine arrière.

En outre, ce n'étaient que des fadaises, destinées à convaincre cette jeune personne romantique de se marier avec lui. Il n'y avait pas de quoi se sentir embarrassé. Il s'agissait de pieux mensonges.

De nombreuses fois, il avait vu le grand acteur Temble jouer à Drury Lane. Si Temble y parvenait, pourquoi pas lui ?

Gabby pouffait toujours, et il attira cette chipie dans ses bras.

Elle s'y lova comme si elle n'attendait que cela, comme si toutes ses courbes étaient destinées à s'harmoniser aux siennes.

Elle reprit enfin son sérieux, mais sa voix était encore voilée de rire.

— Quill ?

— Gabby.

Il la renversa sur son bras en un geste théâtral, digne de Temble, et l'embrassa.

Gabby s'agita, tenta de se dégager. Elle ne voulait plus de cela. Plus de cette ivresse qui la liquéfiait, qui la poussait vers cet homme, tremblante et gémissante.

Mais il ne la lâchait pas. Il lui ferma les paupières d'un baiser, avant de reprendre ses lèvres.

Malgré elle, la jeune fille cessa de se débattre, ses bras se nouèrent sur la nuque de Quill, sa bouche s'ouvrit pour lui.

Et de nouveau, ce fut cette sensation de chaleur intense, dans son ventre, ses reins…

Lorsque leurs langues se rencontrèrent, elle sentit son cœur s'accélérer, palpiter dans tout son corps.

— Je brûle, répéta Quill.

Il ne parvenait pas à se conduire en gentleman. Il fit glisser sur les épaules de Gabby la mousseline de sa robe de jour.

Elle frémit, mais ne protesta pas. Les manches tombèrent, suivies par la chemise.

La voix de Quill était un bas murmure, chargé de passion.

— Je brûle, Gabby, je me consume, je dépéris.

Il baisa l'épaule si blanche, puis son cou.

— Je brûle, Gabby...

Un soupir échappa à la jeune fille quand la main de Quill se posa sur son sein.

Il releva la tête, la vit pour une fois silencieuse et posa un tendre baiser sur ses lèvres, avant de prendre son visage à l'ovale parfait entre ses mains, d'en dessiner les contours. Avec ses doigts, il chantait le plus beau des poèmes. Les yeux de Gabby avaient une couleur d'ambre qui pouvait rivaliser avec une étoile.

— Les étoiles scintillent-elles dans le ciel avec une beauté comparable à celle de vos yeux ? chuchota-t-il.

Gabby posa les mains sur les siennes.

— C'est injuste, souffla-t-elle. Bianca n'a pas une seule bonne réplique dans cette pièce.

— Au diable la pièce ! J'ai envie de vous, Gabby, dit-il contre sa bouche.

Il l'attirait davantage contre lui.

— Seigneur, je ne peux pas vivre sans vous. Je dépéris *vraiment*, Gabby.

Il y avait une prière dans sa voix, et elle se haussa vers ses lèvres.

— Embrassez-moi, Quill. Embrassez-moi encore.

Il ne se fit pas prier, et ils furent emportés tous les deux dans un tourbillon de plaisir. Gabby vacilla, Quill la suivit, épousant sa douceur.

Il n'était plus que désir à l'état pur. Il songeait seulement à relever sa robe, à pénétrer dans son jardin secret qu'il devinait aussi accueillant que sa bouche. Il caressa le bout d'un sein, et elle se cambra contre lui en murmurant des mots incompréhensibles.

Soudain, il retrouva ses esprits et attendit qu'elle ouvre les yeux.

Elle était allongée sur le tapis persan, les cheveux défaits, un sourire tremblant aux lèvres.

— *Je* brûle, chuchota-t-elle, *je* me consume, *je* dépéris. Voudriez-vous m'embrasser encore ? Voudriez-vous...

Elle n'osait poser la question. Bien sûr, c'était Quill qu'elle souhaitait épouser, c'était lui qu'elle souhaitait dans son lit.

Il sut lire au fond de ses yeux.

— Je vous embrasserai tant que vous voudrez. Et nous nous marierons, Gabby, si vous m'acceptez comme époux.

Elle cligna des yeux.

— Vous m'aimez ?

— Je suis tombé amoureux dès l'instant où je vous ai vue sur le quai, répondit-il, presque trop vite.

Gabby s'assit.

— Je ne suis pas très sûre de mes sentiments, dit-elle, un peu hésitante. Je ne suis pas certaine de vous aimer déjà, Quill, mais je pense que ce ne sera pas difficile.

Il esquissa un sourire. Dieu merci, il était débarrassé de ces fariboles romantiques ! Gabby, qui avait considéré quelques heures auparavant que Peter était l'homme de sa vie, était en train de tomber amoureuse de lui !

— Ce serait merveilleux, répliqua-t-il en baisant sa paume.

Elle commençait à remettre de l'ordre dans sa tenue.

Quill ne put s'empêcher de toucher ses épais cheveux brillants, qui évoquaient le pelage d'un animal sauvage. Rien de commun avec les bouclettes pâles des Anglaises.

— Oh, zut! s'écria-t-elle en tirant impatiemment sur sa manche. Les robes de M. Carême ne sont que de minuscules morceaux de tissu, à peine cousus ensemble! Il faudra que j'engage un autre couturier, si je ne veux pas me retrouver à demi nue la plupart du temps!

Elle essayait en babillant d'oublier le trouble qui l'habitait encore.

Quill sourit.

— J'aime bien les robes de M. Carême, dit-il.

Gabby avait enfin remis la manche en place.

— Elles sont magnifiquement conçues, reprit-il. Vous voyez? Tout à l'heure, la vôtre était descendue jusqu'au coude, et à présent elle couvre sans l'écraser votre splendide poitrine.

Elle croisa son regard amusé. Mon Dieu, qu'avait-elle fait, allongée sur le tapis?

— J'espère que cela ne se reproduira plus, grommela-t-elle, un peu raide.

Il l'aida à se mettre sur ses pieds, puis se pencha pour murmurer à son oreille:

— Attendez que nous soyons mariés…

Elle rougit.

— Que voulez-vous dire?

Quill avait un regard diabolique. Il glissa un doigt sur la courbe de son cou.

Elle fit un bond en arrière, gênée par sa réaction à une si innocente caresse.

— Il vaudrait mieux que je remonte dans ma chambre, dit-elle en passant la main dans ses cheveux. Je me demande ce que va penser Margaret…

Quill haussa les épaules.

— Quelle importance?

— C'est bien une réflexion d'homme! Moi, cela m'importe.

— Je vais envoyer un messager à Bath, afin d'informer mes parents de nos projets.

— Oh… Seront-ils fâchés ?

— Pas le moins du monde. Après tout, au début, c'était moi qui devais vous épouser.

— Alors pourquoi ne m'ont-ils pas envoyé votre portrait en Inde ?

Il hésita. Il n'avait aucune envie d'expliquer ses migraines et leur cause. Si elle connaissait la vérité, elle reprendrait certainement sa parole. Il se contenta donc de hausser les épaules.

— Quill ? insista-t-elle. Pourquoi votre père n'a-t-il pas envoyé votre portrait, au lieu de celui de Peter ? Et pourquoi mon père pensait-il que j'épouserais un futur vicomte, alors que c'est vous l'aîné ?

— Il…

Quill eut une brusque inspiration.

— Mon père craint que Peter ne puisse choisir seul une épouse. Il est timide, voyez-vous.

— Peter ? Timide ?

— Oh, oui ! déclara Quill qui avait retrouvé son assurance, maintenant qu'il s'était lancé sur une nouvelle piste. Vous vous rappelez, hier soir, quand vous avez essayé de l'embrasser ? Comment voulez-vous qu'il trouve une femme, alors qu'il se soucie des convenances plus que des baisers ?

Gabby fronça les sourcils.

— Cela n'a pas tellement de rapport. Peter parle bien, et il est l'un des chefs de file de la mode, M. Carême me l'a dit. Il pourrait certainement trouver une épouse, s'il le souhaitait, et sans être obligé d'aller contre les convenances.

Quill fut soulagé d'entendre frapper discrètement à la porte.

C'était Codswallop, dont les yeux s'écarquillèrent lorsqu'il vit son maître en compagnie d'une miss Jerningham quelque peu échevelée. Et il avait distinctement entendu la clé tourner dans la serrure, après qu'il eut frappé.

Il tendit à Quill un plateau en argent.

— La carte de lord Breksby, monsieur. Il dit que c'est urgent.

— Faites-le entrer. Et demandez à lady Sylvia de venir nous rejoindre, je vous prie.

— Oh, mon Dieu, non ! s'écria Gabby en touchant ses cheveux. Je vais vous laisser recevoir votre visiteur, Quill.

— C'est pour vous qu'il vient.

— Comment ?

La jeune fille, qui tentait de remettre une épingle en place, se tourna vivement vers la gauche, sans se rendre compte que sa chevelure tombait alors vers la droite.

— Laissez-moi faire.

Quill ôta cinq ou six épingles, et la crinière de Gabby croula dans son dos. Alors il en fit rapidement un chignon, qu'il fixa sur le sommet de sa tête.

— Merci ! s'exclama-t-elle, un peu décontenancée. Où avez-vous appris ça ? Non, ne me répondez surtout pas ! Pourquoi lord Breksby souhaite-t-il me voir ? Et d'abord, qui est-ce ?

— Lord Breksby est notre ministre des Affaires étrangères. Il m'a contacté peu après votre arrivée, car il cherchait des informations sur Kasi Rao.

— Oh, non ! souffla-t-elle.

— Peut-être devriez-vous tout lui dire, Gabby. Les Affaires étrangères, ce n'est pas la Compagnie des Indes, et je pense que Breksby est un honnête homme. S'il considère que Kasi n'est pas apte à gouverner, il s'assurera de sa sécurité.

Gabby secoua la tête.

— Je ne crois pas que l'on puisse lui faire confiance, Quill. L'expérience que mon père a eue avec les représentants du gouvernement britannique est presque aussi peu satisfaisante que ses relations avec les hommes de la Compagnie. Le gouvernement n'a pas d'influence sur les officiels de la Compagnie. Regardez ce qui s'est passé à Bharatpur. Des centaines de personnes sont mortes, pourtant la Compagnie n'avait aucun droit d'envahir ce territoire.

— Je suis en grande partie de votre avis, admit Quill à contrecœur. Mais Breksby n'est pas un mauvais homme, et il jouit d'un important pouvoir à Londres. S'il décide que Kasi ne peut pas gouverner – et comment pourrait-il penser autrement ? –, la Compagnie des Indes laissera le garçon tranquille.

— Certainement pas ! rétorqua Gabby. Je connais bien les machinations des hommes de la Compagnie. Ils mentiront, ils voleront, ils corrompront afin d'obtenir le contrôle sur une région qui ne leur appartient pas. Kasi ne sera qu'un pion, pour eux. Et je ne les crois pas capables de la moindre pitié. Ils le mettront sur le trône, s'ils pensent gagner ainsi davantage de terrain.

Quill observa sa toute nouvelle fiancée avec circonspection. Il ne s'attendait pas à trouver tant de fermeté et de logique chez une petite personne qui avait l'air, à première vue, d'un moulin à paroles.

— Vous êtes de mon avis ? s'impatienta-t-elle.

Des pas résonnaient dans le couloir.

— La Compagnie ferait bien de prendre des dirigeants féminins, se surprit-il à répondre.

Lord Breksby se déclara enchanté de faire la connaissance de miss Jerningham.

— Je suis le ministre des Affaires étrangères, se présenta-t-il.

Gabby s'assit, les mains jointes sur les genoux.

— Je serai enchantée d'aider le gouvernement anglais, dans la mesure de mes moyens.

— Nous croyons savoir, commença le ministre, que votre père a reçu un jeune protégé sous son toit, le fils de Holkar. Les responsables de la Compagnie des Indes pensent que votre père aurait pu envoyer ce jeune garçon en Angleterre. Ce qui serait normal, vu les nombreuses relations qu'il possède dans notre pays.

— Je crains d'ignorer où se trouve Kasi Rao, dit doucement Gabby.

Elle n'eut pas un battement de cils, et Quill songea que sa future épouse était une menteuse accomplie.

— Eh bien, reprit Breksby, certains membres de la Compagnie des Indes semblent croire que le prince a été…

À cet instant, lady Sylvia pénétra dans la pièce. Elle poussa un croassement de joie en voyant lord Breksby. Gabby, contrariée, s'aperçut qu'ils étaient de vieux amis, car l'épouse de lord Breksby avait grandi dans un village proche de la résidence de campagne de lady Sylvia. Quand la jeune fille comprit que le ministre allait décrire une par une les quatorze chambres du cottage qu'il venait d'acheter dans ce même village, elle perdit patience.

— Cher monsieur, supplia-t-elle, pourrions-nous en revenir à Kasi Rao, s'il vous plaît ?

Breksby eut un sourire jovial.

— Toutes mes excuses, miss Jerningham. J'étais tellement absorbé par ma conversation avec cette charmante dame que j'ai oublié notre entretien. Comme je vous le disais, les représentants de la Compagnie sont à peu près persuadés que l'héritier de Holkar se trouve à Londres.

Gabby se mordilla la lèvre en silence.

— Je ne saurais dire où, ni comment ils ont obtenu cette information, poursuivit lord Breksby, et je ne suis même pas certain qu'elle soit fiable, mais je tenais à vous en faire part, miss Jerningham. Car à mon avis, il vaudrait mieux que ce soit le gouvernement anglais qui découvre l'enfant, plutôt que les hommes de la Compagnie.

Quill observait la scène avec intérêt.

Gabby adressa au ministre un petit sourire triste.

— Je suis tout à fait de votre avis, monsieur. Je crains que les gens de la Compagnie ne recherchent Kasi pour atteindre des buts néfastes.

— J'en suis certain ! Ils caressent l'idée de mettre un simple d'esprit sur le trône des Holkar. Cela leur assurerait la mainmise sur toute la région.

— Ne pourriez-vous les en empêcher ? demanda Gabby d'un ton implorant.

Breksby soupira.

— La Compagnie a été l'un des échecs de mon mandat, reconnut-il. Nous sommes parvenus à faire passer la loi sur les Indes en 84, mais cela n'a rien changé à leur avidité.

Gabby feignit d'être désemparée.

— Je souhaiterais vraiment vous aider, lord Breksby… roucoula-t-elle en penchant gracieusement la tête. Mais je ne sais rien.

Quill, à l'autre bout de la pièce, vit le vieux monsieur fondre littéralement sous ses yeux. Il n'était pas le seul à être retourné par miss Jerningham ! En tout cas, elle ne lui avait jamais menti, à lui. Mais peut-être n'était-ce qu'une question de temps ?

À peine la porte se fut-elle refermée sur Breksby, que lady Sylvia lança un regard glacial à son cousin.

— Je ne sais pas à quoi vous jouez, Quentin, mais je ne tolérerai pas que vous donniez à votre frère un cadeau qui a déjà servi. Ce n'est pas digne d'un gentilhomme !

Gabby s'empourpra.

— Oh, lady Sylvia, je... Quill…

— Vous serez la première à nous féliciter, intervint calmement Quill. Miss Jerningham vient d'accepter d'être ma femme.

Lady Sylvia ne s'adoucit pas pour autant.

— Eh bien, dans ce cas, je ne veux pas que vous meniez à l'autel une femme déshonorée !

Quill ne flancha pas sous son air courroucé.

— Ne craignez rien sur ce plan, lady Sylvia. Toutefois, je préférerais que vous ne mettiez pas en doute l'honneur de ma fiancée.

Sylvia fronça les sourcils.

— Miss Jerningham, je vous ai interdit de vous trouver seule avec un homme. N'importe quel homme. Pourtant votre chignon est bizarrement arrimé, et il y a des épingles partout sur le tapis. Que je sois pendue si vous ne vous êtes pas roulés devant la cheminée !

Gabby était embarrassée au-delà de toute expression, mais Quill parla avant qu'elle ait le temps de se défendre. Ses yeux lançaient des éclairs.

— Je me roulerai avec ma fiancée où et quand il me plaira !

Lady Sylvia se redressa vivement.

— Gabrielle n'est pas une fille de ferme, et il n'y aura pas de comportement de ce genre tant que je serai son chaperon. Nous verrons bien ce que votre père en dira !

Il y eut un silence, durant lequel les trois protagonistes songèrent que le vicomte n'aurait certainement rien à dire, dans son état !

— Je suppose que notre pauvre Thurlow ne pourra pas se plaindre, reprit enfin lady Sylvia, mais je suis sûre qu'il n'apprécierait pas de vous voir accoucher d'un bébé, six mois après le mariage. En tout cas, moi, cela ne me plairait pas. Je suis là justement pour empêcher ce genre d'accident d'arriver.

Gabby se précipita pour prendre la main de la vieille dame.

— Je vous en prie, lady Sylvia, pardonnez-moi. Je ne verrai plus Quentin seul avant notre mariage, je vous le promets. Et... je ne suis pas un cadeau qui a déjà servi.

Lady Sylvia grimaça un sourire.

— C'est bien ce que je pensais. Quentin est une forte tête, mais ce n'est pas un vil séducteur.

— Je n'aurais pas dû vous parler sur ce ton, admit Quill. Acceptez mes excuses, lady Sylvia.

Elle haussa les épaules.

— Je suppose que vous voudriez vous marier la semaine prochaine, n'est-ce pas ?

Quill savait bien d'où lui venait son irritabilité. De tout son être, il avait de nouveau envie de renverser Gabby sur le tapis. Or il ne voulait pas d'un bébé « prématuré ».

— Certainement pas, répondit-il avec raideur. Gabby et moi allons publier officiellement les bans, et nous attendrons le délai convenable pour solenniser notre union. Un mois, peut-être...

Lady Sylvia eut un petit rire.

— Vous êtes impatient, Quentin. Non que cela me déplaise. Mon Lionel aussi avait hâte de m'accueillir dans son lit. Il a failli se tirer une balle dans la tête, quand mon père a refusé que la cérémonie ait lieu avant six mois ! Quoi qu'il en soit, Gabrielle, vous avez choisi votre nouveau fiancé juste à temps. J'ai reçu un mot de Kitty, elle vient à Londres. Je pense qu'elle espérait voir Peter marié rapidement.

Lady Sylvia récupéra son réticule et son éventail.

— Venez avec moi, Gabrielle, je vous prie. Vos cheveux ont grand besoin des attentions de Margaret, et je ne saurais trop vous recommander de soigner votre tenue. Maintenant que vous avez été présentée à la bonne société et que vous avez créé votre premier scandale, je parie que nous aurons une kyrielle de visiteurs, ce matin.

Aussi Gabby, docile, sortit-elle de la pièce en laissant derrière elle un fiancé frustré et dix-sept épingles à tête de nacre.

Sylvia s'arrêta devant la porte de la chambre.

— Je ne suis pas une imbécile, dit-elle, brusque. Je voyais bien que Quentin et vous étiez mieux assortis.

Gabby rougit.

— Je suis sincèrement navrée, pour ce matin. Je n'aurais pas dû me rendre seule dans le bureau de Quentin.

— Les chaperons ont un rôle à jouer, mais assister à une demande en mariage n'en fait pas partie. Quentin semble s'en être fort bien sorti.

La jeune fille ne put retenir un sourire devant son air polisson.

— En effet, dit-elle.

— C'est un bon garçon. Il a du cœur, et ne vous laissez pas troubler par le fait qu'il parle peu. Oui, un bon garçon...

Gabby acquiesça, et lady Sylvia lui ordonna de s'allonger au moins quarante minutes, afin de se préparer à l'assaut des curieux.

— Remarquez, ajouta-t-elle, étant donné que votre corsage a perdu ses amarres hier soir, il y en aura qui viendront simplement pour plonger dans votre décolleté. Je suis persuadée que cette anecdote s'est déjà répandue à travers la ville. D'ailleurs, si les hommes présents avaient eu le choix du corsage qui risquait de tomber, ils auraient tous voté pour le vôtre.

Gabby s'allongea consciencieusement, mais elle ne parvint pas à se détendre. Elle finit par s'asseoir sur son lit, et prit le portrait de Peter, pour s'apercevoir que son doux regard et ses boucles avaient perdu de leur charme. Elle n'avait plus le goût des coiffures impeccables, ni des conversations mondaines. Les yeux de Quill étaient chargés d'orage, ses cheveux souvent dépeignés – s'il prenait la peine d'y passer seulement une brosse. Néanmoins, rien que de penser à lui, elle se sentait envahie d'allégresse. Il parlait avec ses yeux, et ses yeux lui disaient qu'elle était belle, désirable, et... intelligente.

Lucien se tenait dans l'entrée de la maison d'Emily, et il se trouvait à court de mots, impression étrange pour un homme dont on vantait l'éloquence.

— Je suis venu vous proposer de m'accompagner à une petite réception donnée par lady Dunstreet, dit-il enfin. J'ai pris grand plaisir à la soirée que nous avons passée ensemble...

— Moi aussi, murmura Emily.

Mais il n'y avait pas trace de plaisir dans son expression. Elle leva les yeux vers lui.

— Il faut que je vous parle, monsieur Blanc. Pourriez-vous m'accorder quelques minutes ?

Lucien, le cœur lourd, la suivit au salon où il s'assit face à elle.

— Je crains de ne plus pouvoir vous rencontrer, monsieur, déclara-t-elle d'un ton décidé. J'ai certes beaucoup apprécié le bal...

Elle s'interrompit un instant, avant de reprendre :

— Je suis responsable de ma petite maisonnée, qui inclut à présent Phoebe. Je vous suis très reconnaissante de m'avoir emmenée au bal de lady Fester, cependant je ne dois pas faire une habitude de telles distractions.

— Ne pouvez-vous les considérer comme faisant partie de votre travail ? suggéra-t-il en tentant de garder la tête froide, malgré sa déception. Je pensais que cela serait utile pour vos articles.

Emily jouait nerveusement avec ses gants.

— Vous n'avez pas aimé ? soupira-t-il.

Cette fois, il y avait bien une note de désespoir dans sa voix.

Elle releva vivement les yeux.

— Oh, si ! C'était plus... encore plus magnifique que je ne l'avais imaginé. Mais je ne peux pas recommencer, monsieur. Je ne fais pas partie de cet univers. Je travaille.

— Comme je vous le disais, ne pourriez-vous...

— Non, répondit Emily avec une calme certitude.

Lucien allait parler, mais elle l'arrêta d'un geste.

— Je vais être franche avec vous, je ne peux pas me permettre de vivre comme une femme du monde. Ma sœur et moi avons passé toutes nos soirées, la semaine dernière, à confectionner la robe que je portais.

— Qui était ravissante! J'étais accompagné par la femme la plus élégante de la soirée.

Emily rougit sous le compliment, mais elle secoua la tête.

— Je n'appartiens pas à cette société, et je ne peux m'offrir le luxe de faire semblant. Je dois m'occuper de Phoebe, de ma sœur. Même les gants que je portais étaient au-dessus de mes moyens.

Elle se leva, imitée par Lucien qui la suivit vers la porte. Que dire? Il ne pouvait tout de même pas proposer de lui offrir une robe de bal: ce serait parfaitement grossier, et fort humiliant.

— Pourrai-je revenir vous rendre visite?

La jeune femme avait le regard le plus candide qu'il ait vu de sa vie.

— Je ne serai pas là, dit-elle gentiment en dégageant la main qu'il avait prise entre les siennes.

Il s'inclina, toute la peine du monde sur les épaules.

— Je regrette infiniment cette décision...

Louise fut la seule à constater combien sa sœur regrettait elle aussi cette décision, car elle la trouva en larmes quand elle descendit de sa chambre.

— Tu l'as renvoyé?

Emily hocha la tête, le menton tremblant comme celui d'une enfant.

Louise soupira.

— Pourquoi, Emily? Pourquoi te refuses-tu quelques agréables soirées? Tu les as largement méritées!

— Ses intentions ne sont pas sérieuses. Et je n'ai pas de temps à perdre en frivolités. Je dois m'occuper de Phoebe.

— Bah!

— Je suis déjà trop attachée à lui, avoua Emily.

— Est-ce un problème?

— Je ne veux pas devenir une femme entretenue.

— Tu ne le serais pas! protesta Louise. Pourquoi ne pas accepter les distractions qu'il t'offre, et refuser le jour où il te demandera d'être sa maîtresse?

— Parce que… parce que j'ai peur.

— Peur de quoi ?

— D'avoir *envie* de devenir sa maîtresse, murmura Emily dans un sanglot.

Il y eut un silence.

— Là, c'est un problème, reconnut Louise.

Sa sœur parvint à esquisser un sourire. Louise la serra dans ses bras.

— Je dirai seulement une chose, Emily. Si tu es tout à fait honnête, tu écriras dans ta prochaine rubrique que la jeune femme qui accompagnait un certain comte français, lors de la soirée des Fester, portait la plus belle toilette.

— Lucien est marquis, pas comte, rectifia Emily.

Mais elle souriait à sa sœur.

# 12

Gabby passa le reste de la matinée dans un état d'anxiété étouffant. Quand devrait-elle annoncer à Peter que leurs fiançailles étaient rompues ? Quill préférerait-il lui parler lui-même ? Elle n'oubliait ce problème que pour imaginer Kasi Rao arraché aux bons soins de Mme Malabright...

Seul aspect positif à ces angoisses, l'incident de la robe avait perdu de son importance. Ce n'était plus qu'un épisode légèrement embarrassant.

Les prédictions de lady Sylvia se révélèrent exactes. Lorsqu'elle redescendit, Gabby trouva le salon indien surpeuplé de gens, qui étaient venus voir l'élégante dame à la robe indécente – ou l'indécente dame à la robe élégante, au choix.

Sophie, la duchesse de Gisle, était arrivée parmi les premiers.

— Je crois que nous sommes dans la même galère, dit-elle, du rire au fond des yeux. Nous devrions nous plaindre à M. Carême. Qu'en pensez-vous, Gabby ?

Les dames présentes remarquèrent la familiarité de la duchesse vis-à-vis de miss Jerningham, et elles adoptèrent son attitude.

— Moi, personnellement, je ne recommanderai jamais ce couturier ! déclara l'une d'entre elles d'un ton acerbe. De toute évidence, il a commis une erreur dans la conception de la robe.

— Ne vous inquiétez pas, Amelia, rétorqua sèchement lady Sylvia, aucune robe ne risque de glisser sur votre poitrine. De toute façon, il n'y aurait rien à voir.

Sylvia était une adversaire redoutable.

Gabby salua, sourit, murmura des banalités, rougit chaque fois que le mot « corsage » était prononcé. Elle essayait d'ignorer que sa gorge se serrait dès que la porte s'ouvrait. Quill n'était pas là. Il était d'ailleurs rare de le voir apparaître avant le soir, mais il allait tout de même venir déjeuner, non ?

— Ma foi, vous vous en êtes bien sortie, petite, décréta lady Sylvia quand les derniers visiteurs se furent retirés. Et vous pouvez remercier Sa Grâce. C'est quelqu'un de fiable, cette jeune femme, croyez-moi.

La porte s'ouvrit, et le cœur de Gabby s'affola. Elle était infiniment troublée par le souvenir des baisers passionnés de Quill, par l'espèce de grondement qui sortait de sa gorge quand elle… Elle respira un bon coup.

Mais c'était Peter.

Gabby put à peine croiser son regard. Que penserait-il s'il devinait ce qu'elle avait fait avec son frère ? Elle allait l'humilier aux yeux de tous, puisqu'il l'avait présentée comme sa fiancée la veille…

Elle aurait aimé disparaître sous terre. Ou, mieux encore, se réfugier entre les bras de Quill et se rappeler pourquoi elle faisait une chose aussi scandaleuse que d'épouser le frère de son fiancé.

Elle frémit. En fait, elle avait passé la matinée dans un état d'intense fébrilité, et elle commençait à se sentir de fort mauvaise humeur…

Quill se présenta alors que la famille s'installait à table, et elle supposa qu'il n'avait pas parlé à Peter. Mais elle changea d'avis en constatant, vers le milieu du repas, que l'atmosphère était extrêmement tendue entre les deux frères.

On s'entretenait d'un incendie qui avait détruit une taverne sur Argyle Street, et les soupçons se portaient sur un client de la taverne, auquel on avait refusé une tourte à la viande.

— Il y a deux anomalies dans cette histoire telle qu'on la rapporte, observa Gabby. D'abord, il est peu vraisemblable que l'on ait refusé une tourte à la viande dans un établissement de ce genre. Ensuite, si c'est bien le cas, il est étrange que le client en question soit allé jusqu'à mettre le feu à l'établissement. Pourquoi n'a-t-il pas acheté sa tourte ailleurs ?

Quill la regardait, des étincelles dans les yeux, et Gabby fronça les sourcils pour lui recommander davantage de discrétion.

Peter défendit sa version de l'histoire.

— Apparemment, il ne restait plus qu'une seule tourte à la viande, et le patron l'avait promise à l'agent de police, ou plutôt à la femme de l'agent de police.

Il sourit à Gabby avec un rien de condescendance.

— Il ne faut pas condamner, puisque celle qui a profité de la tourte était une jolie femme.

— Troie a brûlé pour les beaux yeux d'une femme, Peter, objecta Quill. Tu veux dire que Londres aurait pu brûler pour que l'appétit de la femme d'un policier soit satisfait ?

— Le propriétaire aurait dû être félicité pour avoir placé sa promesse à une dame au-dessus des considérations matérielles.

Quill adressa à son frère un regard si ironique, que Gabby craignit que la conversation ne dégénérât en querelle familiale. Heureusement, Codswallop arrivait avec le plat suivant...

Quill disparut dès la fin du déjeuner, et ce fut seulement à cinq heures qu'il entra nonchalamment – nonchalamment ! – au salon afin de proposer à la jeune fille une promenade à Hyde Park. Elle dut rassembler tout son sang-froid pour ne pas hurler son irritation.

Elle parvint à acquiescer et monta se changer.

Quill la regarda partir. Semblait-elle légèrement contrariée ? Elle avait des sautes d'humeur. On appelait « sensible » une femme qui avait mauvais caractère.

Peter bondit au côté de son frère et l'entraîna vers la fenêtre, hors de portée de voix de lady Sylvia.

— Alors ? Quand vas-tu faire ta demande en mariage ?

Quill observait son frère.

— Que diable est-il arrivé à tes cheveux ? C'est du cosmétique ?

Peter, dans son énervement, faillit taper du pied.

— Je répète : quand vas-tu te décider ? Je pensais que tu voulais le faire au petit-déjeuner. Je n'ai pas osé adresser la parole à Gabby de toute la journée, et je suis certain qu'elle est froissée de mon incivilité.

— Je lui ai proposé de m'épouser ce matin, dit Quill en regardant par la fenêtre.

Il avait un mal fou à garder une intonation normale : il avait envie de hurler que la belle, la merveilleuse Gabby avait accepté sa demande ! Elle allait se marier avec lui – un infirme, un commerçant, un taciturne, un homme qui avait abandonné les réceptions mondaines en faveur du milieu trivial des affaires...

À dire vrai, c'était un problème qui l'avait tracassé toute la journée. Elle ne savait pas quel marché de dupes elle venait de conclure !

— Alors ?

Peter criait presque.

— Elle me donnera sa réponse tout à l'heure, répondit Quill négligemment.

— Oh, Dieu, c'est fichu ! gémit Peter en passant la main dans les boucles qui avaient demandé à Rinsible quarante-cinq minutes de travail et des quantités de pommade. Si elle tient à un délai, c'est parce qu'elle cherche un moyen de refuser sans te vexer. Je savais qu'elle ne voudrait jamais de toi !

— Elle semblait plutôt encourageante, ce matin, répliqua son frère en s'efforçant d'oublier les murmures de plaisir de Gabby.

— Elle est gentille. Mais elle refusera, j'en suis certain. Je te l'ai dit, en d'autres circonstances, j'apprécierais sa compagnie... Je crois que je vais aller jusqu'au bout, finalement, si elle te rejette. Je ne peux pas partir en Amérique. Là-bas, ils ne sont... C'est un pays de sauvages. Tant pis, je vais l'épouser. Au moins a-t-elle échappé au pire, grâce à la duchesse de Gisle...

Peter s'arracha de son humeur morose pour lever les yeux vers son frère.

— Tu ne trouves pas un peu curieux, Quill, que le corsage de Sa Grâce ait glissé juste après celui de Gabby ?

Pour Quill, ce n'était nullement curieux. Sophie était passée seconde sur la liste de ses jeunes femmes préférées... qui n'en contenait que deux. Encore qu'il gardât une certaine tendresse pour une fille de ferme du nom d'Anne, qui l'avait débarrassé de sa virginité quelque quinze ans auparavant.

Il haussa les épaules. Peter, habitué à ses silences, ne s'en formalisa pas.

— Ainsi, Gabby ne t'a pas encore donné sa réponse ? reprit-il.

Quill continuait à se taire. Bien sûr, Gabby avait dit qu'elle l'épouserait. Mais c'était avant qu'il ne décide en toute conscience qu'elle faisait un mauvais choix. Un commerçant infirme ! Et, pour couronner le tout, affligé de migraines.

— Tu n'auras qu'à m'adresser un clin d'œil pendant le dîner, conclut Peter, de plus en plus sombre, en rajustant sa cravate. Ne t'inquiète pas pour moi. Je suis résigné à épouser cette personne.

Codswallop apparut à la porte, au moment où Peter allait sortir.

— Miss Jerningham vous attend, monsieur Quentin.

Gabby, dans le hall, enfilait ses gants. Elle portait un manteau rose, et sa somptueuse chevelure était cachée sous un bonnet. Elle lança à Quill un regard impatienté. De toute évidence, l'humeur n'était pas au beau fixe !

Le cabriolet était garé devant la porte. Quill aida Gabby à y monter, avant de prendre les rênes.

Elle s'éclaircit la gorge.

— Avez-vous annoncé nos fiançailles à votre frère ?

— Non. Je voulais d'abord être sûr que vous souhaitiez m'épouser.

Gabby cligna des yeux. N'avait-elle pas été assez claire, le matin, en se roulant sur le tapis comme une fille de joie ?

— Nous étions d'accord, dit-elle un peu sèchement.

— J'ai pensé que nous devions en discuter plus raisonnablement, déclara-t-il en engageant le cabriolet vers Hyde Park.

La rage montait en elle. Il l'avait lutinée, et à présent il essayait de battre en retraite ? Elle n'était pas sotte, elle comprenait qu'il voulait se tirer d'affaire. Peut-être l'intermède du matin l'avait-il persuadé qu'elle était « un cadeau qui avait déjà servi », comme disait lady Sylvia ? Eh bien, il ne s'en sortirait pas à si bon compte !

Elle parvint à garder un ton calme.

— De quoi voulez-vous parler, précisément ?

— Je crois devoir vous expliquer quelle sorte d'époux je serai.

Voilà. Il allait dire qu'elle méritait mieux que lui, donc qu'il rompait leur engagement dans *son* intérêt ! Elle ne détestait rien autant que la lâcheté.

— Je vous écoute.

Après tout, ce n'était pas elle qui l'avait demandé en mariage. Elle aurait été tout à fait heureuse d'épouser Peter. Elle le serait encore, d'ailleurs, songea-t-elle avec férocité.

— Un gentilhomme ne pratique pas les activités qui sont les miennes, Gabby. J'ai investi dans plusieurs sociétés, un métier qui hérisse mon père, par exemple.

Elle réprima un rire moqueur. Il ne pouvait s'emparer de cette excuse !

— Mon père passe son temps à exporter des marchandises vers les Pays-Bas et la Chine, fit-elle remarquer froidement. On ne m'a pas appris qu'un gentilhomme devait se pavaner dans les salons, en attendant que le prochain repas lui soit servi.

Quill marqua une pause. Il avait passé la journée à se répéter qu'il devait être parfaitement honnête vis-à-vis de Gabby sur les séquelles de son accident. En bref, il fallait qu'il lui parle de ses migraines.

— Je tiens à être clair sur les conséquences de ma chute de cheval, voilà six ans.

Maintenant qu'il en était là, il s'apercevait qu'il n'avait aucune envie de donner à la jeune fille une bonne raison de ne pas l'épouser.

— Par exemple, le Dr Trankelstein estime que je boiterai toujours quand je serai fatigué, poursuivit-il néanmoins. Je ne peux pas danser, et il y a d'autres empêchements...

Gabby tourna ses beaux yeux vers lui. Y lisait-il de la colère ? Non, c'était impossible !

— Votre claudication ne me dérange pas, Quill.

Il ouvrit la bouche pour répondre, mais elle ne lui en laissa pas le temps :

— Ni les autres effets de votre accident.

Voilà qui devrait lui clouer le bec ! se dit-elle. Mais l'animal s'entêtait ! Il avait vraiment changé d'avis en quelques heures...

— Je suis obligé de vous avertir que...

De nouveau, elle lui coupa la parole.

— Inutile d'aller plus loin, décréta-t-elle. Je constate que vous avez décidé de... me laisser tomber, et je préférerais cesser d'en parler. Après tout, je suis comblée ! J'ai eu deux fiancés et je serai ravie d'épouser Peter.

Elle serrait ses mains l'une contre l'autre. Il y avait dans l'expression de Quill une dureté qui lui fit presque peur.

— Vous sous-entendez que je suis en train de rompre nos fiançailles ?

Elle acquiesça.

— Jamais je ne ferais une chose pareille ! gronda-t-il.

Gabby comprit son erreur. Une fois de plus, elle avait offensé un Anglais en mettant en cause son sens de l'honneur. Un gentilhomme n'abandonnait jamais une dame : il poussait la dame à rompre elle-même l'engagement.

Elle posa une main sur son bras.

— En tant qu'amis, Quill, ne pourrions-nous parler franchement ?

Quill était un peu désorienté. Il n'avait aucune envie qu'elle lui parle franchement, si c'était pour se vanter d'avoir deux fiancés et de se moquer d'épouser l'un ou l'autre ! Elle avait *un* fiancé. Et c'était lui. Gabby était sienne.

Il lui lança un regard noir.

— Alors, allez-y ! aboya-t-il.

Elle se mordit la lèvre. Il semblait aussi furieux que Peter quand elle avait essayé de l'embrasser. Vraiment, les Anglais étaient bien susceptibles, lorsqu'il s'agissait de leur honneur !

— Ce que je veux dire, déclara-t-elle de son ton le plus raisonnable, c'est que compte tenu de notre amitié, vous n'avez nul besoin de faire semblant de vouloir encore m'épouser. Ce n'est pas la peine de chercher à ce que ce soit moi qui rompe. Je comprends parfaitement.

Il y avait dans sa voix une peine qui démentait ses paroles, mais elle y penserait plus tard. L'important était de sauvegarder sa dignité, malgré la situation. Heureusement, la seule personne au courant de leurs brèves fiançailles était lady Sylvia, puisqu'ils avaient décidé de ne rien révéler à leurs visiteurs du matin.

Quill arrêta les chevaux, mit le frein et posa les rênes sans un mot.

Gabby avait la nausée. Elle aurait mille fois préféré rentrer à la maison, plutôt que de poursuivre cette désagréable discussion. Elle le lui dit en tremblant légèrement.

Il pivota vers elle, et ses cuisses effleurèrent celles de Gabby, ce qui la fit rougir. Elle était gênée de se rappeler la façon dont elle s'était collée à cet homme, le matin même. Pas étonnant qu'il n'eût plus envie de l'épouser !

Comme il se taisait, elle prit une profonde inspiration avant de répéter :

— Si cela ne vous ennuie pas, j'aimerais que nous rentrions.

Six heures approchaient, et le parc se peuplait d'élégants, venus se faire admirer... en tout cas, ceux qui avaient le courage de braver le froid.

L'air vif avait coloré les joues de Gabby, et elle était encore plus désirable, se dit Quill.

Il se rendait bien compte qu'elle avait sauté sur l'occasion de rompre leur engagement. Mais il n'allait pas la laisser s'en tirer comme cela ! Il était habitué aux reculs stratégiques, dans les affaires, et cela lui donnait toujours plus envie d'atteindre son but. Cependant, il aurait été fort déplacé de noircir la réputation de Gabby en l'embrassant en public, jusqu'à ce qu'elle le supplie de l'épouser !

Ce serait pour le soir...

Sans prendre la peine de s'expliquer, il reprit les rênes et remit les chevaux en marche.

Gabby avala sa salive. Un instant, elle avait cru qu'il allait l'embrasser. Mais à quoi bon ? Il avait obtenu ce qu'il voulait : il était de nouveau libre...

Elle fixait les oreilles des chevaux en tentant de dominer son chagrin. Par bonheur, elle avait toujours son premier fiancé. Bien que le deuxième lui eût fait faux bond, elle n'avait pas tout perdu.

Seulement, la boule au fond de sa gorge lui prouvait qu'elle n'en était pas heureuse. Elle mourait d'envie d'épouser Quill, et se moquait bien de se marier avec

Peter. En outre, pour tout arranger, ce dernier avait sûrement les mêmes sentiments vis-à-vis d'elle.

Elle serra les dents.

Tu ne pleureras pas, se dit-elle. Hier encore, tu te croyais amoureuse de Peter, bon sang!

Quill lui jeta un coup d'œil. Elle avait l'air crispée, sa Gabby... Il se rappela soudain une phrase de Peter, au sujet de Patrick Foakes qui avait convaincu tout le monde qu'il était follement épris de Sophie en jetant les convenances aux orties.

Il stoppa le cabriolet.

— Je voudrais rentrer tout de suite à Dewland House! s'écria-t-elle d'un ton haut perché.

Il serra le frein et ôta ses gants.

En silence, il lui saisit la main gauche et entreprit de défaire les petits boutons de perle à son poignet.

Elle fixait ses cheveux en désordre. Que diable fabriquait-il? Il jeta le gant sur la banquette arrière, puis s'appliqua à la débarrasser de l'autre. Gabby leva les yeux, mais ce fut pour croiser le regard d'un passant, alors elle revint à Quill.

C'était étrangement intime, le contact de leurs mains nues...

Toujours sans un mot, il déposa un baiser sur chacune de ses paumes, et elle eut une bouffée de chaleur.

Il glissa une main sur son dos, descendit vers ses reins, laissant derrière lui une traînée de feu. Il retint son souffle, le temps de la soulever pour l'asseoir sur ses genoux d'un geste assuré.

Il prit ses lèvres avec détermination, et elle s'offrit à cette exigence silencieuse. Elle ne remarqua même pas qu'elle enfouissait les mains dans ses cheveux, retenant sa tête au cas où il aurait voulu mettre fin à leur baiser. Elle ne sut pas que quatre voitures passaient lentement à leurs côtés, les passagers se repaissant du scandale...

Quand il la lâcha enfin, sa voix n'était plus qu'un murmure rauque:

— Pensez-vous toujours que j'ai envie de rompre, Gabby chérie ?

Ne trouvant pas les mots pour répondre, elle se contenta d'effleurer ses lèvres. Alors il lui saisit la nuque pour un baiser plus torride encore.

Puis il releva la tête, la laissant pantelante, le cœur battant.

— Pensez-vous toujours que j'ai envie de rompre ? répéta-t-il.

— Non...

— Alors, ne dites plus jamais ça !

Il avait repoussé son bonnet, et ses cheveux auréolaient son visage, qu'il prit entre ses mains.

— Vous serez ma femme, pas celle de Peter. Pas même la fiancée de Peter, mais la mienne.

— Ça me plairait, murmura-t-elle avec une pointe de timidité. Je n'ai pas envie de me marier avec Peter, Quill. J'ai envie de me marier avec vous.

Il restait un tout petit peu de conscience à Quill, et il s'efforça de s'y accrocher.

— Même compte tenu...

— Même si vous étiez renversé par un fiacre sur le chemin du retour, et condamné au lit.

— Espérons que nous n'en arriverons pas là, grommela-t-il.

Il reposa Gabby sur son siège, s'attardant juste une seconde sur ses rondeurs délicieuses.

Elle prit son bonnet et le remit en tremblant.

Quill lui lança un regard de biais.

— Je crains d'avoir fait du tort une fois de plus à votre réputation.

— Ce n'est pas grave.

Le cœur de la jeune fille chantait. Elle était amoureuse, il était amoureux, ils allaient se marier... Elle allait épouser le beau, le magnifique, le robuste Quill !

— Parlerez-vous à Peter ce soir ?

— Oui.

— Je ne pense pas que cela le bouleversera, dit Gabby, pensive.

Elle ramassa ses gants, tandis que la voiture s'engageait sur Piccadilly en direction de St. James Square.

— Peut-être, en effet, répliqua Quill avec une prudente réserve.

# 13

Quill aida Gabby à descendre de voiture avec un sourire qui lui fit chaud au cœur. Elle se précipita dans sa chambre, afin de se changer pour le dîner.

Margaret l'y accueillit avec de sévères reproches. Elle ne croyait pas au bienfait des promenades en voiture découverte, quand il faisait froid. Elle refusa d'écouter les excuses de la jeune fille.

— Vous allez attraper la mort ! En plus, vous venez d'un pays chaud ! Imaginez ce que dirait M. Peter. Il n'a sûrement pas envie que vous restiez plusieurs semaines clouée au lit !

— À vrai dire, j'ai décidé de ne pas épouser Peter, déclara gaiement Gabby.

La camériste la dévisagea, bouche bée.

— Vous n'épousez pas M. Peter ?

— Non, en fait, je me marie avec Quentin.

Margaret poussa un cri de joie.

— Vous serez vicomtesse ? Oh, c'est splendide ! s'exclama-t-elle, les yeux brillants. Je serai la femme de chambre attitrée d'une vicomtesse !

Puis elle se rembrunit.

— Enfin, si vous voulez toujours de moi... Vous préférerez peut-être engager une Française. La vicomtesse Dewland a une femme de chambre affreusement guindée, que l'on appelle « dame de compagnie ».

Gabby éclata de rire.

— Ne craignez rien, Margaret. Vous serez camériste d'une vicomtesse. Mais pas avant un bon bout de temps, j'espère. Je ne veux aucun mal au vicomte.

— Bien sûr, moi non plus, miss.

Elle entreprit de brosser les cheveux de Gabby.

— Personne ne lui souhaite de mal, reprit-elle. Nous aimons tous le vicomte. Et ce n'est pas normal qu'il meure ailleurs que dans son propre lit.

— Je ne pense pas qu'il va mourir, Margaret, objecta Gabby. Son état s'améliore de jour en jour.

La servante secoua la tête.

— Quand on a eu une attaque de ce genre, il y en a toujours une autre pas loin, miss. Il devrait être chez lui, voilà tout. C'est ce que nous pensons tous.

— Je suis certaine qu'il reviendra à Londres dès que les médecins l'y autoriseront, murmura Gabby, un peu troublée par le commentaire de Margaret. Et j'espère vivement que vous vous trompez pour l'avenir.

La domestique pinça les lèvres et se contenta de répéter que le vicomte devrait rentrer chez lui.

La vicomtesse arriva de Bath, juste avant le dîner. Au début, Gabby fut heureuse de sa présence, car Peter et elle évitaient consciencieusement de se regarder. Quill avait dû parler à son frère, après la promenade dans le parc, et l'informer que ses fiançailles étaient rompues.

Mais Kitty n'apportait pas de bonnes nouvelles, et il semblait que Margaret ne s'était pas trompée dans ses lugubres prévisions. Thurlow était dans un sombre état de confusion, dont il ne sortait que difficilement. Il dormait la plupart du temps, et les médecins avaient peu d'espoir de guérison.

Gabby ne savait comment exprimer sa sympathie. Peter se tenait derrière la chaise de sa mère, les mains posées sur ses épaules, tandis que Quill demeurait un peu à l'écart, près de la cheminée. La jeune fille avait envie de le rejoindre, de lui prendre la main, pourtant elle resta sur le sofa, près de lady Sylvia.

Cette fois, Kitty ne versa pas une larme quand elle leur expliqua la situation.

— Combien de temps lui donne-t-on, Kitty ? s'enquit lady Sylvia d'une voix exceptionnellement douce.

— Quelques jours seulement, semble-t-il...

Les mots s'attardèrent dans le silence.

— Vous devriez partir ce soir avec les garçons, reprit enfin lady Sylvia.

Kitty se tourna vers Gabby.

— Je suis désolée, ma chère, que ce regrettable événement arrive pendant vos premières semaines en Angleterre.

— Oh, cela ne compte pas ! Je suis désolée, madame, tellement triste pour le vicomte...

— Vous êtes gentille, Gabrielle. Je suis certaine que vous me serez d'un grand réconfort.

Il était clair que Kitty s'était résignée à la mort imminente de son mari, et Gabby en eut le cœur serré. Et si c'était Quentin qui gisait dans son lit, sans espoir de guérison ? Instinctivement, elle se leva et vint vers lui.

Il posa un bras autour de ses épaules, et annonça en souriant :

— Mère, Gabby a décidé de m'épouser, plutôt que Peter.

La jeune fille, machinalement, regarda Peter, mais celui-ci ne paraissait absolument pas contrarié. Il lui adressa même un sourire bienveillant.

Kitty eut un instant l'air déconcerté, puis son visage s'illumina.

— Oh, je suis si heureuse, Quill ! Gabrielle...

Elle vint leur prendre les mains.

— J'ai toujours espéré que mes enfants se marieraient par amour, comme je l'ai fait. Encore bienvenue dans la famille, mon enfant, ajouta-t-elle en embrassant Gabby sur la joue. Je crains toutefois que nous ne soyons bientôt en deuil, Quill. Un mariage ne sera pas possible...

Le jeune homme acquiesça.

— Peut-être pourrais-je épouser Gabby dès demain, par autorisation spéciale, maman ?

Des larmes brillaient dans les yeux de Kitty, mais ce fut d'une voix ferme qu'elle répondit :

— Ce serait une bonne idée, mon chéri.

Il déposa un baiser sur son front, et elle ravala ses larmes.

— Thurlow aurait tellement aimé vous voir, Gabrielle et toi...

— Nous pourrions nous marier à Bath, suggéra-t-il.

Cette fois, une larme échappa à Kitty.

— C'est une délicate attention de ta part, Quill.

— Alors, c'est ce que nous ferons, maman.

Visiblement épuisée, Kitty se laissa tomber dans un fauteuil.

Lady Sylvia prit les choses en main.

— Il faut que les domestiques se mettent aux bagages. Et que nous dînions avant que la cuisinière ne s'arrache les cheveux. Si nous devons rouler la moitié de la nuit, mieux vaut nous restaurer avant.

Elle sonna et donna ses ordres à Codswallop, puis elle s'adressa à son cousin :

— Quill, allez voir Beilby Porteus. C'est un évêque, et un ami de la famille. Il ne refusera pas de vous délivrer une licence spéciale.

Le trajet jusqu'à Bath dura la moitié de la nuit. Gabby ne tarda pas à s'endormir sur l'épaule de Quill.

Le lendemain matin, elle enfila la plus sage des robes de M. Carême, et Margaret lui confectionna un chignon élaboré, sur lequel elle fixa un voile de tulle rebrodé de fleurs ton sur ton.

— Où diable avez-vous trouvé un voile ? demanda Gabby, stupéfaite.

Vu les circonstances, elle ne s'attendait pas à un mariage dans les règles.

— C'est M. Quentin qui est allé le chercher chez M. Carême hier, expliqua la camériste.

Gabby sourit. La veille, Quill était sorti tout de suite après leur conversation, et pendant que les autres dînaient en silence, il avait dû aller solliciter l'autorisation de l'évêque. Mais il avait tout de même pensé au voile !

Lady Sylvia entra quelques instants plus tard. Le mariage aurait lieu dans la chambre du vicomte, au dernier étage de l'hôtel...

Gabby, un peu gauche, se tint dans un coin de la pièce en évitant de regarder vers le lit. Comme elle n'avait jamais rencontré le vicomte, il lui semblait fort déplacé de pénétrer dans son intimité.

Quill se tenait près d'un jeune prêtre, qui bénissait le vicomte. Gabby frissonna. C'était plutôt morbide ! Elle n'avait jamais imaginé ainsi le jour de son mariage. Elle s'était vue montant vers l'autel d'une immense église, tandis que Peter la contemplerait avec adoration... Elle soupira.

Le visage de Quill exprimait tout son chagrin, et la fatigue avait accentué sa claudication. Gabby mourait d'envie de l'aider, mais elle ignorait de quelle façon. Il lui aurait semblé incorrect de s'approcher du lit.

Après un temps qui lui parut infini, le jeune prêtre la rejoignit.

— Je suis prêt à procéder à la cérémonie, miss Jerningham.

Lui aussi était pâle et tendu. C'était pour tout le monde un étrange mariage...

La famille se groupa autour du lit, alors que lady Sylvia restait assise au fond de la chambre, en compagnie du médecin.

Quill était imperturbable. Kitty et Peter se tenaient de l'autre côté du lit. La vicomtesse caressa la main inerte de son époux.

— Allons-y, dit Quill d'une voix dépourvue d'émotion.

Gabby pressa son bras.

— Oui ? fit-il.

— Ne voulez-vous pas me présenter à votre père ? chuchota-t-elle.

— Bien sûr.

Il s'effaça afin qu'elle pût voir le vicomte. C'était un homme corpulent, qui offrait une ressemblance certaine avec son aîné. Il était d'une pâleur mortelle, mais il semblait dormir paisiblement, si paisiblement que sa poitrine se soulevait à peine sous le drap.

— Père, dit Quill, je souhaiterais vous présenter Gabrielle Jerningham, que je vais épouser.

Pas l'ombre d'une réponse.

Kitty posa la main sur sa joue.

— Je crois que Thurlow nous entend. Je lui ai parlé du mariage, ce matin... Chéri ! reprit-elle plus fort en se penchant.

Les paupières de Thurlow battirent, et son regard se fixa sur sa femme. Il murmura quelques mots.

— Comment, chéri ?

— T'aime, dit-il clairement. Jolie Kitty.

Gabby, une boule au fond de la gorge, posa brièvement sa main sur celle du vicomte.

— Je suis très heureuse de faire votre connaissance, monsieur...

Puis le pasteur commença d'une voix douce :

— Très chers amis, nous sommes réunis ici, sous l'œil de Dieu, pour unir cet homme et cette femme par les liens du mariage...

Quill prit les mains de Gabby dans les siennes, et elle s'y accrocha comme si sa vie en dépendait.

Le prêtre continuait son discours.

— Il ne s'agit pas ici de satisfaire de brutaux instincts charnels, mais de s'aimer avec compréhension, respect et amour devant Dieu.

Quill respira un bon coup. Il n'arrivait pas à croire qu'il était en train d'épouser Gabrielle Jerningham. Il était conscient de la présence de son père à sa droite, des paroles du pasteur, de sa mère qui portait la main du vicomte à sa joue. Mais il pensait surtout à son épouse, à ses beaux yeux brillant de chagrin pour un homme qu'elle connaissait à peine, à sa luxuriante chevelure à demi cachée par le nuage de tulle…

Il répéta derrière le prêtre :

— Moi, Quentin Matthew Claudius Dewland, je te prends, toi, Gabrielle Elizabeth Jerningham, pour légitime épouse, et jure de te chérir pour le meilleur et pour le pire, dans la richesse et…

Pendant ce temps, Gabby voyait vaguement que la vicomtesse caressait la main de son mari, que Peter esquissait un sourire de l'autre côté du lit, mais la pièce s'était rétrécie pour se concentrer sur le regard vert de Quill, sur ses grandes mains qui tenaient toujours les siennes.

— … dans la maladie et dans la joie, dit-elle d'une voix ferme, pour t'aimer, te chérir et t'obéir jusqu'à ce que la mort nous sépare.

Quill sourit, et ce sourire lui alla droit au cœur. Il glissa une bague à son annulaire.

— Avec cet anneau, je fais de toi ma femme. Avec mon corps, je t'honorerai, et tout ce qui est à moi sera à toi.

La vicomtesse pleurait en silence.

Le pasteur bénit leurs mains jointes.

— Je vous déclare mari et femme.

Quill fit un pas en avant, releva le menton de Gabby et posa les lèvres sur les siennes. Il n'y avait rien de la fièvre qui s'emparait de lui quand il s'approchait d'elle. Ce fut un baiser tendre, délicat.

Gabby passa les bras autour de son cou et s'accrocha à lui. Un instant, Quill oublia où il était. Il exultait. Il l'avait épousée ! Elle était à lui, cette femme délicieuse, *sa* femme…

Kitty fit le tour du lit et, une seconde plus tard, Gabby était de nouveau embrassée avec tendresse, environnée d'un parfum léger.

— Je suis si heureuse, ma chérie, et Thurlow le serait aussi. Il vous souhaiterait tout le bonheur du monde. Enfin, il vous souhaite tout le bonheur du monde, car je suis certaine qu'il est conscient de ce qui vient de se passer, Gabrielle…

— Mère… intervint calmement Quill, qui se tenait à la tête du lit.

Le vicomte avait les yeux clos, les membres détendus. Gabby crut qu'il s'était endormi, mais Quill reposa doucement sa main sur le drap, et le pasteur lui toucha le front en murmurant :

— Allez vers Dieu, mon fils.

— Oh non, Thurlow… Non ! supplia Kitty, avant de se jeter dans les bras de Peter.

Discrètement, Gabby se retira dans le coin où se trouvait lady Sylvia.

Les vœux du mariage apportaient de grands changements dans une vie, se dit Gabby quelques minutes plus tard, de retour dans sa chambre.

Une part d'elle était fascinée par le fait que Quill pouvait – il en avait tous les droits – entrer dans sa chambre alors qu'elle était en chemise, tandis qu'une couturière convoquée à la hâte prenait ses mesures pour lui confectionner une tenue noire.

D'un autre côté, elle tentait de ne rien conclure du fait que son mariage avait viré du blanc au noir en quelques secondes, de la joie à la tristesse. C'était difficile, avec une imagination comme la sienne.

La superstition, disait souvent son père, était l'apanage des civilisations primitives, et Gabby voulait le croire.

Mais ce fut seulement quand la porte s'ouvrit sur une imposante silhouette, qu'elle comprit à quel point sa vie avait basculé.

Il la parcourut du regard, puis il posa les yeux sur la couturière qui prenait des notes rapides, et enfin sur Margaret qui attendait pour rhabiller sa maîtresse.

Sur un signe de Quill, la servante bondit sur ses pieds et entraîna la couturière avec elle.

Sans avoir eu le temps de dire « ouf », Gabby se retrouva seule avec son époux, plantée au beau milieu de la pièce.

# 14

Gabby se mordit la lèvre. Avait-il l'intention de consommer le mariage sur-le-champ? Il était deux heures de l'après-midi. Certes, lorsqu'il l'avait embrassée sur le tapis de la bibliothèque, il était plus tôt encore...

Elle se sentit rougir.

Oui, il allait le faire. Elle avait entendu des domestiques parler de jeunes mariés qui ne sortaient pas de la chambre nuptiale durant trois jours d'affilée! Des hommes qui, même pendant la cérémonie, ne pouvaient s'empêcher de toucher leurs épouses. Gabby avait toujours écouté ces histoires avec fascination.

Immobile, elle rêvait déjà de ses caresses, de ses lèvres, et sa peau brûlait d'anticipation...

En réalité, ce n'était pas à cela que pensait Quill en entrant dans la chambre.

Il avait l'intention d'avoir avec la jeune femme une conversation raisonnable. Il souhaitait l'informer qu'ils attendraient après les funérailles pour consommer le mariage. Il ne voulait pas risquer de manquer la cérémonie parce qu'il serait allongé dans le noir, terrassé par la migraine, des compresses sur les yeux, incapable de bouger.

De toute façon, elle ne pouvait plus faire marche arrière. Elle l'avait épousé, elle avait promis de lui obéir. Peut-être feraient-ils l'amour une fois de retour à Londres? Après tout, son père était... Il ne voulait plus y penser. Il n'avait jamais été proche de lui, et moins encore depuis son accident, car le vicomte avait été incapable d'accepter l'idée d'avoir un fils infirme – un fils qui s'était lancé dans le commerce et autres occupations aussi dégradantes. Cependant, Thurlow avait été son père, et Quill ressentait une sourde douleur au fond du cœur.

Malgré ces belles résolutions, dès qu'il était entré dans la chambre, il avait eu l'impression de se noyer. Elle ne portait qu'une fine chemise de coton.

À contre-jour, celle-ci ne masquait rien de ses formes voluptueuses, sa taille fine, ses hanches rondes, ses seins magnifiques, la courbe gracieuse de son cou…

Il la contempla depuis ses cheveux soyeux jusqu'au bout de ses mules, comme si elle était une statue de porcelaine qu'il convoitait.

Et il ne trouvait plus ses mots.

— Quill… ?

Nerveuse, elle serrait ses mains l'une contre l'autre.

Toute la maîtrise de Quill, résultat de six ans de souffrance, refit surface. Jamais il ne laisserait son corps gouverner son esprit, que ce soit dans le plaisir ou dans la douleur. Mais il était choqué de se rendre compte qu'il avait été bien proche de sauter sur Gabby, et au diable les migraines !

Il eut un vague signe de tête, alla s'asseoir dans un fauteuil près de la cheminée et étendit ses longues jambes, comme si l'image de son épouse à demi nue le laissait parfaitement indifférent. Pourtant il mourait d'envie de la prendre, là, sur le tapis, sur le lit, sur le fauteuil… Encore et encore, jusqu'à ce que son intolérable désir soit assouvi, et qu'il redevienne le personnage rationnel qu'il avait toujours été. Un personnage qui savait parfaitement ce qu'étaient le devoir conjugal et le respect filial.

Le respect filial ! Il avait été bien près d'oublier les funérailles !

Le cœur de Gabby battait si fort qu'elle en était presque malade. Dès que Quill la quitta du regard, elle se jeta sur son peignoir. Si elle ne se trompait pas, il avait bien failli la renverser sur le sol !

Elle ne regrettait pas qu'il eût changé d'avis. Les hommes et les femmes – c'était connu – faisaient ce genre de choses dans le noir, sous les couvertures, et de préférence au milieu de la nuit !

Elle noua la ceinture de son peignoir et s'installa face à son mari. Il était d'une beauté dangereuse et, comme il semblait provisoirement l'oublier, elle se permit de l'admirer à loisir. Ses jambes musclées étaient moulées dans un pantalon fauve. Sa chevelure prenait une teinte acajou dans le soleil. Et ses mains... Ces mains qui avaient éveillé de si étranges sensations en elle, lorsqu'il lui avait demandé de l'épouser... Elle en avait des fourmis dans tout le corps !

Elle s'agita légèrement sur son siège. Elle était gênée, pourtant elle avait envie qu'il la regarde de nouveau.

Mais quand il le fit, ce ne fut pas avec la lueur de plaisir qu'elle attendait. Ses yeux étaient dénués d'expression.

— Il faut que nous parlions de notre mariage, dit-il après s'être éclairci la voix. Nous devrions... nous mettre d'accord sur le début. Un début qui présagera de la suite de nos relations...

Il serra les dents. Quel maladroit ! Pas étonnant que Gabby semblât déconcertée !

— Je veux dire, reprit-il, soyons francs l'un envers l'autre.

Elle acquiesça, le cœur serré. Regrettait-il de l'avoir épousée ? Si seulement elle avait été habillée quand il était entré ! Peut-être n'aimait-il pas ses hanches rondes ? Peut-être...

— Il y aura des moments où vous me direz la même chose, ma chère, et je l'accepterai de bonne grâce. Avec un peu de chance, après tout, nous serons mariés pour longtemps.

Gabby, qui ne comprenait rien, fronça les sourcils.

Il continuait tranquillement à parler de chambres séparées et de courtoisie conjugale...

Un instant plus tard, elle fut certaine qu'il regrettait leur mariage. Sidérée, elle s'entendit s'écrier :

— Non !

Quill haussa un sourcil.

— Je ne me doutais pas que vous attendiez cet événement avec autant d'impatience, Gabby. Je préférerais dormir seul, après le décès de mon père, mais si vous insistez...

La jeune fille fut profondément humiliée. Bien sûr, elle n'y tenait pas à ce point ! Elle ouvrit la bouche, mais les mots ne venaient pas. Elle était... elle était...

— Je n'ai pas d'objection, dit-elle enfin.

Elle ne trouva rien à ajouter. Manquant d'expérience, elle ne pouvait guère aller plus loin, mais elle avait l'impression qu'elle allait étouffer s'il ne la prenait pas dans ses bras ! Elle ne fermerait pas l'œil de la nuit.

Lorsque Quill avait dit « Avec mon corps je t'honorerai », elle avait pris la mesure de son propre corps. Il s'éveillait, son sang chantait dans ses veines.

— Mais je croyais...

Les mots s'étranglèrent dans sa gorge. Elle allait se trouver encore plus embarrassée. Ainsi, il n'entendait pas consommer leur mariage avant le retour à Londres. Et alors ? Elle n'aurait probablement pas envie de faire l'amour, si son père venait de mourir.

— Je suis désolée, Quill. Je ne voulais pas manquer de respect à la mémoire de votre père, ni à votre chagrin. J'ai honte de ma réaction...

Les larmes lui montaient aux yeux.

— J'ai tellement de peine pour vous et votre famille... Je vous supplie de me pardonner. Mon père et moi ne sommes pas très proches, aussi ai-je oublié combien le vicomte doit déjà vous manquer. Il est inexcusable de ma part d'ignorer votre douleur. C'est-à-dire, je ne l'ai pas vraiment oubliée, mais je...

Elle se tut.

De la douleur ? C'était bien ce qu'il ressentait, en regardant ses petites mains nerveuses. Il n'osait même pas lever les yeux sur son visage, sur ses lèvres pulpeuses.

Il en avait rarement autant voulu au destin. Lui, Quentin Dewland – vicomte Dewland, désormais – ne pouvait pas coucher avec sa femme. C'était injuste ! Et l'expression déçue de Gabby le déchirait.

Car elle était déçue, sa toute nouvelle épouse. Il l'avait déjà déçue, or ils n'étaient mariés que depuis quelques heures... Il repoussa cette idée avec rage. Il avait déçu son père une centaine de fois, en particulier lorsqu'il n'avait pu se lever de son lit, après l'accident.

— Les Dewland ne sont pas des mauviettes ! avait-il tonné. Un peu de volonté, mon garçon. Debout !

Mais Quill était incapable de bouger, et il se rappelait avec amertume cette impression d'échec. Il avait essayé, essayé encore, après que son père eut quitté la pièce à grands pas. Et il s'était retrouvé sur le plancher. Plus humiliant encore, il avait dû y rester plusieurs heures, jusqu'à ce qu'un domestique apparaisse. Il avait uriné sous lui, car il ne pouvait se traîner jusqu'à la sonnette ou jusqu'au pot de chambre. À vingt et quelques années, il était aussi impuissant qu'un nourrisson !

À ce souvenir, il fut submergé par une vague de colère. Son père était mort, et s'il faisait ce que souhaitait Gabby, il serait incapable de s'occuper de ses funérailles.

Il se redressa. Ils auraient bien le temps de faire l'amour plus tard, son épouse pouvait attendre. Alors que sa mère ne lui pardonnerait jamais, s'il succombait à une migraine quand elle avait tant besoin de lui.

— Peut-être cela vaut-il mieux, dit-il fraîchement. Après tout, nous ne nous connaissons pas depuis longtemps. Et puis, la première fois n'est pas très agréable pour une femme, ajouta-t-il avec un haussement d'épaules. Mais je suppose que vous êtes au courant ?

Gabby s'empourpra.

— Non, je l'ignorais, murmura-t-elle.

Une soudaine irritation envahit Quill. Bon sang, Gabby lui appartenait, elle n'avait qu'à attendre qu'il ait le temps de s'occuper d'elle ! Il n'était pas un étalon à sa disposition ! Une fois de retour à Londres, ils ne partageraient le même lit que de temps en temps. Il avait trop de travail pour endurer des migraines.

Il se dirigea vers l'autre bout de la chambre, le menton levé. Gabby avait failli l'entraîner dans une indécente intimité, quelques heures après la mort de son père. La frustration le rendait cruel.

— Je sais que vous êtes une femme passionnée, Gabby, dit-il sans prendre la peine de se retourner. Mais je ne tolérerai pas que vous fassiez les yeux doux à un autre que moi.

Elle eut un haut-le-corps.

— Je ne le ferai certes pas, souffla-t-elle, affreusement mortifiée.

Il la prenait pour une traînée !

— Je n'ai pas bien entendu. Qu'avez-vous répondu ? insista-t-il en passant la main sur l'acajou de la cheminée.

— Je ne le ferai pas, répéta-t-elle.

— Parfait. Eh bien, je crois que nous sommes arrivés à un accord. Comme je vous le disais, il vaut mieux commencer tout de suite à régler notre vie commune.

La jeune fille prit une inspiration tremblante. Quill semblait sur le point de sortir. Elle ne le connaissait guère, en effet, mais assez cependant pour savoir que cette attitude désagréable ne lui ressemblait pas.

— Attendez ! cria-t-elle.

Il pivota au moment d'atteindre la porte.

— Qu'y a-t-il, Gabby ? J'ai des dispositions à prendre.

Elle se leva, alla vers lui, malgré ses jambes flageolantes, et ne s'arrêta que proche à le toucher. Elle posa les mains sur sa poitrine.

— Je crois que nous devrions parler encore un peu, dit-elle. Non, ajouta-t-elle rapidement comme elle le voyait prêt à protester, pas de la consommation de notre mariage. Sur ce plan, je suivrai votre avis. Je ne suis pas idiote, Quill. Je n'ai pas l'intention de vous charmer pour vous attirer dans mon lit, alors que vous pleurez votre père.

Elle s'interrompit, mais il se contentait de la fixer en silence.

— Parfois, le chagrin est moins lourd quand on le partage, reprit-elle en jouant avec l'un des boutons d'argent de sa veste. Mon père est vivant, aussi ne puis-je véritablement comprendre votre peine, mais j'ai perdu un ami très cher, dans mon enfance. Il s'appelait Johore, et je l'aimais beaucoup. Après sa disparition...

Quill l'écoutait à peine. Elle se tenait trop près de lui pour qu'il pût penser à autre chose qu'à son parfum de jasmin, promesse de plaisir.

— Voyez-vous, poursuivait Gabby, nous sommes mariés et je pense que peu importe le moment où nous ferons l'amour. Ce qui compte, c'est que nous nous parlions sans colère.

Il eut un brusque mouvement de tête. Comment en était-elle arrivée à un discours sur le mariage ?

— Quand on est en colère, on parle avec colère, rétorqua-t-il.

— Mieux vaut laisser la colère en dehors de notre relation, répliqua-t-elle, ses beaux yeux dorés emplis de sympathie. Vous n'êtes pas réellement en colère après moi, Quill, pourtant vous vous comportez comme si j'avais fait quelque chose de mal.

Il ne pouvait lui donner tort.

— Je n'aurais pas dû vous parler ainsi, Gabby. Je vous prie de me pardonner.

Il fit un pas en arrière et s'inclina.

— Veuillez accepter mes excuses, madame.

Perplexe, elle mordilla sa lèvre inférieure.

— Madame ? Pourquoi m'appelez-vous ainsi ?

Sa bouche prenait des teintes de cerise mûre, et Quill s'efforça de retrouver son sang-froid.

— Vous êtes une dame, à présent. La vicomtesse Dewland.

— Ce n'est pas une raison !

Il recula encore, cherchant à l'aveuglette le bouton de la porte.

— Avons-nous suffisamment parlé ?

Elle frémit. Tout cela sonnait faux. Elle ne pouvait pas l'obliger à parler, pourtant il fallait qu'elle essaye encore. Ce n'était pas pour rien que son père la traitait de tête de mule !

— Non, pas suffisamment, déclara-t-elle en allant se percher au bord du lit.

Elle détourna les yeux. Quill n'oserait tout de même pas quitter la pièce !

Il réprima un sourire. Elle savait ce qu'elle voulait, sa petite épouse...

Il s'approcha d'elle, la regarda un instant sans rien dire, puis il s'assit à son côté sur le lit... Ce qui était certainement une erreur.

Les yeux de Gabby exprimaient la compassion, et il en fut irrité. Il détestait être pris en pitié. Mais elle était sa femme, et elle aurait certainement pitié de lui pour le reste de ses jours, quand elle connaîtrait l'étendue de son infirmité... Et il n'y pourrait rien.

— J'ai horreur d'être plaint, grommela-t-il.

Elle cligna des yeux.

— C'est pourtant naturel. Vous aimiez votre père, et il est mort. Comment n'en serais-je pas désolée pour vous ?

Quill ne savait que répondre.

Au bout d'un moment, Gabby brisa le silence.

— Il faudrait que vous appreniez à vous exprimer davantage, Quill, sinon nous passerons notre vie à nous tourner les pouces sans rien dire…

— Heureusement, j'adore vous entendre parler !

La plaisanterie tomba à plat.

— Il n'est guère agréable de parler toute seule. Moi, j'aimerais vous écouter. Pourquoi êtes-vous de si méchante humeur ?

Il se taisait toujours.

— J'espère, reprit-elle un peu sèchement, que vous n'aviez pas vraiment l'intention de me confier le rôle de la séductrice et de vous mettre dans la peau du saint innocent ?

Il ne put s'empêcher de rire.

— C'est ce que j'ai fait ? Non, certainement pas ! protesta-t-il.

— Mais si ! J'ai l'impression d'être une… fille de mauvaise vie qui vous a abordé dans la rue.

— Que connaissez-vous aux péripatéticiennes, Gabby ?

— Pas grand-chose, vous vous en doutez. Puisque vous savez que je manque d'expérience, pourquoi m'avez-vous donné l'impression d'être… indécente ? Ce n'était pas bien de votre part, Quill.

— Bon sang, Gabby, vous dites toujours ce qui vous passe par la tête ?

— « Dis la vérité, il n'en sortira que du bien » : c'est ce que répète souvent mon père.

— Pardonnez-moi. Je ne voulais pas que vous vous sentiez indécente, Gabby. J'avais des remords parce que... parce que nous ne partagerons pas le même lit avant les funérailles de mon père. Oh, et puis il faut que je vous avoue quelque chose…

Elle posa la main sur la sienne. Il baissa les yeux, puis entrelaça fermement leurs doigts.

— Je ne peux pas vous faire l'amour, Gabby, dit-il d'une voix altérée. Je donnerais tout au monde pour vous renverser sur ce lit en cette seconde, mais c'est impossible.

Léger silence.

— Pourquoi ?

Quill eut un rire bref.

— Je vous ai épousée sans tout vous dire. Vous pourriez faire annuler le mariage…

Il avait les dents serrées.

La jeune fille pâlit.

— Vous êtes incapable… d'avoir des relations, Quill ?

— Je préférerais, rétorqua-t-il, amer. Ça serait plus simple !

— Je ne comprends pas.

Il resserra son étreinte, gardant le silence.

— Comment... Pourquoi ne pouvez-vous pas avoir de relations avec moi, Quill ?

Elle cherchait des explications, et aucune ne lui était agréable. Peut-être ne la désirait-il pas suffisamment ? Elle avait entendu cela aussi, chez les domestiques. Certains hommes ne pouvaient être « actifs » si la femme ne leur plaisait pas.

Comme il se taisait, elle s'éclaircit la gorge.

— C'est à cause de moi, Quill ?

Elle voulait savoir, et en même temps elle ne voulait surtout pas savoir. Elle avait l'impression que son cœur se brisait, qu'il saignait en elle… Son père avait sans doute eu raison, quand il avait remercié le Ciel d'avoir l'opportunité de la donner en mariage à un homme qui ne l'avait jamais vue !

— Cela n'a aucun rapport avec vous, affirma-t-il. J'ai essayé de vous en parler avant le mariage, Gabby. Je… je ne me suis pas complètement remis de mon accident.

— Oh…

— Chaque fois que je fais l'amour, je dois en supporter les conséquences.

— Les conséquences ?

Le cœur de la jeune fille lui semblait soudain plus léger.

— Avez-vous entendu parler des migraines, Gabby ?

— Vaguement.

— C'est un mal de tête très violent, accompagné de nausées et de vomissements qui durent trois à cinq jours. Pendant ces périodes, je ne peux pas bouger.

— N'y a-t-il rien à faire ?

— Si je reste dans le noir et à la diète, cela passe plus vite.

— Mais il n'existe pas de médicaments pour vous soulager ?

Il secoua la tête.

— Vous... vous souffriez, quand nous étions dans la bibliothèque ? demanda-t-elle d'une toute petite voix. Vous auriez dû me le dire, Quill !

Il eut un sourire sensuel.

— Avais-je l'air de souffrir ?

— Oui... Euh... non ?

Il éclata de rire.

— Je souffrais, Gabby, mais pas du même genre de douleur.

Il effleura sa joue, et elle repoussa vivement sa main.

— Ne faites pas ça, Quill ! Je ne peux pas réfléchir, si vous me touchez... De quel genre de douleur parlez-vous ?

Ses yeux avaient la couleur des feuilles d'automne, songea-t-il. Des noisettes. Les mots ne pouvaient décrire la façon dont ils changeaient en fonction de la lumière. Il se pencha pour l'embrasser.

Elle sursauta, et il prit sa lèvre si tendre entre ses dents. Puis il dénoua la ceinture du peignoir, qu'il fit glisser de ses épaules.

— Ai-je l'air de souffrir, Gabby ? murmura-t-il.

— Non.

Elle parvint à se dégager au prix d'un gros effort.

— Vous me troublez. Si vous ne souffriez pas dans la bibliothèque, alors qu'est-ce qui provoque ces migraines ? Je ne comprends toujours pas.

Quill soupira.

— J'ai des migraines après, déclara-t-il. Après les relations...

Elle se tordait les mains, et il comprit.

— Vous ne savez pas de quoi je parle, c'est cela ?

— Mais si, je sais ! s'écria-t-elle. Peut-être pas dans les détails, cependant j'ai une idée globale. Et je tiens à préciser qu'il y a sûrement d'autres jeunes filles qui en sont au même point que moi. Ma mère est morte en me mettant au monde, voyez-vous, et je n'imagine pas mon père en train de m'expliquer les relations intimes entre un homme et une femme !

En réalité, son père s'était montré on ne peut plus direct :

— S'il n'est pas mort de fatigue en t'écoutant babiller avant le mariage, il se mettra à boire. Il vaut mieux que ce soit lui que moi. Alors je t'en prie, tiens ta langue jusqu'à ce qu'il ait la corde au cou...

Elle perdit un peu de son assurance.

— Je ne sais pas précisément à quoi vous faites allusion, reconnut-elle. Voudriez-vous m'expliquer ? Cela m'ennuierait de vous causer une migraine.

Elle était rouge d'embarras.

Quill la prit dans ses bras et la hissa sur ses genoux, étouffant un gémissement de plaisir quand il sentit son poids sur ses cuisses.

Gabby, sans le regarder, pressait les mains sur ses joues afin de masquer cette rougeur disgracieuse.

Il laissa glisser la main vers son sein et, instinctivement, elle se cambra vers lui. Il émit un petit grognement.

— Vous souffrez ? Mon Dieu ! Vous avez mal ?

Elle semblait prête à bondir sur ses pieds, et il faillit éclater de rire.

— Non.

Il se tut, tout occupé à savourer le léger frémissement qui parcourait la jeune fille, tandis qu'il caressait son petit téton rose.

— Vous savez, Gabby, je n'ai jamais été marié...

— Je... je le sais, balbutia-t-elle.

Il fallait qu'il arrête, car elle ne pouvait plus penser à rien d'autre qu'à... ce qu'il lui faisait.

Comme s'il l'avait deviné, il s'immobilisa, la main en coupe sur son sein. Elle vibrait comme la corde d'un violon sous l'archet.

— Je n'ai jamais été marié, reprit-il, donc je n'ai jamais vraiment fait l'amour. J'ai seulement eu des relations sexuelles. Il paraît que c'est très différent.

La seule personne avec qui il eût abordé ce sujet intime était son vieux camarade de classe, Alex Foakes, le comte de Sheffield. Après une soirée bien arrosée, Alex avait avoué qu'après avoir fait l'amour avec son épouse, toute relation avec une autre femme lui aurait paru insipide.

— Très... répéta-t-elle.

Il n'aurait su dire à quoi elle pensait. Il ne voyait pas son visage, mais il aurait juré qu'elle se mordillait la lèvre.

— Quand vous aviez des relations avec ces femmes, la migraine venait toujours ensuite ?

— Oui.

Son pouce avait repris sa caresse.

— Je serais étonnée que le mariage y change quelque chose, déclara-t-elle avec une logique inattendue. Je crains que nous ne soyons obligés de nous en accommoder. Cela me semble une réaction purement physique. Une de mes amies, en Inde, vomissait toujours lorsqu'elle avait mangé de la papaye.

Quill poussa un soupir.

— J'aimerais que ce soit une question de papaye !

— En avez-vous parlé à des médecins ?

— Oui. J'ai même consulté sir Thomas Willis en personne. C'est un spécialiste des migraines. Il a eu le toupet de m'informer que je devais me tromper dans ma description, car selon lui les migraines ne pouvaient résulter d'une blessure à la tête.

— C'est ennuyeux ! Êtes-vous parvenu à le convaincre ?

— À la crise suivante, je l'ai fait venir chez moi. Willis a admis que je semblais souffrir d'une migraine. Mais comme il est persuadé que les migraines viennent d'une faiblesse des vaisseaux dans le cerveau, il a dit que j'étais une exception. Finalement, il a conclu qu'il n'y avait pas d'autre remède que le laudanum.

Gabby posa la main sur la sienne afin de l'immobiliser, mais il refusa de lâcher son sein.

— Il faut que nous abordions ce sujet rationnellement, Quill. J'ai besoin que vous me parliez de... de l'acte conjugal. Il nous faudra déterminer précisément ce qui provoque les migraines, et nous éviterons de le faire. C'est ainsi que Sudhakar a découvert pourquoi Leela vomissait et maigrissait. Elle adorait les papayes, et elle en mangeait toujours trop.

— J'aime vos seins... Qui est Sudhakar ?

Elle leva les yeux vers lui.

— Je vais aller m'asseoir ailleurs, si vous n'êtes pas sage ! le gronda-t-elle.

— Je serai sage, promit-il en l'enfermant entre ses bras.

La chaleur de Gabby chassait son désespoir. Peut-être pourrait-il lui donner du plaisir en oubliant le sien ?

Elle remua doucement sur ses cuisses.

— Sudhakar est le *vaidya* du village où j'ai grandi. Un *vaidya* est une sorte de médecin, spécialisé dans les poisons. Il a expliqué à Leela qu'elle s'empoisonnait, parce que la papaye et son estomac n'étaient pas compatibles... Au fait, pourquoi n'écrirais-je pas à Sudhakar ?

— Pas question ! Je ne tiens pas à ce qu'on évoque mes problèmes dans votre village, Gabby. En outre, si les meilleurs médecins de Londres ne peuvent rien pour moi, cela m'étonnerait qu'un sorcier indien fasse mieux.

Elle ouvrait la bouche pour protester, mais il plaqua un doigt sur ses lèvres.

— Promettez, ma chère épouse. Ces migraines sont d'ordre privé, et je ne veux en discuter avec personne.

— Mais, Quill...

— Non.

— Entendu, soupira Gabby. Nous devrons nous débrouiller seuls... Pouvez-vous m'expliquer ce qu'est le bonheur conjugal ? Cela se passe la nuit, dans un lit, mais qu'allons-nous faire ?

Quill la considérait avec amusement. Elle avait le regard curieux qu'elle aurait eu pour demander la route de Londres. Il ne répondit pas.

En revanche, il prit cette petite bouche bavarde afin de la faire taire. Elle ne protesta guère, et bientôt leurs langues se mêlèrent.

Prestement, il la poussa sur le lit, y roula avec elle.

Il la caressait avec fièvre, tout en sachant qu'il devait s'arrêter. Gabby ondulait sous lui, émettant de petits sons inarticulés.

Il était fou de désir. Une petite voix lui indiquait qu'il ne pouvait rester tout l'après-midi au lit, qu'il aurait dû être en train d'organiser les funérailles de son père, de consoler sa mère – même si Peter s'en chargeait mieux que lui – d'envoyer des lettres ici et là.

Il chassa cette voix gênante et se pencha sur le sein de Gabby, qu'il embrassa à travers la fine batiste.

Elle tremblait de tous ses membres. Pourtant elle tenta de se dégager.

— Quill ! Arrêtez !

Obstiné, il glissa une main sous sa chemise. Instinctivement, elle tenta de la remettre en place, mais il la coinçait avec la hanche.

Elle ne savait plus très bien où elle en était, quand sa main…

— Quill ! Non !

Choquée au plus profond de son être, elle parvint à serrer les jambes et rouler sur le côté.

Quill, encore étourdi par la douceur entrevue, la laissa faire.

Elle s'agenouilla sur le lit, toute rose d'émotion, et lança un regard noir à son mari.

— Vous ne devez plus jamais faire ça. C'est… c'est une intrusion… plus qu'une intrusion !

Elle ne trouvait pas de mot assez fort pour exprimer son indignation.

— J'en avais envie, rétorqua-t-il avec un sourire. Et j'en ai encore envie… ajouta-t-il en tendant la main vers ses genoux.

Elle rabattit sa chemise et recula sur le lit.

— Il va falloir discuter de tout cela, la tête froide. Il y a certaines libertés que je ne vous autoriserai jamais. Qui sont interdites par l'Église !

Il éclata de rire.

— Vous vous exprimez comme une nonne. Ou comme un évêque !

— Ce n'est pas drôle ! protesta-t-elle en croisant les bras sur sa poitrine. Quel que soit ce qu'on appelle « acte d'amour », je sais que cela exclut quelque chose d'aussi indécent que ce que vous venez de faire. Me toucher… là ! Mais enfin !

Cette fois, Quill ne pouvait plus s'arrêter de rire, se déchargeant ainsi de toute la tension et la peine de la journée.

— Dieu, Gabby, vous êtes cocasse !

Furieuse, elle marcha à grands pas vers la porte et tira le cordon de la sonnette. Pourvu que Margaret ne soit pas partie se promener ! Il fallait qu'elle l'habille sur-le-champ ! S'efforçant d'ignorer Quill, elle se dirigea vers l'armoire, qu'elle ouvrit. Elle n'avait rien de noir, mais elle trouva un costume de marche.

Très bien, elle irait marcher !

Quill était toujours allongé sur le lit, et elle planta les poings sur ses hanches.

— J'aimerais que vous quittiez ma chambre ! ordonna-t-elle froidement. Margaret va venir m'habiller.

Dieu qu'il était beau ! songea-t-elle, sans pouvoir s'en empêcher. Tout en muscles et en grâce, appuyé nonchalamment sur un coude.

— Et si je vous disais que ces caresses sont monnaie courante ?

— Aucune dame digne de ce nom ne permettrait ce genre de chose, décréta-t-elle sans l'ombre d'une hésitation. Si mon père savait…

Elle s'interrompit. C'était absolument inconcevable.

— Vous êtes un pervers ! reprit-elle. Et en plus, vous avez *regardé* !

— Vous êtes belle, déclara-t-il, les yeux plissés. Je vous regarderai encore et encore, matin et soir.

— Jamais ! Je ne suis pas étonnée que vous ayez enduré des migraines, si vous vous adonniez à ce genre de distraction !

Au prix d'un terrible effort, Quill parvint à s'empêcher de rire, mais Gabby lut l'amusement dans son regard et elle sentit la moutarde lui monter au nez.

Margaret frappait discrètement, et la jeune fille ouvrit brutalement la porte.

— Où étiez-vous fourrée ? gronda-t-elle, injuste. Je ne vais pas passer toute la journée en chemise !

Quill se leva tranquillement et s'approcha de sa femme pour lui murmurer à l'oreille :

— Vous aimerez ça, vous savez. Et vous me supplierez de continuer.

— Jamais ! chuchota Gabby d'un ton furibond.

— Vous voulez parier ?

— Les paris sont le passe-temps du démon, répliqua-t-elle. Je vais finir par croire que vous avez été élevé sans la moindre morale.

Margaret était occupée à chercher des sous-vêtements, et Quill laissa libre cours à son impulsion. Il prit son adorable épouse dans ses bras et la saisit aux reins pour la presser contre lui.

— Gabby, dit-il d'une voix rauque, je ne vais pas seulement vous toucher partout, je vais aussi vous embrasser aux mêmes endroits.

Sur ces mots, il quitta la pièce.

Tandis que Margaret laçait son corset, Gabby se dit qu'au moins, son père ignorerait tout de la perversité de Quill. Elle était absolument certaine que de telles idées ne lui étaient jamais venues en tête. Ni à aucun autre homme de la création, d'ailleurs !

Elle arpenta les rues comme un automate, Margaret quelques pas derrière elle. Elle était sûre que Quill ne tiendrait aucun compte de ses refus. Non, il avait l'intention de la toucher, de la regarder... de l'embrasser.

Une langue de feu la traversa.

Elle était bien la fille du diable, son père avait raison ! L'air vif justifiait la couleur de ses joues, mais rien n'expliquait la chaleur qui irradiait son ventre, ni la faiblesse de ses jambes.

Elle marchait néanmoins la tête haute. Une fois rentrée à Londres, elle deviendrait pour de bon une enfant du démon. Car, quoi qu'en ait dit son père, elle avait toujours songé que le diable ne se souciait guère de ses bavardages. En revanche, ces comportements...

Pourtant, cette perspective ne l'inquiétait pas autant qu'elle l'aurait dû. La jeune fille soupira. Elle savait bien, depuis l'âge de quinze ans, qu'elle bafouait les Commandements. Elle avait été élevée par des domestiques indiens, qui faisaient mine de respecter leurs croyances mais n'en étaient pas moins hindouistes. Quant à son père, il oubliait souvent qu'il avait été choisi par Dieu pour être missionnaire, surtout lorsqu'il se lançait dans une nouvelle affaire commerciale !

Au bout de trois quarts d'heure, Margaret était essoufflée, mais Gabby avait plus ou moins retrouvé son calme. Avec davantage de conviction qu'il n'en mettait au service de la religion, son père lui avait inculqué l'idée, dès son plus jeune âge, que les épouses et les filles devaient être soumises aux hommes.

Ce qui signifiait, se dit-elle en s'efforçant d'ignorer la chaleur traîtresse au creux de ses reins, qu'il était de son devoir de se soumettre aux pratiques coupables que lui imposerait Quill…

Elle rentra à l'hôtel. Après un souper en famille dans un salon privé, son époux la raccompagna à sa chambre.

Il s'inclina cérémonieusement devant elle avant de la quitter, et lui murmura à l'oreille ces quelques mots :

— Je brûle, Gabby, je me consume…

# 15

Contrairement à ce qu'elle avait imaginé, Gabby ne passa pas sa nuit de noces à déplorer sa solitude, mais à s'interroger sur les migraines de Quill. Il fallait faire quelque chose ! Elle n'acceptait pas la conclusion des médecins. Il y avait certainement un remède. Dommage qu'il lui eût formellement interdit de consulter Sudhakar...

Elle se mordilla la lèvre. Parfois, il était nécessaire de trahir quelqu'un, dans son propre intérêt. Peut-être Sudhakar n'aurait-il pas de solution à proposer ; dans ce cas, Quill n'en saurait rien.

Finalement, elle se releva pour aller s'asseoir devant le secrétaire qui se trouvait dans un coin de la chambre. Elle allait briser une promesse, mais c'était pour le bien de Quill.

Elle écrivit donc à Sudhakar, et lui exposa le problème aussi clairement qu'elle le put. Au *vaidya* de juger s'il pouvait être d'une aide quelconque.

Après un moment de réflexion, elle écrivit également une lettre pour son père. Elle lui raconta qu'elle s'était mariée et que, suite au décès de son vieil ami, Thurlow Dewland, elle était à présent vicomtesse. Ensuite, sans fournir de détails, elle le pria d'insister auprès du *vaidya* pour qu'il s'occupe de la santé de son mari.

Elle s'endormit, roulée en boule, et rêva qu'elle dansait avec Quill, qui ne semblait pas souffrir de sa jambe. Elle le lui fit remarquer, et il sourit en répondant que c'était parce qu'ils étaient dans une prairie. En effet, ils dansaient sur l'herbe, près d'une mare pleine de grenouilles...

Elle se réveilla quand sa caméviste ouvrit les rideaux.

— Il est l'heure de vous lever, madame, dit Margaret. Les voitures attendent pour nous emmener dans le Kent. Ils en ont drapé une tout en noir, jusqu'au toit, précisa-t-elle d'un air important.

Gabby lui lança un coup d'œil interrogateur.

— Pour feu le vicomte, poursuivit la servante. Cela s'appelle un corbillard.

La jeune fille frissonna, mais Margaret continuait à parler avec entrain des plumets qui ornaient la tête des chevaux, des crêpes noirs qui masquaient les vitres des voitures, même celle des domestiques.

Le lugubre cortège atteignit le domaine des Dewland vers quatre heures de l'après-midi. Quill tenait la main de Gabby, mais il ne prononça pas un mot de tout le voyage. Au bout de deux heures environ, elle se demanda combien de temps il pouvait rester silencieux. Il répondit tout de même à quelques questions, lorsqu'ils déjeunèrent dans une auberge, et il y eut un moment étourdissant quand il l'embrassa dans une alcôve. Mais ce fut sans un mot, et il retomba dans son mutisme une fois en voiture.

Gabby se rongea les sangs durant la dernière heure du voyage, se demandant comment une femme qui parlait trop et un homme qui ne voyait pas l'intérêt des mots pourraient vivre en harmonie.

Kitty Dewland, assise en face des jeunes mariés, faisait bonne figure. Sans doute n'avait-elle pas pleinement réalisé que son mari était décédé... Quant à Peter, il dormit la plupart de l'après-midi, tout en gardant une posture si raide que son manteau de velours n'était absolument pas froissé quand ils arrivèrent à destination.

Le manoir avait déjà pris son air de deuil. Le vaste salon était tendu de soie noire, et les domestiques portaient des brassards et des gants noirs.

Durant les jours qui précédèrent les funérailles, Gabby vit fort peu son époux, qui passait le plus clair de ses journées sur ses terres en compagnie du régisseur.

— Il ne peut plus monter à cheval, expliqua un jour Kitty. Et à pied, cela prend du temps, car on ne voit pas bien les champs depuis une voiture.

Au cours des repas, il était assis près d'elle, mais les conversations roulaient sur des sujets sans importance ou s'éteignaient d'elles-mêmes. Kitty avait pris l'habitude déroutante d'osciller entre des propos légers et des crises de sanglots déchirants. Gabby, de son côté, s'inquiétait pour Kasi Rao, et écrivait de plus en plus de lettres à Londres et en Inde.

La veille des funérailles, elle se retrouva seule dans la salle du petit-déjeuner. En dégustant un scone, elle se prit, avec un vif sentiment de culpabilité, à souhaiter que la cérémonie fût déjà terminée.

Quelqu'un entra dans la pièce, et son cœur manqua un battement. C'était Quill.

— Gabby.

Elle inclina poliment la tête.

— Bonjour, milord.

— Femme, dit-il doucement en se penchant vers elle.

Que devait-elle répondre ? « Époux » lui paraissait stupide, alors que le « femme » de Quill avait un côté possessif.

Il effleura ses lèvres.

— Avez-vous bien dormi ?

Il souriait. Il avait décidé qu'en la courtisant légèrement, il éprouverait une envie moins dévorante de sa délicieuse épouse.

— Non, répliqua-t-elle en le fixant de ses grands yeux noisette. Je ne dors pas bien. Vous me manquez... mon époux, ajouta-t-elle dans un murmure.

Quill eut un mal fou à ne pas l'enlever dans ses bras pour la porter dans sa chambre.

Il respira un bon coup.

— Bon sang, Gabby, vous êtes censée bavarder agréablement, au lieu de me jeter dans les affres de la concupiscence... Regardez dans quel état vous me mettez !

Il baissait les yeux sur son pantalon, mais la jeune fille, qui avait suivi son regard, n'y trouva rien d'inhabituel.

Comme il éclatait de rire, elle arbora un air sévère.

— Je ne vois pas ce qu'il y a de drôle, dit-elle, pincée.

Il se pencha brusquement et prit les lèvres de sa petite vicomtesse, en un baiser langoureux qui envoya des langues de feu dans tout son corps.

Quand il releva la tête, les yeux de Gabby avaient pris une couleur d'ambre et ils étaient un peu voilés. Quill lui saisit la main, en baisa la paume, puis il la posa sur son sexe érigé. Avec un petit cri d'effroi, elle tenta de se dégager.

— Vous vous souvenez de ce que j'ai promis de vous faire ? demanda-t-il d'une voix profonde.

Elle acquiesça.

— Ferez-vous pareil avec moi ?

Elle écarquilla les yeux de surprise. Du moins, Quill espéra qu'il s'agissait de surprise, et non d'horreur... Il relâcha sa main et, pour son plus grand bonheur, elle ne retira pas la sienne... ce qui était en même temps un nouveau genre de torture.

Ce fut lui qui reposa la petite main sur la table. Sinon, ils finiraient par faire l'amour sur le tapis !

Ce baiser, et ce contact, n'améliorèrent en rien l'état de Quill. En fait, lorsque lady Sylvia fit son entrée en compagnie de deux « Grâces » – Beauté avait été reléguée aux quartiers des domestiques, car le changement de décor ne valait rien à sa vessie –, il fut obligé de rester assis et d'ingurgiter cinq toasts de plus, parce qu'il ne pouvait se lever...

Le vicomte reposa toute la matinée du lendemain dans le chœur de la chapelle. Si Gabby avait rencontré la haute société de Londres au bal de lady Fester, elle fit la connaissance des nobles provinciaux autour du cercueil. Elle fut étonnée de la fatigue que cela représentait !

Elle passait son temps en révérences, acceptait des félicitations pour son mariage, affrontait des regards stupéfaits quand on comprenait qu'elle n'avait pas épousé son fiancé, mais le frère aîné, le nouveau vicomte.

Elle entendit par hasard une conversation, dans laquelle une certaine lady Skiffing affirmait qu'elle avait changé son fusil d'épaule en comprenant que Quentin serait bientôt l'héritier du titre. L'intonation admirative de la dame en question ne réconforta guère Gabby.

En fin de matinée, on vit enfin sortir les derniers visiteurs, et il ne resta plus dans le salon tendu de noir que le notaire de la famille, M. Jennings, de l'étude Jennings & Condell.

La veuve était assise sur un sofa, pâle et lasse. Lady Sylvia se tenait face à elle, parangon de l'élégance endeuillée. Gabby, les mains crispées sur ses genoux, évitait de regarder Quill.

Le majordome annonça qu'un léger repas serait servi vingt minutes plus tard.

— Je serai dans ma chambre, murmura faiblement Kitty.

— Il vaudrait mieux manger un peu, maman, objecta Peter.

— J'en serais incapable...

— Il est temps de songer à l'avenir, Kitty, intervint lady Sylvia.

— Je lirai le testament du vicomte Dewland après le déjeuner, déclara M. Jennings.

Lady Sylvia le fit taire d'un geste.

— Oui, oui. Je ne parlais pas de vous, Jennings. Je suis certaine qu'il n'y a rien d'intéressant dans le testament de Thurlow... Je voulais vous demander, Kitty, ce que vous souhaitez faire à présent ?

— Faire ?

Kitty semblait à peine comprendre ce qu'on lui disait.

— Je vais... je vais me retirer dans ma chambre. Et puis nous retournerons à Londres.

— Quand Lionel est décédé, j'ai pleuré toutes les larmes de mon corps, déclara lady Sylvia. J'étais tout bonnement transformée en fontaine. Remarquez, il faut pleurer un peu, mais rester dans la maison où vous avez vécu avec votre mari n'est pas une bonne idée.

— Oh, je ne pourrais jamais...

— Si, vous pourrez ! coupa sèchement Sylvia. Vous avez une nette propension à la mélancolie, même quand tout va bien. Je ne veux pas vous regarder vous morfondre sans rien faire. Nous allons quitter l'Angleterre. Vous vous lamenterez tout aussi bien en Suisse qu'à Londres.

— Comment pouvez-vous seulement imaginer que je m'en aille de la demeure où Thurlow a été heureux ? sanglota la vicomtesse. Je ne vous croyais pas si insensible, Sylvia !

— Je ne suis pas insensible, Kitty, mais il n'est pas question que vous vous complaisiez dans le malheur. Vous risquez de jeter un voile sombre sur votre maison, Kitty, songez-y. Deux veuves ne doivent pas vivre avec un jeune couple. Croyez-vous que Gabrielle et Quentin pourraient être heureux, s'ils vous voyaient fondre en larmes dans votre assiette à chaque repas ?

Gabby lança un regard indigné à lady Sylvia.

— Quill et moi ne voudrions pas que vous quittiez votre demeure à cause de nous, lady Dewland. Nous n'avons d'ailleurs pas l'intention de nous montrer joyeux, ajouta-t-elle un peu maladroitement.

— Que vous ayez décidé de l'être ou non, petite, vous ne le serez certainement pas si Kitty passe son temps à se lamenter près de vous.

Kitty s'essuya les yeux avec le mouchoir que lui tendait Quill.

— Vous avez raison, Sylvia, admit-elle enfin. Je ne souhaite pas être un fardeau pour mes chers enfants...

— Vous ne seriez pas un fardeau ! s'écria Gabby. Et c'est plutôt nous qui devrions quitter la maison.

Kitty sourit à travers ses larmes.

— Comme votre mère vous aurait aimée, Gabrielle ! Mais vous ne pouvez pas vous en aller, car ce domaine appartient à Quill, désormais. Je suppose que le pavillon de la douairière me revient ? demanda-t-elle en se tournant vers le notaire.

M. Jennings acquiesça, et elle reprit :

— Alors je m'y installerai. Ainsi, je ne dérangerai personne.

— Pour l'amour du Ciel, Kitty, vous m'irritez au point de me causer des palpitations, ce qui est rare ! aboya lady Sylvia. Thurlow détesterait que vous vous enterriez à la campagne ! Si vous avez toujours envie de vous conduire en ermite quand nous rentrerons du Continent, libre à vous ! En attendant, je meurs d'envie de revoir Paris avant de mourir, et vous m'accompagnerez. Si toutefois nous ne pouvons aller en France à cause de ce satané Napoléon, nous voyagerons à travers l'Europe.

— Je ne pourrai pas... gémit Kitty.

Quill lui tapota la main.

— Vous devriez accepter, mère. Un changement de décor vous serait salutaire.

— Je suppose que l'endroit où je me trouve n'a pas d'importance, après tout, murmura-t-elle en retombant dans son apathie.

— Voilà, grommela lady Sylvia. Il faut que je la remue, sinon elle va s'étioler. Kitty est fragile. Elle l'a toujours été, même quand nous étions petites.

Peter vint s'asseoir près de sa mère.

— Pourrais-je venir avec vous, maman ?

Les larmes roulaient toujours sur les joues de Kitty.

— Il vaudrait mieux, en effet, que Peter voyage avec vous, fit remarquer Quill.

Le problème semblait réglé.

— Nous partirons sur le *White Star*, annonça Sylvia. Il va à Naples, or lady Fane m'a dit que cette ville était pleine d'Anglais, l'année dernière. Et je crois que c'est une belle région. D'ailleurs, j'ai demandé à Jennings de s'occuper de tout.

Le notaire toussota.

— J'ai pris la liberté de réserver des billets pour lady Breaknettle, lady Dewland et leurs femmes de chambre. J'obtiendrai aisément un billet pour vous et votre valet, monsieur Dewland. Le *White Star* quitte Southampton dans trois jours.

— Trois jours ! Non, c'est impossible ! Impossible ! se plaignit Kitty.

Elle se tourna, suppliante, vers son fils aîné.

— Vous n'aurez rien à faire, la rassura Sylvia. J'ai ordonné à Stimple de commencer vos bagages ce matin, et elle a probablement terminé, à l'heure qu'il est. D'ailleurs, il n'y a pas grand-chose à emporter. Nous pourrons acheter des vêtements sur place.

Kitty, sans répondre, se mit à sangloter de plus belle sur l'épaule de Peter, et Quill lui tendit un nouveau mouchoir.

Après le repas, la famille se rendit dans la bibliothèque, où le notaire s'éclaircit la voix d'un air important avant de commencer sa lecture.

Le testament s'ouvrait par une pieuse déclaration :

— « Que Votre volonté soit faite, mon Dieu. Moi, Thurlow Dewland, sain de corps et d'esprit grâce à Vous... »

Gabby laissa son esprit vagabonder tandis que M. Jennings lisait la longue liste de donations destinées aux domestiques de Londres, à ceux du Kent. Le vicomte léguait de l'argent pour les pauvres de la paroisse, et cinquante livres destinées à rénover le toit de la chapelle.

Kitty, éplorée, fit remarquer que Thurlow avait toujours pensé aux autres.

Suivait la liste des dettes à payer sur le domaine. Jennings précisa qu'il y avait un codicille daté de janvier : le vicomte interdisait formellement que l'on honorât une facture présentée par un certain M. Firwald, car il avait juré de ne jamais payer pour la marchandise inacceptable fournie par ledit Firwald.

Quill fronça les sourcils.

— Payez-le quand même.

Jennings acquiesça et prit note.

— Pourquoi vas-tu contre la volonté de père ? demanda Peter.

— C'est Firwald qui a vendu à père le vase en cristal qu'il a offert à mère pour Noël.

— Oh, je vois... dit Peter.

— Il faut respecter les souhaits de Thurlow, protesta Kitty.

— Le vase a été brisé un jour où père était en colère, rappela Peter avec tact.

— Il affirmait qu'il y avait une paille dans le cristal, répliqua Kitty sans conviction.

— Père a toujours eu une profonde aversion pour les factures, fit remarquer Quill, amusé.

Le sujet semblait clos, et M. Jennings continua avec les dons de moindre importance. Un cousin qui vivait dans le Buckfordshire recevait une défense en ivoire sculpté, ainsi qu'une tête de lit surmontée d'un dais, car ce cousin l'admirait beaucoup, alors que la vicomtesse ne l'appréciait pas.

— « À la cousine de mon épouse, lady Sylvia, je lègue le bol en argent qui vient d'Italie et se trouve dans le salon jaune. Elle peut à sa guise s'en servir pour elle, ou comme écuelle pour ces horribles bêtes qu'elle appelle les Grâces. »

— Quel toupet ! dit lady Sylvia, qui paraissait pourtant contente.

— « Pour mon épouse bien-aimée, Katherine, je double la rente consignée sur notre contrat de mariage, car je souhaite qu'elle continue à vivre comme celle qui a été ma femme. »

Kitty redoubla de sanglots, et M. Jennings attendit un peu avant de détailler le douaire, ainsi que ses dépendances, près du manoir.

— « À mon fils cadet, Peter Dewland, je laisse une maison et ses dépendances situées à Londres. Une propriété dans les faubourgs de Kingston avec les granges, les écuries et les jardins. Ainsi qu'un quart du revenu de mon domaine du Kent, et le droit de résider dans la demeure familiale. »

— Généreux, très généreux ! approuva lady Sylvia.

— « À mon fils aîné et héritier, Quentin Matthew Claudius Dewland, je lègue le reste de mes biens terrestres, c'est-à-dire la grande maison de Londres, le manoir dans le Kent, et tout le mobilier, argenterie, bijoux. »

Jennings s'interrompit.

— Je pense que, compte tenu des récents événements, feu le vicomte aurait supprimé le dernier codicille, reprit-il. « Vu les circonstances, il est peu probable que mon fils aîné puisse avoir un héritier mâle, aussi j'encourage vivement mon fils Peter à se marier, en lui rappelant que les Dewland sont une noble et ancienne lignée. Je souhaite également que Quentin désigne son frère comme son héritier, puisque Peter sera vicomte après lui. Mes enfants le savent, j'ai toujours estimé qu'un gentilhomme ne devait pas travailler pour gagner sa vie, cependant j'ai fait une exception pour Quentin Matthew Claudius. Au cas où Peter n'aurait pas les moyens de vivre comme il convient à un futur vicomte, j'enjoins Quentin Matthew Claudius de partager les revenus de ses affaires avec son frère et héritier. »

Il y eut un silence, tandis que Jennings rangeait les feuilles.

— Père a toujours eu une nette tendance à disposer de l'argent des autres, dit enfin Peter, gêné. Il n'avait pas le droit de me donner Henley Street. N'est-ce pas toi qui l'as achetée, Quill ?

Celui-ci haussa les épaules.

— Je n'en ai pas besoin.

— À mon avis, M. Jennings a raison : Thurlow aurait supprimé ce codicille, commenta lady Sylvia. Je n'aime pas ce qu'il dit de vos affaires, Quentin. C'est de l'hypocrisie. Tout le monde sait que l'argent lui filait entre les doigts, et qu'il se serait trouvé en situation fort inconfortable si vous n'aviez pas gagné une telle fortune.

— Il ne m'a pas consultée, expliqua Kitty, sinon je lui aurais dit que notre cher Quentin a toujours tout partagé avec son frère. Même quand ils étaient petits.

— Je m'excuse pour lui, renchérit Peter. Père n'aurait pas dû réduire ainsi ton héritage, ni t'intimer l'ordre de m'aider.

Quill grimaça un sourire.

— Cela n'a pas d'importance. D'ailleurs, père avait raison, à sa manière. J'ai pris l'habitude vulgaire de gagner de l'argent, et j'ai refusé d'arrêter quand il m'en a prié. C'est cela qui l'ennuyait surtout. Pourquoi ne t'en ferais-je pas profiter ?

— Thurlow s'est montré très généreux envers Peter, objecta lady Sylvia. Il pourra vivre largement sur les revenus de Henley Street, sans compter sa participation au domaine du Kent. Vous léguerez votre fortune à vos propres enfants, Quentin.

Ce dernier sursauta et jeta un coup d'œil à Gabby, qui lui répondit d'un sourire. Elle n'avait pas prononcé un mot pendant la lecture du testament.

— Eh bien, nous ne nous en sortons pas trop mal, conclut Sylvia en agitant son mouchoir. Dieu merci, Thurlow ne s'est pas cru obligé de nous assommer de conseils. J'ai entendu raconter, figurez-vous, que le marquis de Granby a écrit dans son testament que les aventures de son neveu avec ses maîtresses étaient inacceptables, et que c'était la raison pour laquelle il ne lui laissait que trois mille livres de rente par an. Et le tout a été lu à haute voix devant la femme du neveu !

Gabby aidait Kitty à se lever.

Quill contempla la chevelure brillante de son épouse, qu'il imaginait confusément portant un enfant... Il avait été stupide en refusant d'envisager l'avenir. Après son accident, il s'était résigné à n'avoir ni femme ni enfant. Quelle jeune fille voudrait de lui, avec son handicap ? Et pourtant... il l'avait séduite.

Parce qu'elle ne connaissait pas tes infirmités, lui rappela une petite voix sévère.

Toutefois, Gabby n'avait pas semblé y accorder trop d'importance, une fois au courant. Elle n'avait pas bronché, et ne menaçait pas d'annuler le mariage.

En outre, elle ne cessait de le regarder entre ses cils. Quill savait bien ce que cela signifiait, quand elle l'observait ainsi, et il se doutait qu'elle était en train de transférer sur lui l'affection qu'elle avait portée à Peter. Il ne s'était pas demandé jusqu'alors pourquoi c'était tellement important pour lui.

Pétrifié, il imagina Gabby tenant un petit bébé dans ses bras, et lui adressant un sourire semblable à celui dont elle le gratifiait souvent, un sourire plein de confiance et de tendresse. Cette simple idée éveillait en lui un élan de joie et de fierté...

Jennings le regarda, et il décida de parler au jeune vicomte plus tard, afin de régler avec lui les problèmes que posait le domaine de son père. Pour l'instant, il semblait perturbé. Avait-il mal pris le codicille de son père ? D'ailleurs, y avait-il un moyen de bien le prendre ? Il déclarait presque ouvertement que le nouveau vicomte était impuissant !

En haut de l'escalier, on se sépara jusqu'au dîner, et Gabby se dirigea lentement vers la somptueuse chambre réservée à la vicomtesse. Kitty y avait renoncé dès leur arrivée au manoir, et lorsque Gabby avait protesté, elle avait répondu qu'elle ne voyait pas la nécessité d'avoir une porte communiquant avec la chambre de son fils. La jeune fille avait rougi, et depuis, elle s'efforçait d'ignorer cette porte.

Elle pénétra dans la pièce tapissée de soie verte, et regarda justement cette porte, derrière laquelle se trouvait la chambre de Quill... Quel effet cela lui faisait-il de dormir dans le lit de son père ? Qu'éprouvait-il en songeant qu'elle était de l'autre côté de la cloison ?

Comme toujours dans ces moments d'indécision, elle se mordit la lèvre.

Les funérailles étaient terminées, le vicomte était enterré. Mais s'ils faisaient l'amour cette nuit, et si Quill endurait ensuite plusieurs jours de migraine ? Il ne pourrait pas accompagner sa mère à Southampton. Et elle avait l'impression qu'il préférait rentrer à Londres le plus vite possible. Sans doute était-il incapable de voyager en étant malade.

Pour la première fois, Gabby comprenait les conséquences des problèmes physiques de son mari. Quand pourrait-il s'offrir trois jours de vacances ? D'après ce qu'elle avait constaté à Londres avant leur mariage, il travaillait beaucoup, et il aimait ça. Saurait-il s'en passer pendant trois jours ?

Elle leva les yeux en entendant la lourde porte s'ouvrir. C'était lui.

— Bonjour, femme, dit-il.

Elle s'empourpra. Devait-elle lui faire la révérence, même dans l'intimité d'une chambre ?

Les yeux de Quill brillaient d'un tel désir qu'elle en oublia tout le reste.

Il marcha vers elle comme un tigre sur sa proie, et elle recula, gazelle apeurée.

— La cloche du dîner va sonner dans quelques minutes, observa-t-elle, nerveuse.

Quill souriait.

— En effet, dit-il d'une voix de velours qui la fit frémir. Peut-être pourrions-nous faire monter un souper léger ici, dans votre chambre. Ou dois-je dire *notre* chambre ? rectifia-t-il avec un coup d'œil vers la porte de communication.

Gabby avait la gorge sèche.

— Il faut que nous discutions, Quill.

— Savez-vous que la discussion est une manie chez vous ? s'exclama-t-il en riant.

Elle grimaça.

— Mon père prétend que les femmes sont incapables de se montrer rationnelles, mais lui-même est souvent incohérent.

Quill s'approchait de nouveau.

— Il faudra que vous me parliez de lui, un jour. Il me paraît un peu fou.

— Il ne l'est pas, protesta Gabby en battant en retraite. Quill, c'est vrai, il faut que nous parlions avant de... avant d'aller plus loin.

Il fut soudain glacé, mais se garda bien de le montrer.

— Avez-vous décidé que vous préfériez annuler le mariage ? dit-il comme s'il lui proposait une tasse de thé.

— J'ai dit une conversation raisonnable, Quill, marmonna-t-elle en allant s'asseoir près de la cheminée.

Il s'installa en face d'elle.

— Entendu, Gabby. De quoi devons-nous parler ?

Il avait boité lors de l'enterrement. Sa jambe n'en pouvait plus des longues marches à travers le domaine. Durant la réception, il avait perçu bien des commentaires chuchotés sur sa condition physique. Gabby n'avait sûrement jamais compris, jusqu'à ce jour, à quel point il était handicapé.

— Je m'inquiète pour la... consommation du mariage, dit-elle avec difficulté.

— Vous pensez que je serai incapable d'assumer ma tâche ?

— Non ! Enfin...

Quill alla à la fenêtre où il se tint, lui tournant le dos. Il faisait presque nuit, et le jardin était éclairé par la lumière qui tombait des fenêtres de la maison. Il remarqua distraitement que les rosiers n'avaient pas été correctement taillés.

— Je comprendrais que vous vouliez renoncer à notre union, Gabby, maintenant que vous avez eu le temps de réfléchir.

Il paraissait tout à fait indifférent.

— Pour être franc, je ne me soucie guère d'avoir ou non un héritier, continuait-il. Et personne ne s'offusquera de notre rupture. Je peux prier Jennings d'entamer la procédure immédiatement.

Comme elle ne répondait pas, il se retourna à contrecœur.

La jeune fille le fusillait du regard.

— Alors ? reprit-il d'un ton neutre et poli. Nous ne sommes pas en train de nous disputer, Gabby. Comme vous l'avez dit, nous sommes amis.

— Dans ce cas, je souhaiterais que vous vous asseyiez, au lieu de rester planté de cette façon mélodramatique. Nous allons avoir une conversation sérieuse, Quentin Matthew Claudius Dewland !

Il eut un sourire sans joie.

— Puisque vous avez écouté si attentivement la lecture du testament de mon père, vous avez dû remarquer qu'il suggère que je ne pourrai pas avoir d'enfants.

Il alla s'asseoir, une boule amère au fond de la gorge.

— Par conversation sérieuse, reprit Gabby, je voulais dire que... avant de...

Quill attendait en silence. Il n'allait tout de même pas l'aider !

— Oh, je n'arrive pas à trouver les mots ! s'écria-t-elle, frustrée.

Avant qu'il pût faire un geste, elle avait bondi sur ses pieds et s'était perchée sur ses genoux, les bras autour de son cou.

Elle le sentit se raidir brièvement, puis se détendre, et elle s'appuya à son épaule. Il ne pouvait plus la regarder, et elle se sentait nettement plus à l'aise ainsi.

— D'abord, déclara-t-elle, je voudrais que vous cessiez ces allusions idiotes à une annulation de notre mariage. Peut-être aurai-je un jour envie de vous étrangler pour votre fâcheuse manie de faire des conclusions erronées, mais je ne... Vous n'êtes pas stupide, Quill, ajouta-t-elle irritée, alors évitez de proférer des sottises. Deuxièmement, je vous ferai remarquer que si nous consommons notre union cette nuit, vous ne pourrez sans doute pas accompagner votre mère à Southampton. Enfin...

Elle ne se rappelait plus ce qu'elle voulait dire. Il sentait tellement bon, son mari ! Un indéfinissable parfum d'homme, mêlé de savon et de linge fraîchement repassé.

— Troisièmement, continua-t-elle, si nous voulons réussir notre mariage, il nous faut trouver une solution.

— Une solution, répéta Quill, qui avait l'impression de recevoir des coups au plexus. Vous dites toujours très précisément ce que vous pensez, Gabby ?

— Non, répondit la jeune fille, songeuse. En vérité – et je vous l'avoue uniquement parce que vous êtes mon mari –, à la maison, on trouvait que j'avais plutôt tendance à déformer la réalité.

— Vous pouvez mentir à qui vous voudrez, tant que ce n'est pas à moi, dit Quill en la serrant davantage contre lui. Et « à la maison », c'est ici, désormais.

Elle se frottait à son épaule comme un chaton en quête de caresses.

— Non, pas encore.

— Pourquoi ? Que vous manque-t-il ?

Elle releva la tête et le regarda dans les yeux.

Il soupira.

— Entendu. De quel genre de solution voulez-vous parler ? Je vous avertis, Gabby, si vous me faites attendre encore une journée, je ne réponds plus de rien.

— Je suggère seulement que nous avancions à pas de velours, dit-elle en commençant à compter sur ses doigts. Déjà, nous savons que les baisers ne vous provoquent pas de migraine.

— C'est vrai, admit-il en baisant ses cheveux.

— Ensuite, caresser mes seins non plus. Alors, qu'est-ce qui en est responsable ? Si nous le déterminons avec précision, il nous suffira de l'éviter.

Quill était déconcerté.

— Gabby, dit-il doucement, que savez-vous de l'acte conjugal ?

— Presque rien, répondit-elle vivement en rougissant. Je sais que vous me regarderez... Cela vous donnera-t-il mal à la tête ?

— Jamais !

Il était pris d'un tremblement qui ressemblait fort à l'amorce d'un fou rire.

Gabby l'observait, les yeux plissés.

— À quoi pouviez-vous vous attendre ? Comme je vous l'ai dit, ma mère est morte en me mettant au monde, et les domestiques de mon père surveillaient leurs conversations en ma présence. Mon père est très tatillon en ce qui concerne la concupiscence féminine.

— La concupiscence féminine ! Quelle horrible expression ! Pourquoi pas celle des hommes ? Et pourquoi ne pas parler simplement de sensualité ?

— Les femmes sont l'œuvre du diable. Elles ont été créées pour entraîner l'homme dans le péché.

Quill lui lança un coup d'œil et fut soulagé de constater qu'elle esquissait un sourire.

— Vous en êtes un parfait exemple, gronda-t-il en posant les mains sur ses seins. Vous m'entraîneriez dans le péché à chaque minute !

— C'est bien ce que je pensais ! répliqua-t-elle joyeusement. Mon père dit toujours que j'ai un corps de pécheresse, comme ma mère. Or, bien que je ne le lui aie jamais avoué, j'ai toujours estimé que ce pouvait être un héritage utile...

Quill éclata de rire, tout en défaisant les petits boutons de nacre au dos de son corsage. Elle tenta de se dégager. De toute évidence, elle n'en avait pas terminé avec sa « conversation sérieuse ».

— Gabby, dit-il, un peu étonné d'entendre sa voix si rauque, il y a des moments où les discussions, rationnelles ou incohérentes, ne servent plus à rien.

Il la souleva dans ses bras pour la porter vers le grand lit tendu de soie.

— Or nous vivons précisément l'un de ces moments.

# 16

Emily Ewing était troublée de s'apercevoir à quel point la compagnie de Lucien Blanc lui manquait. Plus de trois semaines s'étaient écoulées depuis le bal de lady Fester, et il s'était présenté quatre fois à sa porte. Elle avait refusé de le recevoir. Et elle avait rédigé sa chronique sur le fameux bal sans évoquer sa robe de mousseline ambre, ni l'ancien marquis, d'ailleurs.

Hélas, Bartholomew Hislop avait décrété que, puisqu'elle était sortie avec M. Blanc, il jouirait du même privilège. Mais ce n'était pas facile à envisager ! se disait-elle, ce matin-là. Hislop était boudiné dans un atroce pantalon jaune canari moulant. Même si elle n'avait jamais connu Lucien, si elle n'avait eu personne à qui comparer Hislop, elle aurait refusé d'être vue en public avec lui.

— Je souhaite que vous veniez avec moi au lancement de la montgolfière demain après-midi, disait-il d'un ton un peu irrité.

— Je crains d'être obligée de refuser, répondit-elle. C'est l'heure à laquelle j'écris.

Elle se rendit compte à retardement qu'elle venait de se jeter dans la gueule du loup.

— Parfait ! s'écria-t-il. Dans ce cas, nous passerons la soirée au théâtre. Cela vous changera les idées.

Elle ouvrait la bouche pour refuser, quand il précisa :

— Sinon, je ne vous aiderai plus.

Il désigna les feuilles de papier qu'il avait apportées.

— Il m'a fallu un bon bout de temps pour rassembler ces informations. On appelle ça une contrepartie, je crois.

Comme Emily voulait de nouveau intervenir, il l'en empêcha d'un geste.

— Je vous laisse le temps de la réflexion, dit-il, le regard égrillard. Vous avez besoin de moi, madame. Par exemple, il n'y aura que le gratin au bal de la comtesse de Strathmore. Vous avez besoin de moi et... j'ai besoin de vous, conclut-il avec un vilain ricanement.

Lorsque la porte se ferma sur lui, Emily se laissa tomber dans un fauteuil en s'efforçant de ne pas pleurer. Elle sursauta quand Phoebe fit irruption dans la pièce.

— Maman ! maman ! Sally et moi sommes allées voir Kasi Rao, et Mme Malabright était en train de tout emballer !

— Emballer ?

— Ils partent. Mme Malabright a dit qu'il fallait que vous préveniez miss Gabby. Elle a dit que des hommes voulaient ramener Kasi en Inde.

— Quoi ?

Phoebe hocha la tête, les yeux agrandis par la peur.

— Ils veulent le faire sortir en public, maman. Devant des inconnus. Kasi ne peut pas parler à des étrangers !

Emily prit une profonde inspiration.

— Mon Dieu ! Et où Mme Malabright envisage-t-elle de l'emmener ?

— Chez la femme de son frère, qui vit dans le Devon. Elle ne l'a dit qu'à moi, et il faut que vous avertissiez miss Gabby dès son retour à Londres.

— Mme Malabright a eu raison de te faire confiance, ma chérie, déclara Emily en prenant la petite fille dans ses bras.

Elle ferait tout en son pouvoir – tout – pour sauver Phoebe du mépris de la bonne société. Et s'il fallait pour cela cesser de fréquenter le séduisant Lucien Blanc, tant pis. Elle dirait également adieu à l'utile Hislop.

Phoebe la regardait d'un air angoissé.

— Personne ne m'enlèvera à vous, n'est-ce pas, maman ?

— Jamais ! promit Emily. Tu es ma petite fille.

Elle ravala des larmes d'émotion.

— Maintenant, il est temps d'aller te laver les mains avant le déjeuner. Vite, ma chérie !

Le cœur de Gabby tambourinait à ses oreilles. Elle n'était pas prête. Ce n'était pas la nuit, et elle ne voulait pas se déshabiller au grand jour… Mais c'était son devoir, tenta-t-elle de se raisonner. Son père lui avait assez répété qu'elle devrait se plier aux désirs de son mari.

— Vous aviez dit que nous attendrions d'être rentrés à Londres…

— Non. Impossible.

Quill continuait à déboutonner le corsage.

— La cloche du dîner va sonner, reprit Gabby. Votre mère trouvera étrange que nous ne descendions pas.

— Elle prend une collation dans sa chambre.

— Alors, lady Sylvia sera vexée. Vous êtes son hôte.

— Balivernes ! Elle sera ravie, au contraire. Elle espère me voir avec un héritier, au cas où vous ne l'auriez pas remarqué.

Il fit lever Gabby, et la robe noire tomba à terre. Il passa derrière elle afin de délacer son corset.

Elle fixait obstinément le couvre-pieds brodé.

— Comment allez-vous accompagner votre mère à Southampton ?

— Puisque Peter part avec elle sur le Continent, ma présence n'est pas indispensable.

— Et vos migraines ?

Le corset rejoignit la robe sur le tapis. Dessous, Gabby ne portait qu'une légère chemise.

Quill la tourna doucement vers lui. Il laissa courir ses mains sur les épaules de la jeune femme, sur ses bras nus. Ses yeux étaient plus brillants que jamais. Malgré son inexpérience, Gabby ne pouvait se tromper : elle y lisait du désir.

— Ne me regardez pas comme ça, s'il vous plaît, chuchota-t-elle.

— Je ne peux m'en empêcher. Vous êtes belle, et vous m'appartenez.

— Je préférerais ne pas le faire maintenant, déclara-t-elle d'une voix soudain déterminée. Cela ne me semble pas le bon moment.

— Mmm...

Quill caressait ses seins, d'une façon qui la laissait à la fois brûlante et terrifiée.

— Quill, vous m'écoutez ?

Elle essayait de toutes ses forces d'oublier les réactions de son corps.

Sans répondre, il la fit reculer jusqu'au lit où il la poussa en arrière. Du genou, il lui ouvrit les jambes.

— Quill !

— J'écoute, dit-il sans beaucoup de conviction, avant d'embrasser son sein à travers la chemise, comme il l'avait fait à Bath.

Elle tenta de maîtriser la panique qui s'emparait d'elle. De quoi avait-elle peur ? De la douleur, pour commencer. Cette idée lui donna du courage, et elle le repoussa. Il fallait qu'il arrête ! Cela l'empêchait de réfléchir raisonnablement.

Alors il prit l'autre bout de sein dans sa bouche, tout en caressant le premier de sa grande main chaude. Malgré elle, Gabby gémit.

— Non !

Elle se dégagea si vivement qu'il ne put réagir, et bondit hors du lit.

— Je ne suis pas d'accord, décréta-t-elle. Nous n'en avons pas parlé...

— Sérieusement, termina Quill avec un sourire diabolique, allongé sur le lit, délicieusement pervers, viril et...

Elle en aurait sangloté de confusion et de désir mêlés.

— Si nous continuons, objecta-t-elle, nous ne pourrons pas voyager avant plusieurs jours. Et votre travail ?

Quill se leva pour déboutonner son gilet, qu'il envoya à terre près de la robe.

— Je ne veux pas ! s'écria-t-elle avec désespoir quand il fit passer sa chemise par-dessus sa tête.

Il avait un torse puissant, musclé, aussi différent du sien qu'elle l'avait imaginé. Une étrange chaleur la submergeait.

— Il ne fait pas encore nuit. Nous... nous devrions être sous les draps, dans le noir. Vous ne devriez pas vous déshabiller ainsi. Où est votre tenue de nuit ? Et vous me regardez, en plus !

— Vous me regardez aussi, fit-il remarquer en se débarrassant de ses bottes.

Des larmes montaient aux yeux de Gabby. Elle croisa les bras sur sa poitrine.

— Pourquoi cette pudeur, ma chérie ?

Elle ne put réprimer un sanglot.

— Je ne veux pas de... ça ! cria-t-elle.

— Pourquoi ?

Comment aurait-elle pu répondre ? Elle se mit à parler à toute vitesse.

— Parce que c'est mal. Il faudrait être dans le noir. Vous pouvez me toucher si vous le souhaitez, parce que vous êtes mon mari et que je ne peux pas dire non, mais vous ne devriez pas me regarder de cette façon. Vous n'avez pas le droit de me faire des choses... en pleine lumière !

Quill soupira, et il revint s'asseoir au bord du lit.

— Venez là, ma chérie, dit-il en ouvrant les bras.

Elle secoua la tête.

— Je suis presque sûre que vos migraines sont causées par votre inconduite. Vous ne vous comportez pas en bon chrétien.

— Chrétien ?

Il saisit l'un des poignets de Gabby et l'attira lentement à lui. Elle se percha sur ses genoux, toute raide, afin de ne pas toucher sa poitrine nue. Elle avait envie de le caresser, et elle en avait honte…

— Nous agissons comme des païens, murmura-t-elle, utilisant le « nous » afin de ne pas le vexer.

Car c'était lui, le païen !

— En Inde, mon père…

— Que dirait-il ?

— On avait vu deux jeunes gens faire l'amour près de la rivière, raconta-t-elle, affreusement gênée. Il leur a ordonné de se lever et a déclaré que Dieu allait les foudroyer.

— Et Dieu les a foudroyés ?

La colère vibrait dans la voix de Quill.

Elle frissonna.

— Non, mais ils ont été obligés de quitter le village.

— Votre père est…

Il s'interrompit, l'enferma dans ses bras, posa le menton sur ses cheveux.

— Vous aimez votre père, Gabby ?

— On *doit* aimer son père. Et lui obéir.

— Lui obéissiez-vous toujours ?

Il y eut un silence.

— Non, avoua-t-elle. J'étais pour lui un sujet constant d'irritation.

— Pourquoi n'obéissiez-vous pas ?

La jeune fille ne remarquait pas qu'elle s'était détendue, mais Quill sentait le moindre de ses souffles, et il fit appel à tout son sang-froid pour ne pas précipiter les choses.

— Pourquoi, Gabby ? répéta-t-il.

— Père est parfois trop sévère, dit-elle d'une voix à peine audible. Voire cruel.

— C'est l'impression qu'il me donne. Comment se manifeste cette cruauté ?

— Nous vivions dans un petit village. Père y est arrivé en tant que missionnaire. Il a construit une maison, et une église…

— Alors ?

— Ce couple… Il a dit qu'ils ne pouvaient plus vivre dans le village, car Sarita risquait de contaminer les autres femmes. Il a forcé Sarita et son époux à faire pénitence toute la nuit, et le lendemain, ils ont dû partir en abandonnant leurs biens derrière eux. J'ignore où ils sont allés. Ce n'était pas juste. J'aimais bien Sarita, et elle n'avait rien d'une… fille perdue. C'est ainsi qu'il l'appelait.

— Qu'avez-vous fait ?

— J'ai envoyé une servante rassembler les affaires de Sarita… Père a cru que c'était pour les brûler, mais en réalité, j'ai tout envoyé à sa famille.

— Votre père l'a-t-il appris ?

— Cela s'est passé juste avant que je quitte les Indes pour l'Angleterre.

— Je suis surpris qu'il vous ait autorisée à avoir pour amie une femme du village.

— Il ne m'y autorisait pas, et Sarita n'était pas vraiment une amie. J'avais deux domestiques, qui me racontaient tous les jours ce qui se passait au village. J'avais l'impression que certaines femmes étaient mes amies, parce que j'avais entendu parler d'elles toute ma vie. Sarita avait mon âge, et elle me souriait toujours quand nous nous croisions.

— Vous n'aviez pas de véritables amies ? Et celle qui ne pouvait pas manger de papaye ?

— Leela ? Non… Je n'avais pas d'ami à qui me confier, après la mort de Johore.

Quill cherchait dans sa mémoire.

— Qui ?

— Vous vous souvenez ? Je vous ai raconté que j'avais un ami qui était mort. Il a été emporté par la fièvre. Johore était le fils de Sudhakar, et comme Sudhakar faisait partie de l'élite de la classe brahmane, mon père me laissait jouer avec lui quand nous étions petits. Après son décès, il n'y avait plus personne au village avec qui je puisse m'amuser. Mais ma nurse me racontait ce que faisaient les enfants, et j'avais l'impression que Leela et Sarita étaient mes amies, même si nous ne nous parlions jamais. Cependant, je n'étais pas seule : j'avais Kasi Rao.

Le désir de Quill avait été remplacé par la colère.

— Voyons si j'ai bien compris, dit-il lentement. Votre père ne vous laissait comme compagnon que son neveu faible d'esprit. Il exilait les gens du village par simple caprice, sans leur permettre d'emporter leurs biens.

— Oui.

— Je suis désolé, Gabby, mais c'est à cause d'hommes comme votre père que j'ai vendu mes parts de la Compagnie des Indes. Il y a trop d'Anglais, là-bas, qui vivent comme de petits despotes sans rendre de comptes à personne. Des gredins !

Il releva le menton de son épouse.

— Gabby…

Les beaux yeux bruns brillaient de larmes.

— Il faut parler sérieusement, reprit-il, une pointe de sourire dans la voix. Votre père me semble être une canaille à l'esprit étroit. Je voudrais vous aimer sur les rives du Gange, continua-t-il dans un murmure. Sur le bord de la rivière Humber, dans le jardin aussi. Cela arrivera sans doute, un jour ou l'autre. Je le ferais, s'il le fallait, devant Codswallop et le reste du personnel.

Gabby ouvrait la bouche, mais il posa un doigt sur ses lèvres.

— D'accord, je préférerais que Codswallop ne se trouve pas dans les parages. Son air guindé ne pousse guère aux effusions… Ce que je veux dire, Gabby, c'est que Dieu bénirait notre union, où qu'elle ait lieu – dans la lumière ou l'obscurité, sous des draps ou sur l'herbe. L'idée que votre père se fait du péché est bien primaire.

Elle eut un demi-sourire.

— Vous me faites penser à Sudhakar.

— Le brahmane ?

— Il jouait aux échecs avec mon père tous les jeudis, et nous avions l'habitude de bavarder si mon père était en retard, ce qui se produisait souvent.

— Il parlait franchement, en tout cas.

— Sudhakar est brahmane. Pour lui, père fait partie d'une caste inférieure, d'une race inférieure. Mais il m'aimait bien.

Quill lui caressa le dos.

— Voulez-vous que nous fassions l'amour maintenant, ma chérie ? Nous ne sommes pas sur la rive d'un fleuve. Mais la chambre de la vicomtesse a abrité la conception de nombreux Dewland, et il n'y a pas au monde d'endroit plus approprié pour consommer notre mariage.

Elle s'éclaircit la gorge.

— J'aimerais savoir... ce que vous allez me faire.

Quill voulait l'embrasser, mais elle le repoussa et se leva.

— Je ne plaisante pas ! Je voudrais savoir si j'aurai mal.

— Cela vous inquiète ?

— Évidemment ! répliqua-t-elle, agacée. Et j'avoue que je me demande si cela en vaut la peine, vu que j'aurai mal et que vous subirez ensuite trois jours de migraine !

— Nous verrons demain si cela en valait la peine. Entendu ?

— Si j'ai bien compris, demain, vous serez confiné au lit !

— Mmm.

Il n'avait guère envie de penser à cela.

— Vous avez raison, Gabby. Procédons rationnellement.

Il avait son sourire coquin lorsqu'il se leva. Elle s'immobilisa, le cœur battant.

Quill ôta son pantalon et entreprit de se débarrasser de son caleçon, comme s'il était seul. Mais en fait, ses doigts tremblaient. Gabby n'avait pas encore osé lever les yeux vers lui, et quand elle le fit, elle eut du mal à retenir un petit cri.

Il se détourna, alla à la cheminée où il alluma deux chandeliers, qu'il apporta près du lit. Dans le crépuscule, la chambre s'assombrissait.

Il s'agenouilla pour raviver le feu dans l'âtre.

— Quill… dit-elle d'une voix ténue.

— Oui ?

Il se leva, lui fit face. Il était… splendide !

— Il est temps d'enlever votre chemise, ma chérie.

Avec un frisson, elle décroisa les bras. Quill défit les liens à sa taille et releva le bas plissé de la chemise. Gabby se retrouva nue devant son époux.

Il en eut le souffle coupé. Qu'elle était belle, avec sa peau de lait, ses seins voluptueux ! C'était une torture de ne pas la toucher, de ne pas repousser ses cheveux soyeux derrière ses épaules, laisser courir ses mains sur ses courbes harmonieuses.

Une bûche s'écroula dans une gerbe d'étincelles, illuminant brièvement la pièce.

— Nous voici comme Dieu nous a créés, Gabby, dit-il doucement.

Il mourait de désir, pourtant il s'efforçait de ne pas l'effaroucher. Il fallait que cet instant fût réussi, sinon toute leur vie conjugale serait gâchée par les idées imbéciles de son père.

Les cils de la jeune femme jetaient une ombre sur ses joues empourprées. Il lui effleura les cheveux.

— Gabby ? Après m'avoir contemplé quand vous pensiez que je ne vous voyais pas, ne voulez-vous plus du tout me regarder ?

Comme elle ne répondait pas, il essaya de nouveau de plaisanter.

— Après m'avoir tant demandé d'explications rationnelles ?

— Il n'y a rien de rationnel là-dedans, murmura-t-elle en croisant enfin son regard. Jamais je n'aurais imaginé me trouver ainsi nue, indécente…

Elle s'étrangla, incapable d'exprimer la honte que lui causait cette situation.

— Il n'y a rien d'indécent. L'obscurité est pour les lâches et les voleurs. Vous êtes ma femme, et je tiens à vous honorer dans une glorieuse lumière.

Gabby se mordit la lèvre. Malgré elle, son corps s'embrasait, la trahissait. Et, à la vérité, celui de Quill n'avait rien de pervers. Ni ses épaules, ni ses hanches étroites...

Quill lui prit la main, la posa à côté de son sexe.

— Vous voyez, Gabby ? Nous sommes faits pour aller ensemble.

Elle frémit, mais ne bougea pas.

Puis... sans même s'en rendre compte, elle succomba. Toute honte bue, elle céda à la prière muette de son regard, et risqua un doigt sur lui.

Il tressaillit, et elle retira aussitôt sa main.

— Je vous ai fait mal ? s'inquiéta-t-elle.

Il reprit sa main et la mit carrément sur lui.

— C'est vous qui aurez mal, Gabby, mais seulement au début... Venez là.

Sa courageuse, sa brave petite épouse s'approcha, noua les bras à son cou.

Il parsema ses épaules de petits baisers innocents qui envoyaient des messages à travers tout son corps, puis il cueillit ses fesses dans ses mains.

Gabby ferma les yeux, se concentra sur les mains qui la soulevaient, l'emportant vers le lit. Il l'y étendit doucement, et elle songea qu'il n'y avait là rien d'indécent.

Il prit ses seins entre ses mains, puis dans sa bouche, et elle s'arqua, agrippée à ses épaules, en émettant de petits sons inarticulés.

Paupières closes, elle sentit sa virilité contre sa cuisse, puis ses doigts en elle. Elle sursauta quand il lui ouvrit davantage les jambes, mais il n'y avait plus de place pour la honte, seulement pour le désir qui l'envahissait tout entière, pour ce besoin au plus profond d'elle.

— Ouvrez les yeux, Gabby.

Sans l'écouter, elle ondula sous lui, avide de ses caresses.

— Ouvrez les yeux ! répéta-t-il dans une sorte de grondement.

Elle obéit enfin, pour trouver Quill au-dessus d'elle, les yeux assombris de désir. Instinctivement, elle se hissa vers son mari.

— S'il vous plaît...

Il eut un sourire carnassier, mais elle ne se rendait compte de rien. Sauf qu'elle en voulait davantage.

Alors il vint, comme un voleur en plein jour, comme un démon. Plongé dans son regard, il entra en elle d'une grande poussée.

Elle eut mal.

Très mal, et Quill devait avoir mal, lui aussi, car son visage était torturé. Gabby aurait voulu protester, mais elle était clouée au lit par son poids, par cette présence en elle.

Il baisa ses joues, son visage, sa bouche, avant de bouger doucement. Elle retint un cri de douleur, suivi aussitôt par un éclair de plaisir. Quand il remua de nouveau, il n'y avait plus de douleur, seulement du feu dans ses veines, un intense frisson qui la transperça.

Quill s'immobilisa, s'obligeant à compter jusqu'à dix. Elle était tellement étroite, sa petite épouse ! Il fallait qu'elle s'habitue à lui. Cependant, entre sept et huit, Gabby prononça son nom dans un soupir qui parlait plus de plaisir que de souffrance. Alors il replongea en elle, plus fort, plus vite.

Un délicieux tourbillon emportait la jeune fille, l'incitait à adopter le rythme de Quill. Son souffle était sanglot, son corps dansait avec fièvre.

Ainsi la fille du diable, comme l'appelait son père, volait de ses propres ailes...

Soudain, il la saisit aux hanches et la souleva en grondant :

— Maintenant, Gabby !

Sans hésitation, elle se cambra et entendit à peine son propre cri qui se mêlait à celui de son époux.

Un torrent de plaisir balaya toute question d'indécence et de péché.

Ensuite, Quill s'abattit sur elle, mais elle fut heureuse de sentir son poids. Sa peau luisait doucement, et quand il posa les lèvres sur son front, il eut un goût de sel dans la bouche.

Elle ouvrit enfin les yeux.

— J'ai compris, dit-elle contre sa joue. « Avec mon corps, je t'honorerai... »

Les mots sortaient tout droit de son cœur, comme une prière.

— Tout est dit dans la cérémonie du mariage, n'est-ce pas ? reprit-elle, étonnée.

Encore en elle, il serra sa main très fort. Il avait du mal à s'exprimer.

— Vous n'avez pas de migraine, Quill ?

Il savait que s'il s'endormait, la douleur viendrait. Il entrevoyait déjà de petits éclairs rouges, signes précurseurs de la crise.

Pourtant, il recommença à bouger lentement en elle.

Elle ouvrit de grands yeux.

— Oh... soupira-t-elle, enchantée.

— Mais oui, murmura-t-il.

# 17

Quill s'éveilla de bon matin, ouvrit les paupières, les referma aussitôt. La lumière lui était insupportable. La douleur lui martelait les tempes, et il savait d'expérience que les nausées ne tarderaient pas.

Quand il tourna la tête, la douleur se propagea dans sa nuque et dans ses épaules. Mais Gabby était là, lovée contre lui… Il apercevait tout juste la courbe délicieuse de sa lèvre inférieure.

Il fallait qu'il aille dans l'autre chambre…

Étouffant un gémissement, il tendit le bras, trouva le cordon et sonna. Dès que la porte s'ouvrit, il chuchota, sans ouvrir les yeux :

— Aidez-moi à sortir d'ici !

Cinq minutes plus tard, il reposait, aussi confortablement que possible, dans son propre lit, non sans avoir rendu en chemin le léger souper qu'il avait partagé avec Gabby durant la nuit.

Il demeurait immobile, un linge mouillé sur le visage, terrassé par la nausée et la douleur.

Une terrible amertume se mêlait au goût de bile qui lui emplissait la bouche. Il aurait tant voulu se trouver encore près de Gabby !

Il l'aurait réveillée de ses baisers, l'aurait aidée à prendre son bain, aurait savonné chaque partie de son corps si doux.

Sauf s'ils décidaient de pratiquer l'abstinence, se dit-il, jamais il ne verrait son épouse au réveil, et il trouvait cela d'une injustice insupportable. Mais comme il serrait les dents, il eut plus mal encore, alors il s'efforça, avec la maîtrise d'une longue expérience, de se détendre complètement. Le moindre mouvement pouvait prolonger ses migraines de plusieurs jours.

Il perdit rapidement la notion du temps. Il ne bougeait que pour vomir dans la cuvette posée au pied de son lit. Toutes les heures, Willis venait changer la serviette humide sur ses yeux.

Aussi ne s'attendait-il pas à entendre Gabby pénétrer dans la chambre sur la pointe des pieds... Il se raidit. Willis n'aurait pas dû la laisser entrer! Il n'était pas question qu'il vomisse en sa présence!

En vain. Sa réaction avait provoqué une nouvelle nausée et, avant même d'avoir pu prononcer un mot, il se pencha au bord du lit, en espérant qu'il n'allait pas éclabousser sa robe. Il garda les paupières closes. Inutile de voir l'air dégoûté qui se peindrait sur son visage: il l'imaginait aisément!

Il se rallongea en se maudissant en silence. Que lui avait-il pris de se marier? Il connaissait bien ses faiblesses. Quel mauvais sort avait affligé Gabby de ce semblant d'homme? Il fallait être un sinistre individu pour prendre une femme juste parce qu'on la désirait, sans songer à son avenir à elle, à son bonheur.

— Que diable faites-vous ici? parvint-il à articuler dans un murmure rauque.

— Je suis venue vous voir, répondit-elle, nullement vexée de son hostilité.

Une chaise racla le plancher, et la douleur fusa en même temps.

Elle dut s'en apercevoir, car elle s'excusa:

— Je suis navrée, Quill... Puis-je rester un peu, si je ne fais pas de bruit?

Quill était déconcerté. Son odorat était exacerbé durant ses périodes de crise, et les parfums lui donnaient la nausée. Mais pas celui de Gabby. Elle sortait sûrement de son bain, elle sentait le jasmin... Le jasmin et sa fraîche odeur personnelle.

— Votre mère, lady Sylvia et Peter viennent de partir pour Southampton, dit-elle à voix basse. Votre mère vous envoie toute sa tendresse. Voulez-vous que je vous raconte une histoire ? ajouta-t-elle très vite.

Elle semblait gênée, et Quill aurait juré qu'elle se mordillait la lèvre en se tordant nerveusement les mains.

— Je ne suis pas une très bonne infirmière, poursuivit-elle, mais Kasi était souvent malade, et j'avais l'habitude de le distraire en lui inventant des contes.

Elle prit le silence de son mari pour un acquiescement.

— Peut-être aimeriez-vous entendre une légende des Indes. C'est Ayah qui me l'a racontée, puis je l'ai racontée à Kasi, et entre-temps elle a changé, parce qu'il en est ainsi des légendes...

« Elle commence où elle se termine, dans un grand palais des environs de Barahampore. D'un côté du palais coulait la sombre et tortueuse rivière appelée Bohogritee, de l'autre se tenait un marché aux oiseaux. Le palais était construit en marbre, et décoré de peintures représentant des oiseaux. Sous chaque arche, des musiciens jouaient, matin et soir, en imitant les chants des oiseaux.

Quill avait toujours trouvé que la voix de Gabby était sensuelle, légèrement voilée, musicale ; à présent, il se disait qu'elle s'en servait comme d'une harpe.

— Le prince qui habitait ce palais était le musicien le plus talentueux de toutes les Indes. Il s'appelait Mamarah Daula, et il n'y avait pas un instrument dont il ne sortît des sons si émouvants que même les pierres pleuraient en l'entendant. Les gens venaient de tout le pays écouter sa musique, et il vivait dans l'élégance et la beauté. Béni des dieux, il portait des souliers de velours écarlate, brodés d'argent, et il ne se déplaçait jamais sans une escorte de vingt ou trente serviteurs. Mamarah Daula avait beaucoup de chance, mais il était aussi terriblement extravagant…

Quill se laissa aller dans une torpeur nébuleuse qui n'avait rien à voir avec la léthargie amère qui accompagnait généralement ses crises. Les aventures du prince le tinrent éveillé une bonne heure, après quoi il s'endormit profondément, au lieu de sombrer dans le sommeil douloureux et entrecoupé qu'il connaissait habituellement.

Gabby revint le soir, lui prit la main et raconta le trentième anniversaire de Daula. Sakambari, la déesse des Forêts, avait décidé de lui offrir un instrument dont il tirerait la plus belle musique du monde. Mais elle l'avertit que s'il l'utilisait avec vanité ou orgueil, il lui causerait une horrible douleur à la tête.

Quill esquissa un sourire. Gabby décrivait avec un lyrisme effréné la qualité des sons que Daula sortait de son nouvel instrument.

Il parvint enfin à ouvrir la bouche et murmura d'une voix éraillée :

— Cet instrument était un pipeau ?

S'il n'avait eu les yeux cachés par le linge humide, il aurait vu le sourire de son épouse.

— C'est fort possible, répondit-elle. Les Indiens créent de très belles musiques avec leurs… pipeaux.

Le lendemain matin, la douleur était moins violente, et Quill ne vomit pas une seule fois en présence de Gabby. Malheureusement, Mamarah Daula était incapable de dominer son orgueil, et son pipeau lui amena maux de tête sur maux de tête…

Finalement, la crise de Quill dura aussi longtemps que les précédentes, mais elle fut moins pénible. Et il savait pourquoi. Il avait accepté le réconfort de sa femme, son envoûtant parfum, sa voix plus envoûtante encore, l'histoire invraisemblable qu'elle inventait pour lui.

La dernière nuit, il eut l'estomac brouillé, non pas de nausée mais de dégoût de lui-même. Gabby, sa ravissante Gabby, aurait dû épouser un autre homme, un homme qui... Mais le simple fait d'y penser le mettait hors de lui. Il tuerait sans hésiter celui qui oserait s'approcher d'elle. Elle était à lui !

Il put enfin se lever, et ils reprirent la route de Londres. Au bout de quelques heures de voyage, Gabby s'endormit sur son épaule. Quill savait pourquoi elle était lasse. Willis n'avait pas été le seul à changer ses compresses au milieu de la nuit... Il s'efforça de chasser ce nouveau sentiment de culpabilité.

Comme il avait depuis longtemps renoncé à toute idée de mariage et d'amour, il ne s'était jamais attardé sur le statut d'époux. Il lui avait vaguement semblé que s'encombrer d'une femme qui dépendrait de lui serait plutôt ennuyeux.

Mais c'était lui qui se trouvait en état de dépendance. Et c'était effrayant, même s'il adorait la présence de sa bavarde petite épouse. Il éprouvait un étrange pincement au cœur lorsqu'elle murmurait « je vous aime » contre sa poitrine, bien qu'il sût que ce n'étaient que fariboles de romantique jeune femme.

En vérité, il aurait lui-même presque pu prononcer ce genre de fadaises... Il contempla Gabby, endormie contre lui, avec ses cheveux qui commençaient à glisser de son chignon.

Presque.

Ils arrivèrent à Londres pour le dîner. Quill descendit de voiture et aida Gabby à en faire autant.

Derrière eux, c'était l'effervescence. Quand il se retourna, la main de son épouse sur son bras, il vit les domestiques les plus importants alignés des deux côtés des marches menant à la maison, Codswallop majestueusement planté au centre.

Le majordome descendit vers eux.

— Bienvenue dans votre demeure, lord et lady Dewland, déclama-t-il en s'inclinant.

Quill resta un instant déconcerté par ce déploiement de faste inhabituel. Bien sûr… Il était chez lui, dorénavant. C'étaient ses serviteurs.

Gabby eut un gracieux mouvement de tête.

— Comme c'est aimable à vous, Codswallop, de nous accueillir dans cette triste occasion.

Les domestiques eurent un sourire approbateur.

Quill se ressaisit.

— Bonsoir à tous, dit-il. Voici mon épouse, la vicomtesse Dewland.

Mme Farsalter approchait, les mains croisées sur son tablier.

— Je serai heureuse de vous montrer les comptes de la maisonnée dès que vous le souhaiterez, madame.

Elle tendit à Gabby un énorme trousseau de clés.

— La vicomtesse douairière m'a laissé ceci, lorsqu'elle a quitté la maison. Cela vous appartient, à présent.

— Mon Dieu ! Pourrions-nous nous entretenir demain, après le petit-déjeuner, madame Farsalter ? Je suis persuadée que vous savez tenir une maison si parfaitement que je n'aurai aucune suggestion à vous faire. Cependant, je serai ravie de vous aider, dans la mesure du possible.

La brave femme s'épanouit.

— Je servirai un repas léger dans une heure, si cela vous convient, madame.

Quill offrit son bras à son épouse et lui fit traverser le hall.

— Aimeriez-vous vous reposer, avant le dîner ?

— Je vous remercie. Je ne suis pas fatiguée, mais j'aimerais prendre un bain.

Codswallop envoya aussitôt des valets chercher de l'eau chaude.

Gabby monta l'escalier, Quill derrière elle. Comme elle atteignait l'étage, elle se dirigea vers son ancienne chambre, mais il la retint.

— On a certainement emporté vos affaires dans la chambre de la vicomtesse, Gabby.

Elle se mordit la lèvre.

— Votre pauvre maman...

— C'est ainsi. Elle disposera de la plus belle chambre d'amis quand elle nous rendra visite, mais les appartements des maîtres sont nôtres, maintenant.

Il lui offrit un baiser plein de promesses.

— Avec une porte de communication, on peut voir son épouse s'habiller... ou se déshabiller.

Elle fit un bond en arrière.

— On peut aussi la laisser fermée ! rétorqua-t-elle.

Elle avait longuement réfléchi, en attendant la guérison de Quill. Il faudrait qu'elle soit folle pour envisager de causer de telles douleurs à son époux ! S'il pensait qu'elle allait chercher à provoquer ces crises, il se trompait !

Mais ce n'était pas le moment d'en discuter. Aussi dignement que possible, elle se dirigea vers les appartements de la vicomtesse, son mari sur les talons. Il ferma la porte derrière eux.

Gabby soupira.

— Ne croyez-vous pas qu'il vaudrait mieux attendre après le souper, pour parler de cela ?

Elle inspectait machinalement la pièce.

— Non. Je préfère maintenant, déclara-t-il.

Elle caressa la surface bien cirée d'un secrétaire en bois de rose.

— Il n'est pas question de recommencer ce qui vous a causé ces migraines. C'est évident.

— Je ne vois là rien d'évident, répliqua Quill d'une voix tendue, à la limite de la colère.

— Pour moi, ça l'est. Je refuse de réitérer l'expérience avant que nous ayons trouvé un remède.

— Pour l'amour du Ciel, croyez-vous que je n'aie rien essayé ?

— Nous devons chercher encore, s'entêta-t-elle. Je vous connais, Quill. Vous n'arriviez même pas à m'en parler. Il existe sûrement des dizaines de médecins, ici ou à l'étranger, qui possèdent des solutions à ce genre de problème.

Quill, les bras croisés, s'appuya au manteau de la cheminée.

— Le spécialiste le plus renommé en matière de migraines est un Autrichien, Heberden. Je l'ai fait venir en Angleterre, afin qu'il s'entretienne avec mes médecins. Il a considéré que les saignées étaient nuisibles.

Il grimaça un sourire.

— Je le savais déjà, car j'avais eu des sangsues sur la tête l'année précédente. Il a recommandé une décoction de quinquina, qui s'est révélée inefficace. Je dois ajouter, Gabby, qu'il a semblé quelque peu étonné par le nombre de médicaments que j'avais déjà expérimentés, parmi lesquels la valériane, la myrrhe, le musc, le camphre, l'opium, la ciguë, et même le tabac à priser ! Et il y avait aussi ce charlatan, à Bath, qui me couvrait d'onguents faits de ciguë et de balsamine. J'ai dégagé une odeur de forêt de pins pendant des jours !

— Le Dr Heberden n'avait pas d'autre solution que le quinquina ?

— Il m'a conseillé de mettre un vésicatoire derrière mes oreilles à la prochaine crise, dit Quill avec un sourire ironique. Vous pouvez juger du résultat. Puis il a voulu me persuader de prendre de l'opium, mais je ne veux pas risquer l'accoutumance. En fin de compte, j'ai décidé que la meilleure solution était de vivre avec ma maladie. En fait, la dernière chose que j'ai ingurgitée était un remède miracle, que ma mère avait acheté chez un soi-disant guérisseur de Blackfriars. Deux semaines plus tard, quand je suis sorti d'une attaque prolongée de delirium, les médecins m'ont informé que le « remède miracle » avait failli me tuer… sans pour autant guérir mes migraines.

Gabby songea à la lettre envoyée à Sudhakar, mais elle renonça à lui en parler.

— J'ai juré de ne plus prendre aucun médicament, poursuivit-il, avant de se racler la gorge. Je me rends bien compte que ma faiblesse est un obstacle à votre bonheur. Je n'aurais sans doute pas dû vous épouser...

— C'est cela dont il s'agit !

Quill eut l'impression que son cœur s'arrêtait, et son sourire sarcastique se figea. Elle avait raison, naturellement. Elle avait toutes les raisons de crier, de tempêter, de le quitter, de divorcer...

— Vous m'avez épousée, justement ! poursuivait Gabby. Alors, dorénavant, ce n'est plus votre problème, mais *le nôtre*.

— J'ai du mal à suivre votre raisonnement, dit-il avec une courtoisie glaciale. Je ne vous ennuierai jamais avec ces intermèdes pénibles, et je ne vous demanderai jamais de m'assister au cours de mes crises.

Elle lui jeta un regard sévère.

— Je n'ai pas parlé de votre comportement durant vos crises, j'ai seulement dit que le problème nous concernait tous les deux. Cela signifie que nous devons aborder la question des remèdes ensemble.

— Personne – et surtout pas mon épouse – ne prendra de décision à ma place, grinça Quill. Je refuse d'essayer encore ces satanés médicaments. Je suis malade, et il vous faudra vivre avec.

Gabby sentait la moutarde lui monter au nez, mais elle s'efforça de garder son calme.

— Voilà qui n'est guère aimable. Vous comprenez sûrement que c'est une décision que nous devons prendre à deux, non ?

— Absolument pas ! martela Quill. Au début, après mon accident, ma mère dirigeait tout dans ma chambre de malade. Si je l'avais écoutée, je serais encore cloué au lit, à l'heure qu'il est. Elle a bien failli me tuer avec ses prétendus remèdes miracles, et ensuite elle s'est battue bec et ongles contre les idées de Trankelstein. Or ce sont les massages et les exercices de cet homme qui m'ont remis sur pied.

La jeune femme pinçait les lèvres.

— Je ne vois pas ce que les erreurs de votre mère ont à voir avec la situation actuelle.

— Moi, et moi seul, prendrai les décisions concernant les solutions à adopter, Gabby. Je n'ai aucune envie de perdre la vie à cause des soins d'un médecin excentrique, dont vous auriez entendu parler autour d'une tasse de thé. Point final ! conclut-il, les bras croisés, ignorant les sourcils froncés de son épouse.

— Très bien, reprit-elle après un silence. Dans ce cas, je vous informe que toutes les décisions concernant mon corps m'appartiennent aussi en propre.

— Bien sûr, acquiesça Quill.

— Parfait. Donc, vous ne m'en voudrez pas si je fais condamner la porte de communication. Nous n'en aurons plus l'utilité.

Il tressaillit.

— Qu'essayez-vous de me dire ?

Elle haussa les épaules.

— Je vous fais seulement remarquer, cher époux, que mon corps n'est plus à votre disposition. Ainsi, vous ne souffrirez plus de migraines et n'aurez pas besoin de déplaisants remèdes.

Elle se détourna vivement, entreprit d'ôter les épingles de son chignon.

— Et si je trouvais une maîtresse ? demanda-t-il derrière elle, d'une voix inquiétante.

Elle s'immobilisa.

— C'est votre choix, et cela le sera toujours... Je compatirai à vos migraines, mais au moins je n'en serai pas responsable.

— Et vous ? lança-t-il méchamment. Comment assouvirez-vous vos désirs, Gabby ? Envisagez-vous de me faire porter des cornes ?

Elle était au bord des larmes, cependant il fallait qu'elle aille jusqu'au bout, sinon Quill s'entêterait dans sa décision de ne plus se soigner.

— Oh, non ! dit-elle d'un ton léger en se brossant les cheveux. J'ai apprécié la nuit que nous avons passée ensemble...

Elle s'interrompit, juste le temps de laisser planer le doute.

— ... Mais je ne vois pas de raison impérative pour que nous recommencions. C'était agréable, sans être... indispensable.

Il lui fut particulièrement difficile d'émettre ce mensonge. Elle avait l'impression de piétiner son cœur.

Elle se retourna pour croiser son regard. Elle s'était aperçue que son père avalait plus facilement ses mensonges, quand elle le regardait droit dans les yeux.

— C'était un peu sale, Quill, non ? dit-elle avec un délicat frisson. Je n'ai pas du tout aimé voir mes draps souillés. Ni me trouver nue sous votre regard.

— Pour l'amour du Ciel, Gabby ! Vous avez saigné parce que c'était la première fois. Cela ne se reproduira plus !

Ah bon ? Elle l'ignorait.

— Hmm... Ce que je veux dire, Quill, c'est que je n'ai pas l'intention de vous tromper. Cela ne m'intéresse guère, et jamais je n'irai voir d'autres hommes. Vous êtes mon mari. Pourquoi diable autoriserais-je un étranger à jouir de mon corps ?

Cela, au moins, c'était vrai. Elle se moquait des autres hommes : celui qu'elle voulait, c'était Quill.

Il crispait les mâchoires, au point d'en avoir mal aux dents. Il avait dû se tromper quand il avait cru lui procurer un plaisir infini. Sans doute avait-il été aveuglé par sa propre jouissance...

Il se dirigea vers la porte, s'arrêta, la main sur le bouton.

— Si j'essaie de nouveaux remèdes, me permettrez-vous de vous faire l'amour ?

Il se méprisait de montrer ainsi sa vulnérabilité, et il ne voulait pas se retourner, de peur de lire la pitié dans le regard de Gabby.

Elle était incapable de répondre, tant les larmes l'étouffaient.

Il attendit un moment avant de répéter :

— Alors, Gabby, aurai-je droit à une récréation conjugale pour chaque décoction de quinquina avalée ? Ou bien devrai-je avoir recours aux sangsues pour partager le lit de mon épouse ?

Elle retrouva enfin sa voix.

— Faut-il vraiment que nous... ?

— Oui ! décréta-t-il sèchement. Pour que j'essaie un médicament, il faut que j'aie une migraine. Donc nous attendrons qu'un charlatan se présente avec une infusion d'insectes, et alors je solliciterai votre permission d'exercer mon droit conjugal.

Elle se prit le visage entre les mains.

— Je... je ne veux plus jamais faire *ça*, Quill. Vous ne comprenez pas ?

— Je ne comprends que trop, répondit-il d'une voix atrocement glaciale. Je ne pénétrerai plus dans votre chambre, madame. Faites ce que vous voudrez au sujet de cette porte. Vous pouvez la clouer, si cela vous chante.

Il salua, mais Gabby ne bougea pas, une boule douloureuse dans la gorge.

La porte s'ouvrit, se referma, et elle laissa enfin libre cours à ses larmes.

Dieu, quelle menteuse experte elle était devenue ! Elle avait proféré des horreurs, et il l'avait crue !

C'était pourtant si loin de la vérité ! De tout son être, elle avait envie de le toucher. La nuit, entre ses draps frais, elle ne pensait qu'au plaisir qu'il lui avait donné, qu'au bonheur de le sentir en elle, au gémissement rauque qui s'était échappé de ses lèvres. Elle se rappelait la main qui la caressait, ses hanches qui se levaient d'elles-mêmes à sa rencontre...

Une fois le bain prêt, Gabby informa Margaret qu'elle avait mal à la tête et ne rejoindrait pas son époux pour le dîner.

Elle se roula en boule sur son lit, éperdue de chagrin, tandis que le bain tiédissait. Elle ne s'y glissa que lorsqu'il fut tout à fait froid. Punition, se dit-elle. Pour avoir menti, pour avoir désiré... Quel était le pire ? Elle connaissait la réponse. Quill avait raison au sujet du désir. Il ne pouvait rien y avoir de mal dans la façon dont leurs corps se mêlaient, s'aimaient, de jour ou de nuit. Mais il était mal de lui avoir dit qu'elle n'aimait pas cet acte.

Aussi resta-t-elle immobile, à regarder ses mamelons qui viraient au rouge foncé, comme pour son mari. Comme chaque fois qu'elle pensait à lui.

Et elle pleura. Parce qu'elle l'aimait, parce qu'elle avait envie de lui, et que ces deux vérités ne pouvaient aller ensemble. Elle l'aimait. Elle adorait la façon dont ses yeux brillaient, la façon dont il la contemplait en silence, dont il la touchait comme si elle était la plus belle femme du monde, la plus précieuse.

Elle l'aimait davantage qu'elle ne s'aimait.

Le bain froid fut salutaire, et d'autres souvenirs remplacèrent ceux de leur seule nuit d'amour. Pendant sa migraine, Quill était devenu mortellement pâle, son visage était terreux, hagard, ses yeux profondément enfoncés dans les orbites. Et les vomissements...

Non ! Elle avait eu raison de mentir. C'était pour le bien de Quill. D'instinct, elle savait qu'il sortirait d'une crise de migraine pour revenir aussitôt dans son lit. Il souffrirait en permanence.

Parce qu'il l'aimait, pensa-t-elle. Il ne l'avait pas dit depuis qu'il lui avait demandé de l'épouser, mais il ne croyait guère aux déclarations. Et puisqu'il l'aimait, il souhaiterait sans cesse lui faire l'amour. Il ne voudrait pas la priver de ces instants de joie, même au détriment de sa santé.

Alors que maintenant... il ne songerait plus à lui faire l'amour. Il n'en aurait plus envie, compte tenu de ce qu'elle lui avait dit.

Et c'était ce qui importait.

Lucien Blanc se rendait, sans grand enthousiasme, à un petit-déjeuner au champagne offert par le duc et la duchesse de Gisle, quand il s'aperçut qu'on était mardi matin. Précisément mardi peu après dix heures... S'il donnait un contrordre à son cocher, il arriverait devant chez Emily en même temps que Bartholomew Hislop, et montrerait à ce dernier que la jeune femme n'était pas pour lui.

Il tapa contre le toit de la voiture.

Mais lorsqu'ils s'arrêtèrent devant la petite maison, il ne vit pas trace de Hislop. Peut-être ferait-il mieux de renoncer, se dit-il. Emily avait plusieurs fois refusé de le recevoir. Chaque fois qu'il s'était présenté, Sally lui avait dit que Mme Ewing était sortie.

À ce souvenir, il se raidit et faillit ordonner à son valet de refermer la portière. Hislop était probablement déjà dans le bureau d'Emily, à se pencher par-dessus son épaule...

Il serra les dents et mit pied à terre en enfilant ses gants. Pas question qu'elle lui refuse sa porte, si Hislop se trouvait à l'intérieur !

La servante balbutia les sottises habituelles, mais il lui donna une pièce, et elle s'enfuit vers la cuisine.

Lucien hésita un instant devant la porte du bureau, puis il entra sans frapper. Il réalisa aussitôt son erreur. Emily et Hislop se tenaient devant le bureau, dos tourné à la porte, et ils semblaient partager une calme intimité...

Lorsqu'elle se retourna, Lucien vit une expression de dégoût sur son visage.

— Pardonnez-moi de vous déranger, dit-il, embarrassé, son accent français plus prononcé que de coutume.

De toute évidence, elle ne s'offusquait pas de la présence de Hislop. Il avait même la main sur son poignet !

Celui-ci salua Lucien le plus naturellement du monde.

— Ravi de vous revoir ! dit-il avec sincérité. Quelle étrange coïncidence !

— Je viens souvent, marmonna Lucien, sombre, les yeux plissés.

— Moi aussi, moi aussi... répliqua Hislop, sans se douter un instant du danger qui le menaçait.

Emily se précipita vers son nouveau visiteur.

— Quelle joie de vous revoir, monsieur Blanc ! s'écria-t-elle.

Elle avait les joues roses, et il imagina que c'était le plaisir d'avoir eu la main de Hislop sur la sienne.

— Je regrette de vous avoir dérangés, mentit-il avec raideur. J'avais complètement oublié l'entretien hebdomadaire de M. Hislop.

— Entretien n'est pas le terme exact, intervint l'autre. Cela donne un aspect trop professionnel. Je préfère penser à Mme Ewing comme à une bonne amie. En fait, je lui demandais de m'accompagner ce soir au théâtre.

Lucien serra les dents. Emily avait-elle la moindre idée de ce que sous-entendait cette canaille ? Apparemment pas. Plus agaçant encore, il avait lui-même invité la jeune femme au théâtre, et elle avait refusé.

— Peut-être vous y rencontrerai-je, dans ce cas, dit-il poliment en s'inclinant de nouveau. Si vous voulez bien m'excuser, on m'attend.

Hislop s'élança en avant, dissimulant Emily aux yeux de Lucien.

— Vous vous rendez au petit-déjeuner du duc de Gisle, je parie ? J'étais invité – voyez-vous, je suis l'un de ses meilleurs amis – mais j'ai égaré son carton. Cela arrive, n'est-ce pas ?

— Certainement.

Lucien faisait mine de s'en aller, mais un cri échappa à Emily :

— Monsieur Blanc !

— Oui ?

— Je...

Elle avait du mal à poursuivre, et il attendit.

— Une fois, lorsque vous êtes venu me rendre visite, dit-elle d'une voix ténue, vous m'avez offert votre aide. J'aimerais en profiter.

Lucien demeura un instant perplexe. De quoi parlait-elle ? Soudain, il se rappela lui avoir dit un jour qu'il était venu pourfendre un dragon.

— Monsieur Hislop, lança-t-il avec un mince sourire, puisque votre invitation a si malencontreusement disparu, pourquoi ne m'accompagneriez-vous pas au petit-déjeuner des Gisle ? Je suis certain que Patrick sera enchanté de voir l'un de ses meilleurs amis.

Hislop n'hésita pas une fraction de seconde. Il salua rapidement Emily.

— Vous comprendrez sûrement, chère madame, que je dois vous laisser. Peut-être trouverai-je le temps de revenir plus tard.

Lucien se crispa devant l'indélicatesse de ce malotru, mais un coup d'œil à Emily le rassura. Elle était heureuse d'en être débarrassée. Et donc, elle ne l'appréciait pas autant qu'il l'avait craint.

À peine la portière de la voiture refermée sur eux, Lucien fondit sur Hislop, le saisit par la cravate et le souleva de la banquette.

— Que faites-vous ? cria l'autre.

Le reste de ses protestations fut inintelligible, car Lucien lui faucha les jambes, et il tomba lourdement entre les deux sièges.

Hislop, assis par terre, regardait son agresseur avec une stupéfaction horrifiée.

— Qu'est-ce qu'il vous prend ? Vous... vous avez froissé ma cravate, bon sang ! Elle est fichue ! Que vont penser le duc et la duchesse ?

Amusé, Lucien remarqua qu'il se formalisait davantage de l'état de sa tenue que de la brutalité inattendue dont il avait été victime. Sans doute était-il habitué à provoquer ce genre de réaction !

— Je veux que vous vous teniez à l'écart de Mme Ewing, dit-il d'une voix dangereusement douce.

Si j'apprends que l'on vous a vu près d'elle ou de sa demeure, je m'arrangerai pour que plus personne ne vous reçoive dans la haute société.

Hislop se redressa et se hissa sur la banquette opposée, en regardant son interlocuteur comme s'il s'agissait d'un chien enragé.

— Je ne comprends pas pourquoi vous vous énervez ainsi, grommela-t-il. Je n'ai rien fait qui contrarie cette dame ! Je me suis conduit en parfait gentilhomme, si vous voulez le savoir.

— Je m'en moque, rétorqua Lucien, les dents serrées, tant que vous renoncez à votre « amitié » avec Mme Ewing.

Hislop fit la moue.

— Je travaille à cela depuis des mois, se plaignit-il, et vous ne la connaissez que depuis quelques semaines ! Ne pourriez-vous reconnaître que j'ai la priorité ?

Lucien eut un mouvement menaçant, et l'autre leva les mains en signe de reddition.

— Très bien ! cria-t-il d'une voix aiguë. Par le Ciel, de toute façon, elle ne m'intéresse guère. Elle est trop stricte à mon goût. J'ai pensé essayer la sœur... mais je ne le ferai pas ! rectifia-t-il vivement en croisant le regard furibond de Lucien. Je ne m'approcherai plus de leur maison, si c'est votre souhait.

Lucien s'appuya au dossier de son siège, ce qui sembla redonner quelque courage à Hislop.

— Je ne vois pas ce qui vous dérangerait si je courtisais la sœur, geignit-il lamentablement. Vous pouvez prendre Emily, je m'effacerai comme un gentilhomme, bien que j'aie la priorité. Alors pourquoi ne pas me laisser Louise ? Je pourrais l'installer dans ses meubles, ajouta-t-il, généreux. J'ai à Chelsea une petite maison qui est idéale pour ce genre de relation, et elle est vide depuis deux mois.

Lucien frappa sur le toit, et la voiture s'arrêta brutalement.

— Que faites-vous ? demanda Hislop, inquiet. Vous avez dit que vous m'emmeniez à la réception des Gisle ! Or je veux y aller !

— Sortez ! ordonna Lucien tandis que la portière s'ouvrait.

— Non ! s'indigna l'autre, rouge vif. Vous avez promis ! Vous m'avez volé ma bonne amie, sans que j'aie eu le temps de lui dire adieu, et avec un déploiement de violence tout à fait superflu. Vous êtes obligé de respecter votre parole, maintenant.

À sa grande surprise, Lucien éclata de rire.

— C'est d'accord.

Hislop le regarda, incertain.

— Vous feriez mieux de renouer votre cravate, lui conseilla Lucien.

Environ une heure plus tard, Patrick Foakes, le duc de Gisle, donna un léger coup de coude dans les côtes de son ami.

— Qui est cet avorton que tu as amené chez nous ? demanda-t-il avec un signe du menton en direction de Hislop, qui bavardait gaiement avec la duchesse.

— Bartholomew Hislop. Délicieux, n'est-ce pas ? Il essayait de me chiper ma future femme.

Patrick sursauta.

— Quoi ?

Lucien se rendit compte à retardement de ce qu'il venait de dire, et tout compte fait, c'était plutôt une éventualité agréable...

— J'ai l'intention d'épouser Mme Emily Ewing, expliqua-t-il. Mais il fallait d'abord que je pourfende le dragon.

Patrick cligna des yeux, tout en regardant Hislop et sa cravate froissée.

— C'est *ça*, le dragon ?

Lucien sourit.

— Nous autres, pourfendeurs de dragons, trouvons notre travail où nous pouvons.

Patrick leva les yeux au ciel.

— Mais pourquoi l'as-tu amené ici ? Tu espérais que mon cuisinier empoisonnerait son repas ? Il me semble que c'est raté !

— Hislop et moi avons trouvé un terrain d'entente au sujet d'Emily, mais j'ai dû lui promettre de l'emmener à ton petit-déjeuner, et il a considéré que j'avais le devoir de tenir ma parole.

— Il a plutôt l'air d'une souris que d'un dragon !

Lucien éclata de rire.

Soudain, Patrick avisa Sophie qui lui lançait un regard suppliant par-dessus la tête de Hislop.

— Il va voir de quel bois je me chauffe ! grinça le duc en se dirigeant vers eux.

Hélas, la visite inattendue de Bartholomew Hislop chez le duc de Gisle ne se déroula pas aussi merveilleusement qu'il l'avait espéré.

Comme il le raconta le lendemain à des amis, il ne fit rien de plus que de laisser tomber accidentellement une tartelette à l'abricot aux pieds de la duchesse.

— Pas dans son corsage, précisa-t-il. À côté !

Et quand il s'était penché pour vérifier que sa robe n'était pas tachée, le duc était sorti de ses gonds.

Ses camarades étaient tout ouïe.

— Bien sûr, les rassura Bartholomew, cet incident n'affectera en rien notre amitié, et je suis certain que les Gisle continueront à m'inviter fréquemment, comme c'est le cas depuis toujours. Mais je vous conseille d'éviter la duchesse. Franchement, Gisle n'a pas choisi le meilleur parti de Londres. Après tout, Sa Grâce a montré sa poitrine à tout le monde au bal des Fester, non ? Alors pourquoi se formaliser si j'y ai jeté un rapide coup d'œil ?

Ses amis acquiescèrent avec chaleur, ce qui atténua quelque peu la douleur due à l'ecchymose qui soulignait son œil droit.

# 18

— Gabby ! Au nom du Ciel, que faites-vous ici ? s'écria Sophie. Je n'avais encore jamais rencontré quelqu'un de connaissance, dans ce quartier !

Gabby eut un sourire timide.

— Je suis venue voir un apothicaire. Comment allez-vous, Sophie ?

La duchesse de Gisle lui prit le bras.

— Je m'ennuie, ma chère. Je m'ennuie à mourir. Je cherchais une grammaire de norvégien chez M. Spooner, et je n'en ai pas trouvé... Mais j'ai été affreusement négligente, pardonnez-moi. J'avais l'intention de vous rendre visite la semaine dernière, afin de vous présenter mes félicitations.

Gabby ouvrit la bouche pour répondre, mais Sophie ne lui en laissa pas le temps.

— Vous avez épousé le meilleur des deux frères, vous savez. Peter est un amour, mais Quill... Ma foi, si je n'avais pas déjà rencontré Patrick quand il est sorti de sa chambre, je me serais peut-être mise sur les rangs.

Elle affichait son éblouissant sourire. Gabby hocha la tête.

— Dans ce cas, je suis heureuse que la maladie de mon mari ait duré si longtemps. Je n'aurais pas eu la moindre chance !

— Sottise ! Mon Patrick dit que Quill est amoureux fou de vous.

Gabby, secrètement ravie, éclata de rire.

— Comment votre époux pourrait-il savoir si Quill est amoureux ou non ?

Sophie eut un délicat haussement d'épaules, qui n'appartenait qu'à elle.

— Bah, les hommes ! Qui sait comment ils se comprennent ? Parfois, j'ai l'impression que Patrick et son frère communiquent en langage codé. Ils ne se parlent pas souvent, mais Patrick sait toujours si Alex a un problème. Ils sont jumeaux, voyez-vous.

— Je l'ignorais, murmura Gabby, intriguée. Se ressemblent-ils ?

— Tout le monde le pense, pourtant je ne suis pas d'accord. J'aimerais beaucoup vous le présenter, mais Alex et Charlotte, son épouse, sont encore à la campagne, car elle est enceinte.

— Je vois, dit Gabby.

Quill et elle, à cause de leur deuil, n'avaient pas assisté à beaucoup de réceptions, cependant elle avait croisé plusieurs femmes qui attendaient un enfant.

— Charlotte a eu quelques difficultés pour mettre au monde son premier bébé, expliqua Sophie, alors Alex est terrorisé et il ne laisse pas ma malheureuse amie mettre le pied dehors. Patrick prétend qu'il va attraper un ulcère, à cause des angoisses de son frère !

— Chacun perçoit ce que l'autre ressent ?

— Oui. Il paraît que c'est fréquent, chez les jumeaux... Est-ce là votre apothicaire, Gabby ? La boutique semble plutôt sinistre.

Elles se trouvaient devant une petite échoppe aux vitres sales.

Gabby sortit de son réticule l'article qu'elle avait découpé dans le *Times*.

— C'est bien là.

— Nous ferions mieux de laisser nos caméristes attendre dehors, nous ne tiendrons pas toutes à l'intérieur. Relevez votre jupe, Gabby ! conseilla-t-elle alors qu'elle poussait la porte, déclenchant une sonnette.

L'officine de M. J. Moore, apothicaire, était remplie de flacons aux formes bizarres, ornés d'étiquettes. Il n'y avait personne derrière le comptoir.

Sophie se pencha sur l'une des bouteilles.

— Regardez! «Poudre des vers.» Croyez-vous que ce soit fabriqué avec des vers de terre?

— J'en doute.

Où était le propriétaire? Gabby serrait la coupure de journal dans sa main gantée.

— Non, ce n'est pas fait avec des vers, continua Sophie, toujours penchée sur le flacon. Cela débarrasse le corps de toutes sortes de vers... Gabby, que faisons-nous ici?

À cet instant, un vieil homme ouvrit le rideau menant à l'arrière-boutique, et Gabby tressaillit. Ses yeux étaient voilés d'une taie blanchâtre, et il s'appuya au comptoir pour venir jusqu'à elles.

— Bonjour! Bonjour! Je suis M. James Moore! dit-il, jovial. Fournisseur de véritables et efficaces médecines, pour les jeunes comme pour les vieux. En quoi puis-je vous aider?

— J'ai lu votre article dans le *Times*, dit Gabby qui commençait à regretter amèrement d'avoir ouvert le journal ce matin-là.

— Ah, madame, ainsi vous souffrez de l'intestin? Vous avez des renvois, ou peut-être... des gaz?

Sophie prit le bras de sa compagne.

— Je ne pense pas que nous soyons dans la bonne boutique, murmura-t-elle.

— Ah, il y a deux dames! s'exclama M. Moore. Tant mieux! Il est normal d'être un peu anxieux, dans ce genre de circonstance. Mais mieux vaut être gêné ici que d'essuyer une véritable humiliation quand la crise se passe en public.

Gabby était affreusement embarrassée.

— Je suis venue parce que vous avez apparemment soigné une femme qui souffrait de violents maux de tête.

— Exact ! Exact ! déclara M. Moore en frottant l'une contre l'autre ses mains à la propreté douteuse. Il s'agit de ma charmante nièce, miss Rachel Morbury, de Church Lane. Elle a insisté pour publier ce témoignage dans le journal, chère madame. Elle souffrait depuis deux ans, et c'était tellement pénible qu'elle était sur le point de perdre son emploi. Elle a une bonne place chez Mme Huffy, qui vit à Church Lane. Rachel a enfin accepté que je lui administre une dose de mon très efficace médicament. Et elle n'a plus jamais souffert depuis ! conclut-il triomphalement en souriant au mur derrière Gabby. Rachel a fait passer cette annonce de son propre chef, mesdames. Pour le bien de l'humanité, a-t-elle dit. C'est une bonne nièce.

Sophie avait crispé la main sur le bras de sa compagne pendant ce discours.

— Le remède est sûrement frelaté, Gabby... souffla-t-elle.

Celle-ci s'éclaircit la gorge.

— De quoi est fait votre médicament contre la migraine, monsieur Moore ?

— Vous êtes de délicates personnes, dit-il joyeusement, aussi je vous épargnerai la liste des ingrédients qui le composent. J'aurais horreur de vous donner la nausée, et plus encore de vous empêcher d'acheter mes véritables et efficaces remèdes !

Sophie tirait son amie par le bras, mais Gabby résista.

— Je n'achèterai rien si je ne connais pas la composition de la potion.

— Très bien, très bien... J'utilise des ingrédients extrêmement rares, madame. C'est la raison pour laquelle les médicaments contre les maux de tête sont plus chers que la plupart des autres.

— Vraiment ?

— C'est une préparation mercurielle, celle-là même que le célèbre Emperick Charles Hues avait l'habitude de prendre. Et, par préparation mercurielle, j'entends qu'il y entre du mercure.

— Quoi d'autre ?

— De la potasse et de l'antimoine, un peu d'opium…

— Rien de très original, coupa Gabby.

— C'est un mystérieux ingrédient qui assure son succès, madame, mais je ne puis vous le dévoiler. Un médecin doit garder ses secrets, sinon n'importe quel bandit des rues pourrait vendre mes véritables et efficaces médicaments !

— Dans ce cas, merci de nous avoir reçues, dit Gabby en tournant les talons.

— Attendez !

— Mon mari ne prendra jamais un médicament dont il ne connaîtrait pas la composition. Au revoir, monsieur.

— Pour le bien de l'humanité, bredouilla l'apothicaire, dans l'intérêt de l'humanité, et pour soulager votre cher mari, madame, je vais tout vous dire. Mais vous devez me donner votre parole de n'en souffler mot à personne… Mon ingrédient secret est de la teinture de chanvre indien. La potion est à absorber toutes les deux ou trois heures.

— Du chanvre indien ? Où avez-vous pris cette idée, monsieur ?

— J'ai acheté le remède à un Indien, une sorte de sorcier, comme il s'appelait lui-même. Et c'est miraculeux, madame, miraculeux !

— Très bien. J'en prends un flacon.

M. Moore était aux anges.

— Cela fera cinq livres, madame.

— Partons, Gabby ! déclara fermement Sophie. Vous n'allez pas donner un penny à ce charlatan !

— Voici une livre, dit Gabby en posant la pièce sur le comptoir crasseux.

M. Moore s'en empara et plaça une bouteille brune à sa place.

— Vous n'aurez jamais fait de meilleure affaire, madame. Une cuillerée à soupe toutes les deux ou trois heures, au moment de la crise.

Il salua cérémonieusement.

— Puis-je vous dire à quel point je serais heureux de vous rendre de nouveaux services, madame ? Comme je vous l'ai dit, mes remèdes contre les vents sont célèbres dans tout le pays…

— Je vous remercie, répliqua Gabby. Bonne journée.

Elle suivit Sophie hors de la boutique.

— Si vous n'étiez pas mon amie, je m'inquiéterais pour votre santé mentale, dit la duchesse. Vous venez de jeter une livre par la fenêtre !

— C'est bien possible, admit Gabby, un peu découragée.

— Et je serais surprise que Quill accepte de prendre ce médicament.

Gabby n'avait pas envie d'avouer que Quill ne le prendrait *sûrement* pas ! C'était trop humiliant. Toute cette histoire était trop humiliante… Les larmes lui piquaient les paupières.

Sophie s'en aperçut. Elle prit le bras de Gabby pour aller jusqu'au bout de la ruelle, où attendaient leurs voitures.

— Il faudra que nous parlions de tout cela, Gabby, décréta-t-elle. Les migraines de Quill sont graves, je suppose ?

— Oui.

— Cependant, qui sait l'effet que ce chanvre indien aurait sur lui ? Il me semble difficile à imaginer que Quill pourrait avaler cette potion… même véritable et efficace, ajouta-t-elle en singeant la voix de M. Moore. Et si cela lui faisait du mal plutôt que du bien, Gabby ?

— Je sais. Mais quand j'ai vu cette annonce dans le journal…

Elle ne put en dire davantage.

— Sa nièce ! Ah, le vieux filou, il a sûrement rédigé l'article lui-même !

— Vous avez sans doute raison, dit Gabby d'une toute petite voix.

— Nous avons bien besoin d'une tasse de thé, déclara brusquement Sophie. Je vais ordonner à votre cocher de nous suivre.

Gabby acquiesça, et elles se retrouvèrent bientôt dans l'établissement de Mme Clara.

— C'est mon salon de thé préféré, lui confia Sophie. Toutes les mauvaises langues de Londres sont là, à échanger des ragots, mais comme les tables ne sont pas assez proches pour que l'on puisse s'entendre de l'une à l'autre, nos commères en seront pour leurs frais.

Peu à peu, Gabby se dérida. Et, devant une tasse de thé, après s'être assurée que personne ne pouvait les entendre, elle raconta toute l'affaire à Sophie.

— Mais vous devez promettre de ne pas en parler à votre mari, dit-elle lorsqu'elle eut terminé. Je vous en prie, Sophie...

— Bien sûr, répondit distraitement celle-ci. Ce n'est pas une histoire à raconter à un homme. Cela le rendrait nerveux, et il se mettrait à avoir des migraines par pure solidarité masculine !

Gabby eut un petit rire, et Sophie continua à réfléchir à haute voix :

— Les anciennes blessures de Quill déclenchent ses migraines... Comment est-ce possible ?

— Il a une longue cicatrice à la hanche.

— Trop éloignée de la tête.

— Peut-être pas, protesta Gabby. Et si les migraines étaient causées par le fait qu'il fasse travailler sa hanche ?

— Travailler ? Oh, je vois ce que vous voulez dire... A-t-il mal, quand il bouge la jambe normalement ?

— Il ne me l'a jamais dit, mais il boite. Et j'ai remarqué que c'est plus visible lorsqu'il est fatigué.

— Donc, il doit souffrir la plupart du temps, conclut Sophie. Les hommes sont absolument stupides, quand il s'agit d'avouer qu'ils ont mal.

— Alors, si les migraines étaient causées par un excès de fatigue de la jambe ? Ou plutôt de la hanche, dans ce cas, rectifia Gabby.

Elle sentait le sang lui monter au visage.

— Ce pourrait être les deux, précisa Sophie. Je veux dire...

Elle hésita un instant avant de se lancer :

— ... Il se soutient sur les genoux, vraisemblablement, et il bouge les hanches. Cette nuit, vous devriez lui interdire de bouger les hanches et de reposer uniquement sur les genoux, ajouta-t-elle, une lueur coquine dans les yeux.

Le cœur de Gabby fit un bond.

— Je ne peux pas, Sophie. Je lui ai dit que je n'aimais pas, que je n'appréciais pas... l'acte, afin de ne pas être responsable de ses migraines. Il ne m'en veut pas, mais cela fait plusieurs semaines, et il ne m'embrasse même plus pour me souhaiter bonne nuit.

Humiliée, elle sentit de nouveau les larmes lui monter aux yeux.

— Eh bien, changez d'avis, déclara fermement Sophie.

— Je ne peux pas ! Si cela ne marchait pas ?

— Cela marchera ! Et vous ne pouvez pas passer votre existence à acheter des potions invraisemblables à des charlatans ! Vous tuerez Quill, un de ces jours.

— Je ne lui en ai jamais fait prendre, avoua la jeune femme en songeant aux nombreuses fioles qu'elle cachait dans son secrétaire. J'attendais qu'il ait une crise...

— Il n'en aura jamais, si vous ne l'attirez pas dans votre lit, objecta Sophie à juste titre.

— Il a dit qu'il prendrait une maîtresse...

Une larme roula sur la joue de Gabby.

— Ridicule ! Je parierais qu'il passe ses nuits à rêver qu'il enfonce votre porte ! Patrick et moi avons cessé toute relation de ce genre pendant la première année de notre mariage, et jamais il n'est allé voir une courtisane. Pour se distraire, il me fusillait du regard.

— C'est vrai ? demanda Gabby, fascinée.

— Vous seriez étonnée d'apprendre toutes les bêtises que nous avons faites, répliqua Sophie, un sourire aux lèvres. Mais je garde cela pour le prochain thé que nous prendrons ensemble, car j'ai promis à un jeune garçon qui vit avec nous de l'emmener voir la Tour de Londres, cet après-midi.

— Je ne sais comment vous remercier, Sophie, je...

— Fariboles !

La duchesse éclata de rire.

— On croirait entendre ma mère ! reprit-elle. L'avez-vous déjà rencontrée ?

Gabby secoua la tête.

— Vous ne connaissez pas votre bonheur ! Allons, ajouta Sophie avec un air de conspiratrice, je penserai à vous ce soir, Gabby. Haut les cœurs !

Deux lettres en provenance des Indes attendaient Gabby à son retour, et elle s'en empara vivement, mais aucune n'était signée Sudhakar.

Elle lut la première avec beaucoup d'intérêt. Apparemment, son plan pour sauver Kasi Rao se déroulait au mieux. Elle eut un élan de fierté en constatant que l'une de ses extravagantes idées allait servir à quelque chose !

Elle ouvrit ensuite, avec quelque réticence, l'enveloppe qui portait l'écriture de son père. À mesure qu'elle lisait, elle eut l'impression que la lettre lui brûlait les doigts. La requête de sa fille était absurde, disait Richard Jerningham. Se rendait-elle compte qu'aucun gentilhomme anglais n'était susceptible d'avaler un breuvage concocté par un *vaidya* ? Ce qui convenait à un Indien serait dangereux pour la délicate constitution d'un Britannique. Voulait-elle tuer son époux ? En aucun cas il ne permettrait à quelqu'un du village de se mêler de son infernal projet.

Il lui suggérait, en outre, de se repentir de ses péchés et de tout avouer à son mari.

Gabby connaissait la piètre opinion que son père avait d'elle, pourtant elle fut désarçonnée.

Dans un mouvement de colère, elle déchira la lettre. Elle en contemplait les petits morceaux éparpillés sur un guéridon, quand son mari entra dans sa chambre.

— Pour l'amour du Ciel, que faites-vous ? demanda-t-il.

Gabby rougit en rassemblant vivement les bouts de papier.

— Ce n'est que...

— Les mots d'amour d'un autre homme ? s'enquit-il avec une pointe d'humour.

— Non ! Oh, Quill...

Il s'était détourné et s'emparait de la petite bouteille brune de l'apothicaire, qu'elle n'avait pas eu le temps de dissimuler.

Lorsqu'il la regarda de nouveau, son visage était dur, fermé.

— Où avez-vous acheté cela, Gabby ?

— À Abchurch Lane, répondit-elle, désespérée. J'ai pensé que peut-être...

— J'avais l'impression que vous ne souhaitiez pas dormir avec moi, dit-il avec une politesse excessive. Quand aviez-vous l'intention d'utiliser cette... ce médicament ?

— Vous... vous aviez dit que vous iriez voir une courtisane, balbutia Gabby.

— Oh... Je vois. Comme vous n'appréciez pas les relations conjugales, j'irai voir une fille de joie. Et quand j'aurai la migraine, vous m'administrerez ce remède.

Gabby était cramoisie.

— J'ai lu un article, et il me paraissait...

— Combien de potions de ce genre avez-vous achetées, Gabby ? coupa-t-il.

Elle cligna des yeux, penaude.

— Voyez-vous, poursuivit-il, j'ai vu ma mère agir exactement de la même façon. Elle achetait des remèdes dès qu'elle voyait un article accompagné d'un faux témoignage dans le journal. Elle a failli me tuer, et depuis, j'ai décidé que je n'avalerais plus un seul de ces médicaments. Et je m'y tiendrai.

— Il a dit que c'était efficace...

— Où sont les autres ?

Déjà, il fouillait dans son armoire. La colère montait en elle, mais elle parvint à demeurer silencieuse. Toutefois, lorsqu'il passa à son secrétaire, elle ne put se contenir davantage.

— Vous n'avez pas le droit ! s'indigna-t-elle. Ne touchez pas à mes affaires !

— J'ai tous les droits, répliqua-t-il en ouvrant un tiroir.

— C'est mon bureau !

— Les voilà ! triompha-t-il. Je suppose que *mes* médicaments ont trouvé tout seuls le chemin de *votre* secrétaire !

Elle serra les dents tandis que Quill posait les fioles sur la table. Il prit la première.

— Ma mère aussi rendait visite à ces charlatans...

Le flacon explosa dans la cheminée, provoquant une petite flamme rouge.

— Il doit contenir de l'alcool, fit-il remarquer.

— Vous ne voulez pas guérir ? demanda Gabby, au désespoir.

— Pas au péril de ma vie.

Il examinait une troisième fiole.

— Ceci est fort intéressant. Savez-vous que cette potion guérit toutes les sortes de maladies ? Foutaise !

La bouteille s'écrasa dans l'âtre.

— Cela m'appartenait. Vous n'avez pas le droit de détruire ce que j'ai acheté !

— Vous aviez l'intention de vous en servir vous-même ? rétorqua-t-il, la voix calme mais les yeux animés d'une lueur inquiétante. Je n'avalerai plus jamais de ces breuvages. Jamais !

— C'est absurde !

— Je vous prie de ne plus acheter de médicaments contre la migraine, à l'avenir. Entendu ?

Il se dirigea vers la cheminée.

— Ne me tournez pas le dos ! cria-t-elle, furieuse.

Il poussa quelques morceaux de verre dans l'âtre.

— J'attends une réponse, Gabby, lança-t-il pardessus son épaule.

Hors d'elle, elle saisit la fiole de M. Moore.

— Vous oubliez celle-ci !

Elle la lança de toutes ses forces en direction de son mari. Le flacon passa au-dessus de son épaule, pour s'écraser contre la plaque de cheminée. Le liquide brun s'écoula le long des briques.

Quill fit un bond en arrière, puis il se retourna lentement.

Les cheveux de Gabby tombaient sur son visage, elle avait les bras croisés. Elle était en colère. Elle était belle... Il aurait tout donné pour pouvoir la serrer contre lui, et la faire changer d'avis sur les relations conjugales.

Il s'avança.

— On dirait que j'ai épousé une jeune femme douée d'un fort tempérament...

— Madame ! appela soudain Margaret, derrière la porte. Voulez-vous vous changer maintenant ?

— Promettez-moi, Gabby... insista Quill.

— Je promets de ne plus acheter de remèdes contre vos migraines, dit-elle d'une voix neutre.

— Merci.

— Bien que je ne sois pas la seule à avoir mauvais caractère.

— Je vous assure que je ne me suis jamais conduit comme un fou furieux, avant de vous rencontrer.

On frappait de nouveau à la porte.

— Madame ?

Gabby soupira.

— Un moment, Margaret ! Je voulais seulement vous aider, ajouta-t-elle en levant les yeux vers son mari.

Il déposa un baiser sur le bout de son nez et tourna les talons. Gabby leva la main pour le retenir, puis se reprit. Après ce qui venait de se passer, elle ne pouvait suivre le conseil de Sophie et tenter de séduire son époux.

Elle prétexta la fatigue pour prendre un léger repas dans sa chambre, tout en maudissant sa lâcheté.

Les dames qui se faisaient une spécialité d'observer et de commenter le moindre événement, trouvaient Londres bien terne durant les mois qui précédaient le début de la saison proprement dite. Mais, cette année-là, elles avaient décidé que la maison de la nouvelle vicomtesse Dewland pourrait fournir quelque source de distraction.

— Après tout, dit ce jour-là lady Prestlefield à sa vieille amie, lady Cucklesham, non seulement cette jeune personne a créé un scandale en montrant sa poitrine à tout le monde, mais il n'est pas besoin d'être grand clerc pour comprendre qu'elle a rejeté son fiancé au moment où l'aîné héritait du titre...

— Cela ne fait aucun doute, acquiesça lady Cucklesham, qui elle-même avait épousé un homme de l'âge de son père exactement pour la même raison. Il est peu convenable qu'elle l'ait fait aussitôt après la mort du vicomte, si j'ai bien compris ce qui s'est passé.

— En effet. Et espérons qu'elle n'a pas réalisé une mauvaise affaire... si l'on écoute les rumeurs au sujet des blessures de Quentin Dewland.

Il y eut un silence attristé.

— Peut-être devrions-nous rendre visite à la jeune vicomtesse, reprit lady Cucklesham. J'aimerais bien voir comment fonctionne la maisonnée. Si elle est aussi intéressée et, pour parler franc, aussi scandaleuse qu'on le dit, il est de notre devoir de dévoiler ses travers avant le début de la saison.

Lady Prestlefield était bien de cet avis !

— Sa Grâce la duchesse de Gisle, lady Prestlefield, lady Cucklesham ! annonça solennellement Codswallop.

Il n'aimait rien tant que d'accueillir un groupe d'aristocrates.

— Quel plaisir de vous voir, dit Gabby, un timide sourire aux lèvres, en faisant la révérence.

Elle se rappelait clairement les commentaires des deux dames, lorsque son corsage avait glissé.

— Nous mourions d'envie de vous présenter nos félicitations, commença lady Cucklesham.

Heureusement, Sophie arrivait juste derrière elles.

— Comment se porte votre époux, aujourd'hui ?

— Très bien, je vous remercie.

Gabby s'efforça de ne pas rougir. Elle savait parfaitement à quoi son amie faisait allusion.

Codswallop réapparut.

— Mme Ewing et miss Phoebe Pensington !

Gabby leva les yeux, surprise.

— Phoebe chérie ! Et Mme Ewing ? Quelle joie !

Elle était sincèrement étonnée, car elle avait vu plusieurs fois Phoebe depuis son retour à Londres, mais jamais Mme Ewing ne lui avait rendu visite.

Celle-ci était délicieusement élégante, mais Gabby la trouva encore plus lasse et pâle que d'habitude. Elle blêmit davantage en voyant le petit groupe de dames qui se trouvaient au salon.

— Nous ne restons pas, annonça-t-elle vivement. Je suis simplement venue parce que Phoebe voulait savoir si vous aviez des nouvelles de… de Kasi Rao.

— J'ai reçu une lettre ce matin même, dit Gabby en souriant à la petite fille. Apparemment, il est très heureux à la campagne. Il s'est fait des amis…

Elle se pencha pour chuchoter à l'oreille de la fillette.

Mais la voix haut perchée de Phoebe n'était pas faite pour les secrets.

— Un poulet ! gazouilla-t-elle. Kasi Rao est ami avec un poulet ?

— Apparemment, dit Gabby en riant.

Phoebe la tira par la manche.

— Vous êtes sûre que ces vilains messieurs ne vont pas l'enlever à Mme Malabright ?

— Certaine, chérie. Mais il vaut mieux ne pas en parler, on ne sait jamais.

— Bien sûr, intervint Mme Ewing. Nous savions que… nous voulions seulement…

Elle semblait affreusement mal à l'aise.

— Je vous en prie, joignez-vous à nous, ne serait-ce qu'un moment. Aimerais-tu aller voir Margaret et manger une part de tarte ? proposa Gabby à la petite fille.

Elle la confia à Codswallop, puis entraîna une Emily un peu réticente au salon.

Lady Cucklesham leva aussitôt les yeux.

— Je crains de ne… Qui êtes-vous ?

— Je m'appelle Mme Ewing, répondit Emily avec raideur.

— Alors votre époux est l'un des Ewing du Hertfordshire ?

— Non, il n'avait pas de famille.

— Mais vous êtes certainement Emily Thorpe. Enfin, vous l'étiez… Pourriez-vous nous dire comment se porte votre très cher père ? Nous avons entendu dire qu'il était souffrant, mais vous pourrez sûrement nous donner des nouvelles plus précises.

— Malheureusement, non.

Sophie profita du silence qui suivit pour intervenir.

— Cette adorable petite fille est-elle la vôtre ?

Elle se tourna vers lady Prestlefield et expliqua :

— J'ai rencontré Mme Ewing au bal de lady Fester, et j'ai passé une bonne partie de la soirée à lui envier sa robe. Mais j'ignorais qu'elle fût la maman d'une aussi charmante enfant. Désormais, cela fait deux raisons d'être jalouse de vous, madame Ewing !

Lady Prestlefield esquissa un mince sourire, qu'on aurait pu qualifier de vipérin.

— Ainsi, vous avez un enfant, madame Ewing... Curieux ! J'ai beaucoup entendu parler de votre... beauté, mais je n'ai jamais su que vous et votre mari aviez eu une petite fille.

Emily était pâle comme un linge, cependant elle affronta courageusement le regard de lady Prestlefield.

— Phoebe est la fille de ma sœur Carolyn. Vous vous rappelez certainement Carolyn Thorpe ? Je crois que vous avez fait vos débuts ensemble...

Sophie ravala un éclat de rire. Si elle ne se trompait pas, Carolyn avait été une femme magnifique, comme sa sœur, et lady Prestlefield avait dû lui servir de repoussoir.

La porte s'ouvrit, et Codswallop annonça :

— M. Lucien Blanc !

Lucien pénétra dans le salon, le sourire aux lèvres. Le lendemain, mardi, il demanderait à Emily de lui accorder sa main.

— Lady Dewland, je passais devant chez vous et...

Il s'immobilisa, consterné. Sa future épouse était là, devant lui !

— Madame Ewing...

Son expression était limpide, tandis qu'il baisait la main de sa bien-aimée.

— Chère lady Cucklesham, chère lady Prestlefield, se hâta-t-il d'ajouter, quel plaisir de vous voir !

Lady Prestlefield, après un bref signe de tête, revint à Emily.

— Naturellement, je me souviens de votre sœur, reprit-elle. Qui n'a pas entendu parler du chagrin de votre père, quand sa fille aînée s'est jetée dans les bras d'un explorateur sans le sou ? Et ensuite, quand pas une seule de ses filles n'a trouvé d'époux... Oh, pardonnez-moi, madame Ewing. J'avais oublié que vous aviez été mariée, bien que c'eût été si bref.

Lucien plissa les yeux.

— Cela me rappelle, lady Prestlefield, une histoire que j'ai entendue la semaine dernière. Sans doute un fatras d'inventions. Je suis certain que vous n'êtes pas parente avec le lord Prestlefield dont il était question...

Sophie lui sourit.

— Nous sommes tous persuadés que lady Prestlefield n'a aucun lien de parenté avec une personne inconvenante, dit-elle. Mais racontez-nous quand même cette fameuse histoire.

— C'est une chose affreuse, déclara Lucien. Je ne devrais peut-être pas l'évoquer devant des dames, mais vous avez déjà dû l'entendre...

Lady Prestlefield pinçait les lèvres.

— Les racontars ne m'intéressent absolument pas ! décréta-t-elle sèchement.

— Cela n'a, évidemment, rien à voir avec vous, assura Lucien. Non, dans cette affaire, il est question d'une chèvre apprivoisée...

Lady Prestlefield se leva.

— Désolée, il faut que je parte.

— ... et d'un prêtre, continuait Lucien avec un sourire. Je suis persuadé que tous les gens impliqués avaient bu plus que de raison. Et que le juge a rendu sa sentence dans cet état d'esprit.

— J'ignore tout des chèvres, dit froidement lady Prestlefield. J'évite de penser à des sujets aussi rustiques, et personne n'abuse de l'alcool, dans ma famille.

Lady Cucklesham, quant à elle, ne perdait pas le sens des réalités. Si Mme Ewing épousait le fort riche ancien marquis, son statut social changerait radicalement. Elle se leva à son tour.

— Nous allions prendre congé, dit-elle en saisissant son amie par le bras. C'était un plaisir de vous rencontrer, madame Ewing.

Lady Prestlefield eut un mouvement de tête.

— Je ne suis pas du genre à me mêler de ce qui ne me regarde pas, déclara-t-elle. J'ignore pourquoi vous vous trouvez dans cette demeure, madame Ewing, mais vous ne serez pas la bienvenue dans la mienne !

Sur ce, elle s'éloigna, lady Cucklesham dans son sillage.

Lucien baisa la main d'Emily.

— Curieux, dit-il d'une voix un peu voilée. Quelle que soit la maison où vous choisissez de vous rendre, je préférerais que ce soit la mienne...

Emily rougit, puis elle se leva.

— Il faut que je ramène Phoebe, dit-elle.

— Puis-je m'excuser pour le mauvais choix de mes invitées ? demanda Gabby.

Un petit sourire las effleura les lèvres d'Emily.

— N'en faites rien. Je considère que j'ai eu de la chance, puisqu'il y avait aussi un pourfendeur de dragons, répliqua-t-elle en adressant une révérence à Lucien.

Celui-ci salua à la hâte et la suivit hors du salon.

— Sa petite fille est ravissante, n'est-ce pas ? dit Sophie, dont les yeux brillaient de larmes.

— Qu'y a-t-il ? s'inquiéta Gabby.

— Rien ! répondit Sophie d'une voix qui tremblait un peu. J'ai perdu un bébé l'été dernier, et parfois cela me rend sottement mélancolique...

Gabby lui prit la main.

— Ce doit être terrible, de perdre un enfant !

— J'espère avoir plus de chance cette fois, précisa la duchesse avec un sourire.

— Oh, Sophie, c'est merveilleux ! Pour quand l'attendez-vous ?

— Août, sans doute. Je n'en suis pas certaine, car le médecin semble penser que je suis plus avancée que je ne le crois. Cela commence à se voir, pourtant je n'ai raté que deux menstruations...

Elle se ressaisit brusquement.

— Alors, hier soir ? demanda-t-elle.

Gabby secoua la tête.

— Je n'ai pas pu. Je n'ai tout simplement pas pu...

— Pourquoi ?

— Nous nous sommes disputés, puis Quill s'est enfermé dans son bureau... Je ne devais le déranger sous aucun prétexte. Et nous... nous ne dormons pas ensemble.

— Il *faut* le déranger !

— Vous ne comprenez pas, il a beaucoup de travail. Même les domestiques hésitent à frapper à sa porte.

— Quand je vais voir Patrick dans son bureau, il m'accueille toujours avec plaisir. Je suis sûre que Quill serait dans les mêmes dispositions.

— C'est différent, Sophie. Vous êtes si belle, si raffinée... Pour vous, c'est facile. Mais je... Nous n'avons essayé qu'une seule fois...

— Que racontez-vous là ? Vous êtes l'une des plus voluptueuses jeunes femmes de notre société, Gabby. La moitié des Londoniens rêvent de vous. Surtout depuis que vous avez montré vos seins à la plupart des invités de lady Fester, ajouta-t-elle, espiègle.

Gabby devint écarlate à ce souvenir.

— Eh bien, cela ne...

— Pourquoi ne recommenceriez-vous pas ? s'enquit Sophie, dont les yeux pétillaient d'amusement.

— Recommencer quoi ?

— À perdre votre corsage ! Possédez-vous toujours cette fameuse robe ?

— Probablement, murmura Gabby en se mordillant la lèvre. Vous voulez dire que je pourrais...

— Exactement. Portez cette robe, et quand Quill se retirera dans son bureau, suivez-le. Placez-vous juste en face de lui et respirez bien fort.

Gabby secoua la tête, mais elle ne put s'empêcher de sourire.

— Vous ne connaissez pas Quill. Il ne fait jamais rien sans avoir réfléchi.

— Ah, voilà bien les hommes ! Ils se figurent qu'ils ont un cerveau, mais tout le monde sait que lorsque les parties inférieures de leurs corps sont en éveil, le haut est incapable de la moindre activité !

— Je suis en deuil, objecta Gabby.

— Personne ne saura comment vous vous habillez chez vous. Dites à Quill que vous en avez assez de porter du noir.

Sophie se leva et lissa sa jupe.

— Oh, je vois un léger renflement ! s'écria Gabby, tout excitée.

Cette fois, ce fut Sophie qui rougit.

— J'espère que vous aurez bientôt une nouvelle tout aussi passionnante à m'annoncer.

Gabby, sur un petit rire nerveux, accompagna la duchesse jusqu'à la porte.

— Vous êtes un amour, vous savez, dit-elle tout à trac.

— Sornettes ! rétorqua Sophie avant de disparaître.

# 19

Codswallop tendait le plateau d'argent.

— Lord Breksby est là, madame. Il a précisé que sa visite était importante et qu'il aimerait voir lord Dewland, ainsi que vous. Ces messieurs vous attendent à la bibliothèque.

Le ministre entra directement dans le vif du sujet.

— Je suis navré de vous déranger, lady Dewland, mais de récents événements m'obligent à vous reparler de l'héritier des Holkar.

Gabby s'assit, Quill debout derrière elle, prêt à la soutenir si les nouvelles étaient mauvaises. Or il avait un sombre pressentiment.

— Il semblerait, commença Breksby, que le père de Kasi Rao Holkar soit en train de mourir, et certains pensent qu'il est temps que le jeune garçon apprenne à régner.

— Kasi est incapable de diriger un pays, protesta Gabby. Il ne sait même pas compter jusqu'à dix. Jamais il ne pourrait prendre les décisions nécessaires pour préserver l'unité des Holkar.

— Cela reste à vérifier. Évidemment, si nous découvrons que l'enfant est simple d'esprit, le gouvernement anglais ne soutiendra pas les initiatives de la Compagnie des Indes.

— Kasi... est lent.

Breksby eut un regard compatissant.

— Si M. Kasi Rao est seulement lent, je crains qu'il ne soit obligé de monter sur le trône des Holkar. Après tout, ajouta-t-il dans un petit rire, nos gouvernants anglais n'ont pas toujours été de brillants cerveaux ! Mais nous aurons bientôt l'occasion de juger par nous-mêmes.

Quill remarqua que Breksby observait attentivement les réactions de la jeune femme.

— Certains représentants de la Compagnie nous ont annoncé hier soir qu'ils avaient découvert l'endroit où vit Kasi Rao Holkar. En fait, ils l'ont pris sous leur responsabilité, avec l'intention de…

— Ils ont trouvé Kasi ? s'écria Gabby, inquiète.

Breksby acquiesça.

— M. Kasi Rao est à présent sous la garde de la Compagnie des Indes, chez M. Charles Grant, pour être précis. Je pense que le prince sera présenté à différents membres du gouvernement dès demain soir. Tout cela est ouvertement orchestré par M. Grant, que nous connaissons pour être un farouche partisan de l'agrandissement des territoires de la Compagnie. Mais nous n'allons pas permettre à un enfant retardé de monter sur le trône, simplement pour satisfaire les visées de M. Grant sur la région du Maharashtra.

— Savez-vous où ils ont trouvé le neveu de mon père ? demanda Gabby avec une pointe d'angoisse.

Breksby parut surpris.

— Où voudriez-vous que ce soit, sinon à Londres ?

Quill, étonné, sentit Gabby se détendre. Elle semblait heureuse de la réponse du ministre, et sa curiosité en fut éveillée.

— Sommes-nous invités à la fête ? demanda-t-il.

— Certainement pas. M. Grant ne tient pas à la présence de lady Dewland, car elle risquerait de persuader ses collègues que M. Kasi Rao est inapte à gouverner. Cependant, je suis convié. Et qui sait avec qui je viendrai ? Il se trouve que j'ai choisi d'être accompagné par une ravissante vicomtesse…

Il avait l'air très content de sa ruse.

— Nous ne pouvons pas intervenir dans cette affaire, dit Quill à Gabby. Mais vous serez près de Kasi pour le rassurer...

— Je m'efforcerai de rendre cette présentation agréable au jeune prince, acquiesça-t-elle d'une voix douce.

Quill fronça les sourcils. Il s'était attendu à la voir réagir violemment à l'idée que l'on traînât Kasi Rao dans une pièce emplie d'inconnus.

— Si ce que vous dites est vrai, reprit Breksby, nous constaterons immédiatement son incapacité à gouverner. M. Kasi Rao aura simplement passé une soirée difficile, puis nous informerons M. Grant que son projet ne peut aboutir. Je dois cependant le préciser, M. Grant est persuadé que ce jeune homme est capable de gouverner.

— J'accompagnerai mon épouse, déclara Quill.

Breksby s'inclina.

— J'en serai ravi, cher monsieur.

— Je connais Grant, ajouta Quill, sombre. Il est en fait l'une des raisons pour lesquelles j'ai vendu mes parts de la Compagnie, voilà quelques années, et quelles que soient ses intentions, elles sont sûrement peu recommandables.

Au cours des dernières années, Charles Grant était devenu une figure éminente de la Compagnie. Il était persuadé que la seule manière de rembourser les énormes dettes de la Compagnie était d'acquérir sans cesse davantage de territoires indiens. Inutile de préciser qu'il était prêt pour cela à utiliser n'importe quel moyen !

— C'est bien mon opinion, déclara joyeusement Breksby en se levant. Chère lady Dewland, je me fais une joie de vous voir demain soir.

Il baisa galamment la main de Gabby, salua Quill et quitta la pièce.

La jeune femme évitait le regard de son mari.

— Vous devez être bouleversée, dit-il. Je suis désolé que Kasi Rao ait été pris par la Compagnie…

Il était toujours perplexe.

— Oui, je suis bouleversée, répondit-elle vaguement.

Comme elle n'en disait pas davantage, il reprit :

— Je me renseignerai dès demain pour savoir comment il se porte. J'ai encore quelques amis à la Compagnie, et j'essaierai de les joindre.

Elle acquiesça sans mot dire.

Quill, devant la porte, ne parvenait pas à sortir. Il ne quittait pas Gabby des yeux, imaginant comme il serait facile de faire glisser les petites manches de son corsage, de caresser… Il s'obligea à regarder ailleurs. Jamais, au grand jamais, il ne prendrait une femme qui ne serait pas consentante !

Il y avait longuement songé, durant ses interminables nuits d'insomnie. L'innocence de Gabby l'empêchait d'avoir envie des relations conjugales, et il considérait qu'il lui faudrait une bonne semaine pour la guérir de son dégoût. Or ils ne disposaient pas d'une semaine entière. Ils pourraient avoir une nuit, mais ensuite la migraine l'anéantirait plusieurs jours. Et il avait beau réfléchir, il ne voyait pas de moyen de lui faire oublier ses répulsions.

Aussi resta-t-il sur le seuil de la bibliothèque, à maudire la sensualité qui le poussait vers cette femme, le désir douloureux de l'emmener dans son lit, de lui faire l'amour.

Le dîner fut un supplice de conversation courtoise. Gabby portait la robe qui avait créé le scandale, mais Quill ne semblait pas la reconnaître, et jamais de sa vie elle ne s'était sentie plus insignifiante. Lorsqu'il lui demanda la salière, elle dut faire signe à un valet plutôt que de la lui tendre elle-même. Elle craignait que le résultat de sa petite mise en scène n'arrive trop vite, et n'égaie la soirée des domestiques au lieu de celle de son mari.

À neuf heures précises, Quill termina sa dernière bouchée de tarte au citron.

— Il est temps que je me retire dans mon bureau, ma chère, dit-il avec cette politesse conventionnelle qui leur tenait lieu d'intimité conjugale.

Elle avala sa salive.

— Peut-être pourrais-je vous y retrouver, un peu plus tard ?

Il eut l'air surpris.

— Bien sûr, dit-il après une infime hésitation. J'en serais heureux.

Il lui baisa rapidement la main avant de se retirer.

Gabby monta à sa chambre sans but précis. Son chignon était toujours en place et, prise d'une inspiration, elle en ôta les épingles. Quill aimait ses cheveux. Si elle les laissait libres, peut-être cela l'aiderait-il dans sa scène de séduction ?

Car elle ne se sentait absolument pas séduisante, quoi qu'en dise Sophie. Elle était trop ronde, trop fade... au point que son époux avait menacé de prendre une maîtresse !

Elle passa les doigts dans ses cheveux, qui cascadèrent dans son dos.

Dieu merci, elle ne rencontra aucun domestique dans l'escalier, ni dans le hall.

Elle frappa légèrement à la porte de la bibliothèque et entra.

Quill était assis au bout de la longue pièce, les manches relevées. La lampe à huile qui éclairait le bureau jetait des reflets acajou dans ses cheveux.

Il se leva.

— Quel plaisir de vous voir ! dit-il, comme s'il ne venait pas de la quitter un quart d'heure auparavant.

Elle eut un pincement au cœur. Quill se comportait comme un vieux marié ! Il allait se mettre à bâiller, si ses seins s'échappaient de son corsage. Pourtant... que faire d'autre ? Elle se dirigea vers lui en s'efforçant de balancer langoureusement les hanches. Avec ses cheveux défaits, cela devait la grossir encore ! se dit-elle, horrifiée.

— Puis-je vous offrir un verre de sherry ? Ou de ratafia ?

— Oui, je vous remercie, répondit Gabby dans un souffle.

Elle but une telle gorgée de sherry que son verre fut pratiquement vidé d'un coup, mais l'alcool la revigora. Quill, un peu déconcerté, la resservit.

— J'ai reçu de lady Sylvia une lettre qui devrait vous intéresser, annonça-t-il.

— Oh ? Et que dit-elle ?

— Le voyage a été bénéfique pour mère, qui est moins « larmoyante », pour utiliser l'expression de lady Sylvia. Ils ont rencontré en Suisse un camarade d'université de Peter, un certain Simon Baker Wollaton, qui les a accompagnés en Grèce. Il semble que ce soit un garçon fort distrayant.

— Tant mieux, murmura Gabby.

Elle s'éloigna de quelques pas. Elle ne savait pas s'il avait remarqué ses cheveux dénoués ; en tout cas, il n'en avait rien manifesté. Elle se dirigea vers une étagère couverte de livres, s'arrêta devant un ouvrage de Herbert Bone.

— Ce livre paraît intéressant, dit-elle, la gorge serrée, en l'effleurant du doigt.

Quill était juste derrière elle.

— Pas follement passionnant...

Elle sursauta.

— Seigneur, je ne vous ai pas entendu approcher !

— Pourtant je suis là...

Il posa un avant-bras bronzé contre le rebord de l'étagère.

— Je suis là, répéta-t-il. Ce qui m'étonne, c'est que *vous* soyez là.

Gabby haussa un sourcil. Maintenant qu'elle était face à lui, son appréhension disparaissait.

— Et pourquoi n'y serais-je pas? demanda-t-elle, provocante, en le regardant entre ses cils.

Il haussa les épaules, le regard dur et interrogateur. Malgré cela, Gabby se sentait de plus en plus sûre d'elle. Elle fit revenir une mèche de ses cheveux sur sa poitrine.

Elle vit la mâchoire de Quill se crisper et sentit souffler le vent de la victoire.

— La question est : pourquoi ma chaste épouse a-t-elle tout à coup renoncé au noir, pour s'habiller comme Bethsabée prête à plonger dans son bain, alors que je me rappelle clairement avoir entendu cette même épouse prétendre qu'elle ne s'intéressait pas aux plaisirs de la chair?

La référence à Bethsabée était plus pertinente qu'il ne l'imaginait, vu les intentions de Gabby! C'était le bon moment pour que la robe... pour qu'elle fasse glisser la robe, se dit-elle. Elle joua des épaules avec un petit mouvement tournant. Mais rien. La soie restait bien accrochée à son buste.

— Gabby?

La voix de Quill avait un accent sardonique.

— Je m'ennuyais là-haut, dit-elle vivement, en remuant les épaules le plus discrètement possible.

Le regard de Quill s'adoucit.

— Vous savez que nous ne pouvons pas encore mener une vie mondaine, Gabby. Mais dans quelques mois, la période de deuil sera terminée, et nous prendrons notre place parmi la société.

— Je sais.

— Malheureusement, les funérailles et ma maladie m'ont mis en retard dans mon travail, et je ne puis vous accorder davantage de temps ce soir, dit-il en lui saisissant le bras afin de la raccompagner vers la porte.

— Je n'ai même pas fini mon verre! protesta-t-elle.

— Pardonnez-moi.

Il semblait en colère, et Gabby avala son deuxième sherry.

Elle envisagea fugitivement de bouger à nouveau les épaules, mais il croirait qu'elle était prise de démangeaisons. Et puis, il était tellement indifférent !

Quill l'accompagna jusqu'à la porte, mais elle s'arrêta sur le seuil. Elle se sentait dans la peau d'une mauvaise élève que l'on renvoie de la classe.

— Vous avez sûrement le temps, malgré votre travail, de m'escorter jusqu'à ma chambre ? susurra-t-elle.

— Certainement, avec plaisir, répondit-il après une brève hésitation.

Tandis qu'ils montaient l'escalier côte à côte en silence, Gabby cherchait désespérément une nouvelle tactique.

Elle avait le cœur lourd. De toute évidence, Quill était vraiment occupé, et après tout, c'était elle qui lui avait interdit son lit. Peut-être avait-il chassé cette affaire de son esprit, et c'était pourquoi elle semblait l'ennuyer plus qu'autre chose. Elle était tellement découragée qu'elle oublia d'onduler des hanches en marchant devant lui dans le corridor.

Elle posa la main sur le bouton de sa porte mais Quill, plus rapide, ouvrit. Elle bascula alors en avant, se prit le pied dans le tapis et tomba de tout son long, se heurtant l'épaule gauche.

— Sacré bon sang de bois ! jura-t-elle.

Quand elle roula sur le dos en posant la main sur son épaule douloureuse, elle s'aperçut que la robe avait enfin perdu le combat à la faveur de sa chute…

Et lorsqu'elle croisa le regard de son époux, pétrifié sur le seuil, elle comprit qu'elle avait tous les pions en main pour gagner cette conjugale partie d'échecs.

Elle se redressa sur les coudes en se félicitant d'avoir, comme l'avait dit Quill lors de leur première nuit ensemble, des seins magnifiques.

— Alors ? lança-t-elle en lui souriant de façon éhontée.

Il se racla la gorge, et elle eut la satisfaction de remarquer que ses yeux étaient presque noirs.

— Je crois que j'ai changé d'avis sur la nudité dans une chambre, expliqua-t-elle.

Il paraissait frappé par la foudre, comme s'il n'était plus que désir.

Puis il entra dans la pièce et ferma la porte derrière lui.

# 20

D'un mouvement vif, il s'agenouilla près d'elle.

— Dois-je comprendre que vous avez vraiment changé d'avis ?

— Oui, répondit-elle d'une voix ténue. C'est-à-dire que j'ai une idée, Quill...

— Une idée ?

Il lui caressa le bras, puis repoussa ses cheveux.

— Vos migraines sont peut-être dues à votre hanche, dit-elle en tâchant d'oublier qu'elle était à demi nue sur le sol.

— Les médecins sont clairs : il s'agit des séquelles d'une commotion cérébrale.

Sa grande main brune jouait avec le bout de son sein, et elle frémit, le cœur battant la chamade.

— Délicieuse Gabby... murmura-t-il avec son sourire séducteur. Je suis heureux que vous ayez changé d'avis.

— Vous avez écouté ce que je viens de dire, Quill ? Si les migraines venaient de votre hanche, et non de la tête...

Il s'allongea près d'elle et déposa de petits baisers sur son épaule.

— Les migraines sont peut-être le résultat de la blessure à la hanche, reprit-elle.

Il secoua la tête, impatienté.

— Je fais souvent travailler ma hanche, Gabby, et je n'ai pas de migraines pour autant.

Elle le repoussa.

— Écoutez-moi, je vous en supplie...

— Je n'en ai pas envie, souffla-t-il contre sa peau. Je m'exerce tous les jours et cela ne me donne pas de maux de tête, répéta-t-il. Les seules causes de mes migraines sont l'amour et les chevaux.

— Les chevaux ?

Gabby avait du mal à réfléchir, désormais, car Quill dessinait des arabesques sur son ventre.

Il prit un bout de sein dans sa bouche et, quand il releva le visage, elle avait le souffle court, une boule de joie dans la gorge.

— Il n'y a pas d'issue, mon amour. Les médecins sont tous d'accord : le mouvement réveille la blessure. Il n'y a là rien de mystérieux.

— Vous marchez tout le temps, objecta-t-elle, pourtant cela ne vous pose pas de problème.

— Exact. Néanmoins, Gabby, je n'ai pas envie d'en parler maintenant.

Il revint à ses seins, et elle frissonna en se tendant instinctivement vers lui.

Il glissa une main sous sa robe, puis il la saisit aux reins et se dressa vivement, la soulevant dans ses bras.

— Vous ne devriez pas ! s'écria-t-elle, paniquée. Si c'est votre hanche, vous ne devriez pas me porter.

Il secoua la tête, la bouche contre la sienne.

— Non, ma chérie, tout cela n'est pas logique. D'autre part, je me moque d'avoir une migraine de temps en temps.

Il ne s'en souciait pas, en effet, elle en était sûre. Il souffrirait volontiers pour un moment passé entre ses bras.

Il la déposa sur le lit et la débarrassa très lentement de la robe indécente, avant de la laisser tomber sur le tapis. Dessous, elle ne portait que des bas de soie et des mules.

— Que vous êtes belle !

Gabby prit une profonde inspiration et résista à l'envie de se cacher sous les draps.

— J'aimerais que nous fassions l'amour sans fatiguer votre hanche, dit-elle en prenant une intonation aussi autoritaire que possible.

Pour elle, ses migraines étaient importantes.

— Vous me proposez une expérience ? De l'expérience, j'en ai beaucoup plus que vous, Gabby. Franchement, je pense qu'il vaut mieux, dans votre intérêt, nous en tenir aux méthodes traditionnelles.

Il tremblait dans son effort pour maîtriser l'envie qu'il avait de la prendre là, sans préambule. Il contemplait la courbe de son genou, sa chevelure luxuriante, et il lui ôta ses délicats souliers en s'attardant à son petit pied.

— Que vous est-il arrivé, ma belle épouse ? demanda-t-il d'une voix un peu enrouée. Vous êtes nue devant moi, et vous ne protestez pas...

Sans prendre la peine de répondre, elle baissa les yeux sur la main qui couvrait son sein. S'il la trouvait dévergondée, tant pis.

Elle chercha son regard.

— Avez-vous une idée, Quill ?

Il ne savait absolument pas de quoi elle voulait parler.

— Une idée ?

Il s'allongea près d'elle et reprit un bouton rose dans sa bouche.

Elle s'accrocha à ses épaules.

— Un plan, dit-elle dans une sorte de sanglot.

— Un plan ?

Elle ravala un gémissement.

— Pour ça, insista-t-elle.

Quill releva la tête.

— De quoi parlez-vous, Gabby ? Je vous assure que je n'ai pas eu besoin de plan, la dernière fois que je vous ai fait l'amour.

Elle inspira une bouffée d'air.

— Comment... Vous ne m'écoutez pas !

Elle repoussa le genou qui se glissait entre ses jambes. Il se passa une main nerveuse dans les cheveux.

— Très bien, je vous écoute... Qu'essayez-vous de me dire ?

— Vous portez votre poids sur votre hanche. C'est bien celle qui a été blessée, n'est-ce pas ?

Il ferma les yeux pour se calmer.

— Je vous ai parlé de ce qu'ont conclu les médecins...

Mais au fond de lui, il savait que s'il refusait d'obtempérer, elle lui interdirait de nouveau sa chambre.

— Bien, fit-il dans un sourire. Nous allons épargner ma hanche.

Il lui caressait le ventre comme il aurait caressé un chaton, puis il enfouit une main dans ses boucles sombres, et elle eut un étrange petit sanglot. Il se leva, la laissant tremblante de désir.

— Quill ?

Elle tendit les bras, pantelante, les yeux voilés.

De toute évidence, elle se trouvait dans l'état de torture où il s'était trouvé les quinze derniers jours. Tout à coup, il se délectait de la situation.

— Nous devrions définir notre plan, dit-il. Afin de connaître parfaitement nos tâches.

Gabby sentit le défi dans sa voix, et elle réagit instinctivement.

— Cela me paraît une bonne idée.

— Alors ?

Il était grand, impressionnant devant elle, un rire secret au fond des yeux.

Elle s'éclaircit la gorge.

— Voudriez-vous ôter vos vêtements ? demanda-t-elle poliment. Je suis la seule à être nue.

Elle fut satisfaite de l'assurance de sa voix.

Il eut un sourire sensuel qui ne trahissait pas sa surprise, si toutefois il en éprouvait.

— Il ne vaudrait mieux pas, Gabby. Si cela me faisait mal à la hanche... ? Je préférerais que vous le fassiez pour moi.

Elle se mit debout, le cœur battant.

— Volontiers, dit-elle comme si elle acceptait une tasse de thé.

Elle commença à dénouer sa cravate.

— Si vous voulez que je me ménage, vous allez devoir faire tout le travail.

— Bien sûr, murmura-t-elle.

— Que vous rappelez-vous au juste de notre nuit de noces, Gabby ?

Elle posa la cravate sur une chaise.

— Tout, naturellement.

Elle déboutonnait sa chemise en évitant son regard.

— Si je ne dois pas m'appuyer sur ma jambe, il va vous falloir être plus... hardie que la première fois.

La jeune femme avala sa salive.

— Je m'en doute, dit-elle d'une voix sans timbre.

Elle fit glisser la chemise sur son torse hâlé et, timidement, laissa courir ses doigts sur la peau souple.

— Vous avez compris ce que je viens de dire ?

C'était Quill, cette fois, qui avait une élocution peu claire.

— Mmm.

En vérité, Gabby n'avait aucune idée de ce que voulait dire être « hardie » dans un lit, mais elle n'avait pas envie d'y penser. Elle caressa son cou, ses épaules, éveillant en lui un chapelet de frissons.

Puis ses lèvres suivirent.

Quill ignorait combien de temps il pourrait garder son attitude courtoise. Il la désirait si fort qu'il était affreusement à l'étroit dans son pantalon.

— Le reste, Gabby... ?

Il avait tout à fait perdu contenance, à présent, et une sorte de fureur animait sa voix.

Devant la maladresse de sa femme, il finit de se déshabiller seul.

Vif comme l'éclair, il se laissa tomber sur le lit et l'attira au-dessus de lui. Elle le chevaucha naturellement, puis ses yeux s'agrandirent tandis qu'elle commençait à comprendre.

— Croyez-vous...

Quill ne pouvait pas, ne voulait pas répondre. Il la saisit aux hanches et la mit en position.

Elle s'appuya sur lui.

— Oui, murmura-t-il. Venez.

Soudain tourmentée par la honte, elle ne pouvait plus bouger. Elle était sur lui, nue... Nue et offerte. C'était de la perversité pure et simple ! Au moins, la dernière fois, elle était cachée sous lui.

Mais elle le regarda, avec ses beaux yeux d'un vert sombre qui demandaient ce qu'elle seule pouvait lui donner. Oubliant sa nudité, elle se pencha pour l'embrasser, tout en glissant vers sa virilité.

Il prit ses lèvres avec fièvre, la fit descendre davantage.

— Gabby...

Elle s'empala sur lui, se retira, s'empala encore, plus loin, plus fort, plus délicieusement. Le rythme s'accélérait, elle brûlait.

Le visage de Quill était ravagé par le plaisir.

— Gabby ! gronda-t-il.

Elle devina qu'il allait craquer, et elle plongea davantage, jusqu'à ce qu'ils soient imbriqués comme deux pièces d'un puzzle.

— Oui ? souffla-t-elle.

Un grand cri échappa à Quill tandis qu'il se cambrait violemment sur le lit.

Gabby se mit à crier à son tour :

— Arrêtez ! Vous ne devez pas bouger la hanche !

Un sourire illumina les yeux de Quill.

— Vous êtes dure, mon amour...

Il glissa une main entre ses jambes, et la jeune femme reprit sa danse sensuelle, alors qu'il jouait des lèvres avec ses seins. Il s'exhortait à la patience en se rappelant que l'amour, même bridé, valait mieux qu'une nouvelle nuit sans Gabby.

Il avait appris la patience, mais cette vertu le lâcha tout à coup. Son corps musclé s'arqua, il donna une poussée et un éclair fulgurant le traversa.

Il murmura des mots d'amour, qu'il n'avait jamais eu l'intention de prononcer.

Enfin, par la grâce de Dieu, sa ravissante épouse trouva le bon rythme, la cadence délicieuse qui accélérait la course du sang dans ses veines.

Soudain, elle se tendit en arrière et poussa un long cri. Quill la reprit aux hanches et donna toute sa force, tandis qu'elle frémissait avant de s'abattre sur sa poitrine.

C'était suffisant. C'était plus que suffisant... Il la serra contre lui, sa ravissante épouse au parfum de jasmin.

En fait, il était content qu'elle ait enfoui le visage contre son épaule et ne puisse voir son expression. Il avait l'impression que son âme avait bondi hors de son corps, et c'était... magique.

C'était le bonheur.

— Cette première expérience est concluante, Gabby, déclara-t-il d'une voix enrouée.

Puis, un peu honteux de ce qu'il venait de dire, il fut heureux de constater qu'elle s'était endormie là, sur lui, sans entendre son stupide commentaire.

Il embrassa ses cheveux, gêné par l'accès de tendresse qu'il éprouvait. De la gratitude, corrigea-t-il. De la gratitude parce qu'elle avait mis fin à son abstinence.

Ce fut seulement vers six heures du matin qu'il dut reconnaître que l'un des talents de Gabby était son intuition en matière de diagnostics médicaux... Sans parler de son merveilleux sens du rythme.

La chambre commençait à s'illuminer, et il n'avait pas d'éclairs au coin des yeux. Son estomac ne se révolta pas quand il repoussa doucement la jeune femme pour se lever. Il était raide, sa hanche était douloureuse, comme s'il avait marché trop longtemps, mais sa tête était miraculeusement claire.

Un sourire de joie sans mélange se dessina sur ses lèvres.

Il caressa la cuisse satinée de Gabby, qui soupira dans son sommeil et ouvrit légèrement les jambes. Il s'obligea à se détourner. C'était plus que sa hanche ne pouvait en supporter pour la journée.

Mais cette nuit… cette nuit…

Le diable chanterait des hymnes à tue-tête !

# 21

Emily se leva lentement de son siège, avec un regard agacé à ses doigts tachés d'encre. Elle devrait apprendre à utiliser une plume sans se maculer les mains !

Lucien Blanc s'inclina, et elle répondit d'une révérence. Quand elle se redressa, elle s'aperçut qu'il s'était approché d'elle à la toucher.

— Emily, commença-t-il d'une voix bizarre.

Elle ouvrit la bouche pour proférer quelque politesse, mais les mots s'étranglèrent dans sa gorge.

— Je suis venu m'assurer que votre dragon ne sévissait pas de nouveau, mais je constate qu'il n'est pas là, reprit Lucien.

— En effet, murmura-t-elle. M. Hislop ne s'est pas montré, ce matin.

Lucien lui prit les mains et contempla ses longs doigts maculés.

— Vous devriez porter des gants, risqua-t-il.

— Cela coûte trop cher pour risquer de les abîmer, répondit-elle, une sorte de défi dans la voix.

Elle tentait de se dégager, mais il porta sa main droite à ses lèvres pour en baiser la paume.

— J'aimerais vous en offrir.

Elle redoubla d'efforts pour libérer sa main.

— M. Hislop aussi, précisa-t-elle. Mais j'achète mes gants moi-même, monsieur.

— Parlez-vous français, Emily ?

— Je préfère que vous m'appeliez Mme Ewing... Oui, je parle un peu français. J'ai eu une préceptrice, lorsque j'étais enfant.

— Pardonnez mon impertinence. Quand je pense à vous, c'est sous le nom d'Emily, et il m'a échappé... J'aimerais en apprendre davantage sur votre enfance.

C'était une étrange conversation, se dit Emily. Ce qu'ils disaient n'avait rien à voir avec la façon dont Lucien la contemplait. Ni, craignait-elle, avec la façon dont elle lui renvoyait son regard.

Il était beau, ce Français ! Il avait une demi-tête de plus qu'elle, aussi pouvait-elle admirer ses longs cils alors qu'il baissait les yeux sur ses mains. Elle sentait son cœur battre dans sa gorge.

— Monsieur Blanc... dit-elle.

Elle était soudain dans la peau d'une enfant stupide, incapable de prononcer trois mots !

— J'aimerais vous inviter...

Lucien s'interrompit. Les yeux bleu-gris d'Emily reflétaient une telle innocence ! Il oubliait qu'il était âgé, veuf, qu'il n'était pas assez bon pour elle. Il oubliait qu'Emily avait toute la vie devant elle, qu'elle méritait un homme d'avenir, et non un émigré blessé par l'existence. Il oubliait tout dans la profondeur de son regard.

Il l'embrassa sans la toucher. Il lâcha même sa main, avant de faire un pas et de pencher la tête. Ils étaient presque de la même taille, finalement.

Et elle, la ravissante, la pure Emily, celle qui méritait mieux que lui, l'embrassa en retour. Il se dit aussitôt qu'elle n'avait jamais été mariée. Ses lèvres tremblaient contre les siennes, s'ouvrant doucement dans un soupir.

Lucien mit un terme à leur baiser, se redressa et tenta de prendre une intonation raisonnable.

— Je préfère Emily, parce que M. Ewing n'a jamais existé.

— M. Ewing est mort dans un accident, mentit-elle.

Ses jambes menaçaient de se dérober sous elle, et elle savait parfaitement qu'elle aurait dû ordonner à cet homme de quitter la pièce. Il essayait de la séduire. Il voulait faire d'elle sa maîtresse. D'ailleurs, il proposait de lui offrir des gants. Pourtant elle ne parvenait pas à s'en indigner. Son cœur battait trop fort !

Il se penchait de nouveau vers elle, et elle fut tout étourdie lorsqu'il la prit dans ses bras pour l'embrasser une seconde fois.

Quand il recula, elle ne tenta même pas de s'échapper. Elle se contenta de le regarder dans les yeux.

— Épousez-moi, Emily, lança-t-il tout à trac.

Elle demeura silencieuse.

— Pardonnez-moi, dit-il, un peu gauche. J'aurais dû m'exprimer plus… Me feriez-vous l'honneur de devenir mon épouse, madame Ewing ?

Emily avala sa salive. Elle ne cessait de penser à Lucien depuis des mois. Elle avait cru savoir pourquoi il venait la voir si souvent, pourquoi il s'invitait à déjeuner. Soit il possédait un magazine concurrent, soit il voulait faire d'elle une courtisane. Elle préférait la deuxième explication, mais jamais elle n'avait envisagé qu'il souhaiterait le mariage !

— Je n'ai pas de dot, protesta-t-elle. Mon père m'a jetée hors de la maison il y a des années. Il nous a donné une petite somme d'argent, à ma sœur et à moi, en nous avertissant que c'était tout ce que nous aurions. Et il n'est pas revenu sur cette décision.

— Votre père est une tête de bois !

Il avait repris ses mains et les pressait contre ses lèvres. Emily, malgré elle, en eut chaud dans tout le corps.

— Je ne peux pas vous épouser, dit-elle, au désespoir. Je suis bannie de la société, je n'ai pas de famille. Et j'ai des responsabilités. Phoebe, Louise…

Il ne put s'empêcher de l'embrasser de nouveau.

— Vous êtes mon Emily, déclara-t-il. Je vous désire, je vous veux dans ma maison, dans mon lit. Je n'ai pas besoin de dot, et moi non plus, je n'ai pas de famille…

Il s'interrompit en se rappelant toutes les bonnes raisons qu'il avait de ne pas se marier.

Emily posa une main sur son épaule.

— Vous aviez une famille, autrefois ? demanda-t-elle dans un souffle.

La détresse dans les yeux de Lucien l'angoissa, mais elle ne se détourna pas.

— Vous pourriez, à juste titre, refuser de m'épouser, Emily. Le nom de mon épouse était Félicie, celui de mon fils Michel. Je n'ai pas… je n'ai pas pu les protéger. Alors que j'étais à l'étranger, en train de préparer leur voyage pour l'Angleterre, ils… ils…

Elle passa les bras autour de son cou.

— Ils sont morts, termina-t-elle à sa place. Je suis navrée, Lucien. Maintenant, ils vivent ici, ajouta-t-elle en posant la main sur son cœur.

Lucien se maudit. Il n'avait pas pleuré depuis des années. Des années ! Il n'avait pas pleuré quand il parcourait les ruines encore fumantes de son château. Ni quand ses hommes avaient annoncé qu'ils avaient trouvé les corps de son épouse et de son fils. Ni lorsqu'il les avait enterrés dans les bras l'un de l'autre, comme la mort les avait emportés…

Alors Emily pleura pour lui. D'énormes larmes emplirent ses yeux clairs, roulèrent sur ses joues. Elle se réfugia contre son épaule.

— C'était il y a longtemps… dit-il.

— Je suppose qu'il n'y a jamais assez longtemps, n'est-ce pas, Lucien ?

Il y eut un bref silence.

— Probablement. Je n'aurais pas dû vous demander en mariage, ma douce, je ne vous mérite pas. Bien que vous soyez la plus…

Emily ne tremblait plus, et il ne voyait d'elle que sa chevelure dorée.

— Chut, dit-elle.

Impulsivement, il la souleva de terre. Elle ne pesait rien, son Emily ! Il se dirigea vers un sofa, où il s'assit sans cesser de la serrer contre lui. Il déposa de petits baisers sur ses cheveux. Ce qui était tout à fait inconvenant, puisqu'il venait de reprendre son offre de mariage.

— Je vous épouserai, murmura-t-elle.

Il releva la tête.

— Je ne veux pas d'un mariage par pitié, rétorqua-t-il d'un ton brusque qui n'était pas en harmonie avec son cœur.

Son cœur se moquait bien de la raison, du moment qu'elle acceptait !

— Je vais vous épouser pour les gants que vous m'offrirez, reprit-elle, malicieuse. Vous ne me les refuserez pas, je suppose ?

Elle posa un doigt taché sur les lèvres de Lucien. Ses joues étaient encore mouillées de larmes.

Lucien lui ôta sa coiffe de dentelle, qu'il laissa tomber au sol.

— Qui était M. Ewing ? demanda-t-il.

— Il n'y en a jamais eu, avoua-t-elle. J'avais peur, quand nous sommes arrivées à Londres. J'ai pensé qu'il valait mieux me faire passer pour une veuve... Bon. J'ai accepté votre proposition. Allez-vous jouer les mufles et vous rétracter ?

Décidément, cela ne dépendait plus de lui ! Lucien se pencha, et ce fut elle qui l'embrassa la première.

Elle venait de prendre la décision la plus folle de toute sa vie, pourtant son cœur chantait. Elle avait accepté de se marier avec un homme qu'elle connaissait à peine, un homme dont elle ne savait rien.

Rien... et tout.

— Vous avez sans doute raison, le taquina-t-elle. J'aurais peut-être intérêt à comparer votre offre à ce que propose M. Hislop. Évidemment, je ne suis pas tout à fait certaine qu'il pense au mariage !

— Je le pourfendrai, si ce dragon ose porter la main sur vous !

Elle soupira de façon mélodramatique.

— Alors, je vous épouserai dans le but de lui sauver la vie. Et pour assurer une rente à mon gantier préféré.

— Vous m'épouserez parce que vous m'aimez ! s'exalta Lucien, avec cependant une pointe d'interrogation dans la voix.

Les lèvres d'Emily tremblaient sous les siennes.

— Parce que je vous aime, avoua-t-elle. Et… parce que vous m'aimez, Lucien ?

Il la serrait si fort qu'elle sentait les boutons de sa veste à travers le tissu de sa robe.

— Oui, je vous aime. Oh, Seigneur, comme je vous aime, Emily !

La réception pour présenter Kasi Rao Holkar, héritier du trône, eut lieu au siège de la Compagnie des Indes, sur Leadenhall Street. Lord Breksby était de fort joyeuse humeur quand sa voiture franchit le dernier croisement.

Gabby, assise près de Quill, demeurait silencieuse, se demandant s'il serait horriblement déplacé de glisser sa main dans celle de son époux. Elle avait les nerfs à fleur de peau. Soudain, la grande main se referma sur la sienne, et une délicieuse chaleur envahit son cœur…

La Compagnie des Indes avait bien fait les choses ! Des fantassins, vêtus d'uniformes aux couleurs vives et coiffés d'étranges chapeaux plats, s'alignaient dans la petite cour intérieure. À leur arrivée, ils se mirent au garde-à-vous, les armes bien droites à leurs côtés. Gabby frissonna en passant devant eux.

Les murs du hall d'entrée étaient bordés de vitrines, et la jeune femme se dirigea vers l'une d'elles tandis qu'un valet prenait sa pelisse. Le meuble était empli d'oiseaux de métal précieux incrusté de pierreries.

— Ce sont quelques pièces en provenance du musée de la Compagnie des Indes, dit une voix derrière elle. Le musée se trouve dans ce bâtiment, au cas où vous auriez envie de le visiter un jour…

Gabby recula, pour se trouver face à un imposant majordome.

— Serait-ce le butin récupéré après la prise de Seringpatam ?

L'homme acquiesça.

— En effet, madame. Ces magnifiques objets ont été offerts à Sa Majesté la reine, qui les a confiés au musée.

Quill vint prendre le bras de son épouse.

— Que regardez-vous, mon amour ?

Les yeux de Gabby lançaient des éclairs.

— Je reconnais cet oiseau, dit-elle en désignant un coq orné de rubis. Il a été volé pendant l'attaque de Seringpatam. Je jouais avec, lorsque j'étais enfant.

Elle fit soudain volte-face et traversa la pièce, sans s'arrêter devant les autres vitrines.

Ils pénétrèrent dans le salon de réception, au moment où la file d'accueil venait de se disperser. Il y eut un instant de confusion, puis un homme au long visage et aux rares cheveux attachés en catogan se précipita vers eux.

— Cher lord Breksby ! s'écria-t-il, apparemment ravi. Je n'osais espérer que vous pourriez vous joindre à nous, que vous vous soucieriez de nos modestes préoccupations…

Breksby inclina la tête.

— Tout le plaisir est pour moi, monsieur Grant. Puis-je vous présenter les invités que je me suis permis d'amener à votre réception ?

Grant eut un pâle sourire, mais il parvint à se montrer à peu près aimable.

— Est-ce possible ? Vous nous avez fait l'immense honneur d'amener la fille de mon excellent ami Richard Jerningham ?

Il salua Gabby, qui répondit par une révérence.

Quill discerna le léger sourire qui se dessinait sur les lèvres de Breksby.

— En effet. J'ai convié Gabrielle Jerningham à votre petite fête, Charles, mais elle est désormais vicomtesse Dewland, vous le savez certainement. J'étais sûr que vous souhaiteriez la voir accueillir votre prince retrouvé. Et voici le vicomte Dewland.

Le visage de Grant sembla encore s'allonger.

Breksby rayonnait d'un malin plaisir.

— Nous ne voudrions pas faire attendre davantage la vicomtesse, qui a hâte de retrouver son compagnon d'enfance...

Le ministre fut interrompu par une voix tonitruante :

— Quel plaisir de vous voir ici, madame, et tellement épanouie !

C'était le colonel Hastings, venu s'incliner devant la jeune femme.

— Quel jour de liesse pour la Compagnie ! ajouta-t-il à l'intention de Quill. Un jour de fête ! Le gouverneur général est enchanté, positivement enchanté. Nous avons retrouvé le prince Kasi Rao, et il prendra très bientôt la place qui lui revient de droit sur le trône des Holkar.

Quill remarqua avec intérêt que M. Charles Grant paraissait grincer des dents. Le colonel n'en semblait pas conscient.

— Mon cher Grant, il faut que vous me laissiez faire les honneurs de la soirée. Je vais conduire la ravissante vicomtesse auprès de son cher compagnon d'enfance, notre hôte de marque, le prince !

Gabby lança un regard impuissant à son mari, mais déjà Hastings la guidait parmi la foule. Quill s'apprêtait à les suivre, quand une main se posa sur son bras. C'était Charles Grant.

— Je ne m'attendais pas à vous voir ici, Dewland. J'avais l'impression très nette que vous souhaitiez rompre tout lien avec la Compagnie, dit-il avec une pointe de sarcasme.

— C'est le cas, répliqua Quill. Toutefois, ajouta-t-il plus gentiment, je ne voulais pas manquer un instant aussi émouvant. Ma femme va enfin revoir un compagnon d'enfance, qui a été élevé comme son frère.

L'autre ne trouva rien à répondre.

— Un garçon dont mon épouse m'a tellement parlé ! reprit Quill d'un air pensif. J'en suis moi-même ému à l'avance !

Grant lâcha enfin sa manche, et Quill s'inclina légèrement.

— Votre serviteur, dit-il avant de s'éloigner à la recherche de sa femme.

Comme il était plus grand que la plupart des invités, il n'eut aucun mal à repérer Gabby et le colonel Hastings, qui se tenaient devant un jeune garçon, sans doute Kasi Rao. L'enfant lui tournait le dos, et Gabby faisait la révérence. Puis Kasi Rao salua en repoussant l'épée d'apparat qui ornait son côté. Un radieux sourire éclaira le visage de la jeune femme, et Quill fronça les sourcils.

Il s'immobilisa un instant pour regarder son épouse qui bavardait avec le prince dans sa langue. Le colonel Hastings avait les yeux humides d'émotion.

Enfin, Quill s'approcha. Gabby leva vers lui un regard lumineux.

— Regardez, mon ami ! roucoula-t-elle. Y croiriez-vous ? Voilà notre Kasi Rao. J'ai failli ne pas le reconnaître ! Évidemment, il y a bien longtemps que je ne l'avais vu !

M. Grant réapparut, tout sourire.

— Je constate que vous êtes heureuse de retrouver notre prince en bonne forme, madame.

Quill ne fut sûrement pas le seul à entendre le soulagement dans sa voix.

— Bien sûr ! s'écria Gabby, l'innocence personnifiée. Je n'avais pas vu Kasi Rao depuis qu'il était enfant, et je suis impressionnée par son... son élégance, son comportement, son attitude princière.

Le supposé Kasi Rao lui sourit, et Quill dut reconnaître que c'était un brillant comédien ! Il avait exactement l'allure d'un prince indien, avec ses grands yeux sombres et sa classe innée. Où l'avait-on trouvé ? Certainement pas dans les ruisseaux de Jaipur !

Il s'éloigna en secouant la tête. Ou il se trompait fort, ou sa rusée petite épouse avait quelque chose à voir avec l'apparition du « prince ». En fait, il était presque certain que c'était elle qui avait poussé Grant à découvrir où était le garçon. Elle l'avait purement et simplement manipulé, lui qui se prenait pour le gouvernement anglais en personne !

Peu après, on apporta au prince une couronne incrustée de pierres précieuses, cadeau de la Compagnie des Indes, et le colonel Hastings lut une lettre envoyée par le gouverneur général, Richard Colley Wellesley.

Le rétablissement de Kasi Rao Holkar dans ses droits légitimes grâce à la Couronne britannique, disait Wellesley dans son style ampoulé, était un événement historique sans précédent, un miracle et une bénédiction.

Gabby se tenait près de Kasi Rao, rayonnante de satisfaction et de fierté. Elle salua gracieusement chaque membre du comité directeur, les assurant qu'elle était ravie de constater qu'ils avaient pu localiser le prince, et lui rendre la place qui lui revenait légitimement.

Un peu plus tard, dans la voiture, quand la jeune femme exprima avec véhémence sa joie d'avoir retrouvé son compagnon d'enfance, Quill se contenta de lui lancer un coup d'œil ironique.

Mais Breksby n'était pas né de la dernière pluie. Il observait attentivement Gabby. Puis il se tourna vers Quill pour demander :

— Vous savez qui est ce garçon ?

Elle s'interrompit net au milieu d'une phrase.

Quill haussa les épaules.

— Non, mais il me semble être un candidat acceptable au trône.

Breksby adressa à Gabby son plus charmant sourire.

— Voyez-vous, madame, peu après votre arrivée en Angleterre, nous avons remarqué que vous rendiez de fréquentes visites à Mme Malabright. Naturellement, nous n'avons pas communiqué ce fait aux directeurs de la Compagnie. Il semblerait que vous leur avez damé le pion, n'est-ce pas ?

— J'ignore de quoi vous parlez, répondit Gabby avec toute la dignité possible.

— M. Kasi Rao Holkar, héritier du trône, habitait avec Mme Malabright à Sackville Street, et à présent il vit dans le Devon. Au ministère des Affaires étrangères, nous sommes parfaitement heureux de laisser les choses en l'état. Nous avons décidé que vous aviez raison de craindre que le garçon ne devienne un homme de paille, dans l'intérêt de la Compagnie. Toutefois, j'avoue que je m'attendais à ce que vous dénonciez l'imposture de Charles Grant.

Gabby se serra davantage contre Quill et lui prit la main.

— La Compagnie avait presque trouvé Kasi. Il fallait que j'agisse…

— Mais comment diable avez-vous pu dénicher un autre Kasi ?

Elle parut quelque peu embarrassée.

— Ce sera un excellent chef d'État.

— Je n'en doute pas, mais je me demande qui il est.

— Il s'appelle Jawsant Rao Holkar, répondit enfin Gabby. C'est l'un des fils illégitimes de Tukoji Holkar.

— Tukoji avait deux fils illégitimes, non ? Sur quels critères avez-vous choisi celui qui régnera, lady Dewland ?

— Il n'y avait guère le choix. Le frère cadet de Jawsant est trop docile : jamais il ne serait capable de s'opposer à la Compagnie. Jawsant est énergique, et c'est en outre un excellent acteur, comme vous avez pu le constater. Il sait parfaitement sembler malléable, alors qu'il a déjà gagné une bataille, l'année dernière, quand il avait tout juste quatorze ans.

Breksby ne put s'empêcher de sourire.

— Vos informations sont plus pointues que les nôtres, madame...

— Ce n'était pas aussi précisément organisé qu'il y paraît, avoua Gabby. J'avais une idée en tête, alors j'ai écrit à un certain nombre de personnes, y compris la mère de Jawsant, Tulasi Bai. Tulasi Bai dirige la région depuis plus de deux ans. Elle continuera sans doute, tandis que Jawsant s'occupera de l'armée.

Elle s'interrompit un instant avant de reprendre avec précaution :

— Il y a évidemment une possibilité que Jawsant essaie de pénétrer les territoires de la Compagnie. Je crois que c'est surtout le Bunkelhand qui l'intéresse...

Quill sourit.

— Ce n'est pas à vous, simple femme, d'envisager des problèmes si complexes, plaisanta-t-il.

Mais elle se mordillait la lèvre et ne lui prêta aucune attention.

— Croyez-vous, lord Breksby, que le gouvernement anglais pourrait accepter de laisser Jawsant au pouvoir ? Parce que je vous assure que Kasi Rao est incapable de diriger un pays !

Elle était passionnée, tout à coup.

— Vous êtes une personne admirable, lady Dewland, nul ne dirait le contraire. Cependant, certains membres du gouvernement pourraient trouver votre rôle abusif. Et je dois dire que, vu mon grand âge, je perds un peu la mémoire... Je crois que je vais oublier cette conversation.

Gabby serra plus fort la main de Quill.

— Merci, souffla-t-elle.

— Lady Dewland, reprit le ministre, ce n'est qu'une hypothèse, bien sûr, mais si vous deviez à l'avenir recevoir des lettres de la cour des Holkar – par exemple de

Tulasi Bai –, partageriez-vous les informations avec le gouvernement anglais ?

— Peut-être. Je serai heureuse de coopérer, dans la mesure du possible, monsieur.

Lord Breksby poussa un soupir.

— Cette soirée a été tout à fait intéressante, lady Dewland, dit-il. Avez-vous appris que je prends ma retraite très prochainement ?

— Il me semble que mon époux m'a fait part de cette excellente nouvelle, répliqua Gabby dans un sourire.

— J'en suis ravi également, s'amusa Breksby. Si je restais, je craindrais que vous ne fassiez de moi un homme de paille et dirigiez les Affaires étrangères à ma place !

Gabby eut son délicieux petit rire.

— Allons donc, monsieur ! Je n'ai fait que protéger Kasi Rao, vous le savez bien. Je n'ai absolument pas l'intention de me mêler de la politique étrangère de l'Angleterre.

Il y eut un silence sceptique dans la voiture.

La jeune femme posa la tête sur l'épaule de son mari. Peut-être ne la croyaient-ils pas, mais elle était parfaitement sincère.

Son projet suivant concernait Quill.

# 22

Sudhakar débarqua du *Fortitude* sur le sol anglais avec un profond soupir de soulagement. Le voyage avait été épuisant ! Il avait trouvé Calcutta horrible, avec les nuées de gens qui couraient dans tous les sens. Chaque gentilhomme était entouré d'au moins vingt domestiques, si l'on comptait les valets de pied qui couraient devant le palanquin et les hommes qui le portaient. Le tumulte était insupportable ! On ne pouvait faire deux pas sans être presque brûlé par les porteurs de torches ou bousculé par les serviteurs qui ouvraient le passage à leurs maîtres. Et il avait trouvé le nombre d'éléphants dans les rues particulièrement ennuyeux, vu leur propension à se soulager en marchant...

Il avait regretté son village. Là-bas, il n'y avait qu'un personnage important : Richard Jerningham. Or Jerningham n'employait qu'un seul serviteur pour lui ouvrir la voie, et un page muni d'une ombrelle afin de le protéger du soleil. Sudhakar l'avait toujours trouvé pompeux, mais il comprenait à présent qu'il aurait pu l'être infiniment plus !

En revanche, la vie sur le navire avait été une expérience plus intéressante. Les quatre passagers étaient comme enfermés dans un petit village flottant, en proie à leurs angoisses, leurs préjugés, leurs sentiments. D'abord, les messieurs anglais avaient ignoré Sudhakar, l'avaient traité de haut, mais celui-ci n'était pas surpris, car Jerningham l'avait considéré avec le même dédain… jusqu'à ce qu'il s'aperçoive qu'il était le seul joueur d'échecs du village qui parlât anglais.

Au bout de quelques semaines, l'ennui poussa les trois Anglais à se rapprocher du vieux monsieur indien ; ils étaient jeunes, et sans doute de retour de leur service, peu glorieux, dans l'armée des Indes. Bientôt, ils prirent l'habitude de jouer aux cartes tous les soirs.

L'un des jeunes gens au moins, M. Michael Edwards, avouait en privé qu'il était fort impressionné par l'indigène. Sudhakar était toujours impeccablement vêtu, il avait de bonnes manières et un comportement intelligent. Peut-être même plus qu'intelligent. Il passait dans les yeux de cet homme une lueur tout à fait dérangeante, quand Michael déguisait la vérité. Mais on ne pouvait pas dire toute la vérité sur l'armée ! Il fallait bien inventer quelques histoires d'attaques héroïques : sinon, la vie militaire paraîtrait aux yeux des civils aussi décevante et mondaine qu'elle l'était en réalité…

À peine le navire amarré au port, les trois jeunes gens s'éloignèrent allègrement dans le soleil couchant, oubliant tout de leur promesse de guider Sudhakar dans les rues tortueuses de Londres. Michael ne se la rappela que le soir, alors qu'il racontait à sa sœur la bataille de Taipur, en ajoutant quelques détails sans lesquels le récit aurait été horriblement ennuyeux. Il songea soudain au vieil homme et se tapa le genou en poussant un juron.

— Qu'y a-t-il ? demanda Ginny.

C'était une jeune femme brillante, qui avait du mal à concilier l'image de son timide petit frère avec celle d'un brillant héros.

— J'ai oublié un vieil Indien sur le bateau, dit-il. J'avais promis de l'emmener à… Où diable allait-il ? St. James Square, je crois.

— Oh, près du parc ? C'est une excellente adresse, Michael.

Le jeune homme haussa les épaules.

— Sans doute est-il l'oncle du majordome, ou quelque chose comme ça. Mais laisse-moi te raconter ce qui s'est passé quand j'ai fait emprisonner le rajah…

Sudhakar n'avait pas vraiment compté sur l'aide des Anglais, qui avaient la légèreté des jeunes gens. D'ailleurs, il n'en eut pas besoin, car on le dirigea vers une rangée de fiacres.

Londres était vingt fois pire que Calcutta ! Voitures, piétons et chevaux se battaient pour obtenir le passage, et le bruit était assourdissant. Où allaient donc tous ces chevaux, à une telle vitesse ? Son fiacre faillit être heurté par une calèche et, comme il se retournait, il vit que le valet de pied qui se tenait à l'arrière manquait perdre l'équilibre. S'il était tombé, il se serait tué, à coup sûr ! Rétrospectivement, Sudhakar trouvait les lents et malodorants éléphants merveilleusement rassurants !

Une demi-heure plus tard, il se trouvait face à un domestique, qui semblait aussi empesé que Jerningham lui-même. Sudhakar salua courtoisement à l'anglaise et ajouta quelques salamalecs pour faire bonne mesure.

— La vicomtesse m'attend, dit-il.

Codswallop était plus intelligent que Michael Edwards, et il avait passé sa vie à juger la qualité des gens. Il fut instantanément clair à ses yeux que M. Sudhakar était l'équivalent d'un noble, dans son pays. Peut-être à cause de son port de tête…

Il salua en retour et fit signe à un valet :

— John ! Portez le sac de ce gentilhomme dans l'appartement est.

Sudhakar leva la main.

— Je vous remercie, mais je préfère le garder avec moi.

— Malheureusement, le maître et la maîtresse ne sont pas à la maison. Puis-je vous offrir une collation ?

Sudhakar se restaura dans la salle à manger, puis il se retira dans ses appartements, en indiquant à Codswallop qu'il attendrait d'être convoqué par la vicomtesse au matin.

— Oui, d'excellentes manières... marmonna le majordome pour lui-même.

Cela lui ouvrait des horizons. Il avait toujours eu tendance à mettre Indiens et Irlandais dans le même panier. Mais il y avait toujours des exceptions, dans la vie.

Quill ne dit mot quand Codswallop leur annonça la présence d'un visiteur inattendu, mais il constata que Gabby s'illuminait, et que l'on avait donné à M. Sudhakar la plus belle chambre d'amis. D'autre part, cet homme devait être étonnant, pour avoir ainsi impressionné le majordome...

Il attendit que la porte se fût refermée pour s'exprimer.

— Qui est ce M. Sudhakar ? demanda-t-il sur le ton de la conversation, tandis que Gabby sonnait pour appeler Margaret.

— Mais je vous ai parlé de lui ! s'écria la jeune femme en s'asseyant devant sa coiffeuse. C'était mon ami le plus cher, aux Indes, celui qui est spécialisé dans les poisons, vous vous souvenez ? J'ai hâte de le revoir ! Cela peut sembler étrange, ajouta-t-elle avec une pointe de honte, mais il me manque plus que mon père...

— Il me semble tout à fait exceptionnel, admit Quill, mais que fait-il en Angleterre ?

Il ne quittait pas son épouse des yeux. N'avait-elle pas légèrement rougi ?

— Oh... Sudhakar est intervenu dans mon plan pour sauver Kasi Rao. Je lui ai écrit pour lui demander d'aider Tulasi Bai à prendre les dispositions pour la traversée de son fils...

— Alors pourquoi M. Sudhakar arrive-t-il après notre tout nouvel héritier Holkar ?

— Il ne pouvait se libérer plus tôt, répondit fermement Gabby. Bien sûr, je lui avais proposé de venir à sa convenance. Et il n'est pas utile de dire « M. Sudhakar », Quill. Les Indiens ont rarement deux noms.

Il vint se placer derrière elle, et enfouit les mains dans ses cheveux.

— Je crains de ne pas très bien suivre, ma chérie. Si j'ai bien compris, Sudhakar est un monsieur d'un certain âge. Le voyage a dû être éprouvant pour lui. Pourquoi est-il venu nous rendre visite ?

— C'est pour moi. Parce que je le lui ai demandé, déclara vivement Gabby.

— Et pourquoi le lui avez-vous demandé ?

Les longs doigts de Quill jouaient avec les mèches châtain doré.

Elle hésita un instant.

— Ce Sudhakar apporterait-il avec lui l'une de ses potions magiques ? reprit-il.

Elle se mordit la lèvre.

— N'en parlez pas ainsi.

— Et comment devrais-je nommer son médicament ?

— Je... je ne sais pas comment cela s'appelle, reconnut-elle.

— Ce que nous savons, c'est qu'il contient les mêmes ingrédients que les remèdes dont je ne veux pas... Je croyais avoir été clair, Gabby. C'est terminé ! Je ne prendrai plus aucune potion, qu'elle provienne d'un apothicaire anglais ou d'un guérisseur indien. Quel que soit le talent de Sudhakar ou l'étroitesse de ses liens amicaux avec vous, je n'avalerai pas son remède. Sous aucun prétexte.

— Mais c'est différent, plaida la jeune femme en le regardant par le truchement du miroir. Sudhakar n'est pas un charlatan, comme les prétendus apothicaires que j'ai consultés. Il n'y a pas de chanvre, dans ses décoctions.

— Étant donné que M. Moore se vantait d'utiliser du chanvre indien, il est fort probable que Sudhakar se serve aussi de cet ingrédient.

Gabby dégagea sa tête des mains de Quill et s'efforça de rester calme.

— Vous aviez promis, insista-t-il, de ne plus acheter ce genre de médicament.

Le cœur de Gabby s'affolait.

— J'ai écrit à Sudhakar bien avant de vous faire cette promesse.

— Vous avez dit, continua-t-il impitoyable, je vous cite : « Je promets de ne plus acheter de ces potions. »

— Je n'ai pas à *acheter* celle-ci, marmonna-t-elle.

— Ce n'est pas le problème ! s'irrita Quill qui alla se tenir le dos à la fenêtre. Ce qui me gêne le plus, Gabby, c'est que vous m'ayez menti.

— Je ne...

— Vous m'avez menti en toute connaissance de cause. Ce n'est pas comme les mensonges que vous m'avez racontés au sujet de Kasi Rao.

— Je ne vous ai pas menti pour Kasi Rao ! protesta-t-elle.

— Si, par omission. Quand lord Breksby a annoncé que Kasi Rao avait été retrouvé par la Compagnie des Indes, vous ne m'avez pas dit un mot de Jawsant Rao, ni de votre activité clandestine.

La colère perçait dans sa voix, et il avait le dos raide.

— Je suppose que vous aviez peur que je raconte tout à Breksby, ajouta-t-il.

— Certainement pas ! s'écria-t-elle. Je ne vous ai pas menti...

— Assez !

La voix de Quill claqua comme un coup de fouet.

— Plus de mensonge ! Ne pouvez-vous admettre, pour une fois, que vous avez eu tort ? Vous avez trahi la parole que vous m'aviez donnée.

Des larmes brûlantes montaient aux yeux de Gabby.

— Je ne voulais pas…

— Excuses éculées, coupa-t-il. Les bonnes intentions n'effacent pas les mensonges. Depuis le jour où vous avez mis les pieds dans cette maison, vous n'avez cessé de mentir, comme si cela n'avait aucune importance. Je n'insinue pas, reprit-il plus gentiment, que vous mentez dans des buts inavouables…

Elle ravala un sanglot.

— Ce n'est pas le cas !

— Je sais.

— Le seul mensonge que j'aie fait, c'était pour votre bien. Si je ne vous ai pas parlé de la venue de Sudhakar, c'est parce que je savais que vous ne lui permettriez pas de venir en Angleterre, vous comprenez ?… Et je croyais qu'il était déjà en route, alors à quoi bon ? Il m'avait écrit qu'il y avait un médicament qui…

— Ce que je comprends, c'est que je ne peux pas faire confiance à mon épouse, dit Quill dont les mots sonnèrent comme des pierres lancées au fond d'un puits. Je dois sans cesse me méfier, me demander si vous dites la vérité ou si vous avez décidé de me tromper, *pour mon bien*.

Les larmes roulaient sur les joues de Gabby.

— Je… je…

Que dire ? Elle avait bel et bien menti, fût-ce par omission.

— Je voulais vous parler de Jawsant Rao, poursuivit-elle en tentant d'affermir sa voix. Mais il s'agissait seulement de quelques lettres et je… J'étais contente de m'occuper seule de cette affaire. Je pensais que ce serait une surprise. Je n'ai jamais pensé que je mentais.

— Nous y voilà. Vous ne pensez pas qu'il soit mal de mentir, n'est-ce pas, Gabby ?

— Je ne dis jamais de mauvais mensonges, répliqua-t-elle d'une voix aiguë. J'en ai juste pris l'habitude parce que mon père…

Elle se tut, étranglée par un sanglot.

— Votre père le méritait certainement, admit Quill, qui vint la mettre doucement sur ses pieds. Mais pas moi, Gabby. Je ne suis pas un tyran. Jamais je n'aurais révélé vos projets au gouvernement. Votre père vous a poussée à agir en cachette, cependant notre mariage ne marchera jamais si nous ne sommes pas parfaitement sincères l'un envers l'autre.

Il baisa son front, ses joues humides.

— Or Dieu sait, Gabby, que je désire plus que tout au monde que notre mariage soit une réussite.

Elle s'effondra en larmes contre sa poitrine.

— Moi aussi, gémit-elle. Je n'avais pas l'intention de vous mentir, j'ai confiance en vous, je vous le jure ! Oh, comme je vous aime, Quill...

— Je vous aime également, Gabby.

— Je sais ! Et c'est pour ça que... Je veux dire, si je n'avais pas su que vous m'aimiez, je n'aurais pas... Je voulais que ce soit une surprise ! Parce que vous m'aimez, que vous me trouvez intelligente – vous l'avez dit –, je voulais vous montrer que j'étais capable d'agir intelligemment !

— Je comprends, murmura Quill en reculant lentement vers le lit où il s'assit, Gabby sur ses genoux. Vous ne m'avez pas parlé de votre complot car je...

— Vous avez dit que la Compagnie des Indes devrait être dirigée par des femmes, coupa-t-elle.

Quill l'installa plus confortablement entre ses bras.

— Je suppose que c'est ma faute, dit-il, amusé. Plus jamais je ne vous féliciterai pour votre intelligence.

Elle releva la tête pour le regarder.

— Oh, Quill, vous êtes si... Il n'est pas étonnant que je sois folle de vous.

Il avala sa salive. Une femme ne pouvait être « folle » d'un infirme – sauf si elle était incurablement romantique, évidemment.

— Mouchez-vous, grommela-t-il en lui tendant son mouchoir.

Elle s'appuya de nouveau contre son épaule, dans un ultime sanglot.

— Je dirai dès demain à Sudhakar que vous ne voulez pas de son remède.

— Pourquoi ne pas lui dire plutôt que le problème a été réglé, depuis que vous lui avez écrit ? suggéra Quill. Je ne voudrais pas qu'il regrette d'avoir fait un voyage qui aurait pu être évité. Et j'avoue que je suis soulagé par la solution de ce problème, grâce à l'initiative de ma si intelligente petite épouse...

Gabby avait encore le cœur serré d'angoisse.

— Pensez-vous que si je ne vous mens plus jamais, notre mariage sera une réussite ?

Il essuya tendrement les dernières traces de larmes sur ses joues.

— Notre mariage est déjà tellement parfait que cela me stupéfie. Je... je ne savais pas qu'il était possible d'éprouver des sentiments aussi forts pour quelqu'un.

— Oh, Quill, je suis désolée de vous avoir menti. Vraiment. Jamais je ne voudrais être déloyale envers vous, ni...

— Je le sais, murmura-t-il dans ses cheveux. Je sais que vous m'avez menti pour les meilleures des raisons.

Elle eut un long soupir tremblé.

— Savez-vous ce que dirait lady Sylvia, si elle nous voyait ?

— Cela ne me saute pas à l'esprit ! répliqua Quill avec humour.

— « C'est l'heure du thé. Les émotions sont tellement éprouvantes qu'il faut se sustenter pour les supporter ! » dit Gabby avec une imitation honorable de la grosse voix de lady Sylvia. Je vais sonner Margaret, ajouta-t-elle, avant de cacher son visage contre la veste de Quill. Je dois être affreuse, avec mon nez rouge !

— Il n'est pas rouge, et je ne veux pas de thé. Il est trop tard pour cela. C'est vous que je veux, Gabby. C'est mon épouse dont j'ai besoin...

Il ne voyait d'elle que ses longs cils aux bouts dorés et un début de sourire.

Elle noua les bras à son cou, les lèvres toutes proches des siennes.

— J'aimerais vraiment une tasse de thé.

— Gabby... dit-il d'un ton dangereusement calme.

— Mes yeux doivent être gonflés, il me faudrait une compresse.

— Gabby ! rugit-il.

Les lèvres de la jeune femme s'ouvrirent sous son baiser... et c'était beaucoup plus revigorant qu'une tasse de thé !

Au bout d'un certain temps, la tendresse laissa la place à la passion. Gabby tenta de protester quand elle se trouva nue, mais finalement elle s'y accoutumait, et le plaisir lui faisait oublier tout le reste. Quill avait décidé de montrer à son épouse qu'il y avait davantage de joies dans le mariage qu'elle ne l'aurait imaginé.

Et il y parvint magnifiquement. Peut-être trop, car lorsqu'il prit Gabby sur lui, le rythme inégal qu'elle lui imposa était une véritable torture. Qu'il supporta, aussi longtemps qu'il pût.

Mais sa patience avait des limites.

Gabby se retrouva brusquement sur le dos, le poids délicieux de Quill sur elle, le désir au creux des reins.

— Non ! gémit-elle.

Mais déjà elle était emportée par le plaisir, par une spirale ponctuée de petits soupirs, qui se termina en apothéose. Il cria sa jouissance en même temps qu'elle.

— Cela n'a pas de prix, Gabby, murmura-t-il à son oreille. Pas de prix...

Elle ne répondit pas.

Son mari s'endormit près d'elle, mais elle ne ferma pas les yeux.

Une affreuse angoisse la tenaillait. Si Quill avait une nouvelle crise... Il faudrait qu'elle le quitte. Ou qu'ils ne fassent plus jamais l'amour. Pourtant, elle mourrait si elle ne voyait plus ses yeux rieurs posés sur elle. Ses pensées s'enchevêtraient, passant du désespoir à la ferme décision, à l'atroce culpabilité…

Tandis que l'aube pointait derrière les voilages, elle ne cessait d'observer le visage de Quill. Était-il plus pâle ?

Quand il gémit dans son sommeil, elle se pétrifia. Quand il se retourna et eut un haut-le-cœur, elle s'empara du pot de chambre qui se trouvait au pied du lit. Elle lui mit une compresse sur le front, rinça le pot, revint vers le lit, changea la compresse…

Lorsqu'elle quitta la chambre, vers dix heures, Gabby portait en elle l'image d'un visage blafard, aux yeux profondément cernés. Quill tressaillait chaque fois qu'elle le touchait, son visage était défiguré par la douleur. Il avait lutté pour garder sa dignité devant elle, mais la nausée était la plus forte.

Il avait ouvert les yeux une seule fois et murmuré :

— Ne vous reprochez rien, mon amour…

Lisait-il dans son esprit ? Oh oui, elle s'accablait de reproches ! Elle avait le cœur serré. Ils avaient fait l'amour, et cela la rendait en partie responsable du mal qui le terrassait. Sans elle, Quill serait en train de travailler à son bureau, au lieu de souffrir le martyre.

Ce fut ce sentiment de culpabilité qui chassa toute hésitation dans son esprit. Ils ne pouvaient continuer ainsi. Elle devait quitter Quill à jamais… ou parler à Sudhakar. Et entre ces deux éventualités, le choix n'était pas difficile…

— C'est une très mauvaise idée !

Jamais Gabby n'avait vu Sudhakar dans cet état.

— Personne ne devrait prendre un médicament à son insu ! continua-t-il.

— Mais sinon, il ne le prendra pas, déclara fermement Gabby. Or je ne supporte pas de le voir souffrir. Vous ne l'avez pas vu, vous ne pouvez pas vous rendre compte.

— Le choix lui appartient.

— Il ne comprend pas, plaida-t-elle. C'est un Anglais, il n'a jamais vécu ailleurs qu'ici. Il lui est difficile de penser qu'un remède indien va le guérir.

— Va *peut-être* le guérir, rectifia Sudhakar. D'ailleurs, l'ingrédient principal n'est pas indien. Le remède le guérira seulement si les dommages subis par son corps sont d'un certain type.

— Si j'ai bien compris, de toute façon, cela ne peut pas lui faire de mal. Alors pourquoi ne pas essayer ?

L'Indien soupira.

— Je suis d'accord, il n'y a pas grand risque, mais les patients ont le droit de choisir leurs médicaments. Sans leur accord, je refuse de les traiter. Ce remède est à base d'un poison très violent, Gabrielle. Un poison qui, entre de mauvaises mains, a tué des gens. Dans ces conditions, il est important que le malade décide lui-même s'il veut prendre ou non le traitement.

— C'est pour son bien ! s'entêta Gabby, au bord de l'hystérie.

Insomnie, angoisse et culpabilité menaçaient de la faire exploser.

— Je ne force jamais les gens à se plier à ma volonté. Vous ressemblez dangereusement à votre père, ce matin, Gabby…

— Mon père ? Mon père se soucie des autres comme d'une guigne ! cria-t-elle. J'y réfléchis depuis que le bateau a pris la mer pour Londres. Il ne m'aime pas, il ne m'a jamais aimée !

C'était presque un soulagement de prononcer ces mots à haute voix.

— Là n'est pas la question. Votre père est persuadé qu'il sait mieux que les gens du village ce qui leur convient, et il s'arrange pour que l'on obéisse à ses ordres, que la personne en question soit d'accord ou non.

Il y eut un lourd silence.

— Je n'arrive pas à croire que vous me compariez à mon père… reprit-elle enfin, les yeux secs, la tête haute.

— Je dis ce que je constate, répliqua doucement l'Indien. Si votre époux ne veut pas de mon remède, il ne faut pas le lui administrer contre son gré. Le choix lui appartient.

— Mon père permet aux gens de choisir, biaisa la jeune femme. Il les oblige seulement à quitter le village s'ils ne sont pas de son avis. Je ne vois pas le rapport avec moi. J'aime Quill, je l'aime beaucoup trop pour supporter de le voir souffrir toute ma vie. Je… Il va falloir que je le quitte.

— Dans ce cas, le quitter sera votre choix. J'ai vu des gens fuir leur épouse mourante, et je les ai compris. Rien n'est plus cruel que de voir souffrir l'être aimé.

Les lèvres de Gabby frémissaient.

— Je suis désolée, Sudhakar. Je ne voulais pas réveiller de pénibles souvenirs…

— Mon fils est mort il y a bien longtemps. Le temps a passé.

— Tout de même, insista Gabby, quand Johore était moribond, vous avez tout essayé pour le sauver. Rappelez-vous le jour où je suis venue de la grande maison, et où vous lui avez donné le médicament que j'avais apporté. S'il avait été conscient, il l'aurait sûrement refusé, car il haïssait mon père.

— Johore… était mourant, il ne pouvait plus prendre de décision.

— Je saisis mal la différence !

Sudhakar ne se laissa pas impressionner par sa fougue.

— La différence, c'est que donner un médicament en secret à quelqu'un qui n'est certainement pas mourant, est le genre d'agissements qui ravirait votre père. Vous avez été élevée dans une demeure où un seul homme pensait tout savoir et imposait ses règles, son christianisme, sa moralité et son bon vouloir. Je serais déçu de vous voir adopter cette mentalité.

— Mais, Sudhakar, ce qui se passe avec Quill est totalement différent. *Je l'aime!*

— Cela ne change rien.

Sudhakar jeta un coup d'œil circulaire sur la bibliothèque.

— J'ai été très heureux de vous revoir, petite Gabrielle. Heureux de vous voir dans votre maison, jeune mariée. Mais je repartirai dès demain pour mon village.

— Non! Pas avant d'avoir parlé à mon époux.

— Cela ne le fera pas changer d'avis. Les Anglais sont terriblement réticents à l'idée d'essayer de nouveaux médicaments, surtout s'ils viennent de «l'Est», comme ils disent. Vous devrez vous immuniser contre sa douleur, je le crains, ajouta-t-il avec compassion.

Il avait raison, se dit Gabby, compte tenu de l'attitude de Quill vis-à-vis de ceux qu'il traitait de charlatans. Jamais il n'essaierait de nouveaux médicaments, non parce qu'ils venaient d'Orient, mais simplement parce qu'il était têtu comme une mule. Il avait déclaré qu'il en avait fini avec les remèdes, et il s'y tiendrait.

Gabby se redressa et tendit la main.

— Donnez-moi ce médicament, s'il vous plaît, Sudhakar...

Elle se rendit compte qu'elle avait adopté l'intonation autoritaire de son père.

Il secoua la tête.

— Non, petite, répondit-il d'un ton las.

— J'ai apporté un médicament à votre fils, continua-t-elle. Je le lui ai apporté car je l'aimais, et je voudrais que vous me donniez le vôtre. J'aime mon mari, jamais je ne lui ferais de mal. Vous avez dit que cela ne pouvait aggraver son état.

— Ce n'est pas digne de vous. Vous commettez une erreur colossale, Gabrielle...

— J'aurais pu attraper le choléra, en entrant dans votre maison. J'aurais pu mourir pour avoir apporté le médicament à Johore !

Elle attendait, la main toujours tendue.

Le vieil homme baissa les yeux, puis il sortit une fiole de sa bourse.

— Ce sera *mon* choix, dit Gabby. Quill ne voudra plus me voir quand il l'apprendra, mais j'aurai fait tout mon possible pour le guérir de ses migraines. De toute façon, c'est moi qui devrai le quitter, s'il n'y a pas de remède à son mal. Nous ne pouvons continuer ainsi.

— Vous êtes bien la fille de votre père, dit tristement Sudhakar. Savez-vous qu'il a épousé sa première femme afin de sauver son âme ? Il ne parvenait pas à imposer le christianisme aux villageois, alors il s'est marié avec la pauvre petite Bala, sachant qu'en tant que mari, il pourrait l'obliger à se convertir.

— Je le savais, en effet, mais…

— Ça n'a pas marché, reprit Sudhakar, pensif. Quand l'enfant de Bala, votre demi-frère, est mort, elle a préféré se tuer plutôt que de vivre sans lui. C'est alors que votre père s'est employé à exporter des marchandises, plutôt qu'à sauver les âmes.

Les mots faisaient mal, mais la jeune femme parvint à garder une voix ferme.

— Cette histoire jette le discrédit sur l'aptitude à juger de mon père, mais je suis autant votre enfant que celle de mon père, Sudhakar. Si je sais aimer Quill, c'est parce que Johore et vous m'avez aimée. Quand Johore souffrait, vous avez tout essayé, sans lui demander son avis. Je me comporte comme vous, Sudhakar, et vous êtes injuste envers moi si vous pensez autrement.

Il y eut un nouveau silence.

— Vous avez peut-être raison, admit-il. Il est vrai que vos motivations sont toujours charitables. Depuis l'enfance, vous avez aimé trop profondément et trop vite pour votre tranquillité d'esprit... Voici ce flacon, qui contient deux doses destinées à un adulte. Vous devrez mesurer précisément la moitié du liquide. Le remède n'a aucun effet nocif s'il est correctement dosé, mais dans le cas inverse, il risque de tuer le patient. Vous essaierez la seconde dose quarante-huit heures après, si la première n'a pas marché.

— Je donnerai la seconde dose si la première n'a pas été efficace, répéta Gabby. Comment saurai-je que l'effet de la première s'est dissipé ?

— En général, le malade devient léthargique après avoir absorbé le médicament, et il le reste durant douze à vingt-quatre heures. Il n'y a aucun danger, à condition qu'il ne s'endorme pas au cours des deux ou trois premières heures. Je n'ai essayé ce remède que deux fois, Gabrielle. Il s'est montré efficace dans l'un des cas, pas dans l'autre. Le patient doit pratiquer l'activité qui lui donne les migraines, quand il est sous l'influence du médicament. Vous avez compris ?

Elle hocha la tête.

— De quoi est composée cette potion ?

Sudhakar haussa les épaules.

— Je vous l'ai dit, c'est du poison. Celui-ci est sécrété par une grenouille qui plonge ses victimes dans un profond sommeil. À petite dose, il semble endormir certaines parties du cerveau humain, alors les mouvements redeviennent tolérables. J'en ai administré à un homme qui était tombé d'un arbre. Après sa chute, il ne pouvait plus baisser la tête, sous peine de provoquer d'atroces migraines. Là, le remède a été efficace.

Gabby déglutit, se demandant comment Quill réagirait si on lui annonçait que certaines parties de son cerveau allaient être mises en sommeil... Cela, au moins, la décidait plus résolument encore à ne rien lui dire. Sinon, jamais il ne toucherait au remède.

— Je vous en prie, Sudhakar, accepteriez-vous de rester une semaine à Londres ? Mon époux souffre de sa migraine, il sera malade quelques jours, mais j'aimerais que vous fassiez sa connaissance.

— Avec plaisir, à condition que vous me promettiez de reconsidérer votre décision, Gabrielle.

Elle baissa les yeux.

— Merci de votre patience, Sudhakar. Et je suis vraiment désolée que vous me compariez à mon père.

Elle évitait de lui répondre, et il soupira.

— Je serais fier de vous appeler ma fille, dit-il. Vous êtes ma fille de cœur. Maintenant, laissez-moi me reposer, Gabrielle. Mes vieilles jambes ne sont pas encore remises de la traversée.

Gabby posa un baiser sur sa joue, puis elle sortit de la pièce, le petit flacon serré dans sa main.

# 23

Quill était perdu dans un rêve merveilleusement sensuel. Il était étendu sur le lit, et Gabby le déshabillait. Elle baignait dans une lumière rosée qui irradiait de sa peau même.

Soudain, il se rendit compte qu'elle était entièrement nue, et il fixa ses seins tandis qu'elle déboutonnait sa chemise. Il eut envie de les toucher, mais y renonça. Les contempler était déjà si bon !

— Gabby… murmura-t-il.

— Oui ?

Elle se battait avec sa ceinture.

— Pourquoi êtes-vous toute rose ?

— Pardon ?

Son épouse de rêve semblait un peu agacée, et elle tirait nerveusement sur sa manche.

— Vous ressemblez à une sainte, dit-il en pouffant.

Il pouffait comme un petit garçon.

— J'ai épousé une sainte, reprit-il. Une sainte du Moyen Âge, et cette idée me plaît bien. Naturellement, les saintes que j'ai vues étaient habillées, si je me souviens bien…

Une main tiède vint lui caresser la joue, et le visage de Gabby se balança devant ses yeux.

— Quill, ça va ? Vous racontez n'importe quoi.

Les beaux yeux de la jeune femme trahissaient son inquiétude.

— Bien sûr ! Je suis en train de faire le plus beau rêve de ma vie. Vous continuerez toujours, Gabby mon amour ? Ou dois-je vous appeler Gabby de mes rêves ?

Le visage s'effaça, et il entendit un bruit sec quand elle vint enfin à bout de la manche. Elle s'attaqua à la seconde, et il se demanda s'il n'allait pas céder et lui caresser les seins. Il leva une main vers elle.

C'était un rêve incroyable, se dit-il, de ceux dont on voudrait ne jamais se réveiller. Il laissa glisser une main sur le flanc de Gabby, et la lumière rose le picota légèrement.

Elle l'avait débarrassé de sa chemise.

— Eh, femme de mes rêves ! appela-t-il.

— Oui ?

— C'est un rêve, alors je n'arrive pas très bien à bouger.

Elle paraissait ennuyée.

— Si je défaisais votre pantalon, je verrais comment vous vous sentez, qu'en pensez-vous ?

— C'est une excellente idée.

Au moins, une partie de lui semblait fonctionner normalement, se dit-il, soulagé. C'était son rêve, après tout, et il tournerait au cauchemar si son corps entier devenait aussi mou que ses bras !

Quelques minutes plus tard, il était nu, comme la Gabby du rêve.

— Très agréable, murmura-t-il.

Mais elle n'était pas aussi détendue que lui, apparemment.

— Je vais vous embrasser, maintenant, déclara-t-elle.

— Parfait.

Elle joignit le geste à la parole, pour son plus grand plaisir. Il parvint même à caresser son dos et la délicieuse chute de ses reins.

— Puisqu'il s'agit de mon rêve, j'aimerais avoir un peu plus d'énergie, un peu plus d'élan...

— Cela, je n'y peux rien, répliqua-t-elle, anxieuse. Croyez-vous que si vous étiez sur moi, cela irait mieux ?

Quill réfléchit un moment.

— J'aime bien votre façon de raisonner, dit-il. Si je n'étais pas aussi amoureux de la véritable Gabby, je pourrais vous prendre au sérieux.

Cette fois, ce fut la jeune femme qui éclata de rire.

— Je suis heureuse d'apprendre que vous êtes amoureux.

Ses yeux étaient dorés, exactement comme ceux de la vraie Gabby, et elle l'embrassa. Elle y excellait ! Il eut un pincement de culpabilité vis-à-vis de sa véritable épouse.

— Au début, je ne l'étais pas, avoua-t-il.

Elle écarquilla les yeux.

— Non ?

— Oh, non ! répondit-il en secouant la tête, ce qui l'étourdit un peu. Voudriez-vous encore frotter vos seins contre ma poitrine, s'il vous plaît ?

Elle fronçait les sourcils.

— Expliquez-moi, ordonna-t-elle.

— Faites d'abord ce que je vous dis. C'est *mon* rêve, je vous le rappelle.

Elle semblait plutôt froissée, pourtant elle se laissa tomber sur lui.

— Pas comme ça ! protesta-t-il. Oh, oui... ! Savez-vous que vos yeux prennent la couleur du cognac, quand vous avez envie de faire l'amour ? C'est drôle ! Vous avez l'air aussi contrarié que ma vraie femme, mais vous ne vous comportez pas comme elle. Si j'interrompais une discussion, par exemple... dit-il en s'aventurant entre ses cuisses, ce qui lui fit perdre un instant le fil de la conversation. Si j'interrompais une discussion avec la vraie Gabby, reprit-il, si je lui demandais de se frotter contre moi, croyez-vous qu'elle obéirait ? Non ! Elle me lancerait à la figure le premier objet qui lui tomberait sous la main !

Il avait le regard voilé. Au moins, elle répondait comme Gabby à certaines caresses.

— J'aimerais que vous m'expliquiez cette histoire de ne pas être amoureux, dit-elle d'une voix entrecoupée.

— Oh, ça... J'étais obligé de l'épouser, voyez-vous, répliqua-t-il distraitement en essayant une caresse plus hardie, qui lui arracha un petit gémissement.

Il y eut un silence, puis elle enregistra ses dernières paroles.

— Comment ça, « obligé » de l'épouser ?

Le ton était un peu sec, et Quill releva la tête pour la regarder.

— Les saintes du Moyen Âge n'ont pas d'auréole tout autour de leur corps. Vous avez la plus grande, la plus lumineuse auréole du monde... Peut-être êtes-vous un ange, finalement. Serais-je mort ?

— Non, je ne suis pas un ange, rétorqua-t-elle avec véhémence. Et vous n'êtes pas mort, Quill.

— Eh bien, n'importe quel ange digne de ce nom serait jaloux de votre auréole.

Il se rendit compte soudain de ce qu'il venait de faire. Il retrouvait des forces ! Il parvint même à poser son autre main sur ses hanches.

— Quill, dit l'ange d'un ton sévère, je veux que vous me parliez de votre mariage.

— Volontiers.

Chaque fois qu'il la touchait, de petites étincelles dorées jaillissaient du halo, aveuglantes. Il ferma les yeux.

— Voilà. Nous nous sommes mariés près du lit de mort de mon père. Pas très romantique !

— Oh... c'est ce que vous vouliez dire ?

Cette fois, elle semblait soulagée, mais Quill éprouvait le besoin de se montrer totalement honnête. Mentir à une épouse de rêve, c'était comme se mentir à soi-même.

— Non, ce n'était pas ce que je voulais dire, reprit-il en s'aventurant plus avant, pour constater que ses jambes regagnaient un peu d'énergie. Il fallait que je l'épouse car Peter ne voulait pas d'elle. Peter est mon frère... Croyez-vous que je pourrais essayer de vous dominer, à présent ?

Gabby ne protesta pas, aussi roula-t-il lentement sur elle. Cela exigea un tel effort qu'il mit un certain temps à récupérer. Heureusement, il n'avait pas à se soucier de l'empêcher de respirer, puisqu'elle n'était qu'un rêve. C'était une impression extraordinaire.

Hormis le fait qu'elle continuait à poser des questions.

— Peter la trouvait lourde et gauche, expliqua-t-il. Je lui ai dit qu'elle ferait quand même l'affaire, puisque c'est une riche héritière, voyez-vous. Je n'ai pas besoin d'argent, mais Peter, si.

Il avait le visage dans son cou, et il ne pouvait voir son expression. Mais elle se mit à gigoter sous lui comme l'aurait fait la vraie Gabby en entendant qu'elle était lourde et gauche.

— Je n'étais pas de son avis, précisa-t-il en relevant péniblement la tête. Je l'ai, depuis le début, trouvée infiniment voluptueuse.

Il ne voulait pas que son épouse de rêve s'en aille fâchée, quand même !

Elle parut se détendre et lui offrit ses lèvres. Ils s'embrassèrent, jusqu'à ce que l'auréole de Gabby devienne toute dorée. Quill referma les yeux et posa le front sur son épaule.

— Je ne peux pas m'occuper de tout en même temps, se plaignit-il en riant. Je suis horriblement las... Mais c'est le rêve le plus beau que j'aie jamais fait. Je ne voudrais pas que vous me preniez pour un fou.

— Pourquoi avez-vous dit que vous n'étiez pas amoureux, au début ?

Un seul endroit du corps de Quill était parfaitement éveillé.

— J'aimerais me trouver en vous, Gabby chérie. Croyez-vous que vous pourriez quelque chose pour moi ?

Cette créature de rêve semblait aussi innocente que son modèle de la réalité, sur ce plan. Ses petites mains s'affairèrent, jusqu'à ce qu'elle le mette en place. Alors, rassemblant toutes ses forces, il plongea en elle. La sueur perlait sur son dos.

— Bon sang ! marmonna-t-il. Rêve ou pas, vous êtes la femme la plus merveilleuse que j'aie connue, à part la vraie Gabby, naturellement. J'ai l'impression d'être en elle... et elle est la plus divine.

Elle soupira.

— Voulez-vous que je bouge, Quill ?

Puis elle parut se rappeler soudain quelque chose.

— En fait, les dames de rêve ne peuvent pas bouger, corrigea-t-elle en lui caressant les épaules.

— Restons juste comme ça, suggéra-t-il, les yeux clos.

Toutefois, la partie active de son être lui envoyait des signaux de fureur, et il risqua quelques poussées, avant de s'effondrer.

— Je souhaiterais que vous m'expliquiez ce que vous vouliez dire, tout à l'heure, demanda-t-elle, câline, en glissant une main entre eux.

— Je ne puis rien vous refuser, dans ces circonstances, déclara-t-il, magnanime.

Bientôt il se retrouva à genoux, en train de lui faire l'amour presque normalement. L'auréole de Gabby devenait de plus en plus dorée, et il la contemplait, fasciné. La tête en arrière, le cou arqué, elle émettait de petits soupirs.

Pris dans la toile de son rêve, il se contrôlait davantage que dans la réalité, avec la vraie Gabby. Dans la vie, il aurait déjà perdu toute maîtrise de lui, alors que là, il observait ce qui se passait. Il souleva les hanches de la jeune femme vers lui, et les étincelles crépitèrent dans toutes les directions. Il s'enfonçait toujours davantage en elle, sentait les spasmes qui montaient, tandis qu'elle se transformait en éclatante source de lumière.

— Je fais l'amour à un ange, murmura-t-il. Quel rêve ! Ou alors, je suis vraiment au paradis…

Gabby avait les cheveux collés sur le front, mais elle ouvrait les yeux, ses si beaux yeux.

— Je ne suis pas un ange.

— Vous y ressemblez, pourtant, avec votre auréole.

Il était loin en elle, et il décida, puisqu'il avait retrouvé de la force, d'essayer autre chose.

Il la retourna pour la mettre à genoux, et entra de nouveau en elle. Les protestations véhémentes de Gabby des rêves lui firent penser à la vraie Gabby.

— C'est *mon* rêve, fut-il obligé de lui rappeler. Beaucoup de femmes aiment cette position, et vous apprendrez à l'aimer également. Enfin, si jamais je rêve encore de vous…

Il se sentait un peu déloyal vis-à-vis de Gabby.

Il avait de plus en plus de mal à se contrôler, mais l'auréole de Gabby commençait seulement à se teinter de doré, or il voulait qu'elle jouisse avec lui.

— Je n'étais pas amoureux de Gabby, au début, reprit-il en essayant de garder l'esprit clair. Mais je lui ai dit que je l'aimais, naturellement.

— Vous lui avez menti ? Pourquoi ?

— Il le fallait. Gabby est une romantique. Je savais qu'elle céderait si je lui disais que j'avais eu le coup de foudre… Vous savez, ma chérie, je ne suis pas sûr de pouvoir tenir encore longtemps comme ça.

Il eut la surprise de s'entendre rire pour la deuxième fois. Peut-être ai-je trop bu avant de me coucher, songea-t-il. Je suis peut-être mort par excès d'alcool…

Gabby des rêves avait les épaules crispées, et l'auréole se teintait de rouge.

— Je crois que nous devrions parler davantage des mensonges que vous m'avez racontés, dit-elle d'un ton accusateur.

— J'aimerais mieux pas. Et il s'agit de *mon* rêve, répéta-t-il encore.

Il s'ébroua. Après tout, elle n'était qu'une création de son imagination. Il passa les mains sous elle pour lui caresser les seins. Elle haletait doucement.

— Vous êtes magnifique, Gabby des rêves, murmura-t-il.

Il avait du mal à parler, mais il voulait prolonger l'instant, alors que sa petite épouse s'agitait un peu maladroitement contre lui.

— Vous êtes aussi inexpérimentée que ma femme, poursuivit-il avant de la saisir aux hanches avec force. Ne bougez plus !

Il se laissa enfin aller tandis qu'elle poussait un cri, et que des flammes s'échappaient de sa peau.

Il ferma les yeux, de crainte que l'ange ne l'aveugle.

## 24

Quill s'éveilla avec un mauvais goût dans la bouche et une féroce envie de boire. Il se leva pour aller se verser un verre d'eau. Il en avait bu la moitié, quand les détails de son rêve lui revinrent en mémoire. Il sourit, se complimentant pour sa fertile imagination. Pas étonnant qu'il se sente bizarre ! Il se servit un autre verre, qu'il apprécia comme s'il s'agissait d'un vin capiteux.

Il le terminait lorsqu'il entendit un léger bruit du côté du lit. Gabby se redressait, les cheveux en désordre.

— Bonjour… dit-il avec un brin de culpabilité.

Il ne lui donnerait pas de sitôt autant de plaisir qu'il en avait procuré à la Gabby de son rêve.

— Vous n'avez pas de migraine !

Il haussa un sourcil.

— Pourquoi en aurais-je ? J'ai dû boire un peu trop hier soir, mais ce n'est pas de là que viennent mes maux de tête. Voulez-vous un verre d'eau ? Elle est délicieuse !

— Vraiment ?

Elle paraissait sceptique.

Quill posa son verre et vint vers le lit pour l'embrasser doucement. Il enfouit les mains dans ses cheveux.

— Recommençons, murmura-t-il. Bonjour, femme.

Elle rougit.

— Quill, vous rappelez-vous comment vous…

— Me rappeler quoi ?

— Cette nuit, vous et moi…

Il se mit à rire.

— Grands dieux ! J'ai rêvé de vous toute la nuit, Gabby. Vous ai-je caressée dans mon sommeil ?

— À vrai dire...

Il l'attira à lui, et le drap qu'elle avait remonté sous son menton glissa.

— Ça alors ! s'écria-t-il. Ma belle épouse a dormi sans son armure !

— Eh bien, vous...

— Ma chérie, gémit-il, vous avez dû avoir l'impression que je vous agressais... Pardonnez-moi. Je suis une brute. Que s'est-il passé ?

Elle baissait les yeux sur ses mains, et il repoussa ses cheveux derrière ses oreilles.

— J'aime vous voir nue. Peut-être vais-je faire semblant de rêver tous les soirs, pour pouvoir vous déshabiller au milieu de la nuit.

— Quill !

La protestation était moins vigoureuse que d'habitude.

— Qu'y a-t-il ? demanda-t-il, soudain glacé. Je vous ai fait peur, Gabby ? Je suis désolé, je ne me souviens pas... Mais cela ne s'est jamais produit auparavant, et je vous assure que cela ne se reproduira pas.

— Je sais, dit-elle d'une toute petite voix.

— Comment ?

— Je sais que cela ne se reproduira plus.

Il était complètement perdu.

— Qu'est-ce qui ne se produira plus ?

En fait, il s'en moquait un peu.

— Peut-être devrais-je compenser mes grossièretés de la nuit...

Il prit la jeune femme sur ses genoux et posa une main sur son sein. Elle put tout juste garder le drap à sa taille.

Gabby avait du mal à respirer. Elle s'était promis de berner Quill une seule fois en lui administrant le médicament, puis de lui avouer la vérité. Ensuite, elle quitterait la maison sans discuter, s'il la chassait.

— Je ne sais pas comment cela se fait, poursuivit-il d'une voix enrouée, mais je ne pense qu'à vous, Gabby.

Il la fit basculer sur le lit et contempla ses formes voluptueuses.

— Si nous remettions cette conversation à plus tard ? suggéra-t-il.

— Quill...

Il se penchait sur ses seins, et toute protestation s'étrangla dans sa gorge. La passion jaillit instantanément. Pourtant elle était rongée de remords. Devaient-ils faire l'amour ? Il comprendrait alors que le remède de Sudhakar avait été efficace... ou il croirait qu'il avait guéri spontanément.

Non. La trahison empoisonnerait leur vie entière. Jamais elle ne pourrait faire l'amour avec son époux sans y songer.

— Il faut que je vous parle, dit-elle en le repoussant fermement.

— Quel sérieux ! rétorqua-t-il, le regard coquin. N'aimeriez-vous pas mieux...

— Oui... Non ! balbutia-t-elle en reculant sur le lit. Nous avons fait l'amour, cette nuit.

Il demeura un moment bouche bée.

— Non, dit-il d'une voix incertaine.

— Nous l'avons fait.

— Mais... je n'ai pas de migraine. Je croyais... Ce n'était pas un rêve ?

— Non.

— C'est absurde !

Le cœur serré, Gabby le vit froncer les sourcils. Elle aimait cette expression, et sa certitude que chaque problème avait une explication. À la façon dont il se rembrunit, elle devina qu'il avait compris.

Elle eut envie de reculer plus encore, mais se reprit. Elle avait eu raison. Pas dans sa méthode, dans le résultat. Ils avaient passé la nuit à faire l'amour, et il ne souffrait pas.

Les yeux de Quill avaient pris la teinte d'une mer glaciale.

— Vous m'avez drogué.

Dans un bond, il se jeta sur elle et lui arracha le drap. Sans tenir compte de son cri de protestation, il la tourna sur le côté et découvrit, sur sa hanche, une trace bleue, marque de sa passion de la nuit.

Il la repoussa sans un mot. Gabby avait-elle déjà pensé que ses yeux étaient verts ? Ils étaient noirs, à présent. Elle sentait son cœur sur le point d'exploser dans sa poitrine. La mort devait ressembler à cela, se dit-elle.

— Le médicament de Sudhakar est puissant, fit-il remarquer, sa colère dominée. Quels en sont les ingrédients ?

— Je ne… je ne sais pas.

— Vous ne savez pas !

Petit silence glacial.

— Sudhakar l'a administré à un jeune homme qui s'était blessé en tombant d'un arbre, expliqua-t-elle d'une toute petite voix. Dès que l'homme se penchait, il souffrait de migraine. Cette potion l'a guéri.

— Quand me l'avez-vous fait ingurgiter ?

— Après le dîner, dans votre porto.

Quill se leva.

— Quelle belle comédie vous avez jouée, cette nuit !

Gabby retenait ses larmes avec peine. Il avait tous les droits de lui en vouloir.

— Il fallait que vous fassiez les gestes qui provoquent vos douleurs.

— Pourquoi ?

— Je crois que ce médicament apaise la partie atteinte du cerveau.

C'était mieux que de lui dire qu'on endormait le cerveau.

Quill réfléchissait.

— Le patient prend la potion, puis il fait les mouvements qui provoquent les malaises... Donc, ce remède a soigné mes blessures ?

— Il a apaisé la partie du cerveau qui...

Elle se tut, car elle ne comprenait guère le rapport entre une jambe blessée et le cerveau.

— Si cela n'avait pas marché, Gabby, serais-je à présent cloué au lit, incapable de bouger ?

— Oh, non ! répondit-elle en croisant enfin son regard. Il n'y a pas de conséquences indésirables, en cas d'échec.

— Qu'est-ce que Sudhakar a dit d'autre, à ce sujet ?

Elle se mordilla la lèvre.

— Qu'a-t-il dit d'autre ? insista Quill en détachant les syllabes.

Elle eut l'impression qu'il criait, bien qu'il s'exprimât calmement.

— À dose plus forte, il peut s'agir d'un violent poison, murmura-t-elle avec un regard implorant. Mais il a promis qu'il n'y aurait pas de conséquences ennuyeuses, même si cela ne marchait pas. Or cela a marché.

Il s'était détourné et enfilait sa robe de chambre.

— Ainsi, vous m'avez fait prendre un poison dangereux, dit-il d'un ton presque indifférent. Il fallait que vous soyez en état de manque, Gabby ! La nuit dernière en valait-elle la peine ?

Des larmes brûlantes inondaient les joues de la jeune femme.

— Je ne supportais pas de vous voir souffrir.

— Et vous n'avez eu aucun scrupule à me mentir, à m'imposer un médicament qui aurait pu me tuer ?

Il lui fit face, et son expression la glaça.

— Lorsque ma mère achetait de telles potions, au moins avait-elle la décence de me laisser décider si je voulais les prendre ou non.

— Vous auriez refusé ! s'écria Gabby d'une voix étranglée.

— C'est juste. Je n'aurais pas pris ce remède.

— Il le fallait, souffla-t-elle. Je ne voulais pas que vous souffriez.

— Vous semblez avoir oublié que je déteste le mensonge, Gabby. Alors, je vous repose la question : la nuit dernière en valait-elle la peine ?

Elle lisait sur ses traits la ruine de leur mariage, claire comme le jour.

— Si je me souviens bien, continua-t-il impitoyable, je vous prenais pour un ange… Quelle ironie ! Avez-vous bien ri ? Je ne me rappelle pas vous avoir entendue rire.

— Je vous aime.

— Je pardonnais à ma mère car elle agissait par amour, dit-il froidement. Avez-vous détruit notre mariage parce que nos relations ne vous suffisaient pas ? Parce que vous auriez aimé me voir plus… viril ?

Malgré ses efforts pour garder son sang-froid, il serrait les dents.

— Non ! cria-t-elle. Je ne pouvais pas vous voir souffrir ! Je ne le supportais pas !

— Nous avions fait l'amour une fois sans que j'éprouve ensuite de migraine, si ma mémoire est bonne. J'en conclus que l'expérience vous avait semblé insuffisante.

Gabby était incapable de répondre.

— Il n'y aura pas d'autre expérience, déclara-t-il doucement. Vous le savez, bien sûr ? Je ne pourrai plus jamais vous faire confiance, or aucune union ne tiendrait dans ces circonstances.

La jeune femme se ressaisit. Elle allait clarifier la situation, puis elle s'en irait.

— Je n'espère pas vous faire changer d'avis, mais j'aimerais que vous compreniez. Sudhakar m'a affirmé que le médicament ne pouvait être nocif. Alors j'ai décidé que cela justifiait un mensonge.

— Justifier ! lança Quill. Dieu, quelle prétention ! Des mensonges *justifiés* ! À votre époux ! Mentiez-vous aussi, quand vous avez dit que vous m'adoriez, après que nous avons eu consommé notre mariage ?

Étouffée par les larmes, elle garda le silence.

— Évidemment, c'était avant que vous compreniez à quel point mon infirmité allait affecter votre vie quotidienne, insista-t-il.

— Non ! Je vous interdis de dire des choses si cruelles ! s'insurgea Gabby. Je ne vous ai jamais menti sur les points importants.

— Sauf si c'était *justifié* ! rétorqua-t-il méchamment.

— Mes mensonges n'étaient jamais aussi atroces que celui que vous m'avez fait.

Il croisa les bras.

— Et de quel mensonge s'agit-il, Gabby ? Je vous avertis, je me targue d'être parfaitement honnête.

Elle releva le menton.

— Si c'était le cas, vous ne m'auriez pas raconté d'histoires sur les raisons pour lesquelles vous souhaitiez m'épouser. Vous avez prétendu que vous m'aimiez.

Quill se rappela brusquement quelques détails de son prétendu rêve.

— Je vous demande pardon, dit-il enfin. Je vous ai menti, en effet...

Gabby sentait la colère prendre le pas sur son chagrin.

— Vous m'avez menti à l'un des moments les plus sacrés de la vie, grinça-t-elle. Vous m'avez forcée à abandonner un homme que j'aimais, que je voulais épouser, pour me marier avec vous.

— Je vous ai obligée...

— Votre frère et vous avez comploté dans mon dos.

Elle le fixait, les yeux secs à présent.

— Vous aviez raison, cette nuit : je suis une romantique. J'ai cru que vous m'aimiez, j'ai stupidement avalé vos mensonges, alors j'ai rompu avec mon fiancé. Certes, il avait menti lui aussi, puisque j'ai compris qu'il me trouvait trop grosse pour m'épouser. Et moi, pauvre folle, je vous ai cru quand vous disiez que j'étais belle !

Quill ouvrit la bouche, mais il ne trouvait rien à objecter.

— Moi, au moins, je vous ai menti dans votre propre intérêt, reprit-elle. Jamais je ne vous aurais piégé dans un mariage sans amour. J'aurais été incapable de jouer le jeu.

— Ce n'est pas un mariage sans amour !

Elle haussa les épaules.

— Ce n'est plus un mariage du tout, à vous en croire.

Il songea soudain qu'il n'avait eu aucune intention d'aller au bout de cette menace.

La jeune femme se leva et prit sa chemise de nuit sur le tapis. Dans sa colère, elle avait oublié toute pudeur.

— Vous *êtes* belle, Gabby, dit-il d'un ton rauque.

Elle le fixa un instant, avant de passer la chemise par-dessus sa tête.

— Je ne pourrai plus jamais vous faire confiance, et aucun mariage ne pourrait réussir dans ces circonstances, dit-elle, répétant ses paroles avec amertume.

— Vos... votre mensonge était différent, plaida Quill avec une pointe de désespoir. Vous auriez pu me tuer, avec cette fichue potion !

— Et vous, vous auriez pu me briser le cœur, rétorqua-t-elle. Après tout, je me croyais amoureuse de Peter. Mais vous ne pensiez pas un instant à moi, n'est-ce pas ? Je n'étais qu'une maladroite et rondelette héritière, que votre père avait dénichée au bout du monde. Je devrais sans doute me féliciter de n'avoir pas été purement et simplement jetée à la porte et renvoyée en Inde, puisque, contrairement à Peter, vous n'avez pas besoin d'argent.

Il cherchait une riposte appropriée.

— Vous n'avez guère pensé à moi, vous non plus, quand vous m'avez donné cette potion mortelle.

— Le remède n'est pas dangereux à petite dose, répéta Gabby. Vous voulez voir ? ajouta-t-elle en allant chercher un petit flacon dans le tiroir de la commode. Je vous ai administré très exactement la moitié du contenu de cette fiole. Il n'y a pas assez de poison pour nuire à quiconque.

— J'en doute, gronda Quill, à qui la culpabilité faisait hausser le ton. Combien de fois Sudhakar a-t-il prescrit ce remède ? Des centaines ?

— Non.

— Combien ?

— Deux fois, avoua-t-elle.

— Ainsi, vous basant sur le fait que deux personnes n'ont pas été empoisonnées par la médecine de Sudhakar, vous avez jugé que j'étais un candidat parfait pour la troisième expérience ?

Gabby sentait l'hystérie monter.

— De quel droit vous mettez-vous en colère ? Vous êtes guéri ! Nous avons fait l'amour et vous n'avez pas été malade. Maintenant, vous pouvez recommencer avec toutes ces maîtresses dont vous parliez... Allez-y ! Je vous ai soigné !

— Je suis en colère car ma femme a montré un total désintérêt au sujet de ma santé. Voyez-vous, votre père m'a écrit pour m'informer que vous aviez de « mauvaises intentions concernant ma vie ».

Elle en eut l'estomac retourné.

— Vous avez correspondu avec mon père ?

— Il m'a écrit quelques lettres, en effet.

Elle tenta de prendre un ton aussi indifférent que le sien.

— Vraiment ? Que disait-il ? Et pourquoi ne m'en avez-vous pas parlé ?

— J'ai cru qu'il avait perdu l'esprit. La façon dont il parlait de vous...

— J'imagine aisément. J'ignorais que vous partagiez des confidences avec mon père.

— Peut-être aurais-je dû accorder plus d'importance à ses mises en garde, jeta Quill d'une voix dangereusement calme.

Gabby perdit tout à fait patience.

— En effet ! hurla-t-elle. Parce que mon père et vous êtes de la même race. Vous êtes tous deux des hommes puérils, geignards et stupides ! Vous avez fait ce vœu absurde de ne plus prendre de médicaments par pur entêtement. Et maintenant, maintenant que vous êtes guéri, au lieu de me remercier, vous vous lamentez !

Il s'échauffa.

— Stupide peut-être, mais au moins je n'ai pas tenté de tuer quelqu'un, ces derniers temps !

— Je n'ai pas essayé de vous tuer ! Ce médicament est inoffensif ! Inoffensif !

— Ah bon ? Pourtant vous n'en prenez pas ! Il est facile de faire ingurgiter un poison *inoffensif* à autrui !

Vive comme l'éclair, Gabby vida le contenu du flacon dans sa bouche, avant qu'il ait eu le temps de bondir pour l'en empêcher.

— Trop tard ! lança la jeune femme avec défi. Je n'ai pas peur de prendre ce remède, et je n'ai pas essayé de vous tuer !

Quill était pâle comme un linge.

— Mon Dieu, Gabby, qu'avez-vous fait ? murmura-t-il. Où est Sudhakar ?

Elle haussa les épaules et alla s'asseoir au bord du lit, un peu gênée par son attitude mélodramatique.

— Ce médicament était dosé pour un homme adulte, n'est-ce pas, Gabby ?

— Je suis aussi grosse qu'un homme adulte… Presque.

— Certainement pas !

— Cela m'est égal de me sentir somnolente pendant un jour ou deux, rétorqua-t-elle, si vous cessez de dire que j'ai voulu vous tuer. Parce que ce n'est pas le cas.

Elle était déjà moins agressive.

— Savez-vous quel bateau Sudhakar avait l'intention de prendre, Gabby ?

— Non, répondit-elle vaguement. Il est sans doute déjà en mer. Mais ne vous inquiétez pas. Il a dit que l'effet du médicament se dissipait en vingt-quatre ou quarante-huit heures...

Elle avait l'impression de loucher. Elle voyait deux ou trois Quill !

Brusquement, il ouvrit la porte de la chambre et appela Codswallop. Elle l'entendit, de très loin, ordonner au majordome de chercher Sudhakar, s'il se trouvait encore à Londres. Elle crispa ses doigts sur la courtepointe. Elle avait la tête qui tournait.

Elle eut l'impression qu'il s'écoulait des heures, avant que Quill revienne près d'elle, et son visage se balança devant ses yeux.

— La drogue affecte la vision, dit-il. Vous vous rappelez ? Cette nuit, je croyais que vous aviez une auréole.

— C'était un geste idiot de ma part, murmura-t-elle dans un souffle. N'est-ce pas, Quill ?

Elle se sentait passagère d'un navire en pleine tempête.

— Je suis désolée, ajouta-t-elle dans un filet de voix.

Il avait pris ses mains dans les siennes.

— Nous nous sommes tous les deux comportés comme des idiots. Je vous ai asticotée. Je sais que vous n'avez pas tenté de me tuer, Gabby. J'étais seulement en colère. Et vous aviez raison. J'ai été stupide, vraiment stupide de me disputer avec vous, alors que j'aurais dû vous remercier.

— Pas aussi stupide que moi, reconnut-elle. Je suis heureuse que Sudhakar soit parti. Il m'a toujours reproché mon impulsivité. Il ne voulait pas que je vous administre le médicament.

— Que vous a-t-il dit à ce sujet ? Pouvez-vous vous en souvenir ?

— Non. Il a dit que c'était inoffensif à petite dose.

— Rien d'autre ?

— Non.

Elle se mit à rire.

— Qu'y a-t-il ?

— J'ai l'impression que vos oreilles grossissent, Quill ! Vous ressemblez à un lapin. Et votre nez !

Elle pouffa de nouveau.

Quill soupira. Quand il avait pris le médicament, il s'était senti aussi incohérent qu'un ivrogne. Il espérait seulement que l'effet serait modéré sur Gabby. La nuit promettait d'être longue !

Cependant, au bout de quelques heures durant lesquelles la jeune femme passa du rire aux bâillements, elle finit par s'endormir.

Quill s'assit à son chevet, terriblement malheureux. Comment avaient-ils pu en arriver là ? Quel genre de mariage était-ce, pour que son entêtement ait poussé Gabby à le tromper, pour que leur querelle mène à cette pénible conséquence ?

Son épouse gisait sur le lit, inerte. Elle allait se remettre, forcément ! Il ne cessait de regarder la pendule. Il s'était écoulé quatre heures depuis qu'elle avait pris le médicament, et il en faudrait au moins vingt-quatre pour que l'effet se dissipe.

Il n'avait pas bougé quand le vieil Indien poussa la porte.

— Lord Dewland, dit-il calmement.

Quill sursauta et se leva, sans lâcher la main de Gabby.

— Monsieur...

Il s'interrompit, incapable d'expliquer la stupide discussion qui avait suscité cette situation.

Mais Sudhakar n'attendait pas de détails. Il prit le poignet de la jeune femme. Quill eut le cœur à l'envers en voyant à quel point la petite main paraissait sans vie.

— Depuis combien de temps dort-elle ?

— Presque cinq heures.

Sudhakar ne dit rien, mais Quill eut l'impression qu'il serrait les dents.

— Est-ce mauvais signe ?

Leurs regards se croisèrent.

— Non ! hurla Quill.

Le vieil homme baissa la tête.

— Je doute qu'elle survive. Ce médicament est un violent poison, je le lui avais dit. Elle en a absorbé beaucoup trop pour une personne de sa corpulence, et elle s'est endormie trop vite.

— Je ne comprends pas, balbutia Quill. Quelle importance ?

— Ce remède a pour ingrédient principal le poison d'une grenouille. Cette grenouille plonge sa proie dans un profond sommeil, avant de la dévorer. Un sommeil fatal pour les humains.

— Réveillez-la !

Quill repoussa Sudhakar et saisit son épouse aux épaules pour la secouer vigoureusement, mais elle ne réagissait pas plus qu'une poupée de chiffon.

— Donnez-lui un contrepoison ! ordonna-t-il.

— Cela n'existe pas. Vous devrez vivre avec ce drame. Et moi aussi…

— Alors, pourquoi lui avez-vous remis ce poison ? cria Quill. Vous connaissez son impulsivité, vous auriez dû vous douter qu'elle en prendrait !

Sudhakar affronta son regard.

— Et pourquoi y aurais-je pensé ? J'avais devant moi une jeune femme folle d'angoisse pour son mari, prête à détruire son mariage pour l'empêcher de souffrir davantage. Je n'ai rien constaté de suicidaire chez elle.

— Elle croyait que c'était inoffensif. Elle ne savait pas… Vous n'auriez jamais dû lui donner ce poison.

— Vous la prenez pour une enfant ? C'est une adulte, responsable de ses actes.

Quill comprit soudain que le vieil homme souffrait autant que lui.

— Il faut faire quelque chose, grommela-t-il, au bord du désespoir.

Sudhakar se détourna.

— Cela dépasse mes compétences. J'ai aimé deux enfants, et à présent Gabrielle va rejoindre Johore dans la mort. Je n'aurai pu les sauver ni l'un ni l'autre...

— Elle m'avait assuré que vous étiez expert en matière de poisons.

— Mais celui-ci n'est pas un poison indien, répondit Sudhakar. S'il existe un contrepoison, je ne le connais pas. Je suis un vieil homme stupide, incapable de soigner ceux que j'aime.

Quill avait envie de lui sauter à la gorge.

— Réfléchissez, insista-t-il. Pourquoi est-il mortel ? Gabby semble dormir paisiblement.

— Je ne sais pas exactement. Elle va dormir pendant quelques jours, et ne se réveillera pas. L'homme qui m'a remis cette potion m'a averti de ses conséquences éventuelles. Les stimulants sont impuissants.

— Il n'y a rien de mauvais dans le sommeil, risqua Quill. Certaines personnes dorment une semaine, sans mourir pour autant.

L'Indien fronçait les sourcils.

— L'eau... Peut-être ne meurt-on pas directement à cause du poison, mais par déshydratation...

— Parfait ! Nous allons la faire boire.

Il porta un verre aux lèvres de la jeune femme, mais l'eau ne pénétra pas dans sa bouche.

— Elle ne peut pas avaler, gémit Sudhakar. Non, je suis condamné à voir mes deux enfants mourir. Johore a souffert, au moins notre petite Gabby rendra-t-elle l'âme dans la paix...

Quill ne l'écoutait pas. Il sonna et demanda une cuiller à Codswallop. Ensuite, il releva la tête de Gabby et tenta de lui faire ingurgiter une gorgée d'eau. En vain. Il essaya encore et encore, jusqu'à ce que sa chemise soit trempée.

Il sentit une main se poser sur son épaule.

— C'est inutile, dit doucement Sudhakar.

— Non !

— J'ai éprouvé cette douleur, quand l'état de Johore s'est aggravé juste avant qu'il ne trépasse. Nous étions isolés, dans le village. Personne ne voulait franchir notre seuil, par peur du choléra. Seule Gabrielle est venue. Elle est descendue de la grande maison avec un médicament anglais. Elle tenait plus à la vie de Johore qu'à la sienne.

Quill caressa la joue de son épouse.

— Cela ne m'étonne pas.

— Elle est capable de tout pour ceux qu'elle aime. Or elle vous aime, vicomte Dewland. Vous avez de la chance. Elle vous aimait trop pour supporter de vous voir souffrir. Et je suis certain qu'elle recommencerait, si c'était à refaire.

— Vous ne pouvez pas savoir, murmura Quill d'une voix brisée. Ce que j'ai dit...

La main se resserra sur son épaule.

— J'imagine que vous vous êtes querellés, et que Gabrielle a pris le médicament quand elle était en colère. Elle a toujours eu un tempérament fougueux, mais elle vous aime, et elle serait heureuse de savoir que vos migraines sont guéries. Car elles le sont, n'est-ce pas ?

Quill avait les yeux brouillés de larmes.

— Quelle importance ? Sans Gabby...

— Je ne resterai pas jusqu'au bout. J'ai déjà vu un enfant mourir.

Le jeune homme se leva.

— Vous êtes certain, absolument certain qu'il n'y a rien à faire ?

— Certain. Mon seul conseil est que vous persistiez à essayer de lui donner de l'eau. Peut-être quelques gouttes pénétreront-elles dans sa gorge. Mais, vraisemblablement, elle est perdue.

Quill s'inclina.

— Je vous écrirai quand elle sera réveillée, dit-il.

Sudhakar salua à son tour.

— J'attendrai votre message avec impatience.

Peu à peu, Quill prit l'habitude de nouer une serviette autour du cou de Gabby et de lui administrer de l'eau toutes les demi-heures. Avec une certaine inclinaison de la tête, elle ne régurgitait pas. Du moins voulait-il le croire...

À minuit, épuisé, il remit la tâche entre les mains de Margaret pour aller se reposer.

Deux heures plus tard, il se réveilla et tendit l'oreille. Avait-il entendu du bruit dans la pièce voisine ? Gabby avait-elle repris conscience ?

Mais un coup d'œil dans la chambre lui montra que la situation n'avait pas évolué. Margaret avait redressé sa maîtresse, dont la tête tombait sur le côté. La camériste tourna vers lui un visage harassé.

— Allez vous coucher, ordonna-t-il. Et dites à Codswallop de venir me rejoindre dès l'aube.

Très tôt le matin, il envoya un valet quérir l'un des médecins qu'il avait naguère consultés.

Le Dr Winn était un grand homme maigre, aux vifs yeux bleus.

— Intéressant, dit-il en examinant le flacon. Très intéressant, milord... Du poison qui vient d'une grenouille, dites-vous ?

Il prit le pouls de Gabby.

— Elle semble profondément endormie. Avez-vous essayé de lui faire boire du café ? Parfois, cela réveille les patients. Ou du thé très fort.

Quill passa les deux heures suivantes à regarder le liquide brun dégouliner du menton de Gabby sur la serviette. Sans le moindre résultat.

Winn se passa la main dans les cheveux en soupirant.

— Ces poisons orientaux sont diaboliques. Je ne m'y connais guère, et je crains qu'il n'y ait rien de plus à faire, milord, à moins de se lancer dans des expériences douteuses…

Quill avait toujours apprécié la prudence du médecin, qui n'avait pas essayé de lui administrer du chanvre indien ou une autre drogue. Il lui avait simplement conseillé de se résigner à vivre avec ses migraines.

Mais cette fois, il ne l'entendait pas ainsi.

— Allez-y pour l'expérience, décréta-t-il.

Le Dr Winn hésitait.

— Si nous lui donnons un excitant plus violent que le café… Vous vous rendez compte que nous allons combattre le poison par le poison ?

Quill serrait les dents.

— Il faut qu'elle se réveille. Je ne sais pas combien d'eau elle a ingurgitée.

— Vous avez raison, approuva le médecin. Elle risque de mourir de déshydratation.

— Faites quelque chose, gémit Quill.

Winn s'assit, croisant les doigts.

— Écoutez-moi attentivement, milord. Nous nous trouvons confrontés à deux possibilités.

Quill prit dans la sienne la main inerte de la jeune femme.

— Un stimulant semble la solution la plus évidente, continua le docteur. Mais je dois préciser qu'étant donné le manque de réaction de votre femme au café, je ne suis pas convaincu que ce sera efficace.

— Et quel serait le danger ?

— Que son cœur lâche. La seconde possibilité est beaucoup plus expérimentale, pourtant je pense que c'est celle que je choisirais. Il s'agit de lui administrer du laudanum. C'est un remède intéressant. À petite dose, il fait dormir ; en quantité, il devient un poison. Et il provoque une grave accoutumance, naturellement.

— À quoi bon lui administrer un soporifique, alors qu'elle dort déjà ?

— Parfois, cela agit à contresens, bien que nous ne soyons pas capables d'en comprendre le mécanisme.

— Et le danger ?

— Il n'y en a pratiquement pas. Toutefois, si cela ne marche pas, les stimulants seront encore moins efficaces. Elle tombera dans un sommeil plus lourd, si c'est possible... À vous de décider, milord.

— C'est tout décidé. Donnez-lui du laudanum.

— Vous vous rendez bien compte que les chances de réussite sont minimes ?

Quill acquiesça, et le médecin ouvrit sa sacoche. Il fit avaler une dose de laudanum à Gabby.

— Quand saurons-nous ? demanda Quill, au fond de l'angoisse.

— Très vite. Puis-je vous suggérer de donner encore de l'eau à votre épouse ?

Il obtempéra, tout en songeant que le docteur le lui demandait simplement pour l'occuper.

Une heure passa, durant laquelle Quill ne quitta pas Gabby des yeux, guettant le moindre signe de changement. Son cœur pesait des tonnes.

Peu à peu, il comprenait que la jeune femme n'était plus vraiment là, que son corps n'était plus qu'une coquille vide.

— Ma femme est morte, murmura-t-il au bout de deux heures.

Winn, au pied du lit, secoua la tête.

— Non, elle n'est pas morte, milord.

Quill l'entendit à peine.

— J'aimerais que vous partiez maintenant, dit-il. Le laudanum n'a pas été efficace, et je souhaiterais... être seul avec elle, pour le peu de temps qu'il nous reste.

— J'attendrai en bas. Faites-moi appeler, si vous avez besoin d'aide...

Quill demeura silencieux pendant une éternité. Il avait cessé de regarder Gabby, sauf quand il la faisait boire. C'était trop pénible de contempler son visage absent. Il préférait l'imaginer avec son auréole, le halo doré qui nimbait son corps. Cela devrait le consoler, se disait-il. Elle lui avait glissé entre les doigts comme la lumière rosée qui l'enrobait...

Un cri atroce s'échappa de sa gorge.

— Non! Non! Ne deviens pas un ange, Gabby! J'ai besoin de toi!

Seul le silence lui répondit.

Un domestique avait-il pu l'entendre? Mais il se moquait que la terre entière l'entendît. Elle était partie... partie. Elle l'avait abandonné. Au beau milieu d'une dispute, elle l'avait quitté.

— Non! hurla-t-il.

Quill n'avait jamais montré sa douleur à quiconque, mais jamais non plus il n'avait connu une douleur d'une telle intensité.

— Tu dois vivre, Gabby, tu dois me revenir. Je t'en prie, je t'en supplie, ne t'en va pas! La vie... la vie n'existe plus, sans toi. Je t'aime! Sans toi, je n'aurai plus rien à dire, à personne. Personne ne me fait sourire comme toi, les couleurs ne...

Sa voix s'étrangla, et il s'allongea près d'elle sur le lit, posant la tête sur sa poitrine. Il entendait le faible battement de son cœur.

Enfin, épuisé, il s'endormit, bercé par ce son lointain, seul et faible lien de Gabby avec le monde des vivants...

S'était-il écoulé des heures, ou des minutes? La voix de Gabby des rêves l'appelait.

— Je savais que vous reviendriez, murmura-t-il. Je savais que je vous reverrais, au moins une fois...

Il n'entendit pas sa réponse. Il tenta d'ouvrir les yeux, mais il était las, si las...

— Mon épouse est morte, expliqua-t-il. La vraie Gabby m'a quitté, et maintenant il ne me reste plus que vous, l'ange.

Sa voix se raffermit.

— Il faut que vous partiez, Gabby des rêves. Si je n'ai plus ma femme, je ne veux pas de vous. Ma Gabby est la seule que j'aime.

Gabby des rêves semblait un peu irritée, et il secoua la tête.

— Je ne veux pas de vous, répéta-t-il. Allez-vous-en.

— Hum ! dit-elle d'un ton vaguement amusé.

Il fallait que Quill fasse un effort. Il souleva enfin les paupières, et fut un instant déconcerté par la petite main fine qui s'offrit à sa vue.

Il osait à peine respirer lorsqu'il leva les yeux.

— Bonjour, monsieur mon époux, dit la voix, qui était bien celle de sa femme.

Et c'étaient bien les yeux de Gabby qui pétillaient gaiement.

— Oh, mon Dieu…

Elle haussa les sourcils.

— Depuis quand ne dit-on plus : « Bonjour, Gabby, avez-vous bien dormi ? » Auriez-vous oublié mes instructions ?

— Allez-vous bien ? demanda-t-il.

— Non, répondit-elle, soudain sérieuse. J'ai été folle, Quill, et j'aimerais que vous me pardonniez. Je réfléchis depuis que je suis réveillée. Jamais je n'aurais dû vous mentir, ni laisser la colère dicter mes actions. Le remède de Sudhakar aurait pu avoir de graves conséquences.

— C'était le cas, Gabby.

— Vraiment ?

— Sudhakar était persuadé que vous alliez mourir, qu'il n'y avait rien à faire pour vous sauver.

— Vous l'avez trouvé avant qu'il ne s'embarque ?

— Oui.

— Je suis bien, Quill. En tout cas, je le serais si vous acceptiez de bouger, pour que je me lève.

Il ne remua pas d'un pouce.

— Je ne vous laisserai peut-être jamais sortir de ce lit, dit-il tendrement. Oh, Gabby, je vous aime tant ! Je ne pourrais pas vivre sans vous. Vous le savez ?

Elle sourit.

— Alors, vous êtes amoureux de moi, maintenant ?

— Je n'aurais jamais dû vous mentir à ce sujet. Pourtant je ne regrette pas de l'avoir fait, car cela vous a persuadée de m'épouser.

— Vous ne m'avez pas menti, murmura-t-elle contre ses lèvres. Vous étiez amoureux de moi, mais vous ne le saviez pas, c'est tout. Vous vous rappelez ? « Je brûle, je me consume, je dépéris... »

Quill se souvint du désir brûlant qu'il avait eu d'épouser la fiancée de son frère, de la façon dont il avait brisé toutes les règles de l'honneur.

— Je suppose que vous avez raison, ô ma trop intelligente épouse, gémit-il. Mais le fait que je vous aie aimée dès l'instant où je vous ai vue sur le quai, n'a rien de commun avec l'amour profond que je vous porte à présent.

— Quill...

Elle fut réduite au silence par un baiser dont l'ardeur lui coupa le souffle.

— Il faut que je me lève ! déclara-t-elle ensuite, prise d'un regain d'énergie.

Cela n'entrait pas dans les projets de Quill.

— Vous m'avez guéri, dit-il. Ma ravissante épouse m'a guéri, alors désormais je lui ferai l'amour toute la journée, toute la nuit, toute ma vie...

Elle s'immobilisa, les yeux brillants.

— Je vous aime aussi, le savez-vous ? Il fallait que je vous aime terriblement, pour me comporter si bêtement !

Il sourit.

— Bien sûr ! Je vais bannir tout poison de la maison. Les objets lourds, également. Ma femme a un satané tempérament et... je suis terrorisé à l'idée que nos enfants puissent en hériter.

Il la repoussa contre les oreillers.

— Quill ! Lâchez-moi ! Je veux me lever !

— Moi, je veux que vous restiez ici, répliqua-t-il avec une sensualité diabolique.

— Je ne peux pas.

— Je ne vous quitterai plus des yeux une seconde. Nous allons vivre au lit.

— Quill !

— Pourquoi pas ?

Il la dévorait de baisers, tandis qu'elle se tortillait sous lui afin de se dégager. Il l'entendait protester, mais il était trop heureux pour s'en soucier.

Il fallut un véritable cri pour qu'il revienne à la réalité.

— Quill, il *faut* que vous me lâchiez ! Je réagis au médicament de Sudhakar, et j'ai l'impression d'avoir avalé une rivière ! Je dois absolument aller aux toilettes !

Il partit d'un fou rire inextinguible.

Ce fut seulement quand elle menaça d'un coup de genou l'existence de leurs enfants éventuels, qu'il roula sur le côté.

Ce qui ne changea en rien ses projets pour la journée… Pour la semaine. Il était un homme robuste, avec une épouse ravissante et beaucoup de bébés à procréer. Perspective infiniment agréable !

Et ils avaient la vie devant eux !

# 25

Kamath, le marchand de fruits, considéra avec amusement les deux amants étendus sur la rive du Gange. Ils pensaient sûrement que l'on ne pouvait les voir, et il s'arrêta au flanc de la montagne. La femme avait la peau laiteuse d'une Anglaise. Kamath avait entendu raconter que les grêlons avaient la taille des mangues, là-bas, et qu'ils tapaient sur la tête des habitants, ce qui expliquait pourquoi ils étaient un peu étranges... Il écarquilla les yeux. La grêle ne semblait pas avoir eu d'effets nocifs sur les autres facultés de ces deux-là, en tout cas !

Avec un soupir de satisfaction, le vieil homme se remit en route sur le sentier sinueux qui montait à sa maison. Heureusement que Jerningham était mort quelques mois auparavant, se dit-il, car il était intraitable sur ce genre d'ébats. Il avait tenté de bannir du village la fille de Kamath, Sarita. Celle-ci et son époux étaient revenus quelques semaines plus tard, sous un nom différent ! Il était aveugle, cet imbécile de Jerningham. Il ne voyait pas plus loin que le bout de son nez !

Au bord du fleuve, l'Anglais, dont la peau était moins pâle que celle de sa femme, avait roulé sur le dos, et il contemplait les nuages.

— Que voyez-vous ? demanda son épouse en posant la tête sur son épaule.

— Mmm…

Il passa la main sur le dos de Gabby et s'aperçut qu'elle s'était couverte d'un châle de soie.

— Je cherche mon épouse de rêve. Elle est quelque part là-haut, et elle m'attend, avec son auréole rose. *Elle* serait toute nue sous le soleil, sans se soucier de la pudeur.

— Grand bien lui fasse. Dites-moi quand vous l'aurez trouvée : je la mettrai en garde contre les brûlures du soleil !

— « Il me faudrait cent ans pour rendre hommage à tes yeux, à ton regard. Deux siècles pour adorer chacun de tes seins, et trois mille pour le reste. » C'est une citation approximative d'un poème d'Andrew Marvell. Si j'ai assez de temps devant moi, j'ai bien l'intention de m'occuper de ma Gabby des rêves… Juste elle et moi, pour l'éternité.

— Alors, répondit-elle malicieusement, l'éternité sera le moment où la merveilleuse Gabby des rêves et moi nous séparerons.

— De quoi parlez-vous ?

— De votre avenir sur terre.

— Et ?

— Nous ne serons plus si seuls, l'année prochaine à cette époque, murmura-t-elle.

Il y eut un silence, troublé seulement par le plongeon d'une grenouille et le bruissement du vent dans les roseaux.

Quill s'éclaircit la gorge.

— Vous voulez dire… ?

— Mmm, fit Gabby, du rire au fond des yeux.

— Vous êtes certaine ?

— Absolument !

Le jeune homme se leva, nu comme un ver aux yeux du monde – à supposer que le monde fût intéressé.

— Rentrons à la maison ! déclara-t-il en enfilant son pantalon.

Gabby se redressa sur les coudes.

— À Jaipur, ou en Angleterre ?
— En Angleterre.
— Je croyais qu'il vous fallait encore quelques mois pour consolider vos routes commerciales. Et Jawsant apprécie beaucoup votre aide avec le trésor royal.
Quill s'agenouilla près de son épouse.
— J'ai dit : en Angleterre. Allez faire vos malles !
Elle soupira.
— Je suppose que c'est votre manière de me dire que vous êtes fou de joie ?
— Bien sûr !
— Vivre avec vous, c'est passer son temps à interpréter, vous le savez ?
— Vivre avec vous, c'est… une bénédiction, vous le savez ?
Gabby sentit des larmes de bonheur lui piquer les yeux.
La brise semait des pétales de jasmin sur la surface du Gange, et la bouche de Quill effleura la sienne aussi délicatement que les fleurs qui tombaient sur l'eau.

*Découvrez les prochaines nouveautés des différentes collections J'ai lu pour elle*

AVENTURES & PASSIONS

**Le 5 septembre**

Inédit **Les sœurs d'Irlande - 3 -**
***Caroline, la passionnée*** **Laurel McKee**
Mariée à dix-sept ans, Caroline est aujourd'hui veuve. Passionnée par les livres depuis l'enfance, elle rédige un ouvrage sur les mythes et légendes irlandais. Sur un coup de tête, elle décide de se rendre chez Grant Dunmore, débauché notoire. Car dans sa demeure, sur une île isolée au nord du pays, il possède une riche bibliothèque, que Caroline rêve de consulter…

Inédit **Le club des Gentlemen - 2 -**
***Le destin de Merry Lane*** **Tessa Dare**
Rhys St Maur appartient au club des Gentlemen. De retour dans son village natal, il constate que l'absence d'un maître s'est durement fait ressentir. Tout n'est que ruines et le château dont il vient d'hériter a brûlé. Seule une auberge a résisté. À sa tête, Meredith Maddox, son amie d'enfance. À ses côtés, Rhys décide de reconstruire le château. Un projet qui les rapprochera plus qu'il ne pouvait l'imaginer...

***Désirs fous*** **Karen Robards**
Jamais dans toute la Virginie, on n'avait vu une femme acheter un esclave. C'est pourtant ce que vient de faire Lilah, sous le regard scandalisé de tous. Avait-elle le choix ? C'était le seul et unique moyen d'arracher à une mort certaine Joss, son beau capitaine aux yeux d'émeraude. Après lui avoir offert sa liberté, ils partent pour La Barbade et échouent sur une île déserte…

**Le 19 septembre**

Inédit **Indécente** ☙ **Emma Wildes**

Un soir, Nicholas Manning et Derek Drake se lancent un pari : lequel des deux est-il le meilleur amant ? Caroline Wynn, une jeune veuve aux mœurs irréprochables sera la personne idéale pour les départager. Mais quand Caroline exige de vérifier leurs dires, l'affaire se corse. Qu'à cela ne tienne, Nicholas relève le défi, déterminé à lui prouver qu'il est un amant d'exception.

Inédit **Le clan Campbell - 3 - Trahi**

☙ **Monica McCarty**

Duncan Campbell, accusé d'un crime qu'il n'a pas commis, a été forcé de quitter son clan. Son nom a été bafoué. Prêt à tout pour laver son honneur et rétablir la vérité aux yeux de tous, Duncan retourne dans les Highlands pour trouver la seule personne capable de lui rendre sa liberté : la femme qu'il aimait et qui l'a jadis trahi...

**Au-delà du pardon** ☙ **Shirlee Busbee**

Seule et enceinte, après avoir été violentée par un inconnu, Léonie accepte Morgan Slade pour mari. Qui disparait aussitôt avec sa dot le jour de leurs noces. La jeune femme retourne ciel et terre pour retrouver l'époux indigne. Et voilà que Morgan prétend ne l'avoir jamais épousée ! Étrange comédie. Qui ment ? Qui dit la vérité ? À moins que tous deux ne soient sincères...

6535

*Composition*
INTERLIGNE B-LIÈGE

*Achevé d'imprimer en Italie*
*par* GRAFICA VENETA
*le 23 juillet 2012*

Dépôt légal : juillet 2012
EAN 9782290041413
L21EPSN000871N001
1er dépôt légal dans la collection : mars 2003

ÉDITIONS J'AI LU
87, quai Panhard-et-Levassor, 75013 Paris

*Diffusion France et étranger : Flammarion*